Stig Dalager
Im Schattenland

STIG DALAGER

IM SCHATTENLAND

Roman

Aus dem Dänischen
von Heinz Kulas und Jette Mez

eichborn

Für Niels und Nina

Originaltitel: Skyggeland

1. Auflage 2009

Umschlaggestaltung: Christiane Hahn nach einer Idee
von der Agentur Jung von Matt
unter Verwendung eines Fotos von © Frank Schwere, gettyimages
(Zerstörter, von Asche bedeckter Bus nach den Anschlägen
vom 11. September 2001 in New York)
Satz: Greiner & Reichel, Köln
Druck und Bindung: CPI – Clausen & Bosse, Leck
ISBN 978-3-8218-6100-5

FSC
Mix
Produktgruppe aus vorbildlich bewirtschafteten
Wäldern und anderen kontrollierten Herkünften
www.fsc.org Zert.-Nr. GFA-COC-001223
© 1996 Forest Stewardship Council

Eichborn Verlag, Kaiserstraße 66, 60329 Frankfurt am Main
Mehr Informationen zu Büchern und Hörbüchern aus dem Eichborn Verlag
finden Sie unter www.eichborn.de

That long black cloud is coming down,
I feel I'm knocking on heaven's door

Bob Dylan

2001

Ist die Erinnerung, wie Boris Pasternak schreibt, eine einzigartige und magische Welt, die sich wie Berge oder eine große, ferne Stadt am Horizont erhebt? Wenn diese Stadt New York ist, dann ist Erinnerung Schwerstarbeit, fleischlich und von einer alterslosen Gegenwärtigkeit. Alles geschieht gleichzeitig, Häuser verschwinden aus einer Straße und neue kommen dazu, aber haben sie nicht immer dagestanden?

Er erwacht vom Geräusch eines Hubschraubers, oder ist es doch ein Auto, das mit quietschenden Reifen um die Ecke der Second Avenue biegt, oder etwas ganz anderes: der Fernseher des Nachbarn unter ihm, der sein Gerät fast die ganze Nacht laufen lässt, dieses ewige Rattattaa der Kriegsfilme, von denen er aus irgendeinem Grund nie genug hat, ein Puertoricaner mit zweifelhaften Geschäften in Hell's Kitchen in Manhattan, darauf könnte er wetten, obgleich der Mann es nie direkt zugegeben hat.

Im Dunkel um das Bett streckt er die Hand nach Eve aus und tastet unter der Bettdecke nach ihrer nackten Schulterrundung mit der trockenen, warmen Haut. Hier ist er sicher. Sie murmelt irgendetwas im Schlaf, er möchte über sie gleiten und mit ihr schlafen, spürt aber, dass er zu müde ist.

New York in der Nacht, selbst nach sieben Jahren hat er sich noch immer nicht an die Kakophonie der Geräusche in der Dunkelheit einer nie schlafenden Stadt gewöhnt. Hat er überhaupt eine einzige Nacht durchgeschlafen? Im Traum gehen ihm die Fälle des Criminal Court in Brooklyn durch den Kopf und nehmen Gestalt mit neuen, manchmal wütenden oder traurigen Gesichtern an; Gesichter des einen Falles werden zu Gesichtern eines anderen Falls, Verurteilte verwandeln sich in Freigesprochene und umgekehrt; irgendwo in Brooklyn oder Harlem oder an Orten, die er nur vom Hör,en kennt, die er bestenfalls durchfahren hat und nicht wiederfinden würde, trifft er sich mit Mandanten und Verurteilten. Sein letzter Mandant, John Carmical, ein Geschäftsmann aus Boston, wegen Totschlags eines Kollegen angeklagt, den er freibekam, verabredete sich in einem nächtlichen Traum mit ihm auf Coney Island und beteuerte seine Schuld.

– Sie haben es ja nicht getan, sagte er zu ihm. – Vergessen Sie es.

Carmical im Armani-Anzug und mit breitem Schlipsknoten bückte sich, hob eine Handvoll Sand vom Strand auf und warf ihn mit einer plötzlichen Bewegung in den Wind.

– Nein, sagte er. – Aber ich hätte es tun können, ich war ganz kurz davor.

Hoch oben in der Luft schrieen über ihren Köpfen die Silbermöwen, der Himmel war samtblau, soweit das Auge reichte, gab es nur Wasser in einem gewaltigen Raum, dem größten, den er je gesehen hatte, und er wusste, dass es ein Traum war und dass es Carmical nie einfallen würde, ihn nach Coney Island zu bestellen, um ein Geständnis abzulegen. Als er erneut versuchte, Carmicals Blick aufzufangen, war der Strand mit lauter Carmicals bevölkert, und alle warfen Sand in den Wind.

Am nächsten Morgen fuhr er ganz früh mit Eve nach Coney Island, es war ein Vormittag im August, und die Sonne schien von einem Himmel mit Schleierwolken. Eve trug ihre blütenweiße ärmellose Bluse, die ihr knisterndes schwarzes kurzes Haar noch mehr hervorhob. Hand in Hand gingen sie über den Boardwalk, die Strandpromenade, es waren kaum Menschen zu sehen, er presste ihre Hand an sich, als sie vor dem baufälligen Fallschirmturm Parachute Jump stehen blieben. Im Hintergrund thronte wie eine Luftspiegelung mit spinnennetzartigen Mustern und leeren, abgedeckten Gondeln das enorme Wonder-Wheel, und einige Sekunden lang

dachte er an das Riesenrad im Wiener Prater, an Sine und Tobias und erzählte Eve seinen Traum der vergangenen Nacht.
– Du bist einfach ausgebrannt, erschöpft, sagte sie, betrachtete ihn besorgt und blickte dann auf ihre Uhr, denn sie musste in ihr Büro im World Trade Center, wo eine Menge Arbeit auf sie wartete.
Sie gingen zum Strand hinunter, auf dem vor einigen Wochen noch Badende dicht an dicht auf ihren Handtüchern gelegen hatten, der jetzt aber fast menschenleer war. Draußen in der Dünung sahen sie die weißen Arme und den Kopf eines Schwimmers, die Sonnenstrahlen sandten einen Streifen aus reflektierendem Licht über den Atlantik zu einem fernen, diesigen Punkt. So, als hätten sich Millionen leuchtender Fische zu einem Band formiert und würden auf die Rundung des Erdballs und den Horizont zuschwimmen. Er fasste Eves Schultern, drehte sie sanft zu sich um und suchte nach demselben Punkt in ihren Augen.
– Siehst du etwas? fragte sie lächelnd, ehe er sie küsste.
Er nickte und küsste sie wieder, ihre Lippen und ihr sonnengebräunter Hals schmeckten nach Salz.
In der Subway zurück nach Manhattan fragte sie ihn, warum er John Carmical überhaupt als Mandanten angenommen hatte, obwohl er überarbeitet war und viele andere wichtigere Fälle auf ihn warteten.
– Der Fall schien hoffnungslos. Er hat es bei vielen anderen versucht, ehe er zu mir kam, bei teuren Manhattan-Kanzleien, aber alle haben abgewinkt.
– Und dann musstest du wie gewöhnlich den Helden spielen, sagte sie, schüttelte den Kopf und hatte diesen leicht bitteren Zug um den Mund, wie, wenn sie sich von ihm vernachlässigt fühlte.
– Nein, aber ich habe sehr schnell eine technische, juristische Lösung seines Problems gesehen und außerdem …
– Und außerdem?
– Hat mich seine Lage an mein eigenes Leben erinnert.
– Du warst doch nie wegen Mord angeklagt, sagte sie und sah ihn

verwundert an, als der Zug durch den Tunnel unter den East River glitt und die Gesichter der Umstehenden im künstlichen Licht des langen, rumpelnden Wagens an Farbe verloren.
– Es ist ein Unterschied, ob man angeklagt und verurteilt wird, oder ob man sich schuldig fühlt, einen Menschen umgebracht zu haben, sagte er. John Carmical fühlte sich schuldig, wurde aber freigesprochen, ich bin nicht angeklagt und nicht verurteilt worden, aber mir hätte es geholfen, wenn man mich freigesprochen hätte.
– Und warum?
– Vor vielen Jahren war ich in Leipzig für den Tod eines Menschen verantwortlich, das heißt, ich habe mich verantwortlich gefühlt, er war alt, hatte Herzprobleme und den Tod vielleicht auch verdient, ich habe aber keinen Finger für ihn gerührt, als es darauf ankam.
– Wie ich dich kenne, hast du bestimmt saubere Hände, sagte sie und nahm seine Hand.
– Keiner hat saubere Hände, sagt er.
Anstatt direkt zum World Trade Center durchzufahren, stieg Eve mit ihm am Grand Central Terminal aus, und sie gingen schweigend nach oben in die überfüllte Abfahrtshalle mit der Marmortreppe und den Sternbildern an der hellblauen, gewölbten Decke. Er wollte mit einem Taxi weiter nach Uptown zu einem Mandantengespräch, gewöhnlich begleitete sie ihn nicht zum Eingang.
In der Halle, die immer ein sonderbares Gefühl von Heimatlosigkeit in ihm auslöste, war ihr Gesicht im Licht der hohen Fenster bleich und ernst, ein Augenlid zuckte, als sie sich plötzlich von ihm löste und sich vor ihm aufstellte.
– Kein Mensch hat den Tod »verdient«, sagte sie mitten im Lärm der Stimmen und Schritte, deren Echo von Säulen, Decke und den marmorierten Wänden der großen Halle widerhallte.
– Wie meinst du das? fragte er.
– Du hast von dem Mann in Leipzig gesagt, wie hieß er noch mal …?
– Wiesbühl, er hieß Wiesbühl und war in der DDR ein hoher Funktionär.

– Du hast gesagt, er hätte den Tod verdient. Aber kein Mensch »verdient« den Tod, wie kannst du so etwas sagen? Sie hielt seinen Blick fest, bis erst ein und dann ein weiterer Fußgänger sie versehentlich anrempelten.

Er war von ihrer Heftigkeit überrascht, wusste aber, woher sie kam, und sagte mit einer in Hunderten von Fällen erworbenen Ruhe:

– Das war dumm von mir, aber vielleicht verstehst du mich besser, wenn du weißt, dass der Mann, von dem ich rede, im Vernichtungslager Sobibor Unterscharführer war und bei ihm von schlechtem Gewissen überhaupt nicht die Rede sein konnte.

Als Enkelin zweier Großeltern, die in Auschwitz ermordet wurden, und als Tochter eines Vaters, der im selben Lager dem Tod mit knapper Not entgangen war, traf er einen wunden Punkt bei ihr, der nie verheilt war, und im nächsten Augenblick sah sie sich eilig nach der Subway in Richtung Downtown um, küsste ihn flüchtig auf die Wange und ließ ihn im Gewimmel der Halle stehen.

Ihr Vater in Israel hatte den Schmerz verdrängt, und sie hatte die Gespenster geerbt.

Jetzt, mitten in der Nacht mit den aufdringlichen Stadtgeräuschen, setzt er sich neben ihr im Bett auf und lässt seine Hand über ihr Haar gleiten, aber er ist unruhig, steht auf, zündet sich eine Zigarette an, geht zum Fenster und schaut hinaus. Die Second Avenue liegt da unten wie eine Halluzination im gelben Licht, das als orangefarbene Streifen über dem Viertel aufsteigt und das Gefühl noch verstärkt, dass etwas fehlt; Autos, ein Chevrolet, ein Pickup, fahren vorüber, doch die Fahrer bleiben unsichtbar; im Drugstore gegenüber sind Kunden, er sieht Hände nach den Waren im Fenster suchen, sonst aber nur Schatten. Der Inhaber, Mr. Monroe, der gewöhnlich hinter dem Ladentisch steht, ist nirgends zu sehen, nur die Schublade direkt unter der Kasse, in der seine Pistole mit dem glänzenden Griff liegt. Monroe hat ihm oft erklärt, dass sie da »für alle Fälle« versteckt ist, und dass er vor neun Jahren von zwei Jungs auf Crack verletzt worden war, die in sein Geschäft kamen und sein ganzes Geld stahlen, ja, alles, was er besaß, und dass er in dieser Nacht »dem Tod ins Auge gesehen hätte«. Das Café Lucina nebenan hat für heute schon geschlossen; in Reihen übereinander gestapelte weiße Stühle und Tische leuchten phosphoreszierend in der Dunkelheit, geht da nicht eine weiß gekleidete Person durch den Raum? Das Wahrsagestudio mit Wachsfiguren im Fenster leuchtet mit seinen neonblauen Buchstaben. Einer der weiß und schwarz lackierten Streifenwagen gleitet langsam die Straße hinunter, vorbei an den vielen silhouetteartigen Eschen mit schönem schlankem Stamm. Aus unterschiedlichen Richtungen sind Musik und dumpfe Rhythmen zu hören, weiter hinten läuft eine Frau an den abgeblendeten Fenstern des Indian Curry Makal und Kosher Dish vorbei, mit schnellen, trippelnden Schritten in hochhackigen Schuhen, der blaue Schal über ihren Schultern und ihr blondes Haar erinnern ihn an Sine. Vor seinem inneren Auge sieht er sie schon stehen bleiben, sich umdrehen, als hätte sie etwas vergessen und ihm im Fenster mit erhobenem Arm zuwinken; doch sie geht weiter und verschwindet aus dem Straßenbild.

Er muss sich zusammennehmen; wie viele Frauen kann er zur gleichen Zeit im Kopf haben? Er kennt diese Erschöpfung, bei der er anfängt, sich nach Wien und Sine und nach seinem Sohn zu sehnen und die Jahre in New York zu bereuen. Bei den ersten Anzeichen hatte er sich in letzter Zeit nur noch in einen weiteren Teufelskreis von neuen Fällen und neuer Erschöpfung gestürzt. Vor einigen Tagen war Jim Cartwright in seinem Büro am St. Mark's Place aufgekreuzt, um ihn zu warnen:

– Du musst dich entscheiden, hatte er gesagt. – Bist du hier oder dort, in New York oder in Wien?

– Selbstverständlich bin ich hier, hast du damit ein Problem?

– Eve, sagte Cartwright, ich denke an Eve, und stellte sich in seiner vollen beeindruckenden Größe und als Zeichen, dass es ihm ernst war, vor Jons Schreibtisch, wo sich Prozessakten türmten. Wenn es Schwierigkeiten gab, ob Feinheiten bei der Aufklärung eines Tötungsdelikts oder Fälle, über die er länger nachgedacht hatte und die nur sie beide angingen, dann baute Cartwright sich vor ihm auf und kam direkt zur Sache. Mehr oder weniger bewusst setzte er auf den Überraschungseffekt und brachte seine Erfahrungen aus seiner Militärzeit und als Schauspieler ins Spiel. Hinter Cartwright stand die Tür offen, die zu den angrenzenden Räumen und dem Büro führte, wo Michelle an ihrem Schreibtisch schon den Blick erhoben hatte und durch die Glasfenster in ihre Richtung sah. Es regnete, die Regentropfen liefen über die Scheiben zum St. Mark's Place mit seinen immergrünen Platanen und der ukrainischen Buchhandlung Vaselka, von draußen drang graues Licht herein, und auch Michelles Gesicht nahm diese Farbe an, in die das Regenwetter an einem Spätsommertag alle Gesichter taucht. Er erhob sich aus seinem Stuhl hinter dem Schreibtisch, ging um Cartwright herum und schloss die Tür.

– Weißt du irgendwas, was ich nicht weiß? fragte er und setzte sich wieder an den Schreibtisch.

Cartwrights sonnengebräuntes Gesicht verzog sich zu einer leichten Grimasse.

– Ich weiß nur, dass es ihr nicht gut geht, überhaupt nicht gut, und dass du der Grund dafür bist.

– Und woher weißt du das?

– Ich habe Augen im Kopf, dafür bezahlst du mich doch, oder?

– Nein, eigentlich nicht dafür, dass du dich für Eves und meine Beziehung interessierst.

– Sie hat es mir im Vertrauen gesagt, so etwas tun erwachsene Menschen manchmal.

– Und was genau hat sie gesagt? fragte er und spürte sofort, wie sehr es ihn verletzte, dass Eve und Cartwright so vertraut miteinander umgingen, ohne ihn einzubeziehen. Hatte sie ihn angerufen? Haben sie sich getroffen?

– Willst du es wirklich wissen? fragte Cartwright, legte beide Hände auf den Schreibtisch und beugte sich zu ihm vor.

– Selbstverständlich, sagte er, ohne wirklich überzeugt zu sein.
– Sie sagte, sie trennt sich von dir, wenn du nicht bald bemerkst, dass es sie überhaupt gibt.
– Das weiß ich, ich wohne schließlich mit ihr zusammen, remember?
– Schon möglich, sagte Cartwright, knöpfte sein Jackett zu und machte Anstalten zu gehen. – Aber tu etwas …
Ehe er antworten konnte, war Cartwright aus der Tür und verließ mit einem kurzen Nicken zu Michelle das Büro.
Am selben Abend nahm er sich nichts vor, um mit Eve zusammen zu sein, er lud sie zum Abendessen unter die Bögen der Grand Central Station in The Grand Central Oyster Bar ein. Hand in Hand nahmen sie den Weg über die Fifth Avenue und fuhren von dort mit dem Taxi zur Brooklyn Bridge, hier, an seinem Lieblingsort mit Aussicht über die Monolithenstadt und ihre Millionen von Lichtern, die im dunklen Augusthimmel eingelassen waren und wie Leuchtkäfer flirrten, zog er sie an sich und sagte ihr, dass nur sie beide zählten. In ihren Augen war eine neue Glut, als sie sich später zu Hause liebten, doch noch in derselben Nacht stand er auf, um sich in einen neuen Fall zu vertiefen, und sie überraschte ihn mit ihrer nervösen Stimme, die hinter seinem Rücken das Dunkel durchschnitt, vor dem PC.
– Warum hast du mich allein im Bett gelassen, ich dachte, du meintest es ernst …
Er drehte sich auf dem Stuhl zu ihr um, wie sie dort im Dunkeln stand im langen durchsichtigen T-Shirt, mit verfilzten Haaren und verschlafenen Augen, in der Nähe ging irgendwo ein Feuermelder los, von der Straße war lautes Lachen zu hören.
– Ich dachte, du würdest schlafen …
– Ich schlafe schlecht, wenn du nicht neben mir liegst. Ich habe von meinem Vater geträumt.
– Ja?
– Es war alles ganz deutlich: Er saß mit Mama im Garten in Jerusalem und sprach mit ihr darüber, mich in New York zu besuchen, sie

packten ihre Koffer, ein dunkles Auto holte sie ab, sie fuhren durch die trockene Landschaft zum Flughafen in Tel Aviv, sie hatten eingecheckt, er war froh, sich endlich dazu durchgerungen zu haben, nach New York zu fliegen, sie traten ins Sonnenlicht, gingen zum Flugzeug. Auf der Gangway der Maschine fasste er sich plötzlich ans Herz und brach zusammen, meine Mutter rief um Hilfe, um sie herum brach Panik aus, er lag auf der Treppe und tat seinen letzten Atemzug. Dabei sagte er meinen Namen, die Wolken am Himmel spiegelten sich in seinen Augen. Und dann bin ich aufgewacht und habe gesehen, dass du nicht da warst.
Er ging zu ihr und zog sie an sich. Sie zitterte am ganzen Körper. Er führte sie zum Bett. Um sie herum war alles still, so, als hielten die Möbel und alle Gegenstände einen Augenblick lang den Atem an. Der Modigliani-Druck über ihrem Bett war so fern wie das Bild in einem anderen Raum, einem Raum auf dem Meer; in der Küche tropfte ein Wasserhahn.
– Was glaubst du, soll das bedeuten? fragte sie, ohne ihn anzusehen.
– Vielleicht eine Vorahnung …
– Sag so etwas nicht …
– Dein Vater ist herzkrank, er ist über 75, du wirst dich an den Gedanken gewöhnen müssen, dass er nicht ewig lebt, sagte er so gelassen wie möglich.
– Ich habe vor zwei Tagen mit ihm telefoniert, da war alles in Ordnung.
– Soll ich in Jerusalem anrufen und fragen, wie es ihnen geht? fragte er und versuchte wieder, sie zu beruhigen Sie ging ins Zimmer, um selbst anzurufen, doch als niemand abhob, wusste sie sich keinen Rat und kam nicht mehr zur Ruhe. Sie lagen lange wach, wie immer, wenn Eve sich vor schlechten Nachrichten aus Israel fürchtete, zählte sie wie beschwörend alles auf, was schon geschehen war, der Tod der Großeltern und das unglaubliche Überleben ihres Vaters in Auschwitz; sie erzählte von seiner ausgemergelten Gestalt, als die Russen das Lager befreiten, so, als hätte sie es selbst miterlebt, ob-

wohl sie sich das meiste aus Büchern, Fotografien und Zeugnissen anderer Leute hatte zusammenreimen müssen, weil er sich über diesen Teil seines Lebens beharrlich ausschwieg. Ihre Mutter, die ihn erst viele Jahre nach dem Krieg kennen gelernt hatte und in Tel Aviv aufgewachsen war, wusste auch nicht viel über seine bitteren Erfahrungen in Auschwitz, nur ganz selten war es zu einigen wenigen, eher zufälligen vertraulichen Mitteilungen gekommen, die er anschließend bereute oder herunterspielte. Die Mutter, überdies Psychologin, die mit traumatisierten Kindern arbeitete, hatte eine Zeitlang alles versucht, damit ihr Mann leichter an seiner Last trug; doch ein Todesfall hatte alle Bemühungen zunichte gemacht und die ganze Familie Letterman in Jerusalem wie ein Schock getroffen. Und so kam Eve auch in dieser Nacht darauf zurück: Ihr ältester Bruder, Oberst in der israelischen Armee, hatte im Gazastreifen eine Panzereinheit angeführt und war, als er nach einem Feuergefecht aus dem Panzer stieg, von der Kugel eines palästinensischen Scharfschützen getroffen worden und seinen Verletzungen erlegen.

– Ich war anderer Meinung als er, sagte Eve jedes Mal, wenn sie über ihn sprach, auch in dieser Nacht. – Aber warum musste er sterben?

Sie zählte noch einmal alles auf, nicht umsonst war sie Rechtsanwältin:

– Die Eltern ermordet und ein Sohn erschossen, da wird Gott meinem Vater sicher noch etwas Aufschub gewähren.

Und dann war er an der Reihe zu sagen:

– Du hast Recht, ich bin ganz sicher, dass dein Vater noch etwas Zeit haben wird.

Auch in dieser Nacht hatte er geistesgegenwärtig mit diesem Satz geantwortet, doch vielleicht klang seine Stimme nicht so ganz überzeugend, vielleicht ging es Eve wieder einmal durch den Kopf, dass sie ihren Vater enttäuscht hatte, weil sie nach dem Tod ihres Bruders in New York geblieben war und genauso wie ihre Halbschwester, die jedes zweite Wochenende mit Friedensplakaten

durch Jerusalem zog, dagegen war, dass die Armee in die besetzten Gebiete eindrang.
– Habe ich ihn wirklich im Stich gelassen? fragte sie ihn.
– Nein, sagte er müde. – Du hast dich nur entschieden und deine Meinung gesagt.
– Und wem hat es genützt?
– Denen, die Frieden mit den Palästinensern wollen. Dir selbst.
– Nein, mir nicht, mir überhaupt nicht, für mich wäre es einfacher gewesen, ich hätte einfach meinen Vater und meinen Bruder unterstützt und wäre in Israel geblieben, aber ich konnte es nicht. Es nahm mir die Luft zum Atmen, ich konnte nicht länger in einem Land bleiben, dass ständig mit einem Krieg rechnet und mit seinem Nachbarn nicht in Frieden leben kann.
– Zu einem Frieden gehören mindestens zwei, sagte er.
– Ja, sagte sie. – Aber Israel ist die stärkere Partei, und der Stärkere hat die größere Verantwortung.
So ging es die ganze Nacht durch, bis sie vor Erschöpfung einschliefen, aber am darauf folgenden Morgen – also gestern – war Eve noch nervöser als je zuvor und wollte sich von ihrer Arbeit im World Trade Center frei nehmen
– Am besten du gehst hin, sagte er. – Dann kommst du auf andere Gedanken, und das tut dir gut.
– Nein, ich muss nach Jerusalem, sagte sie. – Und ich muss mehr mit dir zusammensein.
Sie standen in der Küche, die vom Licht der tief stehenden Sonne überschwemmt war. Die Sonnenstrahlen warfen schwache Schatten ihrer Umrisse auf die weißen Wände, die dunklen Augen in Eves übermüdetem Gesicht leuchteten; Eve fesselte ihn genauso wie beim ersten Mal, als sie sich in seinem Büro auf dem St. Mark's Place um eine Stelle bewarb. Sie kam mit ihren Erfahrungen von einer Anwaltskanzlei auf der Fifth Avenue einfach hereingeschneit und wollte »etwas Neues« machen. Sie hatte durch einen älteren Kollegen zufällig von ihm und seiner Kanzlei gehört, zweifelte

nicht an den eigenen Fähigkeiten und bewegte sich mit größter Selbstverständlichkeit in seinem Büro, als würde sie schon dazugehören. Sie lachte laut und trug den Kopf hoch; mit Rock, schwarzen Strümpfen und dunkler Jacke sah sie ihn herausfordernd an, als würde er sich bei ihr um eine Stelle bewerben. Zugleich hatte sie etwas Trauriges und Verletzliches, das er nicht verstand und ausloten wollte. Vielleicht eine Art Seelenverwandtschaft, etwas, das er von sich selbst kannte, etwas Undefinierbares, weswegen er morgens aufstand und das in allem wiederkehrte, was Jon an Absurdem oder Sinnvollem tat. Er fand es in bestimmten Gesichtern wieder, ja, in der Stimmung gewisser Straßen mit schattigen Eschen und Platanen im East Village oder im Tompkins Square Park an einem Nachmittag bei Nieselregen, wo puertoricanische und afroamerikanische Jungs ganz auf ihr akrobatisches und stepptanzähnliches Basketballspiel konzentriert waren. Es begleitete ihn, wenn er in einem der breiten, getäfelten Gerichtssäle im tempelähnlichen Gerichtsgebäude in der Schermerhorn Street, Brooklyn, prozessierte oder in einem der engen, heruntergekommenen Säle im dreiflügeligen Art-déco-Gerichtsgebäude in der Centre Street, wo die zwölf Geschworenen jede kleinste seiner Bewegungen mit den Augen verfolgten und aus seinem Tonfall eine Klärung für ihre oft bis zur letzten Sekunde unsicheren Entscheidung heraushören wollten. Er wusste, dass der Tonfall oft wichtiger war als das, was er sagte, das Schicksal der Angeklagten hing nicht allein von trockenen Fakten und handfesten Beweisen ab, sondern eher davon, ob er selbst inspiriert und von der überwältigenden Bedeutung überzeugt war, die ein Freispruch für den Angeklagten hätte. Wenn ihm die Freiheit egal war, wenn seine Stimme nicht für sie plädierte, wie sollte sie dann für die Männer oder die Frauen wichtig sein, die mit angehaltenem Atem und erzwungen ruhiger Miene sein Urteil erwarteten? Gestern morgen war sein Tonfall auch entscheidend gewesen, als Eve fragte:

– Liebst du mich?

Er nahm sie in den Arm und flüsterte »ja« in ihr Ohr, und er spürte, wie ihr die Sorge wie ein großer schwerer Stein vom Herzen fiel; ruhiger als vorher stellte sie ihm die nächste Frage, wobei sie sich von ihm frei machte, um ihm ins Gesicht sehen zu können:
– Kommst du mit nach Jerusalem zu meinen Vater?
– Du meinst zu deiner Familie und zu deinem Vater?
– Ja, zu meiner ganzen Familie, nach Tel Aviv und nach Jerusalem.
Er lächelte und sah ihr tief in die Augen.
– Natürlich komme ich mit, sagte er. – Wann fliegen wir?
– Morgen! sagte sie und lachte, als sie seine Überraschung bemerkte. – Ich habe die Tickets schon bestellt!
– Du hast sie schon bestellt?
– Ja, vor einer Woche.
– Warum hast du kein Wort gesagt …?
– Ich wusste nicht, was du dazu sagen würdest, und ich wäre auch allein geflogen.
Er seufzte und wusste, dass es sie enttäuschen würde:
– Morgen ist der 11. September, und ich bin in der White Street und habe das erste Treffen mit einem neuen Mandanten, morgen geht es nicht, lass uns in einer Woche fliegen.
– Sag einfach ab, die Tickets sind gebucht, wir *müssen* fliegen! sagte sie und hielt seinen Blick fest. – Vielleicht lebt mein Vater nächste Woche nicht mehr.
– Es geht wirklich nicht, sagte er. – Alles ist so knapp, mein Mandant, ein Muslim mit einer Werkstatt in Brooklyn, ist wegen Mordes angeklagt. Ich habe den Termin mit ihm mehrmals verschoben, aber jetzt müssen wir den Fall anpacken. Die erste Gerichtsverhandlung ist schon in drei Wochen.
– Ein Muslim aus Brooklyn bedeutet dir also mehr als mein Vater und ich! sagte sie wütend, drehte ihm den Rücken zu und ging ins Schlafzimmer, er folgte ihr schweigend. Sie öffnete die Schranktüren, zog einen Koffer heraus und begann, wahllos Kleidungsstücke hineinzuwerfen.

– Gehst du nicht ins Büro? fragte er.
Immer noch mit dem Rücken zu ihm sagte sie:
– Ich rufe an und sage, dass mein Vater in Jerusalem im Sterben liegt und ich nach Israel fliege.
– Einfach so?
– Ja, einfach so. Aber du begreifst das nicht, deine Arbeit und deine heiligen Mandanten kommen immer an erster Stelle.
– Natürlich nicht, sagte er – Aber ich kann nicht einen Mann im Stich lassen, der völlig auf mich angewiesen ist.
– Schick doch Cartwright!
– Cartwright ist kein Jurist.
– Dann schicke Michelle, gib ihr die Chance, einen größeren Fall zu übernehmen.
– Hier geht es um eine Anklage wegen Mordes, dafür hat Michelle einfach nicht genug Erfahrung.
– Dann wird sie es lernen.
Er ging zu ihr, legte ihr die Hände auf die Schultern und drehte sie sanft herum; sie wehrte sich, gab dann aber nach. Sie starrten sich an, ihre Gesichter waren nahe beieinander, sie biss die Zähne zusammen und wedelte provozierend mit der Bluse in ihrer Hand hin und her.
– Hör zu, sagte er. – Ich gehe morgen zu dem Termin und arbeite Michelle schnell in den Fall ein. In der nächsten Woche kümmern wir uns intensiv darum, und dann macht sie mit einem Kollegen und Cartwright weiter. Und wir fahren nach Israel. Du rufst heute deinen Vater an und erkundigst dich, was los ist. Was meinst du dazu?
Sie lächelte flüchtig, wollte aber noch nicht nachgeben.
– Und wenn sich nun herausstellt, dass er ernsthaft krank ist?
– Dann fliegst du allein, und ich komme ganz schnell nach.
Sie betrachtete ihn misstrauisch, ließ den Koffer aber einfach auf dem Boden liegen und die Schränke offen stehen; dann zog sie ihr Jackett an, nahm ihre Tasche, küsste ihn, lief durch die Küche zur Treppe, und im nächsten Augenblick winkte sie im Sonnenlicht der

Straße zu ihm hoch und verschwand zwischen den anderen Fußgängern auf der Second Avenue.
Er war ganz allein mit sich und den Akten des Falles Ifrahim Mohammed, die eine ganze Tasche füllten. Er hatte sie aus dem Büro mitgebracht, und während er einen Haufen Papiere über den Esstisch ausbreitete, wie jedesmal, wenn er sich einen ersten Überblick verschaffen musste und einen inneren Anlauf nahm, um wieder in das Mosaik eines Verbrechens einzutauchen, stand Eves Bild noch immer auf seiner Netzhaut. Sie war ein Teil von ihm geworden, ihre wechselnden Gemütsstimmungen und ihre Energie flimmerten in seinem Hinterkopf, und er verspürte Angst, sie zu verlieren.
Im Schaufenster von Monroes Drugstore gegenüber zeigte sich ein schwaches Spiegelbild des Mondes über Monroes schattenhaftem Körper hinten im Geschäft; er fragte sich, wie der alte Mann es schaffte, jede Nacht hinter seinem Ladentisch zu stehen, und wann er wohl schlief. Tagsüber hat er ihn oft an seinem Büro am St. Mark's Place vorbeikommen sehen. In dieser Stadt leben Millionen Menschen, und Monroe und seine Frau, eine gebürtige Irin, gehen im Gewimmel der Großstadt fast unter; sie wiegen soviel wie die gelben Ahornblätter, die in Kürze über den Asphalt des Tompkins Square Parks fegen werden, wenn er dort spät abends spazieren geht und Eve nicht versteht, wo er bleibt.
Er hat ihr verraten, dass die hohen und verzierten Parklaternen, die im Abenddunkel wie kleine freischwebende Himmelskörper leuchten und einen Clair-obscur-Schein über die Bäume werfen, ihn an die Laternen im Türkenschanzpark in Wien und an seine Zeit mit Sine und Tobias erinnern.
– Was trauerst du deiner Ex und deinem Sohn nach, wenn du sie alle drei Monate besuchst? hatte sie zu ihm gesagt. – Weißt du genau, ob du nicht doch zu ihnen zurück willst?
– Ich sehe meinen Sohn alle drei Monate in Wien, manchmal nur jedes halbe Jahr, hatte er geantwortet. – Und ich trauere Sine nicht nach. Zwischen uns ist es vorbei.

Eve glaubte ihm nicht ganz, aber glaubt er sich selbst?
Die vielen Besuche in all den Jahren in der Wiener Billrothstraße, wo er immer mehr in seine Vaterrolle hineinwächst und Sine ihm in ihrer halb abgewandten, halb direkten Art Raum gibt – oft richtet sie es so ein, dass sie sich mit ihrem »Haufen Arbeit« im Büro des UNO-Gebäudes ganz von der Wohnung fernhält –, haben es ihm nicht leichter gemacht.
War er nicht immer jemand gewesen, der alles komplizierter machte?
Bei jedem Besuch beginnt er wieder von vorn mit seinem Sohn, der in einem autistischen Nebel lebt, aber ein phänomenaler Klavierspieler geworden ist und Mozart und Chopin spielt, dass den Zuhörern Hören und Sehen vergeht. Sine hat ihn auf einer der zahlreichen Wiener Musikschulen untergebracht, und dort bemühen sie sich, seinen technisch versierten Interpretationen Seele einzuhauchen; er liest Noten so selbstverständlich wie einen Fahrplan, doch mit seinem absoluten Gehör fließt das meiste vom Ohr sofort in seine geschmeidigen Hände, die einem Engel zu gehören scheinen und seinem Spiel eine eigenartige Leichtigkeit geben. Wenn sie sich in der Wohnung begegnen, erkennt Tobias ihn manchmal nicht wieder, doch mit einer Reihe vertrauter Signale, die noch aus ihrer ersten gemeinsamen Wiener Zeit und ihren Wanderungen durch die Parks in der Nähe der Billrothstraße stammen, kann er bei sich und Tobias ein Gefühl der Nähe hervorrufen, das sich jedoch schnell verliert, wenn er, unabsichtlich, gegen Tobias' Gewohnheiten verstößt. Übergangslos kann Tobias, der jetzt vierzehn Jahre alt ist, beim Essen vom Tisch aufstehen und in sein Zimmer stürzen, wo er sich mit Kopfhörern auf einen Stuhl setzt und lange hin- und herschaukelt. Dann ist nicht nur sein Vater, sondern die ganze Welt für ihn verloren, und in solchen Situationen spürt Jon das alte Schwindelgefühl, das noch aus der Zeit in seiner Heimatstadt Århus stammt, als er vor vielen Jahren eine Kellertreppe hinuntergestoßen wurde, und das sich in schwierigen Situation be-

merkbar macht und ihm manchmal Übelkeit verursacht. Dann hilft es nur, Tobias zum Klavier zu locken oder, ganz gleich bei welchem Wetter, auf einen ihrer immer noch häufigen Spaziergänge, die sich mit den Jahren auf ganz Wien ausdehnen, angefangen bei den imposanten Schönbrunner Parkanlagen und dem Zoo, vorbei an den Porträtgemälden und den Möbeln in den Belvedere-Galerien, bis hin zum vertrauten Türkenschanzpark.

Wenn er aus Wien nach New York zurückkehrt, ist er jedes Mal erschöpft und hat das untergründige Gefühl, nach Hause zu kommen und zugleich zu flüchten.

Er war mit einem außerirdischen Wesen, das sein eigener Sohn ist, ja, ein Teil von ihm selbst, auf einem anderen Planeten. Wenn er sich im großen Flur in der alten hochherrschaftlichen Wohnung in der Billrothstraße von ihm verabschiedet, weiß er nicht, ob Tobias versteht, dass er wegfährt, vielleicht weiß er eigentlich nicht einmal, wer er ist, obgleich das Wort Vater schon lange in seinem zerstreutem Verstand verankert ist. Damit muss er selbst fertig werden, er kann nicht erwarten, dass Eve ihn dabei versteht.

Wovor flüchtet er dann? Vor seinem eigenen Versagen gegenüber Tobias, vor der eigenen Unruhe, seiner eigenen Niederlage in Wien, als er es trotz der Zusammenarbeit mit Wiesenthal nicht schaffte, dass Menken verurteilt wurde? Aber hat er sich nicht schon längst davon überzeugt, dass er in Wien nicht mehr hatte erreichen können, als den ehemaligen SS-Oberarzt Jürgen Menken, der Hunderte von jüdischen Leben auf dem Gewissen hatte, aufzuspüren und verhaften zu lassen? Es kann nichts dafür, dass Wien ein Paradies für alte nationalsozialistische Kriegsverbrecher ist und die Staatsanwaltschaft diese nur widerstrebend verurteilt.

Er war Opfer einer Briefbombe geworden, sein eines Auge wäre fast erblindet, er erlitt einen Schock, sein Sohn wurde gekidnappt, und Sine warf ihm vor, Jon hätte sie alle drei in diesen ganzen Morast hineingezogen.

Mit einem gewissen Fanatismus?

Verträgt er keinen Vorwurf, ist er wirklich so schwach? Und ist er nicht doch zu weit gegangen auf seinem seltsamen Kreuzzug für Gerechtigkeit, und geht er nicht immer noch zu weit? Für wen hält er sich denn? Welche Schatten sind ihm auf den Fersen, wenn er ihnen auf den Fersen ist? Und braucht er wirklich den Atlantik, um sie loszuwerden?
So viele Fragen und so wenige Antworten für einen, der sich einbildet, etwas Besonderes zu sein, nur weil er es versteht, in einem Gerichtssaal einen Prozess zu führen und alle Register juristischer Finessen zu ziehen.
Er kann zwei Frauen gleichzeitig lieben und beide halbwegs unglücklich machen.
Er hat seinen Sohn im Stich gelassen.
Das jedenfalls kann er.
Er tritt vom Fenster zurück, wo er seine dritte Zigarette geraucht und gerade in einem Aschenbecher auf der Fensterbank ausgedrückt hat.
Im Schlafzimmer hat Eve die Beine unter der Bettdecke angezogen, wie es manchmal ihre Gewohnheit ist. Er schmiegt sich in der Dunkelheit an sie und legt seine Arme um sie, ein Anker in der fließenden Welt. Sie schläft tief und ruhig; aus ihrem Büro im World Trade Center hat sie gestern endlich ihren Vater am Telefon erreicht: Alles war okay, kein Grund zu Panik. Sie fliegen nächste Woche nach Israel.
Am Rande des Schlafes tauchen in seinem Bewusstsein neben vielen anderen zufälligen Assoziationen die Konturen eines Gesichts auf, das ihn nicht in Ruhe lassen will, es gehört Ifrahim Mohammed, den er nur von einem Foto kennt.
Ein Gesicht von hellbrauner Farbe, einer sanften Ausstrahlung und einem etwas überraschten Blick, ein Mann im besten Alter in den Fängen eines Apparates, der ihn für die nächsten vierzig Jahre wegsperren will, in eine Zelle von der Größe eines Kinderzimmers, an den elektronisch überwachten Flur eines Gefängnisses grenzend,

in dem die anderen Gefangenen als Erstes durch Vergewaltigungen und falsche Anschuldigungen seine primitive Kraft testen würden.
Ein Mann ohne den Blick eines Mörders.
Ein Mann, der vielleicht doch einen Mord begangen hat.
Darüber wird er mehr wissen, wenn er ihn nach Sonnenaufgang getroffen hat.
Nach über dreizehn Jahren als praktizierender Rechtsanwalt in New York gestattet er sich das Privileg, in der Regel nur Mandanten anzunehmen, deren Unschuld irgendwie glaubwürdig erscheint, hier kommen ihm seine lange Erfahrung und seine Intuition zugute. Seine Vorliebe für schwierige und »hoffnungslose Fälle«, in die benachteiligte oder minderbegüterte Mandanten verwickelt sind, mischt sich mit einem rasch aufkeimenden Gefühl für ihre »Unschuld«, egal, wie viel auf den ersten Blick auch für ihre »Schuld« sprechen mag. Früher musste er sich wie so viele andere Pflichtverteidiger, ja, auch Verteidiger mit kleinen Büros, auf dünnem Eis bewegen: Vielleicht ist der Mandant schuldig, aber ich arbeite im Rahmen des Gesetzes für seinen Freispruch. Welcher Anwalt hält sich nicht an den Gesetzestext, wonach ein Mandant bis zum Beweis des Gegenteils als unschuldig zu gelten hat? Welcher freie Verteidiger in New York, dem es nicht nur um Geld und Geldgier ging, hätte aber nicht Schwierigkeiten, einen Mann mit »schmutzigen Händen« zu verteidigen? Sonderheims unerwartet großzügige Bezahlung für seine Dienste in Wien half ihm dabei, sich frei und unabhängig zu machen.
Selbst im Schlaf lässt ihn Ifrahim Mohammeds Fall nicht los. Während er sich an Eve presst und unverständliche halbe und abgebrochene Sätze in die dunkle Wohnung im East Village hineinmurmelt, träumt er von einem frühen Sonntagmorgen in der Fifth Avenue. Die breite Straße ist fast menschenleer, die Wolkenkratzer schieben große Wolken vor die Sonne, er selbst und ein Mann, der Ifrahim Mohammed ähnlich sieht, bewegen sich auf der jeweils anderen Straßenseite aufeinander zu, als er an ihm vorbeigeht, ent-

deckt er Blut an Mohammeds Händen, und er ruft ihn. Mohammed eilt weiter, er läuft ihm schräg über die Straße nach, Mohammed biegt jedoch in eine Seitenstraße ein, und als Jon ihm um die Ecke folgt, ist er spurlos verschwunden. Die Straße ist leer, doch jetzt ist er nicht mehr in Manhattan, vor ihm taucht die Lee Avenue in Williamsburg auf, eine leise klagende Stimme dringt an sein Ohr. Er dreht sich zum Schaufenster des nächsten Geschäfts um, ein Juweliergeschäft mit handgeschriebenen Schildern, und tritt an die Tür. Erst kann er wegen der Sonnenreflexe in der Türscheibe nichts sehen, dann tauchen die Umrisse eines Mannes auf. Der Mann ist im Hinterzimmer auf einem Stuhl festgebunden, um ihn herum und im ganzen Geschäft liegen leere, flache Schachteln und Schmuckschatullen auf dem Boden verstreut. Der Mann trägt einen schwarzen Mantel, einen Hut, an den Wangen baumeln zwei lange Haarlocken herunter; sein grauer, langer Bart verbirgt seine Züge, seine Augen sind voller Furcht; er hält eine Hand vor die Brust, unter der Hand läuft Blut heraus.

Er denkt: »Das ist er, das ist Mr. Ellis Edelstein, der Satmar-Jude, den Mohammed erschossen hat«, und er fasst nach der Tür, um zu ihm hineinzugehen, aber sie ist verschlossen. Verzweifelt zieht und rüttelt er an der Klinke, um die Tür zu öffnen, aber im selben Augenblick tippt ihm jemand auf die Schulter. Er dreht sich um. Zwei Meter hinter ihm steht Ifrahim Mohammed, hält ihm mit einem verlegenen Lächeln einen Schlüssel hin. Seine Hände sind trocken und braun.

– Was ist das? fragt er.

– Der Schlüssel für diese Tür, sagt Mohammed.

– Wo haben Sie ihn her?

– Ich habe ihn auf der Straße gefunden und bin gleich zu Mr. Edelsteins Geschäft gelaufen.

– Das glaube ich Ihnen nicht.

– Sie müssen mir glauben, sagt Mohammed. – Wir müssen jetzt Mr. Edelstein helfen.

Er dreht sich mit dem Schlüssel in der Hand zur Tür und dem Geschäft um, aber es ist weg. Die ganze Lee Avenue ist verschwunden, bis auf die Sonne am hellen, blauen Himmel über den Wolkenkratzern der Fifth Avenue und die Schatten unter ihnen; er befindet sich allein in der erstaunlich stillen Straße, die noch nie so lang war und einem ausgetrockneten Flussdelta zwischen hohen Bergen aus Fels und glitzerndem Kristall ähnelt. Sein eigener Schlüssel ist auch verschwunden, er sucht überall in seinen Kleidern danach, findet ihn aber nicht und hat das Gefühl, er müsse weiter, weiß aber nicht, wohin. Er blickt auf seine Uhr, die er vor mehreren Jahren in Soho einem Straßenhändler abgekauft hat und die seitdem mit ihrem dünnen, zuckenden Sekundenzeiger einwandfrei funktioniert. Sie ist stehen geblieben. In dem kleinen Zifferglas, das wie ein Spiegel wirkt, taucht Eves Gesicht auf, ihr Mund bewegt sich, er fragt sich, wie ihr Gesicht in eine solch kleine Form passt und was sie ihm sagen will. Er erwacht und blickt verwirrt auf seine Uhr. Es ist fünf Minuten vor fünf. Draußen ist es immer noch dunkel, in zwei Stunden müssen sie aufstehen.

Auf, auf, auf, effektiv, wie immer.

Es ist Morgen, was wird dieser Tag bringen? Wie lange kann der Sommer den Herbst vor sich herschieben und die Sonne am Himmel halten? Selten hat man an einem Septembertag einen so blauen Himmel über New York gesehen. Ein kühler westlicher Wind streicht von New Jersey über den Monolithenwald Manhattans herein und führt Sauerstoff aus dem glitzernden Hudson-River mit sich, dessen Lauf Henry Hudson unter dem Namen »Der große Fluss« auf seinem Schiff *Halve Maen*, Halbmond, auf der Heimreise nach England passierte; zuvor hatte er, getrieben von dem verrückten Traum, die Nord-West-Passage zu entdecken, die *Halve Maen* nördlich an den grandiosen, grünen, bewaldeten Hügeln Manhattans vorbeigesteuert, der Heimat der Delaware-Indianer, und der Mannschaft das Äußerste an Energie und Können abverlangt.
Wie viele Träumer haben mit ihrem Namen, Besitz und Leben für die Gründung von New York bezahlt?
Eve und Jon sind früh aufgestanden und noch nicht ganz wach, und obwohl sie es eilig haben und sonst Subway oder Taxi fahren, beschließen sie, zu Fuß durch den Washington Square Park zu gehen: Eve zum Büro in der 86. Etage im Südturm des World Trade Center und Jon zum Manhattan Detention Complex, dem Gefängnis in der White Street.
Als sie mit ihren Taschen durch den Triumphbogen hindurchgehen, kommen ihnen einige Jungs auf ihren Skateboards in Richtung der Fifth Avenue entgegen, ihre Körper in perfektem Gleichgewicht. Ein schwarzer Junge steuert direkt auf sie zu und macht geschickt und übermütig, den Arm zum Gruß erhoben, einen Bogen um sie,

einige Augenblicke lang hängt sein Lachen in der Luft; erschrocken hat Eve ihre Tasche auf den Asphalt fallen lassen und bückt sich danach; im selben Augenblick erwacht ein Taxichauffeur hinter dem Steuer seines gelben Taxis ein Stück weiter unten in der 21. Street, nach den vielen nächtlichen Fahrten kreuz und quer durch die Stadt ist er hier eingeschlafen und hat die ständigen Anrufe der Zentrale überhört, seine Augen blicken im Rückspiegel in ein bleiches, verschlafenes Gesicht, es muss ihm gehören, jetzt fällt ihm wieder ein, dass seine Freundin vor einigen Tagen die kleine Wohnung in der Bronx verlassen hat und er sie seitdem nicht gesehen hat; ein Börsenmakler, Mr. Mason, der in einer Zigarrenlounge an der Seventh Avenue bei einer Besprechung, die sich die ganze Nacht hinzog, gute Geschäfte gemacht hat, fährt im Marriott Marquis Hotel am Times Square mit seinen fast eintausendneunhundert Zimmern und sechzig Suiten mit dem Aufzug nach oben, er blickt durch die Glaswände des Aufzugs auf das enorme Atrium mit den hängenden Gärten hinunter, ihm wird schwindlig, er drückt vergeblich alle Knöpfe und glaubt, die Fahrt würde kein Ende nehmen; in der Lobby des Chrysler Building ist die Putzfrau Mrs. Duly vor einem langen Flur mit vielen Aufzügen stehen geblieben, und obwohl bereits die Vorstellung der vielen Büros, die sie reinigen soll, sie müde macht, bewegt sie sich jetzt langsam mit ihrem elektrischen Reinigungsgerät über den farbigen Marmorboden und kommt beim dunkelgoldenen Licht der eckigen glühenden Art-déco-Lampen für kurze Zeit zur Ruhe, ihr Licht und die Lotusblüten im eingelegten afrikanischen Holz der Fahrstühle wecken jeden Morgen in ihr die Sehnsucht nach dem friedlichen Dorf am Rande Nairobis, das ihre Familie vor Generationen verlassen hat; in den Kellerräumen unter dem Gebäude, in die das Personal noch nicht vorgedrungen ist, regiert die Dunkelheit beim leisen Ticken der Stromzähler, deren Kabel sich wie schwarze Adern über die fontänenartige Haube des Gebäudes bis in seine Turmspitze hoch ziehen, hier oben regiert das Licht, und von hier wirken das Straßennetz, die unterschiedlichen Bauten und grünen Parks von Manhattan, der Bronx und von Queens und Brooklyn wie Spielzeugkulissen aus der entfesselten Phantasie eines Riesen; als würden Ameisen einfallen, sind Hunderttausende in den Subways und Autos unter dem East River und dem Hudson River und auf der Brooklyn Bridge, Queensboro Bridge, Williamsburg Bridge, Manhattan Bridge unterwegs nach Manhattan, halb wach, halb schlafend, halb träumend lassen sie sich befördern, während drei Junkies, die sich am Abend vorher zufällig im feuchten Tunnel unter der Bowery Station getroffen haben und mit der Subway schwarz in die Bronx gefahren sind, um einen Dealer und einen Schuss aufzutun, unter einem grauen Träger der riesenhaften Konstruktion des Yankee Stadions aufwachen, hier haben sie verwirrt und todmüde Schutz vor der Nacht gesucht, jetzt schwitzen und frieren sie abwechselnd in der Sonne und kommen kaum auf die Beine; in einem Vorzimmer der Börse mit Kolonnaden in der Broad Street bereitet sich der junge John Charmer auf die täglichen hektischen Aktivitäten in dem dreitausendfünfhundert Quadratmeter messenden Saal der Börse vor, er öffnet eine Schranktür und betrachtet mit einer gewissen naiven Bewunderung sein glattes Gesicht im Spiegel und zieht eine großkarierte Jacke vom Bügel, am Vortag war er im Gewühl aufgeregt rufender, gestikulierender Makler auf dem papierübersäten Boden ausgerutscht und hatte mehrere wichtige Notierungen verpasst, heute ist er fest entschlossen, es besser zu machen und das haushohe Ziel, das er sich gesteckt hat, zu erreichen; die zum Wachpersonal gehörende Eva Thompson befindet sich zur gleichen Zeit auf einem morgendlichen Kontrollrundgang im Security Council Chamber des enormen marmorierten und gläsernen UN-Gebäudes, die gähnende Leere um den ovalen Tisch mit einer Parade verlassener Stühle verstärkt die schalldichte Stille in dem Raum, es rauscht in ihren Ohren, als plötzlich in der Wand weit hinter ihrem Rücken mit einem kleinen implodierenden Seufzen eine Tür aufgeht, dreht sie sich um und tastet nach ihrer Pistole, niemand tritt ein; die Stadt erwacht, der Radiomoderator Jim McNey lässt in seinem vollgepackten Studio in Greenwich Village, mit leuchtenden Augen das vor ihm hängende Mikrophon anstarrend, seinen Assoziationen und seiner Zunge in der üblichen rappenden Art mit großartigen Versprechungen von »Sonne für jede Wand der Stadt« freien Lauf; in einem Aufgang der Fifth Avenue Harlem mit Aussicht auf den Feuerwehrturm im Marcus Garvey-Park zwischen der 120th und 124th Street hat der ebenholzschwarze Marvin jr. nach einer Nacht mit seiner Geliebten auf dem trockenen Laken im schmalen Bett ihrer nach Frittierfett riechenden kleinen Wohnung immer noch nicht genug von ihr und zieht sie wie in Zeitlupe und lächelnd zur Wand neben dem Fenster, hebt ihren Rock hoch und führt sein empfindliches Glied in sie ein, sie bohrt ihm ihre Nägel in den Nacken, er vergeht in ihrem Duft, der Feuerwehrturm und die Pappeln weit hinten flimmern; Millionen von Handy-Stimmen kreuzen sich in einem unhörbaren und chaotischen Sprechchor über der Skyline von Manhattan, eine Sinfonie aus Bruchstücken halb oder ganz ausgesprochener Sehnsüchte, Wünsche, Informationen, Verabredungen und Zornesausbrüche erfüllt die Luft; in seinem Bett in einer Zwei-Zimmer-Wohnung in der Hudson Street erwacht Mr. Mann schwitzend auf seinem Laken, er hat Schmerzen in seiner linken Hand, die im Schlaf zwischen seinem Kopf und dem Bettpfosten eingeklemmt war, und aus Angst, bei der Abendvorstellung der Metropolitan Opera indisponiert zu sein, steigt er schnell aus dem Bett, öffnet den Schrank, nimmt seinen Geigenkasten, öffnet ihn, nimmt Geige und Bogen heraus und beginnt sofort zu spielen, mit nackten Zehen auf dem Fußboden, erst kommen die Töne schräg und die Hand ist ungelenk, er beißt die Zähne zusammen, der Schmerz wird stärker, gleichzeitig aber gewinnen die Töne an Tiefe und erfüllen den ganzen Raum, bis er, wie so oft im Orchestergraben, das Gefühl hat zu schweben; die sechsjährige Latiffa, die Fieber hat, steigt in einem baufälligen Haus mit verrosteter Feuertreppe in der Lafayette Street aus ihrem Bett und sucht mit verschleiertem Blick nach ihrer Puppe, die ein pfirsichfarbenes Musselinkleidchen trägt und Korkenzieherlöckchen hat, und glaubt plötzlich, allein in der Wohnung zu sein, sie beginnt zu rufen, wird aber vom Lärm eines Fernsehgerätes im Nebenzimmer übertönt, wo mit Reklame am laufenden Band der neueste Toyota Landcruiser im sonnenfarbenen Gelände der Rocky Mountains vorgeführt wird; Tony Viscaro hat nach vielen trüben Überlegungen die Fußgängerzone der Brooklyn Bridge betreten, kriecht unter den spinnennetzähnlichen Kabelverbindungen durch und klettert vor der Kulisse der grauen Monolithen des Financial Districts in der Sonne des astronomisch blauen Himmelsgewölbes über das Geländer, tritt auf den Träger und fühlt vom spiegelblanken Wasser des East Rivers unter sich ein Ziehen, er steht wie ein zerzauster flügellahmer Vogel da und breitet die Arme aus, um der Großstadteinsamkeit ein Ende zu machen, als ihn plötzlich von hinten zwei Arme packen, die Joy Silver gehören, der seine morgendliche Joggingtour über die Brücke macht; die zweiundachtzigjährige Mama Luc aus Trinidad, die seit vier Uhr morgens wachlag und mit dem Stock den Weg zur Cathedral Church of St. John the Divine in der Amsterdam Avenue gefunden hat, beugt sich zur gleichen Zeit auf einer Bank unter den gen Himmel strebenden Bögen und gotischen Gewölben im Gebet vor, flüchtig nehmen ihre Augen das strahlende Licht des runden Rosettenfensters am Ende des grandiosen Hauptschiffs wahr, und ein Glücksgefühl, dass sie lebt und sieben Kinder geboren hat, durchströmt ihren kleinen, lebendigen und sehnigen Körper; die Stadt erwacht, auch Jim Forster, der verurteilt wurde, weil er in einem Abrisshaus in der Bronx South seinen Nachbarn aus Eifersucht erschossen hat, erwacht in seiner drei mal drei Meter großen Zelle im Gefängnis James A. Thomas Center auf Rikers Island, wo er wegen aufsässigen Verhaltens zweiundzwanzig Stunden des Tages verbringt, ein drei Monate alter Messerstich in der Hüfte, der von einem anderen Gefangenen stammt, weil er einem Schließer »gesteckt« hatte, dass eben dieser Häftling ihn in der Gefängnisdusche vergewaltigt hatte, brennt immer noch, er schafft es nicht, vom harten Bett aufzustehen und lauscht in den Echoraum des Gefängnisses nach erkennbaren Schritten und Stimmen und erinnert sich plötzlich an den Duft des großen Tsugatannenwalds im New York Botanical Garden in der Bronx, in den seine Stiefmutter mit ihm ging, als er sieben war; die Strände an der Südküste von Long Island liegen an diesem Morgen offen und verlassen unter dem Himmelsgewölbe, Millionen brüchiger, weißer Muschelschalen leuchten in der trockenen sandfarbenen Weite, die den Blick auf eine erfrischende Wanderung zu den Meridianen eines unendlich fernen Horizonts lenkt; am selben Morgen vor dreihundertzweiundvierzig Jahren zog eine Gruppe Delaware-Indianer mit Pfeilen, deren Spitze aus Fischknochen bestand, und Köchern und Bögen aus Eschenholz auf den verschwitzten dunkelhäutigen Rücken an dieser Küste entlang, einer lachte bei der Aussicht auf einen wunderbaren Jagdtag der Sonne entgegen, ihre Spur ist schon längst im Sand verweht; aber im Subway-Eingang auf der Third Avenue in Manhattan eilt Mr. John Marcosee mit dem Halsreif eines längst verstorbenen Dakotahäuptlings unter der Anzugkrawatte die Treppe hinunter, jetzt ist er unter der Erde, und ein Schwarm von Menschen schließt sich um ihn und ergießt sich in die breiten, nach elektrischem Strom und Schweiß riechenden Gänge; eine Unterwelt mit gefängnisartigen Gitterwänden tut sich auf, lange Reihen von Stahlsäulen, umzäunten Eintrittsschleusen und klickenden Zählapparaten, die im Unterbewusstsein der Hunderttausenden weiterticken, die auf Bahnhöfen mit Namen wie Cypress Hills, Rockaway Avenue, Jackson Avenue, Castle Hill Avenue, Brighton Bridge daran vorbeikommen; Kaugummi kauend, Bananen essend mit Kopfhörern, Hüten, Kopftüchern, Turbanen, Kippa oder glatzköpfig, dicht behaart mit glänzenden Schuhen, Stiefeln oder barfuß, parfümiert, tätowiert oder nach den eingeworfenen Pillen riechend und sitzend oder stehend bewegt sich die Menschenmasse in den Zügen mit neunzig Stundenkilometern durch das Dunkel der engen, gewundenen unterirdischen Tunnelgänge; eine Klimaanlage hält die Körper kühl, aber das Dunkel und das künstliche Licht und die Geschwindigkeit verstärken das Schwindelgefühl und den Eindruck, einem unbekannten Schicksal ausgeliefert zu sein; unerwartet und nur blitzartig öffnen sich den Hunderttausenden von Dösenden und halb Schlafenden Schächte zu ihren Träumen und Erinnerungen, bald sind sie in längst vergessenen Schuppen, auf Feldern, bald steigt der Duft von Kiefern oder Vogelgesang in ihnen auf, von Angesicht zu Angesicht im Bauch der Bahn sind sie wieder in Küchen oder Aufgängen oder in schattigen Passagen, wo sie vor langer Zeit einige Minuten ihres Lebens verbrachten, und wo Gesichter, die ihnen etwas bedeuteten, lebendig werden; Bilder von Raumodysseen aus Filmen vermischen sich mit Vorstellungen von Liebe, Sex und dem Wunsch, sofort aus der unterirdischen Gefangenschaft auszubrechen; New York erwacht, müde Pokerspieler verlassen nach einer langen Nacht mit Gewinnen und Verlusten den grünen Tisch des Players Club in der Second Avenue, um ein gelbes Taxi heranzuwinken, in anonymen Hallen wird Vieh geschlachtet, Ratten laufen zu Tode erschreckt vor den Scheinwerfern des Subwayzuges von den Schienen, Hunde strecken sich in den Brownstone-Häusern in Brooklyn Heights in ihren Körben oder durchstreifen hungrig und mager abgefackelte Gelände in der Bronx, Katzen sonnen sich in Bowling Green im Gras am Rande der schattigen Ulmen; auf einem Edward-Hopper-Gemälde an einer weißen Wand eines stillen Raums des Whitney Museum of American Art ist eine nackte Frau mitten in einem Sonnenstreifen erstarrt, von einer brennenden Zigarette, die sie eben im Mund hatte, steigt ein feiner Rauchschleier zwischen den Fingern ihrer rechten Hand auf, ein fast unmerkliches Lächeln breitet sich unter den nach innen gekehrten melancholischen Augen aus, wie fern sind ihr andere Menschen und die verlassene Landschaft hinter dem Haus mit ihren sanften grünen Hügeln und dem leuchtenden Flor wilder Blumen und dem überwältigend blauen Himmel darüber, das Bett hinter der

Frau ist noch warm und ungemacht, die weiß schimmernde Bettdecke ist eben erst unter der schwarzen Tagesdecke zurückgeschlagen worden, dort hat die Frau von einem ganz neuen Tag geträumt, und die Sonne trifft sie von vorn, so wie Eve, als sie an diesem Morgen im Washington Square Park ihre Tasche aufhebt und einige Sekunden lang in die Sonne blickt.

– Alles in Ordnung? fragt Jon, der auch stehen geblieben ist.

– Ja, nur die Sonne, sagt sie. – Schade, dass wir nicht ein paar Stunden im Park bleiben können.

– Das geht nicht, sagt Jon mit einem kleinen Lächeln und schaut ihr tief in die Augen, während er einen Arm um sie legt, mein Mandant wartet.

– O ja, deine Mandanten, wie konnte ich das nur vergessen? sagt sie mit der etwas ironischen Grimasse, die ihm nur allzu vertraut ist.

Sie halten sich einen Augenblick lang auf dem Platz eng umarmt – er nimmt den herben Duft ihrer Creme wahr, die sie vom Hals bis zu den kaum sichtbaren Brüsten unter der offenen Hemdbluse und der Jacke aufgetragen hat –, dann hebt er hinter ihrem Rücken seinen Arm mit der Tasche und blickt auf die Uhr, löst sich von ihr und geht in Richtung La Guardia Place. Eve folgt ihm, zusammen gehen sie an den Stufen zur Universität vorbei, auf denen sich kleine Gruppen von Studenten unterhalten, an der verkehrsreichen Houston Street vorbei und dann Hand in Hand auf den West Broadway mit den vielen Geschäften und Galerien. Jons Gedanken haben den Strom der Geräusche von der lebhaften Straße hinter sich gelassen und beschäftigen sich mit Ifrahim Mohammed. Wie sonst auch vor der ersten persönlichen Begegnung mit einem Mandanten versucht er, sich auf seine Art von Vorurteilen zu »reinigen« und in einen geistigen Zustand positiver Offenheit zu versetzen. Doch weil er unruhig geschlafen und geträumt hat, kann er sich nur schwer entspannen; im Gegenteil, seine innere Unruhe wächst, je näher sie der White Street, dem Gefängnis und der Ecke mit dem

Coffeeshop auf dem West Broadway kommen, wo er sich von ihr verabschieden muss.
Als sie plötzlich vor dem Coffeeshop mit seinen vielen Gästen stehen und Eve sich noch einmal mit einem kurzen Lächeln beklagt, dass sie noch nicht in Israel sind, und ihr dunkles kurzes Haar und ihre Augen und die Art, wie sie die Lippen vor dem Gewimmel von Fußgängern mit der Zungenspitze befeuchtet, ihn in die Welt zurückrufen und daran erinnern, wie sehr er sie liebt, da will er sie nicht loslassen und sagt:
– Morgen fliegen wir nach Jerusalem!
– Ist das dein Ernst?
– Ja, natürlich, ich übergebe den Fall blitzschnell einem Kollegen und Michelle, du bestellst die Tickets, und dann fliegen wir.
– Ich dachte, der Fall wäre dir wichtig.
– Du bist mir wichtiger, sagt er.
Sie sieht ihn einen Augenblick an, wie er inmitten der vielen Vorübergehenden steht und sie eindringlich anblickt, die Schatten der bunt gestreiften Markise über dem Coffeeshop mit dem verstaubten Fenster bedecken halb sein gebräuntes Gesicht mit den blauen Augen, die andere Hälfte liegt in der Sonne. Bei aller Besessenheit von der Arbeit und seiner Fähigkeit, schnelle Entschlüsse zu fassen und seinen Standpunkte entschieden zu vertreten, hat er etwas eigentümlich Weiches. Er überrascht sie immer wieder, kann sie deshalb nicht genug von ihm bekommen?
– Danke, flüstert sie und küsst ihn, dreht ihm schnell den Rücken zu und eilt weiter den West Broadway hinunter, mit seinen Tausenden von Autos und Fußgängern und den massiven grauen Twin Towers.
Er blickt ihr nach, bis er sie unter der grandiosen Silhouette der Türme aus den Augen verliert.
Am liebsten möchte er ihr nachlaufen und sie zurückholen, doch weshalb? Er sieht sie ja heute Abend.
Er eilt durch die White Street und betritt durch die automatischen

Türen der Glasfront den Manhattan Detention Complex, genannt »the tombs«, »die Gräber«; ein bewaffneter Wachmann schleust ihn umständlich und schweigend durch die Metalldetektor-Kontrolle, und er geht weiter in das Innere des Gebäudes zum »Turm« mit den vielen gesicherten Zellen und kameraüberwachten Fluren; hier geht er über die Treppe in den zweiten Stock, muss wieder durch einen Sicherheitscheck und an wachsamen, stieren Blicken vorbei, ehe er von einem Polizisten, mit dem er schon oft zu tun hatte und der ihn mit einem kurzen Nicken grüßt, durch eine massive vergitterte Tür geführt wird, die sich mit einem schrillen Laut automatisch öffnet. Der Polizist führt ihn in einen kleinen Seitengang und bemerkt dabei:

– Schönes Wetter heute, Mr. Bæksgaard, wie lange brauchen Sie dieses Mal?

Sie bleiben vor der Tür eines Vernehmungsraums stehen, in der dunklen Flurbeleuchtung zerfließt das schwarze, fleischige Gesicht des Polizisten beinahe, wären da nicht die beiden Reihen leuchtendweißer Zähne.

– Zwei Stunden, sagt er, blickt auf seine Uhr.

– Jetzt ist es halb neun, sagt der Polizist, blickt auf seine Uhr und richtet seinen schweren Körper etwas auf, wir holen den Angeklagten also um halb elf, okay?

Er nickt, während der Polizist in sein Walkie-Talkie Bescheid gibt, den Gefangenen hereinzubringen. Dann schließt er die Tür auf. Ein fast leerer Raum mit Sicherheitsglas, der Blick geht über die Stadt, eine Überwachungskamera an der Decke; Sonnenstrahlen erhellen den Raum und lassen die Maserung des Tisches hervortreten, der mit zwei Stühlen in der Mitte des Raumes steht. Die Luft ist abgestanden, der Polizist schaltet einen Ventilator ein und geht wieder zur Tür, die auf den Flur führt, hier dreht er sich um und blickt zu einer anderen Tür hin, dabei atmet er schwer in seinem Uniformhemd, das ihm mindestens eine Nummer zu klein ist und ihn zum Schwitzen bringt. Jon stellt seine Tasche auf den Tisch, geht zum

Fenster und starrt über die Straßen und die Dächer von Manhattan South, die sich wie unter einem Schleier abzeichnen.
Was ist mit ihm los, wo ist auf einmal seine Energie geblieben? Vielleicht ist er wirklich allmählich ausgebrannt? Ein neuer Fall wartet auf ihn, ein neues Verfahren, neue juristische Finten und Finessen und ein neuer – vielleicht – unwilliger Richter, der nur schnell fertig werden möchte. Fälle am laufenden Band, am Fließband …
– Wenn der Häftling da ist, schließe ich hinter mir ab, sagt der Polizist in seinem Rücken. – Sie kennen das ja schon, und Sie wissen, wie Sie mich rufen können, wenn etwas schiefgeht.
– Ja, selbstverständlich, sagt er, und ihm fällt wieder eine Episode ein, die ein paar Jahre zurückliegt, ein Mandant, der auf Crack war, hatte ihn mit dem Gesicht gegen eine Tischkante gedrückt und verlangt, er solle ihn sofort hier herausholen. Aus diesem Grund fühlt er sich am sichersten, wenn die Mandanten bei der ersten Begegnung weiter ihre Handschellen tragen.
– Einen Augenblick noch, Mr. Bæksgaard, sagt der Polizist und blickt wieder auf seine Uhr, er nickt, doch in diesem Moment geht eine Tür auf und ein mittelgroßer Mann mit dunklen Haaren, einem regelmäßigen Gesicht und verlegenem Blick tritt ein, gefolgt von einer Polizistin. Der Mann trägt blaue Anstaltskleidung und Handschellen, seine Augen unter der verschwitzten, hellbraunen Stirn blinzeln in die hereinfallenden Sonnenstrahlen, so als hätte man ihn aus der Dunkelheit unter der Erde geholt. Er erkennt Ifrahim Mohammed sofort vom Foto. Mohammed bleibt unentschlossen an der Tür stehen, während die Polizistin ihren Namen sagt und dem anderen Polizisten zunickend die Tür hinter sich schließt.
Der andere Polizist dreht sich um und verlässt den Raum. Jon ist mit Ifrahim Mohammed allein.
Er stellt sich vor, geht auf ihn zu und reicht ihm die Hand. Trotz der Handschellen beantwortet Mohammed seinen Händedruck mit einem überraschend festen Griff.

– Sie haben keine Angst vor mir? fragt er mit trockener Stimme und einem Akzent, der seine arabische Herkunft verrät.
– Nein, sagt Jon, sollte ich?
Mohammed hält seinen Blick fest.
– Ich werde wie ein Verbrecher behandelt, ein Hund, aber ich habe nichts getan, ich bin Vater von vier Kindern und ein friedlicher Mensch.
Einige Sekunden lang mustern sie sich, der eine von ganz unten, der andere aus den Wolken herab, Jon hat scheinbar alle Vorteile auf seiner Seite, er ist ein freier Mann und kann den Raum verlassen, wann immer er will, er weiß, dass er einerseits seine Rolle herunterspielen und gleichzeitig Sicherheit ausstrahlen muss, indem er direkt ist, manchmal auch hart. Ifrahim Mohammed wirkt etwas nervös und unter der ruhigen Oberfläche fast wie erstarrt, es kann der Druck der Anklage oder der Haft sein, der die meisten zermürbt, es kann für seine Unschuld sprechen oder auch für das Gegenteil. Seine dunklen Augen verströmen im Sonnenlicht etwas Trauriges, Trübseliges, sie sind weder aggressiv noch starr. Jon hat es sofort bemerkt, und das hat ihm vom ersten Augenblick an, noch ehe es ihm richtig klar wurde, ein gewisses Vertrauen zu dem Mann eingeflößt. Er kann seine Mandanten sehr schnell einschätzen und irrt sich selten. Nur einmal, und diesen Irrtum hat er sich nie verziehen, war der Wachmann eines Hochhauses in New Jersey wegen Mordes an zwei vierzehnjährigen Mädchen in Brooklyn Heights angeklagt, ihre Leichen waren nie aufgetaucht. Jon hatte ihn kostenlos verteidigt, weil sein Alibi lückenlos zu sein schien und er ihm wegen seiner stillen Art sofort sympathisch war. Er hatte nicht den »Mörder« in ihm gesehen und trotz der starken Indizien, die gegen ihn sprachen, einen Freispruch erreicht. Doch der Mann war ein Psychopath und hatte drei Wochen nach seiner Entlassung auf »Ferien« in Florida eine weitere Vierzehnjährige umgebracht.
– Setzen Sie sich, und dann gehen wir Ihren Fall Punkt für Punkt durch, sagt er und zieht einen Stuhl für Mohammed vor. Der bewegt

sich nur zögernd, Jon setzt sich und holt einen kleinen Kassettenrecorder aus der Tasche, kontrolliert, ob er funktioniert, ist bereit, Mohammeds Aussage aufzunehmen; er macht alles ganz routinemäßig, fast schlafwandlerisch und entdeckt erst, dass Mohammed noch immer hinter dem Stuhl steht, als er wieder den Blick auf ihn richtet.

– Setzen Sie sich bitte, damit wir anfangen können, wir müssen heute viel schaffen, sagt Jon und versucht, seinen Blick festzuhalten.

– Ich muss erst wissen, ob Sie wirklich glauben, dass ich fähig wäre, einen Mann kaltblütig zu erschießen, sagt Mohammed und hält ihm seine offenen Hände entgegen, so dass die Handschellen an den Handgelenken deutlich sichtbar sind.

– Wenn ich einen Fall annehme, gehe ich immer davon aus, dass mein Mandant unschuldig ist, das gilt auch hier, sagt er. – In Ihrem Fall hat der Staatsanwalt offenbar gute Karten in der Hand. Bei einer Gegenüberstellung hat ein Zeuge ausgesagt, Sie hätten, kurz bevor Mr. Ellis Edelstein in seinem Hinterzimmer erschossen aufgefunden wurde, sein Geschäft in Williamsburg verlassen.

– Ich bin aber überhaupt nie dort gewesen, sagt Mohammed und ist zum ersten Mal erregt, ich bin noch nie in Williamsburg gewesen, was sollte ich da, im jüdischen Viertel?

– Ein Bekannter von Ihnen, ein gewisser Benzir Zawawi, behauptet etwas ganz anderes.

– Er lügt, sagt Mohammed. – Allah ist mein Zeuge!

– Das werden wir uns alles ansehen, sagt Jon. Setzen Sie sich jetzt!

– Glauben Sie mir, wenn ich sage, er lügt? fragt Mohammed und setzt sich an den Tisch, seine Augen sind feucht und er weiß nicht, wohin mit seinen Händen. Im Fenster hinter Mohammeds Rücken zeichnen sich schwach die Türme des World Trade Center ab, und Jon überlegt einige Sekunden lang, was Eve jetzt wohl macht und ob sie genauso müde ist wie er.

– Grundsätzlich glaube ich Ihnen, aber ich brauche etwas, worauf ich meine Überzeugung stützen kann, sagt Jon. – Ich werde nicht

versuchen, einen Freispruch für Sie herauszuholen, ich werde Ihren Fall überhaupt nicht annehmen, wenn ich nicht sicher bin, dass ich Ihnen glauben kann. Kann ich Ihnen glauben?
– Ich schwöre bei Allah, dass an meinen Händen kein Blut klebt.
– Und doch hat man an Ihrem Hemd Blut gefunden, und zwar das Blut des Opfers.
– Dahinter stecken Zawawi und seine Kumpane, sagt Mohammed. – Die wollen sich an mir rächen, weil ich etwas weiß, was ich nicht wissen darf.
– Etwas, wofür man töten würde?
– Ja, ja, genau, ich kann alles erklären, aber glauben Sie mir auch?
– Ich glaube Ihnen, wiederholt er. – Doch erzählen Sie mir jetzt ganz genau, was Sie an diesem Tag gemacht haben …
Mohammed seufzt, seine Stirn ist schweißnass, er rutscht auf dem harten Stuhl hin und her und beginnt endlich, detailliert von diesem verhängnisvollen Tag in seinem Leben zu erzählen, an dem er wegen einiger Schmuckstücke einen anderen Mann umgebracht haben soll. Seine Stimme zittert leicht, als würde er gleich erwarten, zermalmt zu werden. Wie oft hat er bei den Vernehmungen der New York City State Police schon diesen Tag beschrieben, und wie viele Male haben sie seine Aussage schon angezweifelt?

Eve hat inzwischen den Springbrunnen mit der Weltkugel auf der Plaza des World Trade Center hinter sich gelassen und durch die automatischen Schiebetüren die enorme Lobby des Südturms betreten. An manchen Tagen meint sie, völlig in der von rechteckigen, riesigen Fenstern begrenzten künstlichen Halle mit Bäumen in großen Töpfen und gläsernem Geländer unterzugehen und sich in Nichts aufzulösen, an Tagen wie diesem, an denen die Sonne scheint und ihr Körper sich dagegen wehrt, in den beiden jeweils einhundertundzehn Stockwerken hohen Ausgeburten der Phantasie ein kleines, unbedeutendes Rädchen im Getriebe von fünfzigtausend Menschen zu sein. Hat ihr Vater, der selbst Architekt ist

und in Israel vierzig Jahre lang Häuser nie höher als Zedern- und Zypressenkronen gebaut hat, sich nicht oft darüber gewundert, was sie in dieser Höhe sucht?
– Die Amerikaner glauben, sie könnten den Himmel erreichen, wir aber wissen, dass sich der Himmel am Fuße der Eukalyptusbäume oder an der Klagemauer findet, hatte er gesagt, und sie wusste, was er damit meinte.
Dennoch musste sie vor siebzehn Jahren unbedingt nach New York, nicht nur des Studiums wegen, sondern auch, um den alten Bäumen zu entfliehen, den Mauern, Gebeten und Leiden und allem, was in ihrer Phantasie zum Symbol für Krieg, Überlebenskampf, Fanatismus und Verdrängung geworden war. In New York waren alle Mauern neu, niemand hatte Angst vor dem Turmbau zu Babel, hier stand an jeder Avenue mindestens einer, es gab keine Opfermentalität, hier war sie nicht in erster Linie Tochter eines polnischen Juden mit Auschwitz-Trauma und einem weißen Fleck in der Seele, sondern eine junge Studentin, die unter vielen anderen jungen Studenten von ganz unterschiedlicher Hautfarbe, Mentalität und Herkunft lebte. Hier fühlte sie, dass es mehr darauf ankam, was sie sagte und tat, als woher sie kam, hier war sie in den ersten Jahren eher Amerikanerin als Israelin. Alles war neu und zugänglich und auf eine befreiende Art offen, selbst die Anonymität der Großstadt, selbst das Bad in der Menge auf der Fifth Avenue wirkte erfrischend, verführerisch, so wie die Energie dieser Stadt, die sie bei den rappenden Jungs an der Straßenecke spürte oder bei den kurzen Besprechungen und Entscheidungen, an den Bewegungen der Leute oder nachts in der durchdringenden, melancholischen oder rhythmischen Musik der Bars. Sie konnte nie genug bekommen von Harlem, Greenwich Village oder der Lower East Side, diesen kleinen Städten inmitten der Stadt, und zwängte sich mit einem Freund von der Columbia University, an der sie studierte, in eine Anderthalb-Zimmer-Wohnung im Village. Ihre Familie in Israel glaubte, Eve wäre nur vorübergehend in den USA und würde mit einem Juraexamen nach Israel

zurückkommen, weil Israel für sie nicht nur der Nabel der Welt war, sondern auch eine Verpflichtung. Immer wieder forderte die Familie Eve auf, bald nach Hause zu kommen. Hatte sie denn nach den Stipendien, die ihr der israelische Staat großzügig gegeben, und den Mitteln, die ihr die Familie »geschenkt« hatte, nicht etwas gutzumachen? Doch je mehr Druck sie auf Eve ausübten, desto mehr legte sie es darauf an zu beweisen, dass sie die richtige Wahl getroffen hatte, und sie studierte nicht nur eisern und nahm Aushilfjobs in Restaurants an, um finanziell unabhängig zu sein, sondern fand mit ihrem überzeugenden Examen auch eine Praktikantenstelle in einer angesehenen Anwaltskanzlei an der Fifth Avenue. Jetzt konnte sie ihrem Vater das »geliehene« Geld zurückgeben, der aber doch zu stolz war, es anzunehmen und es ihr »wiedergab«, als sie die Familie in Jerusalem besuchte.

Ihm wurde klar, dass seine Tochter ebenso viel Überlebenskraft besaß und ebenso dickköpfig war wie er selbst, vielleicht hatte sie auch einige seiner Traumata geerbt, aber sie wurde anders damit fertig. Sie hatte hochfliegende Pläne, er blieb auf dem Boden, sie musste auf die andere Seite des Erdballs in eine babylonische Stadt reisen, um sich selbst zu finden, er fuhr aus demselben Grund manchmal mit dem Auto in die Wüste Negev, um innerlich zur Ruhe zu kommen und frei zu werden. Aber beide mochten arabische Musik, prächtige Farben, Mystik und die jüdischen Stände hinter den Mauern im labyrinthischen alten Jerusalem, da hatte er sie von Kindesbeinen an umhergeführt, in einer Welt des Suk, des Handels, der Kippa, Schleier, Kopftücher, Gebete und vieler verschiedener Zungen. Sie spürte mit den Jahren eine Sehnsucht, und diese machte ihr New York immer fremder.

Wo war die Mystik? Wo die Geschichte? Schwebten hier die meisten nicht in einem blauen Luftballon, berauscht von Film und Fernsehen, Shows und Geldgeschäften, und waren die bis in die Wolken reichenden, gesichtslosen, schmucklosen Bauten nicht ihr Merkmal? Vielleicht tat sie der Stadt Unrecht, vielleicht war sie selbst einfach nur an der falschen Stelle – bei einer Maklerfirma – gelandet; diese vielen Immobiliengeschäfte quer durch die ganze Stadt, die Käufer und Verkäufer gleichermaßen erregten, hingen ihr allmählich zum Hals heraus. Sie musste weg von Bengols & Beterman und der klimatisierten Lounge und den smarten Büros mit Himmelsblick in der 86. Etage, doch wohin?

In einem Traum, der sich in verschiedenen Variationen wiederholte, hatte sie im Gewimmel der engen Gassen im arabischen Teil von Jerusalem den Nacken und hellen Haarkranz eines Mannes gesehen; sie wollte ihm folgen, aber es waren zu viele Leute um sie herum, sie stieß und schob sich vorwärts und versuchte, sich durchzudrängeln. Einige rempelten zurück und regten sich auf, andere versperrten ihr geradezu den Weg, sie fiel hin und stieß einen Stand mit Apfelsinen um, unter denen sie fast begraben wurde, und als sie endlich wieder auf die Beine kam, war der Mann verschwunden. Sie ging dennoch weiter durch die Menge, schlafwandlerisch und müde an Geschäften und Ständen vorbei, wo von Kameras, Mänteln, Büchern und Süßigkeiten bis zu Waffen und Musikinstrumenten alles zu haben war. An einer Kreuzung, wo das Sonnenlicht von oben einfiel, wurde ihr klar, dass sie die Orientierung verloren hatte, sie machte kehrt, um zurückzugehen, aber dort stand, halb im Schatten und in gestreifter Sträflingskleidung, abgemagert, so wie sie es nur von Fotos anderer Gefangener kannte, ihr Vater als junger Mann; sie bewegte sich auf ihn zu, kam aber nicht von der Stelle und hatte das Gefühl, nicht wiedererkannt zu werden. Aus irgendeinem Grund hob er die Hand und zeigte auf etwas hinter ihr, sie drehte sich um und entdeckte durch ein großes Glasfenster, das sie in verschiedenen Lebensaltern spiegelte, den blonden Mann. Er saß im Tabaksgeschäft auf einem Stuhl an einer Wand neben anderen leeren Stühlen und wurde von einem Angestellten bedient, der ihm mit dem Rücken zum Fenster ein Metalltablett reichte, auf dem ein Teeglas stand. Der klagende Ton einer Laute drang aus einem Lautsprecher im Geschäft zu ihr hinaus, sie ging über einen der vielen

handgewebten blutroten und zickzack-gemusterten Teppiche in das Geschäft auf den blonden Mann zu, es war Jon, aber Jon in verschiedenen Lebensaltern, bald war er ein Junge, bald ein junger, bald ein alter Mann.
– Warum kommst du so spät? fragte er.
– Ich habe dich erst jetzt gesehen, sagte sie. – Bei den vielen Leuten war kein Durchkommen.
– Wie ist das möglich, sagte er. – Ich habe das Geschäft schon seit vielen Jahren, wie konntest du dich nur so irren?
Sie war verletzt, wütend und sagte:
– Warum hast du nicht nach mir gesucht?
Er lächelte und sagte:
– Ich habe doch nach dir gesucht, jeden Tagen habe ich die Gesichter in der Gasse betrachtet und nach dir Ausschau gehalten, aber unter den vielen tausend Gesichtern sah dir kein einziges ähnlich. Manchmal kam ein Mann vorbei und sagte, er wäre dein Vater, doch er wusste auch nicht, wo du warst. Wir haben Schach gespielt, Tee getrunken, aber ich konnte ihn nicht aufmuntern. Ich weiß nicht, wer von uns beiden dringender auf dich gewartet hat.
Ihr Blick glitt von seinem Mund und seinem Gesicht zu einer Uhr an der Wand über seinem Kopf, dessen Haar jetzt grau war. Aber das Zifferblatt hatte keine Zeiger, es glich dem Mond über Jerusalem, voll aufgegangen, orangefarben, fern. Und keiner wusste, wie spät es war, nicht einmal der palästinensische Angestellte, als sie ihn fragte. Sie blickte auf ihre Uhr, es war zwei Minuten nach zwölf.
Als sie in der Lobby des WTC vor einem der drei Express-Aufzüge steht und in einer kleinen Traube von Männern im Anzug wartet, dass die Türen sich automatisch öffnen, wirft sie einen kurzen Blick auf ihre Uhr, sie zeigt zwei Minuten nach halb neun. Wenn sie sich nicht beeilt, kommt sie wieder nicht rechtzeitig zur obligatorischen Lagebesprechung um zehn vor neun, und Beterman wird wieder auf seinem Platz am Tischende die Augenbrauen zusammenziehen und ihr einen deutlich gereizten Blick über die Köpfe der anderen

hinweg zuwerfen; aber wie und wann soll sie ihm erklären, dass sie es nicht mehr schafft, dass seine »vorbildliche Anwältin«, der er vor zwei Monaten noch einen Extra-Bonus gab, weil sie der Firma zu einem unerwarteten Profit von einer Million Dollar verholfen hatte, lieber wieder in der bescheidenen Anwaltskanzlei ihres Mannes am St. Mark's Place arbeiten möchte, wo man Angeklagte und hoffnungslose Fälle kostenlos vertritt, für die Beterman keinen Finger rühren würde?

Endlich öffnen sich die Türen zu einem leeren Aufzug, und sie tritt im dezenten Licht rasch hinein, gefolgt von einer Traube von Angestellten, die jetzt beträchtlich angewachsen ist und schnell den Aufzug füllt. Es sind Männer mit unterschiedlicher Haut- und Haarfarbe, aber fast alle tragen dieselben grauen oder dunklen Anzüge und halten dieselben Taschen in den Händen. Alle mit demselben unterkühlten Ausdruck, der sie einander so ähnlich macht, nur die Frauen tragen unterschiedliche dezente Röcke und Jacken; sie riecht wie jeden Morgen im Aufzug die Duftmischung von schweren und süßen Parfüms, Aftershaves und Deodorants, als sie sich halb umdreht und mühsam ihre Hand an mehreren glatten Jacketts vorbeiführt, um auf die 86. Etage zu drücken.

Ein Mann lächelt ihr diskret zu, aber sie geht nicht darauf ein.

Mit einem Ruck und einem Sog, als würden sie sich in einem Helikopter befinden, der mit großer Kraft plötzlich abhebt, bewegt sich der Aufzug nach oben und hat innerhalb weniger Sekunden schon viele Etagen zurückgelegt. Von diesem ersten Phantomanstieg wird ihr immer schwindlig, sie weiß, dass es anderen auch so geht, doch die Stille ist eindeutig, und wie üblich lässt sich niemand etwas anmerken. Als sie ihre Arbeit im Turm antrat, da hatte sie dieses Schwindelgefühl und das schnelle Aufsteigen genossen und es als ein Zeichen dafür gesehen, dass sie wirklich in der Stadt angekommen und New Yorkerin geworden war, und dass es nach oben für sie keine Begrenzungen gab. Jetzt ist ihr das Schwindelgefühl im Aufzug morgens nicht mehr geheuer, und das Aufsteigen

kommt ihr endlos vor, obwohl es oft schon vorbei ist, noch ehe sie sich bequem hingestellt hat.
Nach mehreren Stopps hält der Aufzug in der 86. Etage, und sie eilt in die Empfangshalle mit den vielen Pop-Art-Bildern und dem glatten, glänzenden Boden, auf dem sich schwach ihr Schatten abzeichnet; sie nickt kurz der Empfangsdame zu und grüßt auf ihrem schnellen Weg durch die Flure andere bekannte Firmenangestellte, die an ihr vorbeieilen. Endlich ist sie an ihrem Büro, sie öffnet die Tür mit einer Chipkarte, tritt in das blendende Licht der beiden zur Westseite und zum Hudson River gelegenen Fenster, setzt die Tasche ab, nimmt hinter dem Computer Platz, schaltet ihn ein und wartet auf die Icons auf dem Bildschirm.
Dabei fällt ihr ein, dass sie mit Beterman über ihr Ausscheiden aus der Firma sprechen muss, nachdem sie den Flug nach Israel gebucht und die Angaben über ein neues großes Immobiliengeschäft gecheckt hat. Er wird es sicher nicht verstehen, ja, ihr vielleicht sogar eine Lohnerhöhung anbieten, um sie zu halten, doch wenn er merkt, dass sie es ernst meint, wird er vielleicht kurz angebunden sein und sie möglichst schnell vor die Tür setzen.
Sie holt die Datei über das Immobiliengeschäft auf den Monitor, scrollt sich zerstreut durch, ruft das Druckermenü auf, fährt den PC herunter, steht auf und geht zum Drucker, um die Seiten herauszunehmen. Mit den Unterlagen in der Hand dreht sie sich in Gedanken um und blickt durch das Fenster nach draußen.
Der Himmel ist von einem selten klaren Blau, tief unten verliert sich das blaugrüne Wasser des Hudson River in der Unendlichkeit. Der graue Monolith des Nordturms mit der riesigen Fensterfront glänzt in der Sonne.
Sie sieht es, kann aber nicht glauben, was vor ihren Augen geschieht: Ein Flugzeug, das im Licht wie ein phantasmagorischer, schattenartiger Vogel mit weit aufgespannten Tragflächen auftaucht, hält Kurs auf das Gebäude und verschwindet im nächsten Augenblick mit einem enormen Krachen im Nordturm; fast im

selben Moment scheint im oberen Teil des Gebäudes ein Feuer auszubrechen, Flammen und schwarze Rauchwolken schlagen heraus; sie schwankt leicht und starrt auf das unwirkliche Szenarium, bis ihr im nächsten Moment klar wird, dass es real ist, was sie sieht: Nicht weit von ihr entfernt hat ein Flugzeug ein riesiges Loch in den oberen Teil des Nordturms gerissen und ihn in Brand gesetzt. Der weiße, graue und schwarze Rauch wird immer schwärzer und wälzt sich in Wolkenwellen von zunehmender Stärke aus dem Loch, hüllt langsam alle Stockwerke im oberen Teil ein und gibt dem Gebäude das Aussehen einer kolossalen, brennenden Kerze inmitten einer steinernen Landschaft. Sie atmet heftig, geht einige Schritte zurück zum Schreibtisch, greift den Hörer des Sicherheitstelefons und will die Lobby anrufen und sie warnen, aber es ist besetzt, und sie legt wieder auf. Sie ist wie erstarrt: Soll sie zu der anberaumten Sitzung gehen, soll sie das Gebäude verlassen? Das unwirkliche Gefühl kehrt zurück. Sie betritt den halbdunklen Flur, wo das Licht nicht eingeschaltet ist, weit hinten stehen einige Kollegen und diskutieren gedämpft, ohne dass sie es versteht, einer ruft ihr zu:
– Haben Sie das gesehen, haben Sie das gesehen?
– Ja, ruft sie zurück und will zu ihnen gehen, aber plötzlich fällt ihr ihre Tasche ein und sie läuft wieder in ihr Büro. Sie nimmt die Tasche vom Stuhl, zögert einen Moment, geht noch einmal ans Fenster, als sie eine Lautsprecherstimme hört.
– Im Nordturm hat es einen Unfall gegeben, sagt die Stimme. – Die nötigen Maßnahmen werden ergriffen. Der Südturm ist sicher, bleiben Sie, wo Sie sind, oder gehen Sie in Ihre Büros oder Wohnungen. Ich wiederhole: Der Südturm ist sicher, bleiben Sie, wo Sie sind, oder gehen Sie in ihre Büros oder Wohnungen!
Der Tonfall der Stimme ist beruhigend, aber vor ihrem Fenster, einige hundert Meter entfernt, wälzen sich aus dem gähnenden Loch in der glänzenden Fassade des Nordturms schwarze Rauchschwaden in den blauen sonnigen Himmel, und ein Gefühl von Angst und Unheil durchfährt sie, als in diesem Moment zwei schat-

tenartige Gestalten auf dem Gesims vor einem brennenden Loch eine Etage unterhalb des großen Kraters im Gebäude auftauchen und sich an den Händen haltend wie zwei flügellahme Vögel in den leeren Raum stürzen und zur Erde rasen.
Sie schließt die Augen, atmet langsam, tausend Gedanken durchfahren sie wie aus einer schwarzen Chaosbox, aber nur zwei kristallisieren sich heraus: Sie muss aus dem Gebäude raus, und: Vielleicht kann sie ja den Leuten helfen, die im anderen Gebäude in Gefahr sind, sie hat doch – obwohl es lange her ist – im israelischen Heer gedient, sie weiß doch, wie man Menschen rettet!
Sie eilt mit der Tasche nach draußen und läuft schnell durch die Flure zu den Aufzügen, dabei kommt sie an kleinen Gruppen von Angestellten vorbei und fordert sie auf, auch nach unten zu fahren, aber die meisten winken ab, jemand vom Management, den sie kennt, schüttelt den Kopf und ruft ihr nach:
– Kein Grund zu Panik, Sie haben doch gehört, was die Security gesagt hat …
Im Empfangsraum der 86. Etage warten etwa zehn Firmenangestellte, darunter Beterman, ungeduldig auf den Aufzug.
– Schrecklich, sagt Beterman mit grauem Gesicht und fasst sich mit der Hand an den Hals und den Krawattenknoten. – Auf solche Situationen ist keiner vorbereitet. Ich muss nach unten und mit der Security in der Lobby reden, das gesamte Telefonnetz ist überlastet, man kann sie nicht einmal anrufen.
– Kein Grund zur Unruhe, sagt sein Vizedirektor Mr. Normack, der neben der Gruppe steht und nicht daran denkt, mit nach unten zu fahren. – Wir sind ja nicht betroffen, das Feuer kann auf keinen Fall zu uns übergreifen.
– Woher wollen Sie das wissen? fragt sie ihn und wundert sich über sein selbstsicheres Lächeln.
– Es ist fast windstill, und wegen ein paar schwarzen Rauchwolken wird unser Gebäude nicht anfangen zu brennen, sagt er und rückt seine Krawatte gerade.

– Und die Brandopfer drüben? fragt sie. – Hunderte müssen jetzt tot sein, ich habe gesehen, wie zwei aus einem brennenden Büro in den Tod gesprungen sind.
– Schrecklich …, wiederholt Beterman, und in der Gruppe der Wartenden macht sich Unruhe breit. Manche haben ihre Handys herausgeholt und telefonieren kurz und hektisch.
– Was sollen wir tun? Was sollen wir nur tun? fragt Betermans Sekretärin, eine jüngere Frau mit auffällig bemalten Lippen und glänzenden Augen und starrt in den großen, leeren, sonnendurchfluteten Empfangsraum. Die Empfangsdame hat ihren Platz verlassen, jetzt stürmt, angeführt von einem Sicherheitsbeamten in Zivil, eine kleine Gruppe über den glatten Boden auf sie zu. Aus einem Aufzug, der nach oben weiterfährt, strömt eine neue Gruppe Angestellter heraus, einige von ihnen bleiben stehen und beginnen lautstark zu diskutieren. Andere gehen mit gemessenen Schritten zu ihren Büros.
– Wir können nichts tun, das ist Sache von Feuerwehr und Polizei, sagt Normack und kreuzt seine Arme, als wollte er seine Meinung unterstreichen. Die blauen Augen in seinem gealterten Gesicht verschmelzen mit dem fernen Himmelspanorama hinter seinem Rücken.
Im selben Moment gleiten die Türen auf. Eve betritt mit Beterman und neun, zehn anderen den Aufzug, und während sie Jons Handy anruft und ehe die Türen sich schließen, sieht sie das angespannte Gesicht des Sicherheitsbeamten aus nächster Nähe, er blickt Beterman an. Er sagt:
– Es ist besser, Sie bleiben oben, Mr. Beterman, und warten weitere Anweisungen ab …
Sie fahren abwärts, in der Skylobby der 44. Etage hält der Aufzug und nimmt noch mehr Leute auf, ehe sie weiter in die Tiefe fahren. Im Aufzug funktioniert ihr Handy nicht, aber als die Türen wieder aufgehen und das Licht der sonnenüberfluteten Lobby hereinströmt und sie fast hinausgestoßen wird, ertönen der Summton

und der kurze übliche Klingelton; als sie auf Empfang drückt, hört sie Jons Stimme:
– Der Nordturm brennt, was ist passiert? Feuerwehr, Polizei, hinten an der Straße ist alles in Alarmbereitschaft …
– Ein Flugzeug, sagt sie, ein Flugzeug ist in den Turm gerast, ich habe es gesehen, ich bin jetzt unten in der Lobby im Südturm. Wo bist du?
– Auf dem Broadway, sagt er. – Ich habe die Besprechung mit meinem Mandanten abgebrochen, ich komme zu dir. Ist dir was passiert?
– Nein, wir sind in Sicherheit, sagt sie und blickt zu Beterman, der mit einem uniformierten Sicherheitschef gesprochen hat und jetzt mit beruhigenden Gesten den Angestellten bedeutet, wieder an die Arbeit zu gehen. – Wir fahren wieder hoch.
– Ist das auch vernünftig, fragt Jon ins Handy, während der dumpfe Autolärm vom Broadway zu ihr durchdringt.
Sie überlegt einen Augenblick und folgt der Gruppe zum Aufzug. Beterman ist jetzt dicht bei ihr, sein schütteres Haar glänzt auf der schweißnassen Stirn, sie fragt ihn, was der Sicherheitschef gesagt hat.
– Keine Gefahr. Das Beste ist, wir verhalten uns ruhig und gehen wieder an die Arbeit, wir müssen jegliche Panik vermeiden, sagt er und lächelt matt. Seine übliche Selbstsicherheit ist verschwunden, der Ausdruck seines immer noch bleichen Gesichts ist gefasst, aber in seinen Augen schimmert eine Besorgnis, die sie noch nicht an ihm kennt. Er legt ihr einige Sekunden lang die Hand auf den Arm, als wollte er nicht nur sie, sondern auch sich selbst beruhigen.
– Ich fahre mit hoch, sagt sie zu Jon durchs Handy. – Und dann versuche ich einige Kollegen zu überreden, mit zur Plaza zu gehen und zu helfen, wo wir können.
– Nein, das geht nicht, sagt Beterman, der Sicherheitschef hat ausdrücklich darum gebeten, dass wir uns von der Plaza fernhalten, das ist lebensgefährlich!

– Ich bin gleich da und komme zu dir hoch, sagt Jon. – Pass auf dich auf, okay?
– Okay, sagt sie, beendet das Gespräch und tritt mit Beterman in den Aufzug.
Hier drängeln sich die Leute, aus der Lobby sind noch mehr dazu gestoßen und von Aufzug zu Aufzug gegangen, um noch mitzukommen. Als die Türen zugleiten, bleibt eine große Gruppe in der Lobby zurück. Der Aufzug fährt an, mit einem leichten Ruck ist er schon auf dem Weg nach oben und beschleunigt jetzt schnell, ihr wird schwindlig und ein klaustrophobisches Gefühl überfällt sie, auf einmal weiß sie nicht mehr, warum sie wieder hochfährt; sie steht eingeklemmt in der äußersten Ecke der Kabine, lehnt den Kopf unfreiwillig an die Kabinenwand und schließt die Augen, plötzlich sieht sie wieder vor sich, wie die beiden Gestalten vom brennenden Nordturm schwebend in die Tiefe fallen, und ein Aufschrei, der aus ihrem Zwerchfell aufsteigt, bleibt ihr im Hals stecken; der Aufzug hält federnd. Sie öffnet die Augen, die Türen gehen auf, Licht fällt herein, der Aufzug leert sich zur Hälfte, sie bekommt wieder Luft und fühlt sich sicher auf den Beinen, und als sie nach links blickt, entdeckt sie, dass Beterman sich ein Taschentuch an die Wange drückt und sie besorgt anschaut.
– Es ist doch alles in Ordnung, oder? fragt er und trocknet sich mit dem Taschentuch den Schweiß von der Stirn.
– Mir war schlecht, sagt sie. – Jetzt ist es vorbei.
– Verdammte Situation, sagt er. – Oben rufe ich das Personal zusammen, und dann müssen wir darüber sprechen, was wir machen wollen. Ich bin für einen Day off, vielleicht auch mehrere. Aber jeder Tag kostet uns ein Vermögen.
Der Aufzug fährt wieder an und reißt sie in eine Schleuse hoch, wo die Schwerkraft vorübergehend aufgehoben ist.
– Man kann von den Leuten nicht verlangen, dass sie arbeiten, wenn sich vor ihren Fenstern eine Katastrophe abspielt, sagt sie.
– Nein, selbstverständlich nicht, sagt Beterman. – Aber ich werde

einen kleinen Notstab zusammenstellen, der für ein paar Tage die Geschäfte weiterführt, ich kann doch mit Ihnen rechnen?
– Nein, ich fahre nach Israel und kündige, will sie sagen, stattdessen sagt sie:
– Ja, ich bin dabei.
Beterman nickt zufrieden und richtet wie alle anderen im Aufzug den Blick auf die Tür, einige Sekunden lang verstummen die bruchstückhaften Gespräche über das Geschehen, der Aufzug hält, die Türen gehen auf. Quer durch die Empfangshalle, die von kleinen Gruppen Angestellter in abwartender Haltung bevölkert ist – manche redend, andere schweigend, einige in leichter Oberbekleidung, andere hemdsärmelig, als wären sie nur kurz bei der Büroarbeit unterbrochen worden –, sieht sie weit draußen vor dem Fenster einen breiten schwarzen Rauchstreifen vor dem riesigen, blauen Himmelsraum. Die Atmosphäre ist angespannt, aber beherrscht. Zwei Sicherheitsleute in grauem Zivil gehen mit einem beruhigenden Lächeln zwischen den Gruppen umher. Das übliche, typische New-York-Gefühl von Unverletzlichkeit spricht aus ihren Gesichtern und Stimmen.
Beterman ist schon unterwegs zur Sprechanlage, um die Angestellten in die Empfangshalle zu bitten, als aus Lautsprechern in den Gängen und Büros, Restaurants, Geschäften und Wohnungen des gesamten bis in die Wolken reichenden Gebäudes eine deutliche, betont ruhige Stimme erklingt. Sie zerstreut die Sorgen und Ängste der Tausenden, die hier entweder übernachtet haben oder heute zeitig zur Arbeit gekommen sind, und von denen jeder auf seine Weise den »Unfall« oder den »Brand« wahrgenommen hat und damit fertig zu werden sucht.
Manche, besonders wenn ihre Fenster nach Süden oder Osten liegen, halten den »Unfall« immer noch bloß für ein Gerücht, wie so viele andere kurze, undramatische Lautsprecherdurchsagen, die in der Vergangenheit zu Brandübungen und Ähnlichem gehörten. Manche haben sich im Bett umgedreht und sind noch tiefer in den

Schlaf gesunken, oder sie sind aufgestanden und haben, ohne etwas überzuziehen, den Wasserhahn für eine morgendliche Dusche aufgedreht und versuchen dabei, sich darüber klar zu werden, was von dieser Durchsage zu halten ist. Klingt es nicht zu unwahrscheinlich, um wahr zu sein? Vielleicht ist es, wie schon einmal früher – damals beim Empire State Building – nur ein kleineres, verirrtes Flugzeug? Bedauerlich, aber so etwas passiert. Andere haben ihren Fernseher eingeschaltet und brauchen mehrere Minuten, um zu verstehen, dass die Bilder vom brennenden Nordturm nicht aus einer Filmszene stammen, aus einem weiteren Katastrophenfilm, sondern Bilder der leibhaftigen Realität sind, nicht Vergangenheit, sondern Gegenwart gleich um die Ecke. Einige wählen die 911 des Notrufs oder haben es schon getan, den meisten wird nur ein Rückruf versprochen, der nicht erfolgt. Andere wieder, darunter viele Angestellte von Planungs-, Versicherungs-, Investitions-, Bank-, Kabel-TV-Firmen und Anwaltskanzleien mit Namen wie Agricor Commodities, Asahi Bank, Bellard, China Resource, Dongwon Securities, First Liberty, Guy Carpenter, Kanebo Informations, Infotech oder Golden King nehmen die Unsicherheit und das Fehlen von Informationen zum Anlass, um in ihr Büro zu gehen, an ihren Schalter, ihren Sitzungs- oder in den Fitnessraum, um den Tag in blinder Routine zu beginnen; steht nicht jede Menge Arbeit an? Müssen sie ihre Körper nicht in Form halten? Bekommen sie ihr Geld nicht dafür, dass sie ihren Job machen? In der 83. Etage treffen sich die Versicherungsvertreter Mr. Goldwin und Mr. Kausuak vor den Handwaschbecken in dem großen Toilettenraum bei gedämpfter Beleuchtung und dezenter Lautsprechermusik und reden genauso besorgt über den »Unfall« wie belustigt über ihre Kleidung.

Während sie sich die Hände waschen, einen flüchtigen Blick in den Spiegel über dem Becken werfen und in den Skylobbies des 44. und 78. Stockwerks verunsicherte Angestellte und Bewohner versammelt sind, halten Fajez Al-Qadi Banihammad, Ahmed Al-Ghamdi und Hamsa Al-Ghamdi aus Saudi-Arabien, die so genannten Muskelmänner, Passagiere und Personal der großen Maschine der United Airlines Flight 175 in Schach, die, nachdem sie am frühen Morgen vom Logan-Airport Boston in das blaue Himmelsgewölbe aufgestiegen ist, im Zickzack-Kurs auf den Hudson-Korridor und New York zusteuert, anstatt planmäßig auf Los Angeles. Fünfzehn Minuten nach dem Abflug sind Hamsa Al-Ghamdi und Mohand Al-Sheri, die sich jetzt mit dem Führer des Flugzeugs Marwan Al-Shehhi im Cockpit befinden, zu den Piloten vorgedrungen und haben die angeschnallten Männer mit Nackenschlägen, Morddrohungen und erhobenen Universalmessern gezwungen, ihre Sitze zu verlassen und sich in den hinteren Teil des Cockpits zu begeben, wo der Flugkapitän, der sich wehrte, niedergestochen wurde und noch immer blutend auf dem Boden liegt. Der Erste Offizier wurde aus dem Cockpit zu den Passagieren der Ersten Klasse gestoßen und erhielt den Befehl, sich auf den Sitz in der zweiten Reihe zu setzen, aus dem Marwan Al-Shehhi sich im selben Moment erhob, um ins Cockpit zu gehen und selbst die Kontrolle und das Steuer der Maschine zu übernehmen, die auf Auto-Pilot gestellt war und wie ein schöner, glänzender Drache durch die Luft schwebte. Alles ist fast nach Plan verlaufen, ausgebrütet in möblierten Zimmern und Hotelzimmern in Florida und in Newton von Mohammed Atta, der jetzt die Maschine der American Airlines Flug 1 steuerte und zur selben Zeit ebenfalls Kurs auf New York nahm; im selben Moment, als Hamsa Al-Ghamdi und Mohand Al-Sheri ins Cockpit eindrangen, nutzten Fayez und Ahmed Al-Ghamdi den Überraschungseffekt und erhoben sich von ihren Sitzen in der 1. Klasse. In einem Englisch mit arabischem Akzent drohten sie den Passagieren für alle sichtbar mit einem bombenähnlichen Gegenstand und erhobenen Messern und verkündeten, dass sie als »feige Hunde den verdienten Tod im Namen Allahs und des Propheten Mohammed erleiden« würden, wenn sie sich nicht vollständig ruhig verhielten. »Das hier ist eine Bombe«, sagte Fayez Banihammed und hielt den Passagieren so, als würde er einen Verkaufsartikel vorführen, immer wieder einen Gegenstand in einem schwarzes Tuch hin, seine Augen leuchteten vor Spannung und im Machtrausch. »Keine Bewegung, oder wir bringen euch um!« Ein Steward versuchte hinter seinem Rücken ins Cockpit einzudringen, aber Hamsa Al-Ghamdi, wieder hier, um Al-Shehhi zu beschützen, der im Sitz des Flugzeugkapitäns jetzt den Autopiloten ausgeschaltet hatte und von Hand steuerte, zerrte ihn sofort heraus, stieß ihn rückwärts in die schmale Pantry und stach mit dem Universalmesser mehrmals auf ihn ein, bis er, die Arme schützend vor sich haltend, mit einem schwachen Aufschrei blutend zu Boden fiel. Hamsa Al-Ghamdi ließ ihn liegen, verließ die Pantry und ging weiter ins Flugzeug vor; eine Stewardess, die von den Kaperern noch nicht bemerkt worden war, fand kurz darauf den ermordeten Steward in einer Blutlache auf dem Boden und schloss sich resolut in die Toilette der Pantry ein, wo sie über ihr Handy eine Warnung an die Flugleitung im Tower schickte. Als sie die Toilette verließ und wieder vor der Leiche ihres Kollegen stand, tauchte auch Hamsa Al-Ghamdi auf, sie erstarrte und sah entsetzt den jungen Araber an; aber der verstörte Blick ihres Gegenübers zeigte keine Reaktion auf seine Tat. Er hielt das noch immer blutbefleckte Messer auf sie gerichtet und rief ihr etwas halb auf Arabisch und halb auf Englisch zu, was sie aber nicht verstand; er zeigte mit seiner freien, bebenden Hand auf ihr Handy, an das sie sich klammerte, bis er es ihr entriss, auf den Boden schleuderte, darauf herumtrampelte, ihr den Rücken zukehrte und weiter in das Flugzeug vordrang, eine Wolke der Angst hinterlassend.

Aus einer über das Lautsprechersystem verlesenen vorbereiteten Erklärung, die Mohand Al-Sheri eine Stewardess vorzulesen zwang, wussten jetzt alle fünfundsechzig Passagiere, dass sie in Lebensgefahr schwebten. Einige wurden ohnmächtig, andere beteten, wieder andere dachten an Widerstand, doch die drohenden Gestalten, die in den Mittelgängen auf und ab gingen und angeblich sprengbereite Bomben vorzeigten, hielten sie von ihrem Vorhaben ab. Passagiere, die unmittelbar nach dem Start in Logan Airport als Fremde nebeneinander saßen, öffneten sich mit leiser Stimme einander. Was wollten diese Verrückten? Wer waren sie? Flogen sie selbst die Maschine? Wo ging der Flug hin? Vielleicht war das Flugzeug gekapert und würde auf dem Weg in den Mittleren Osten irgendwo zwischenlanden, hatte man so was nicht schon gehört? Bestimmt waren es Palästinenser, nein, arabische Terroristen, nein, es waren … Viele versuchten, mit ihrem Handy zu telefonieren, wenigen gelang es, manchen mit herzzerreißenden Nachrichten und geflüsterten Notrufen an Anrufbeantworter in menschenleeren Wohnungen, anderen mit stockenden Sätzen über ihre Angst, ihre Kaperung, Abschied oder ewige Liebe an verblüffte und schockierte Empfänger, die sich undeutlich aus einer Wohnung meldeten, einem Auto oder einer Straße in Detroit, New York oder Phoenix und unwillkürlich nach oben starrten und den sonnenüberfluteten blauen Himmel absuchten, an dem nichts zu sehen war als der leere, weite Himmel selbst. Nirgendwo war Gnade, nur ein Rauschen in den Ohren, wie ein Dröhnen in der Dunkelheit; auf einmal geriet man an einem gewöhnlichen Dienstag in die Mühle der Vernichtung, wo Verabredungen, Deadlines, Kalkulationen, Pläne und Visionen nichts mehr bedeuteten, sonst aber verdrängte Augenblicke der Nähe im Arm eines geliebten Menschen oder beim Spiel mit einem Kind an beliebigen schon vergangenen Tagen jetzt aber alles. Marwan Al-Shehhi, der erst im April bei Huffman in Florida seine Prüfung zum Führen einer großen Maschine am Flugsimulator gemacht hatte und zwei Jahre zuvor nach beendetem Rekrutentraining im Al-Qaida-Lager Faraq in Afghanistan dort auch eine Märtyrererklärung unterschrieb, hat mit Schweiß an den Händen und auf der Stirn die schwere Boeing 767 perfekt auf den endgültigen Kurs nach New York Manhattan gelegt und unterwegs jede Verbindung zu den Kontrolltürmen unterbrochen. Er sitzt allein am Steuerknüppel im Cockpit und hat gerade den Rand der Außenbezirke des Staates New York südwestlich von Manhattan unter sich, als er mit gedrosselter Geschwindigkeit einen großen Bogen fliegt, dabei ständig die Höhe verringert und so Kurs auf Manhattan mit seinen grauen Monolithen nimmt, die im Hintergrund immer deutlicher werden, wie rechteckige Riesenschirme auf einem Zeichenbrett.

Al-Shehhi ist etwa eine Minute von seiner freiwilligen Vernichtung entfernt und schon vom Tod erfüllt. In Hotelzimmern in Coral Springs, Florida, oder neulich in Newton hat er sich immer wieder diese endgültigen Augenblicke vorgestellt, in denen er in den Fußstapfen der großen wahabitischen Märtyrer durch eine Jihad-Tat, von der alle Welt reden wird, an vorderster Front eine Bresche in die Welt der Ungläubigen schlägt. In einem Traum hat ihn Osama bin Laden als weißgekleideter Scheich höchstpersönlich in seiner Wohnung in Kandahar empfangen und ihm die eigene Kalaschnikow als Zeichen seiner Anerkennung überreicht und ihn hinausgeführt, wo ihm Tausende von jubelnden Muhjaheddin-Kriegern mit Schüssen begeistert huldigten. In einem anderen Traum ist er unversehrt dem Flammenmeer eines astronomisch großen Gebäudes entkommen und findet sich wieder in den ausladenden Gärten eines Luftpalastes mit Bächen und Springbrunnen und schattigen Palmenhainen, umgeben von schönen Frauen in farbenprächtigen Seidengewändern, die nichts vom Körper verbergen; die Frauen betäuben ihn mit ihrem Wohlgeruch, als sie seine Füße waschen und ihn ins Bad führen, ihn langsam mit Ölen einreiben und das Lager mit ihm teilen, alles, was ihm im Diesseits verwehrt war. Manchmal ist er nachts schweißnass aus Angst vor dem Dunkel, das ihn umgeben, und vor dem Schmerz, der ihn treffen wird, wenn das Flugzeug sich mit hoher Geschwindigkeit in das Gebäude gräbt, aufgewacht. Er hat sie verdrängt, wurde still und dann plötzlich – tagsüber – aggressiv und zornig. So waren er und Atta bei der Jones Aviation in Saratona, Florida, sogar in eine körperliche Auseinandersetzung mit dem Fluglehrer geraten, als sie auf Übungsflügen versucht hatten, die Kontrolle über ihre Maschine zu übernehmen, oder als beide am selben Ort beim Instrumentenflug durchfielen. So wie Attas Familie in Ägypten weiß auch Al-Shehhis Familie nichts von seiner totalen Hingabe an das Martyrium und von seiner überspannten Verachtung des westlichen Lebensstils, dem er seit seiner Studienzeit in Hamburg oberflächlich gesehen nicht abgeneigt gewesen war. Noch bis zum allerletzten Abend im Hotel in Newton hat Atta ihm, ja, jedem der Gruppe immer wieder den hohlen und leeren westlichen Materialismus und dessen Geldgier vor Augen gehalten. Als er im Auftrage Attas seine Eltern in Ägypten besuchte, um dessen internationalen Führerschein abzuholen und sich der Enttäuschung des Vaters über Attas »Pause« bei seinem Stadtplanungsstudium in Hamburg gegenübersah, hätte er beinahe ihre Pläne verraten, die nicht nur Atta, sondern auch ihm zur »ewigen Ehre« unter den »Rechtgläubigen« gereichen würden. Aber ihr Jihad war nichts für die Masse, sondern bis zum entscheidenden Tag nur den Eingeweihten vorbehalten. Erst an dem Tage würde er die Welt und ihre eigenen Familien in Erstaunen versetzen. Al-Shehhi überhört im Adrenalinschock und in seiner totalen Konzentration auf das Panorama vor sich die Rufe, die gemurmelten Gebete und das verängstigte Weinen der Passagiere in der Kabine. Durch den ständigen Sinkflug der Maschine und die Aussicht auf die Gebäude, das Straßennetz und die Felder auf Staten Island wissen sie, was die Stunde geschlagen hat. In der Ferne steigt über der vertrauten, sonnenbeschienenen Landschaft Manhattans eine Wolke aus tiefschwarzem Rauch auf.

Der giftige Rauch quillt in immer größeren Formationen aus den gähnenden und rotglühenden Kratern im Nordturm und ähnelt luftiger Lava; die von hier ausgehenden Rauchschwaden treiben dicht vor den Fenstern mehrerer Stockwerke des Südturms, als sich über alle Lautsprecher der Kommunikationsanlage des Gebäudes eine Stimme meldet:

– Eine Sicherheitsdurchsage an alle im Südturm des World Trade Center. Wegen des Unfalls im Nordturm wird eine geordnete

Räumung des Südturms empfohlen, wenn die Verhältnisse es gestatten. Ich wiederhole: Eine geordnete Räumung des Südturms wird empfohlen, wenn die Verhältnisse es gestatten.
Hunderte von Menschen haben vor dem immer alarmierenderen Rauch bereits die Skylobby im 78. Stockwerk aufgesucht, und die Durchsage verstärkt das Gedränge vor und in den Aufzügen. Viele versuchen vergeblich, sich in die schon vollen Aufzüge zu drängen; Panik macht sich breit, weil Menschen zwischen die Türen geraten und an den Rand der Hineindrängenden zurückgestoßen werden.
In der großen Basis-Lobby haben die Leute es eilig, aus den Aufzügen herauszukommen, mitten in diesem Gedränge betritt Jon mit zwei Feuerwehrleuten und ein paar zivilen Wachleuten einen leeren Aufzug, die Türen gleiten zu, der Aufzug fährt nach oben. Erst vor zwei oder drei Minuten ist er am Nordturm vorbeigekommen, und der Anblick des beschädigten Gebäudes in einer dicken Wolke aus Rauchschwaden, Feuerwehrautos und Rettungswagen und die hektische Aktivität auf der Plaza an dem gigantischen Turm, die mit glühenden, herabfallenden Bauteilen übersät ist, geht ihm nicht aus dem Sinn. Er presst die Kiefer zusammen und sein Blick geht im Aufzug umher, bis er an einem Feuerwehrmann hängen bleibt, einem muskulösen jüngeren Mann mit offenem Gesicht, der Mann kommt einen Schritt auf ihn zu und sagt:
– Sie fahren in die falsche Richtung, die richtige führt nach unten!
– Meine Freundin ist in der 86., sagt er lakonisch.
– Ich wette, dass sie von selbst runterkommt, sagt der Mann und lächelt kurz. Je weniger nach oben fahren, desto mehr können nach unten kommen. Steigen Sie in der Skylobby in der 44. aus und fahren Sie wieder runter!
Kurz darauf gleiten die Türen zur Lobby im 44. Stockwerk auf; eine Gruppe von Angestellten mit Mappen und eingeschalteten Handys drängt sich vor dem Aufzug, um nach unten zu fahren. In ihrer Eile, hineinzukommen, übersehen sie, dass der Aufzug nach oben fährt, und schieben sich in einer Traube hinein; Jon zwängt sich durch sie

hindurch und betritt die Lobby. Die Türen gleiten zu, und er überlegt schon, die Treppe nach unten zu nehmen.

In der 86. Etage warten Eve und Beterman und ein Teil der Angestellten von Bengols & Beterman darauf, dass die Aufzüge von oben ankommen. Die Stimmung zwischen ihnen ist angespannter als zuvor, viele können ihre Nervosität nicht verbergen und laufen unruhig von einem Aufzugportal zum anderen, um sich auf die erstbeste Möglichkeit zu stürzen; andere reden unablässig, die meisten sprechen in ihre Handys. Eine schwarze Rauchwolke nimmt allen die Sicht nach draußen, im Raum herrscht ein gespenstisches Schwarz-Weiß: blendender Sonnentag auf der einen Seite, nächtliche Dunkelheit auf der anderen. Eve kann Jon mit ihrem Handy nicht erreichen und fragt sich besorgt, wo er wohl ist. Sie wendet sich an Beterman, der es schweren Herzens aufgegeben hat, das Personal um sich zu versammeln, und ein paar Schritte von ihr entfernt den Blick auf die leuchtenden Etagenanzeigen richtet.

– Dumm, dass wir wieder hochgefahren sind, sagt Beterman, jetzt ist alles ein einziges Chaos.

– Mein Freund ist auf dem Weg nach oben zu mir, sagt sie.

– Nein, das ist doch nicht wahr?

– Oder er wartet unten auf mich …

– Der hervorragende Verteidiger aus dem East Village, ja?

Direkt hinter ihnen wartet Vizedirektor Normack und streitet sich mit einem Mitarbeiter über ein Immobiliengeschäft auf Long Island, das vor neun hätte abgeschlossen sein sollen, und aus dem jetzt nichts zu werden droht.

Genau in diesem Moment sind die Gebäude von Süd-Manhattan vor der Spitze der United Airlines Maschine, auf die Shehhi mit 800 Stundenkilometern auf den Südturm zusteuert, zu unwirklicher Gebirgshöhe angewachsen. Shehhi und mehrere Passagiere können durch die Flugzeugfenster noch das riesige Feuer in dem schräg nach hinten strebenden Gebäude registrieren. In der Kabine schreien einige Passagiere auf, andere beugen sich nach vorn in das Dunkel zwischen den Sitzen, wieder andere reichen sich ihre schweißnassen, zitternden Hände. Hamsi Al-Ghamdi gibt in dem Gefühl, dass der letzte Augenblick gekommen ist, die Bewachung der Passagiere auf und läuft ins Cockpit zu Shehhi. Sie kommen den Fenstern in der enormen Mauer, in denen sich die Sonne spiegelt, immer näher, Al-Ghamdi legt Shehhi seine zitternde Hand auf die Schulter.

– Allahu Akhbar! rufen beide.

Mit einem ungeheuren Krachen trifft der riesige Flugzeugkörper wie ein Projektil in schiefem Winkel zwischen dem 77. und 85. Stockwerk des gigantischen Gebäudes auf die Südmauer aus Stahl und Beton und dringt tief in Richtung der Nordwand ein. Der gewaltige Schlag, als Mauern und Flugzeug aufeinanderprallen, tötet fast alle in der Maschine auf der Stelle, die letzten Überlebenden werden von der furiosen Explosion in die Luft gesprengt, als neunzigtausend Liter Brennstoff aus den Flugzeugtanks unmittelbar darauf auslaufen und Feuer fangen.

Fast alle der vielen hundert Wartenden in der Skylobby des 78. Stockwerks und um das Einschlaggebiet herum sind auf der Stelle tot, einige wenige bleiben wie durch ein Wunder unverletzt, andere werden umgeworfen und von der Metallmasse des eindringenden Flugzeugs schwer verwundet, das wie das Monster eines Albtraums die Stockwerke zwischen dem 77. und dem 85. in einen riesigen Schrottplatz verwandelt, wo Tragflächen, Leitungen, Wände, Bildschirme, Installationen, Möbel sich von einem Augenblick zum anderen vermischen. Der Geruch von Kerosin ist auf einmal so stark, dass die wenigen Überlebenden kaum mehr Luft bekommen; alle Lampen erlöschen, die Aufzüge bleiben stecken und halten die Fahrgäste im Dunkeln gefangen, und das Feuer im Einschlaggebiet lässt die ganze Szenerie erglühen.

In der Skylobby in der 44. Etage spürt Jon im Augenblick der Kollision eine Erschütterung im ganzen Gebäude, als würde er sich in diesem Augenblick auf einem Ozeanriesen im Atlantik befinden, dessen Deck hin und her schwankt; im Foyer der 86. Etage verlieren Eve, Beterman und die anderen Wartenden den Halt, eine Wand stürzt ein, und noch immer die ohrenbetäubende Explosion in den Ohren, versucht Eve unter Schock, sich auf dem leicht schwankenden Boden aufzurichten, ihre Stirn blutet. In einem einzigen Wirrwarr von Möbeln, Holzverkleidungen und Menschen hält sie sich unsicher auf beiden Beinen, manche Leute stehen auf, andere bleiben liegen. Einige wenige suchen bereits nach einem Fluchtweg im Gebäude und betätigen vergeblich Schalter und Türen im Foyer und den Seitengängen. Eve geht zu Beterman und reicht ihm die Hand, er kommt langsam und erschüttert hoch; jemand schreit:

– Es brennt. Rauch im Aufzug, Rauch im Aufzug!

Im nächsten Moment schreit ein anderer:

– Rauch in Treppe B, Rauch in Treppe B!

Jetzt sind alle in der Eingangshalle wieder auf den Beinen, zwei müssen gestützt werden. Es sind etwa zwanzig Leute, und sie versammeln sich in der Hallenmitte und reden durcheinander über das, was geschehen ist. Einige rufen den Notruf 911 an und bekommen zu hören, sie sollen bleiben, wo sie sind, und auf Hilfe warten.

– Sie meinen, uns hätte auch ein Flugzeug getroffen, sagt jemand, ein junger Programmierer aus Kalifornien, der ganz neu in der Firma ist, und schaltet sein Handy aus. – Die unteren Etagen brennen!

Sie sehen sich schweigend an.

– Wir können doch nicht einfach warten, bis wir lebendig gebraten werden, sagt Vizedirektor Normack, dreht ihnen den Rücken zu und läuft einen Flur hinunter.

Jetzt steigt draußen der Qualm zu beiden Seiten der Eingangshalle auf und hüllt sie in tiefe Dunkelheit, unter ihnen brodelt und rumort es. Sie sind wie gelähmt, und jeder fürchtet, es könne kein Entkommen geben; jemand weint, mehrere stützen sich gegenseitig, einige klammern sich aneinander, aber keiner spricht laut über die Angst. Beterman reicht Eve sein Taschentuch, sie wischt sich das Blut von

der Stirn. Sein Gesicht ist leichenblass, und der Blick, mit dem er sie betrachtet, erinnert sie an Jon.
– Raus hier, alle raus hier! ruft plötzlich eine Stimme. – Treppe A ist frei.
Aus einem Seitengang taucht der Mitarbeiter einer privaten Wachgesellschaft auf und zeigt nach unten auf den Flur, aus dem er eben gekommen ist.
Sie folgen ihm, Eve fasst den verwundeten Carter am Arm, ein Wirtschaftsprüfer der Firma, der nach einem Sturz auf einem Bein hinkt, und hilft ihm mit einem anderen Kollegen beim Gehen; ihre eigene Stirnwunde ist nur oberflächlich und das Schwindelgefühl weg. In vielen Büros, an denen sie vorbeikommen, stehen die Türen offen, vor den Fenstern ist deutlich und bedrohlich der dichte, schwarze Rauch zu sehen, der das Gebäude jetzt umgibt; dennoch gerät niemand in Panik, die Anwesenheit des Wachmanns und das Vertrauen auf einen Ausweg machen sie ruhig und zuversichtlich.
Als sie zur A-Treppe kommen, ist alles schwarz. Als eine der letzten, die an der Seite des hinkenden Carter den Treppenaufgang betritt, ist Eve von der Dunkelheit völlig betäubt, sie spürt sofort den Rauch und die Hitze von unten, blind folgt sie dem Strom und tastet sich auf den Stufen vor; Carter stolpert, aber sie und ihr Helfer halten seine Arme fest und bewahren ihn vor dem Sturz; einen Augenblick lang machen sie auf der Stufe Halt, und erst da bemerkt sie die Leuchtstreifen auf den Stufen und an den Verkleidungen. Dieses Detail, dem sie nie Beachtung geschenkt hatte, ja, das sie beim flüchtigen Durchlesen der Sicherheitsbestimmungen bei ihrer Anstellung zwar wahrgenommen, aber schon längst vergessen hat, weil sie sich wie fünfzigtausend andere Beschäftigte im World Trade Center in Sicherheit wähnte –, dieses Detail bedeutet ihr jetzt alles und bestärkt sie in der Hoffnung zu überleben.
Sie gehen weiter abwärts, ruhig und schweigend; der Rauch brennt in der Nase und die Hitze nimmt zu; doch die seltsame Stille in dem Schacht umfängt und wiegt alle in Sicherheit.

In der Zwischenzeit ist Jon im 44. Stockwerk durch die Flure gegangen und zusammen mit einer kleinen Gruppe zur intakten A-Treppe gelangt. Ein Anruf bei 911 hat jedem in der Gruppe klargemacht, dass auch der Südturm von einem Flugzeug getroffen wurde. Hier unten brennt das Licht, und während der Rest der Gruppe schnell über die erleuchteten Treppen nach unten verschwindet, bleibt er einen Augenblick lang stehen und blickt in den leeren Treppenschacht hoch, so weit er sehen kann. Weiter oben hört er Stimmen und Schritte von Menschen, die nach unten hasten, kann sie aber nicht sehen. Vielleicht träumt er auch nur? Er atmet schwer, ruft Eve von seinem Handy aus an, es meldet sich aber nur der Anrufbeantworter. In diesem Moment ihre Stimme zu hören, ganz nahe und zugleich anonym fern, verstärkt die ganz neue Angst, sie nie mehr wiederzusehen.

– Ich bin in der 44., sagt er und versucht so gefasst wie möglich zu klingen. – Ich bin auf Treppe A und komme zu dir hoch. Ich liebe dich.

Während er mit schnellen Schritten nach oben hastet, öffnet sich eine Tür zur Dunkelheit des Aufgangs, genau an der Stelle, wo Eve und die Mitarbeiter von Bengols & Beterman sich befinden, ein Mann wankt auf die Treppe und ruft:

– Es brennt, es brennt!

Im nächsten Moment fällt er vornüber die Treppe hinunter und bleibt auf einem Treppenabsatz liegen. Der Wachmann eilt mit der Taschenlampe nach unten, andere kommen hinzu und versuchen, ihn aufzuheben, die eine Gesichtshälfte ist voller Brandwunden, sein Jackett ist zerrissen und riecht verbrannt. Als man seinen Kopf anhebt, fließt Blut aus seinem Nacken. Er flüstert:

– Verdammt, verdammt … Ich will nicht sterben.

– Sie werden nicht sterben, sagt der Wachmann. – Wir bringen Sie runter.

Ein Lächeln huscht im Schein der Taschenlampe über das Gesicht des Blutenden, als wären seine Augen auf etwas Fernes, Unabwend-

bares und Erschreckendes gerichtet, etwas, das nur er sieht. Sein Körper zuckt, der Blick wird starr.
Der Wachmann tastet nach seiner Halsschlagader, blickt hoch und erhebt sich.
– Er ist tot, sagt er. – Wir müssen weiter.
– Wir können ihn nicht einfach liegen lassen, sagt jemand, während die Anderen wie gelähmt dastehen.
– Er ist tot, wiederholt der Wachmann, ohne dass man sein Gesicht im Dunkeln sehen kann, dreht sich um und geht weiter die Treppe hinunter.
– Er hat Recht, wir müssen weiter, sagt ein anderer, und sie laufen weiter. Langsam wird der Qualm dichter, er beißt in den Augen. Eve und ihrem Helfer fällt es schwer, den Verwundeten zu halten, der in der Dunkelheit zu husten beginnt. Irgendwo im Inneren des Gebäudes hören sie Schreie und das Krachen eines Einsturzes, die Treppe unter ihnen erbebt.
– Lassen Sie mich, sagt Carter und bleibt auf der Treppe stehen. – Retten Sie sich selbst! Aber sie hören nicht auf ihn, packen seine Arme und führen ihn wie eine große mechanische Puppe Stufe um Stufe weiter.
Eve hat jedes Zeitgefühl verloren, hatte sie bei undurchdringlicher Dunkelheit nicht schon immer ein klaustrophobisches Gefühl? Sie starrt vor sich auf die Leuchtstreifen wie auf endlose Gleise. Sie bleiben immer weiter hinter den anderen zurück, unten aus dem dunklen Schacht sind jetzt erregte Stimmen und Schläge gegen eine Tür zu hören. Sie kann die Stimmen Betermans und des Wachmannes von den anderen unterscheiden.
– Das darf nicht sein, sagt der Wachmann. – Sie ist zu!
– Sie müssen doch einen Schlüssel haben, als Wachmann müssen Sie doch einen Schlüssel haben! sagt Beterman.
– Die Brandtüren schließen von selbst, Sir, auf solche Situationen sind wir nicht vorbereitet! hört sie den Wachmann sagen.
Als sie näherkommen, wird der Rauch dichter, viele husten und

einige schnappen nach Luft, und der Wachmann bemüht sich, die Gruppe zu überzeugen, wieder nach oben zu gehen, ganz nach oben an die frische Luft auf dem Dach. Jetzt erkennt Eve mehrere Stimmen und begreift, dass einige von ihnen versuchen, eine Brandtür aufzubrechen, einer hämmert mit einem Feuerlöscher dagegen. In dem Moment, als sie unten bei den anderen ankommen, blendet der Wachmann sie mit seiner Lampe.
– Machen Sie Platz, sagt er. – Wir gehen nach oben!
Der ältere Wachmann, früher bei den Marines und gewöhnt, alles unter Kontrolle zu haben, wirkt jetzt ziemlich verzweifelt, er eilt an ihr vorbei und kommandiert von oben:
– Beeilung, nehmen Sie die Beine in die Hand, schnell, schnell!
Und Leute, deren Gesichter und Stimmen Eve nur flüchtig aus der Firma kennt und die jetzt in der Dunkelheit gänzlich anonym sind, stoßen sie, ihren Helfer und den Verwundeten im Dunkeln fast zu Boden, um vorbeizukommen.
Sie hört Betermans Stimme ganz nahe:
– Eve, kommen Sie jetzt, Sie haben hier keine Chance.
– Carter schafft es nicht nach oben, hört sie sich sagen.
Der Rauch umwogt sie, Carter beugt sich in einem Hustenanfall vor, und weil ihr plötzlich einfällt, dass ein Kollege ihr eines Tages lachend erzählt hat, wie er sich in einem der Treppenaufgänge mit den vielen Seitenkorridoren verirrt hatte, lässt sie Carter los und geht nach unten zur Brandtür und von dort nach rechts in einen Korridor. Es ist wie ein Alptraum, in dem sich immer noch ein Korridor und noch eine Tür öffnen, sie sieht weder Tür noch Klinke, als sie sich mit den Händen an der Wand entlang tastet, bis sie davor steht; sie fasst die Klinke, drückt sie nieder, und die Tür öffnet sich schwerfällig zu neuer Dunkelheit und noch größerer Hitze. Wieder sind aus dem Gebäudeinnern Schreie zu hören und ein Knistern wie von einem übermächtigen Heuschreckenschwarm. Der Schweiß läuft an ihr hinunter, ihr Körper schreit nach Wasser, doch sie muss zurück und die anderen holen.

Als sie wieder zu der Stelle kommt, wo Carter, Beterman und ihr Helfer zurückgeblieben sind, stützt Beterman jetzt allein Carter.
– Er hat sich aus dem Staub gemacht, sagt Beterman. – Ich dachte, Sie würden auch nicht zurückkommen.
Gemeinsam führen sie jetzt Carter durch Rauch und Dunkelheit in den Korridor und gelangen durch die offene Tür zu der anderen glühendheißen Treppe. Aus irgendeinem Grund ist hier der Rauch weniger stark; mit den Leuchtstreifen auf der Treppe als Richtungsweiser machen sie sich langsam wieder an den Abstieg.
Das heftige Feuer im Krater des Gebäudes frisst sich stetig nach oben und unten und verbreitet Tod und Zerstörung; die Rauchwolken wachsen zu mächtigen dunklen Formationen und Fackeln an, dehnen sich mehrere hundert Meter um die beiden brennenden Türme aus und ziehen über Manhattan und den East River herein. Der Tag wird zur Nacht; Tausende von Feuerwehrmännern und Polizisten sind im Einsatz, in kleinen und großen Gruppen oder einzeln dringen sie unter Lebensgefahr zu den Gebäuden vor. Ein Sturzregen aus meterlangen glühenden Metallteilen und abgerissenem Baumaterial geht über die Plaza und die umliegenden Straßen nieder, auch Menschen, die von den Türmen in den Tod springen, von Rauch, Feuer und der extremen Hitze aus den Fenstern gedrängt, stürzen wie schwere Projektile auf die Rettungsmannschaften und erschlagen einige von ihnen; sie müssen sich vom Haupteingang zum Südturm in der Liberty Street zurückziehen und auf einem anderen Weg in den Turm eindringen, meist über das Marriott Hotel, oder sie müssen in der West Street oder der Church Street bleiben und die Überlebenden und ihre Helfer, die aus den Türmen kommen, zu den behelfsmäßig eingerichteten Notlazaretten leiten. Im großen Mahlstrom des Unheils hat die New Yorker Verkehrspolizei damit zu tun, die U-Bahnstationen am World Trade Center zu schließen und die Zivilpersonen von hier zu evakuieren. Auch die Brücken und Tunnel nach Manhattan werden geschlossen; überall in der Stadt räumt die New Yorker Polizei die

großen Durchfahrtsstraßen, so dass nur der akute Notverkehr, Rettungswagen und Feuerwehrfahrzeuge, durchkommt. Die gesamte innere Metropole befindet sich seit fünfundvierzig Minuten im Ausnahmezustand, der an Belagerung oder an Krieg erinnert, einen Krieg, den ein unsichtbarer Feind begonnen hat, und Präsident Bush, der sich nach einem Besuch in einer Grundschulklasse in Sarasota, Florida, mit seinem Tross auf dem Weg zur Air Force One befindet, um nach Washington zu fliegen, lässt durch einen Sprecher in den Medien mitteilen, das World Trade Center sei augenscheinlich Ziel eines Terrorangriffs geworden. Keiner weiß Genaues über die Täter, die anscheinend wie Alptraumfiguren eines Hollywoodfilms buchstäblich aus dem Nichts aufgetaucht sind, alles ist Spekulation. Niemand ist auf den apokalyptischen Angriff vorbereitet, obwohl nach geheimen Berichten, die im Laufe des Sommers im Präsidentenbüro eingegangen sind, alle roten Lampen hätten aufleuchten müssen, und Clarke, der Berater des Präsidenten für Terrorfragen, alles getan hat, um die Regierung zu warnen. Im Weißen Haus sieht Vizepresident Cheney um 9.03 Uhr vor einem Fernsehschirm, wie ein Flugzeug mit dem Südturm kollidiert und der Nordturm heftig brennt, und ruft: – Verdammt, wie kann ein Flugzeug ins World Trade Center einschlagen? Jetzt ist er mit der Sicherheitsberaterin Condoleezza Rice und Clarke auf dem Weg zu einer Videokonferenz über die Sicherheit des Staates in einem Bunker unter dem Weißen Haus.
An mehreren Stellen im Nord- und im Südturm stecken ganze Gruppen im Aufzug fest und erwarten ergeben ihr Schicksal; über dem Einschlagsgebiet verirren die Menschen sich in den Treppenhäusern oder werden von Rauch und hereinbrechendem Feuer in die Treppenhäuser oder Büros und Wohnungen zurückgedrängt. Die automatisch schließenden Türen zu den Dächern verstellen diesen Fluchtweg, aber beim 911-Notruf ist man nicht informiert und kann deswegen die Menschen nicht vor diesem letzten verzweifelten Ausweg warnen. In den ersten fünfzehn Minuten nach

der Kollision des Flugzeugs mit dem Turm füllen sich die Treppen A und B über dem brennenden Krater im Einsturzgebiet mit aufsteigendem stickigen und giftigen Rauch, und das Feuer breitet sich Etage um Etage nach oben aus. Doch wie durch ein Wunder bleiben bis weit oben im Südturm die A-Treppe und Teile der B-Treppe und mehrere Seitentreppen frei und vom Feuer verschont. Neben Feuerwehrleuten mit Leitern und Schutzanzügen hasten auch Jon und einige Zivilpersonen nach oben, um verwundeten Kollegen im oberen Teil des Gebäudes zu helfen, anstatt nach unten zu gehen. Schon der Anblick der Feuerwehrmänner auf den erleuchteten Treppen etwas unterhalb der Einsturzstelle trägt zur Beruhigung der vielen Angestellten und Bewohner bei, die in kleinen oder größeren Gruppen nach unten gehen. Im 22. Stockwerk befreien ein Wachmann und ein Feuerwehrmann eine Gruppe, die über eine halbe Stunde lang im Fahrstuhl eingeschlossen war, und bringen sie in die Lobby. Eve, Beterman und Carter tasten sich weiter über die finstere Seitentreppe zur Treppe A von dem brennenden Krater weg nach unten, einmal stolpern sie fast über die Leiche eines weiteren Schwerverbrannten, der vor dem Höllenfeuer erst in sein Büro geflohen war und seine letzte Zuflucht auf der Treppe gesucht hatte, ohne weiterzukommen. Beterman taumelt gegen eine Wand und verletzt sich an der Schulter, Eve kann Carter halten, ehe er vornüberfällt.
– Gehen Sie doch weiter, for Christ's sake, und lassen Sie mich hier bleiben, sagt der völlig erschöpfte Carter und sinkt neben die Leiche, während Eve im Dunkeln Beterman hilft, sich aufzurichten.
– Wir nehmen Sie mit, sagen Sie, was Sie wollen! antwortet Beterman und stellt sich neben ihn, ohne sich um die eigene schmerzende Schulter zu kümmern. Die Hitze ist unerträglich, und Beterman stöhnt laut auf.
Eve greift nach ihrer Tasche, die sie die ganze Zeit um die Schulter getragen hat, um ihr Handy hervorzuholen, die Tasche ist verschwunden. In der flirrenden Hitze und der Dunkelheit kann sie sich nicht weiter darum kümmern. Sie geht einige Stufen nach oben

und zieht gemeinsam mit Beterman Carter von der Treppe hoch, dann gehen sie weiter nach unten.
Die Leuchtstreifen zerfließen vor Eves Augen und versetzen sie zurück in eine Nacht an der Hand ihres Vaters bei den Glühwürmchen am See Genezareth; ein fast unwiderstehlicher Drang, Carter loszulassen, in der Dunkelheit zu verschwinden und zu schlafen, überfällt sie, und sie hört, wie eine Stimme, die an Jon erinnert, ihr von einem fernen Ort etwas zuflüstert; in diesem Moment beißt sie sich auf die Zunge – ein Trick, den sie bei der israelischen Armee gelernt hat – und kommt wieder zu sich, nur um zu sehen, wie zehn Meter unter ihnen ein Feuer aufsteigt. Das Feuer sieht weder besonders groß noch bedrohlich aus, doch Carter, der es auch gesehen hat, erstarrt und weigert sich, weiterzugehen. Sie reden auf ihn ein und versuchen, ihn weiter die Treppe hinunterzuzerren, aber er krallt sich plötzlich mit fast übermenschlicher Kraft am Geländer fest.
– Sie müssen jetzt mitkommen, jetzt oder nie! ruft Beterman resigniert und lehnt sich erschöpft an die heiße Wand, rückt aber sofort wieder davon ab, der Schweiß läuft an ihm hinunter, er zieht sein Jackett aus und trocknet sich das Gesicht damit ab.
– Ich gehe nicht durchs Feuer, ich kann nicht mehr, sagt Carter.
– Zusammen schaffen wir es, sagt Eve. – Aber schnell, ehe es sich ausbreitet.
– Es ist schon da, ich bin erledigt und Sie auch, wenn Sie jetzt nicht gehen.
Sie können nur die Umrisse der anderen sehen und schweigen einige Sekunden. Der Rauch des Feuers hat sie jetzt erreicht, es nimmt an Stärke zu und leckt fünf Meter unter ihnen an den Wänden hoch. Eve versucht, Carters Hand vom Geländer loszumachen, aber er versetzt ihr einen Stoß. Beterman ist schon auf dem Weg nach unten, sie folgt ihm. Jetzt sind sie dicht vor dem Feuer, er dreht sich um, wirft ihr sein Jackett über und trampelt sich einen Weg frei, sie zieht das Jackett über den Kopf und geht vorwärts. Es ist unmenschlich heiß, etwas sticht sie wie Messer, aber sie bewegt sich

unaufhörlich vorwärts und schlägt das Feuer von ihren Beinen weg. Von irgendwoher hört sie, wie jemand zu Boden fällt, vielleicht Beterman, vielleicht etwas ganz anderes, ihr wird schwindlig, und plötzlich stößt sie mit dem Kopf gegen etwas Hartes. Sie erhebt sich mit letzter Kraft und strebt nach links, ins Dunkel, hier ist kein Feuer, hier enden die Flammen. Von dem giftigen Rauch muss sie sich übergeben, sie robbt auf allen vieren bis zum Ende des Flurs und erreicht eine Tür, hat aber keine Kraft mehr aufzustehen.

Wann ist das Feuer bei ihr, wo sind Beterman, Carter?

Eves Hände und Beine schmerzen, der Schmerz betäubt sie, wieder steht sie mit ihrem Vater am Ufer des Sees Genezareth, und die Glühwürmchen tanzen in der Dunkelheit über dem Wasser, schlafen, nur schlafen, nur das. Jetzt hebt er sie auf und trägt sie auf den Armen am Ufer entlang, so leicht ist sie und wieder ein Kind; die Glühwürmchen verschwinden, die Dunkelheit hüllt sie beide ein, es ist Nacht, vor ihnen öffnet sich das Damaskustor, jetzt trägt er sie in seinem Arm durch die engen, verlassenen Gassen des alten Jerusalem, von Geschäften und Buden blicken ihnen schweigend arabisch und jüdisch gekleidete Gestalten wie Schatten entgegen; die Töne einer schwermütig psalmodierenden Männerstimme hängen in der Luft, und am Ende einer Gasse in einer Art Tabaksgeschäft öffnen sich die Türen zu einer Synagoge; sie treten an einen Sarg, in den Augen ihres Vaters spiegelt sich die Person, die im Sarg liegt: sie selbst.

Ihr innerer Widerstand und ein Lebensfunke helfen ihr vor der Tür wieder auf die Knie, ihre Hand tastet nach der Klinke; sie drückt sie langsam nach unten, ihr ist, als würden Hunderte von Jahren vergehen, hinter der Tür wieder Dunkelheit, sie kriecht in einen Treppenaufgang, die Tür schlägt hinter ihr zu. Sie versucht, sich auf dem Absatz zu erheben, aber die Anstrengung ist zu groß, sie fällt wieder zu Boden und bleibt liegen.

Auf dem Weg nach oben durch den erleuchteten Schacht ist Jon Menschen begegnet, die nach unten wollten; einmal ist er auf einen

Verwundeten gestoßen, der hilflos auf der Treppe stehen geblieben ist, er hat sofort 911 angerufen und man hat ihm versichert, dass Hilfe unterwegs sei, er hat es dem Verwundeten gesagt und ihm beruhigend zugesprochen und ist mit diesem schalen Geschmack im Mund weitergegangen, mit dem man einen Menschen im Stich lässt, um einem anderen zu helfen. Alles ging schnell, fast mechanisch, als wäre er zwei Personen: Der Mann, der nach oben eilt, und der andere, der bereits angekommen ist und das Schlimmste gesehen hat.
In Wirklichkeit haben alle seine Sinne und sein Körper für ihn entschieden, lange bevor er in diese Hölle eingetreten ist, die allmählich immer deutlicher wird, je höher er kommt und Feuerwehrleute ihn überholen, die Türen zu Etagen öffnen, wo in eingestürzten und brennenden Räumen immer noch Menschen schreien und um ihr Leben kämpfen. Sein Körper schreit nach Eve, aber die einzige Antwort ist die plötzliche Dunkelheit im Treppenschacht. Die Hitze schlägt ihm entgegen, und ein giftiger, dünner und unsichtbarer Rauch brennt ihm in den Augen, er spürt sein altes Schwindelgefühl und muss doch weiter.

Erschöpft ist er von der 44. noch 30 Etagen hochgelaufen, die letzten vier in totaler Dunkelheit; er hört es in der kolossartigen Gebäudekonstruktion rumoren und krachen, er fühlt sich wie ein Fanatiker und halb Wahnsinniger, der für eine große Sache in den Tod gehen würde. Er kann keinen klaren Gedanken fassen und Phantasien bedrängen ihn, durch die Flammen bis ganz nach oben zu steigen, es kommt ihm nicht seltsam vor, dass er ganz allein in der Dunkelheit ist und ihm kein Mensch mehr begegnet, der nach unten will; es gibt nur dieses Eine: nach oben, nach oben!
Er erreicht einen Absatz in der 75. Etage und stolpert über ein Hindernis auf dem Boden; als er sich hinkniet und nach dem Gegenstand tastet, bemerkt er, dass es ein Körper ist und dass dieser Körper noch immer ein schwaches Lebenszeichen von sich gibt.

Von ganz weit her erreicht ihn ein Signal – der herbe Duft am Hals, der ihm in die Nase steigt, die schwachen Konturen des Frauengesichts. Seine Hand zittert, als er mit den Fingerspitzen den Nacken der Frau berührt und dort auf eine kleine Vertiefung stößt. Sollte es wirklich sie sein …

– Eve, sagt er, es rauscht in seinen Ohren, doch die Frau antwortet nicht.

Der Rauch ist dichter geworden, ohne dass Jon es wahrgenommen hätte; seine Augen brennen, und je mehr er sie mit dem Ärmel seines Jacketts reibt, desto verschwommener sieht er.

Er tastet über den verbrannten Ärmel der Frau und findet mit den Fingerspitzen ihren Puls, plötzlich stöhnt die Frau und flüstert irgendetwas im Fieberwahn, aber er kann ihre Worte nicht verstehen.

– Eve, sagt er. – Eve, bist du es?

Die Frau antwortet nicht, er schiebt vorsichtig seine Arme unter sie, hebt sie auf und stolpert fast, als er sich mit ihrem ganzen Gewicht auf den Armen aufrichtet und den ersten Schritt nach unten macht. Weiter oben öffnet sich eine Tür, jemand ruft um Hilfe, und im Treppenaufgang wird es auf einmal glühend heiß, doch er hat weder die Kraft, sich umzusehen noch umzukehren; wieder ruft jemand, jetzt aber immer schwächer, der seltsame Geruch von verbrannter Kleidung und der herbe Duft der Frau und ihr schwacher Atem treiben ihn weiter nach unten. Der Nebel vor seinen Augen, die Dunkelheit und die Erschöpfung geben ihm das Gefühl, nicht von der Stelle zu kommen; plötzlich schwebt ein Licht die Treppe herauf, er hört Schritte, und kurz darauf hält ihm jemand eine Taschenlampe ins Gesicht. Hinter der Lampe ist der große Umriss eines Mannes im Schutzanzug und mit Helm zu erkennen.

Der Lichtkegel trifft das Gesicht der Frau, er zuckt zusammen, als er Eves verletztes Gesicht sieht.

– Sie ist übel zugerichtet, sagt der Feuerwehrmann. – Schaffst du es allein?

– Ja, sagt Jon.
– Beeil dich, zwei Etagen tiefer ist Licht.
– Oben sind noch mehr …, sagt Jon, aber der Feuerwehrmann ist schon an ihm vorbei, das Licht ist verschwunden, und er ist wieder der Dunkelheit und den Leuchtstreifen überlassen.
In die Gewissheit, dass er wirklich Eve in den Armen hält, mischt sich die Unruhe, sie könnte nicht mehr lange durchhalten.
– Wir schaffen es, flüstert er und geht nach unten, immer nach unten, bis er Licht sieht und schneller und sicherer gehen kann.
Auf ihrem Weg begegnen ihnen nur wenige Menschen, die meisten sind Feuerwehrleute, die nach oben wollen, dann ist der Schacht wieder völlig leer. Von irgendwoher ist wiederholt heftiges Klopfen zu hören, aber unter Eves Gewicht wird er immer erschöpfter und hört das Klopfen nur wie ein fernes Echo. Unterwegs muss er Eve auf einem Absatz ablegen, um Kräfte zu sammeln und seine angespannten und überanstrengten Arme auszustrecken; er sieht immer noch wie durch einen Nebel, die Wunden in den verbrannten Löchern ihrer Ärmel und Strümpfe tanzen vor seinen Augen, die schwachen Zuckungen ihres Körpers und die im Fieber gemurmelten Worte lassen ihn hoffen.
Völlig erschöpft gelangt er mit Eve in die Lobby an der Liberty Street, auch hier ist es seltsam leer. Der Rauch vor dem Gebäude verleiht dem Raum trotz der Deckenbeleuchtung etwas Trübes, surreal Dunkles; ein Trupp Feuerwehrleute mit Leitern eilt an ihnen vorbei und verschwindet hinter seinem Rücken über eine Treppe, ein Wachmann und ein Polizist halten zwei Verwundete untergefasst und geleiten sie zur Tür, draußen regnet es Feuerkugeln und dunkle Gegenstände auf die Straße. Er trägt Eve zum Haupteingang, die Tür gleitet auf, zwei Polizisten rufen ihm etwas zu und zeigen nach oben in den Himmel, einer kommt auf ihn zu, er geht an der Lobby entlang. Der Lärm von Sirenen und dem Feuer oben im Gebäude ist ohrenbetäubend; er hat das Gefühl, seine Beine würden nachgeben, jetzt ist der Polizist in dunkler Uniform ganz nahe.

– Ich nehme sie! sagt der Polizist mit einer Stimme, die ihn bis in die Fingerspitzen beruhigt, und einen Augenblick lang ist der Polizist der Bruder, den er nie gehabt hat. Er übergibt ihm Eve und lehnt sich für einen Moment an das Fenster der Lobby.
– Ich bringe sie zu einem Arzt, bist du okay? fragt der Polizist.
Er nickt, aber ihm wird schwarz vor Augen.
– Geh mir nach, hört er die Stimme des Polizisten mitten im Lärm. Aber als er kurz danach die Augen öffnet und wieder zu sich kommt, ist der Polizist verschwunden. Verwirrt geht er an der Mauer entlang zur Liberty Street und findet sich plötzlich zwischen zwei Feuerwehrautos und Gebäuden mit schwelenden Dächern wieder; die oberen Fenster spiegeln den Brand im Südturm und erwecken den Eindruck, als würde es überall brennen; ein Trupp Feuerwehrleute läuft die Straße in Richtung Nordturm hinunter, unweit davon fahren zwei Krankenwagen weg, Gegenstände fallen vom verdunkelten Himmel und schlagen schwer auf dem Asphalt auf, der Polizist und Eve sind nirgendwo zu sehen.
Er geht an den Hauswänden entlang die Straße hinunter und gibt zum ersten Mal dem Instinkt nach, sich selbst zu retten. Er eilt um die Ecke und nach Norden. Im selben Moment ertönt hinter seinem Rücken ein überirdisches Krachen, durch die extreme Hitze fällt das Stahlskelett des Südturms wie ein Kartenhaus in sich zusammen, der brennende Turm sinkt in einem Meer aus Metall, Bauteilen und Beton zur Erde. Der Boden unter ihm bebt, er läuft los, ohne sich umzudrehen, er läuft und läuft mit vielen anderen, einem Mann mit Aktentasche, einer Frau mit hochhackigen Schuhen, in denen sie stolpert, sie alle werden von einem Sturm aus Staub und Ruß überrollt, der in eine enorme Druckwelle übergeht und aus der Mitte des einstürzenden Turms heraus die Straßen durchzieht. Er fällt auf dem Asphalt und steht wieder auf, in dem weißen Staubwirbel hilft er neben sich einem Mann auf die Beine und läuft weiter. Jetzt kann er nichts mehr sehen, um ihn herum ist alles weiß, und er tappt wie ein Blinder gegen eine Mauer, fällt wieder hin, steht auf

und lässt sich vom Luftdruck mittragen, bis dieser langsam nachlässt und Jon sich plötzlich, ohne etwas deutlich erkennen zu können, in einer Seitenstraße des West Broadway wiederfindet, wo ein kleiner Mann, der sich als Bodigliami vorstellt, seine Hand fasst und ihn durch eine Menschenansammlung in eine leere Pizzeria bringt und dabei unablässig beruhigend auf ihn einredet:
– Komm herein, du schaffst es, du siehst aus wie ein Schneemann, aber wir schaffen das schon, es ist okay, jetzt kriegst du ein Handtuch und etwas zu trinken.
Bodigliami geleitet ihn in einen kleinen Hof hinter der Pizzeriaküche, wo er ihn auf einen Stuhl setzt und augenblicklich mit einer Bürste, Lappen und Handtuch zurückkommt und ihm eine Flasche Wasser auf den Tisch stellt.
– Was für eine Katastrophe, man führt Krieg gegen uns, aber wir lassen uns nicht unterkriegen, sagt Bodigliami und reicht ihm die Wasserflasche, die er schnell leert, dann zieht Bodigliami ihn vom Stuhl hoch und beginnt, ihm den Staub abzubürsten.
Der Himmel über ihnen ist dunkel, im Küchenfenster erblickt er sein eigenes weißes Spiegelbild, ist aber zu schwach, um zu reagieren; sekundenlang kommt ihm alles ganz unwirklich vor, und er zweifelt, ob er überhaupt überlebt hat.
– Ich muss weiter, sagt er, ich muss Eve finden.
– Ich weiß nicht, wo du herkommst, sagt Bodigliami und wischt ihm das Gesicht mit einem feuchten Tuch ab. – Ich kenne Eve auch nicht, aber ich sehe, dass du es im Moment nicht kannst.
– Ich muss weiter, wiederholt Jon mechanisch. – Wo bin ich?
– In meiner Pizzeria, meine Kunden sind weggelaufen, die Stadt wird angegriffen, im Fernsehen reden sie von Terroristen, aber wer weiß, was die wirklich sind, und vielleicht kommen sie zurück, aber ich gebe meine Pizzeria nicht einfach auf, es hat mich zehn Jahre gekostet, sie aufzubauen …
Bodigliamis nervöser Redeschwall fließt unablässig, er bekommt immerzu neue Eindrücke von dem kleinen Mann, kann aber sein

Gesicht nicht deutlich sehen. Bodigliami trocknet ihm jetzt das Gesicht mit dem Handtuch ab und ist mit seinem Werk anscheinend sichtlich zufrieden.
– Jetzt siehst du wieder wie ein Mensch aus und nicht wie ein Gespenst, sagt Bodigliami und lacht kurz, und ehe er sich's versieht, hat Bodigliami einen Rasierspiegel geholt, den er ihm vorhält. Doch Jon blickt in zwei Gesichter und kann sich in keinem von beiden erkennen, er stößt den Spiegel weg und steht auf.
– Wo willst du hin? fragt Bodigliami.
– Ich muss raus, Eve suchen, verstehst du … Er versucht, die Pizzeriatür zu erreichen.
– Wer ist Eve?
– Meine Freundin. Ich habe sie verloren, sie ist verletzt, sie …
– Gib mir ihren Namen und deine Telefonnummer und ich helfe dir, herumzutelefonieren und sie zu finden.
– Vielleicht ist sie tot, sagt er und stockt.
Ihm wird schwarz vor Augen.
– Hör mal, sagt Bodigliami. – Ich habe ein Auto, ich fahre dich nach Hause und dann ruhst du dich aus, inzwischen versuche ich, deine Freundin zu finden. Okay?
– Wirklich? fragt er und traut seinen Ohren nicht.
– Selbstverständlich, sagt Bodigliami. – Du würdest doch dasselbe für mich tun, nicht?
Sie gehen zum Auto, das weiter unten in der Straße geparkt ist, er sinkt neben Bodigliami auf den Sitz und kann kaum die Augen offen halten, als das Auto durch die Straßen fährt und die Dunkelheit hinter sich lässt. Bodigliami redet auf ihn ein, das Autoradio bringt immer makabrere Meldungen, ein weiteres Flugzeug hat das Pentagon getroffen; wie Schatten stehen die Menschen an den Straßenecken und gestikulieren. Er hört und sieht das Ganze nur wie von ferne durch einen Nebel aus übermächtiger Müdigkeit und versucht mit seinem ganzen Verstand, eine Erklärung für das Geschehene zu finden, und als sie im grellen Sonnenlicht vor seinem

Haus in der Second Avenue sind und Bodigliami sich Eves vollen Namen und sämtliche Telefonnummern aufgeschrieben und auf seine eigenartige nervöse und zugleich beruhigende Art versprochen hat, sich zu melden, nimmt er mit allerletzter Kraft ein Foto von Eve und ruft ihr Handy an, hört jedoch nur einen Heulton. Der Ton trifft ihn wie ein Messer, er tastet sich zum Badezimmer durch und beginnt sich auszuziehen, schafft es aber nur bis zum verdreckten, völlig mit weißem Staub bedeckten Jackett, ehe er kehrtmacht und benommen zum Bett tappt. Er lässt sich hineinfallen und schläft augenblicklich ein.

Während Jon sich in den Schächten des Schlafs verliert, wo sich unaufhörlich Türen zu leeren, weißen und grell erleuchteten Räumen öffnen – in seinem Traum zeigen Hinweispfeile an den Wänden in widersprüchliche Richtungen, die Warnschilder sind in Hieroglyphen geschrieben –, sackt auch der brennende Nordturm des World Trade Center wie unter dem Druck einer Windhose in sich zusammen, reißt kurz darauf die angrenzenden Gebäude mit und verstärkt die riesigen Staubwogen, die durch die umliegenden Straßen rollen. Hunderttausende Trümmerteile werden aus dem Turm über die Plaza und den rauchenden Krater des Südturms in die angrenzenden Straßen geschleudert, und Hunderte von Menschen, Angestellte, die sich verirrt haben oder verletzt im oberen Teil des Turms feststecken oder auf dem Weg nach unten sind, Feuerwehrleute, die im Turm alle Hände voll zu tun haben, um Menschen zu retten, Polizisten, die andere aus dem Gebäude geleiten, werden gnadenlos begraben. Es hat den Anschein einer Naturkatastrophe, eines Erdbebens, doch es ist eine von Menschenhand geschaffene Ungeheuerlichkeit, ein Massenmord.
Zehntausende New Yorker und zufällige Besucher werden evakuiert, flüchten laufend und rennend und in Autos vor dem qualmenden, kraterähnlichen Südmanhattan über die Brücken nach Brooklyn, Queens und New Jersey und über die Straßen nach Norden;

verängstigte Mütter und Väter verlassen Wohnung und Arbeit und holen ihre Kinder überall in der Stadt aus Schulen und Kindergärten, um sie in Sicherheit zu bringen, doch was heißt Sicherheit? Von einem Tag zum anderen hat in dieser Stadt das Wort Sicherheit keine Gültigkeit mehr, Schulen, Universitäten, Gerichte, Flughäfen, Verkehrssysteme werden geschlossen, das UN-Hauptquartier wird evakuiert, eilig zusammengerufenes Personal arbeitet unter Hochdruck in Krankenhäusern und Meldeämtern, aus dem ganzen Land rufen Verwandte von potentiellen Katastrophenopfern in verzweifelter Suche nach Gewissheit und Informationen Polizei und Feuerwehr an. Falsche oder hysterische Alarmanrufe mischen sich unter die vielen Handyanrufe von der Straße und überlasten das Netz. Die nervöse Jagd nach Gewissheit Hunderttausender von Stimmen führt zeitweilig zum Zusammenbruch des Netzes, und das Vakuum stürzt viele, die nur den minutiösen Fernsehbildern des zerstörten und weiter brennenden Stadtzentrums und des zerstörten und qualmenden Pentagongebäudes ausgeliefert sind, in Angst und Verzweiflung. Viele kleine ethnische Emigrantengruppen – Vietnamesen, Albaner, Russen, Chinesen –, die weder Englisch noch Spanisch können, sind verunsichert und glauben, wie an der Lower East Side, wo man die Evakuierung des UN-Hauptquartiers durch einen Strom von Gerüchten und obskure Radiosender als Zeichen eines Terrorangriffs missversteht, an ein Bomben- oder Anthrax-Attentat auf New York.

Noch am selben Vormittag stürzt ein viertes von Terroristen gekapertes Passagierflugzeug ab, eine Boeing 757 der United Airlines, nachdem es in der Nähe von Pittsburgh, Pennsylvania in der Kabine zwischen Passagieren und Entführern zu einem erbitterten Handgemenge gekommen war, und verfehlt damit sein geplantes Ziel, den Capitol Hill. Und noch vor Tagesende zitieren Medien ungenannte Spitzenbeamte der amerikanischen Regierung, wonach der in Saudi-Arabien geborene Führer der Terrorgruppe Al-Qaida, Osama bin Laden, verdächtigt wird, hinter den Angriffen zu stehen.

Im World Trade Center fällt ein drittes Gebäude mit siebenundvierzig Etagen in sich zusammen, ein viertes Gebäude kollabiert, One Liberty Plaza mit vierundfünfzig Etagen, in einer Wolke aus Staub, Schutt und Ruß. Präsident Bush hat in einer Fernsehansprache an die Nation den Tod von Tausenden bestätigt und den Amerikanern und der Welt versprochen, dass die USA jeden Terroristen verfolgen werden. Die Regierenden der ganzen Welt erklären den Familien der Opfer ihr Mitgefühl und dem amerikanischen Volk und seiner Führung fast einhellig ihre Unterstützung.

Gegen neun Uhr abends hat sich die Dunkelheit über die leuchtende Stadt gelegt, und während die Gebäude in der Nähe des abgesperrten rauchenden Trümmerhaufens nach dem Einsturz des Nord- und des Südturms noch immer brennen und im Schutt nach Überlebenden gesucht wird, klingelt das Telefon in Eves und Jons Wohnung in der Second Avenue im East Village, wo Jon noch immer im Schlaf liegt. In einem tiefen Traum befindet er sich allein in einer polnischen Emigrantenkirche in einer Seitenstraße der Fifth's Avenue, wohin er sich vor der Menge anderer Flüchtender aus dem südlichen Manhattan gerettet hat, er erkennt die Kirche als denselben Ort wieder, wo er vor sechzehn Jahren einem katholischen Priester seine Gewissensbisse wegen Wiesbühls Tod in Leipzig Jahre zuvor gebeichtet hatte; jetzt sind weder Priester noch Messdiener zu sehen. Aus einem Räucherfass auf dem Hauptaltar Mariä Himmelfahrt steigen blaue Weihrauchwolken auf und verbreiten ihren Duft; Hostienbecher, Talar, sogar Schuhe liegen vor dem Altar verstreut, und vor zwei Seitenaltären brennen Tausende von Kerzen; eine Priesterstimme zelebriert die Messe vom Band, die Lautsprecher hallen im leeren Kirchenraum. Er hat das Gefühl, an einem Gottesdienst teilzunehmen, den alle auf einmal verlassen haben, seine Beine und seine Augen schmerzen. Hinter seinem Rücken flattert ein Vorhang, er dreht sich um und erblickt ein Kruzifix, von dem eine gemarterte Christusfigur aus Holz traurig zur Decke blickt; ein Windhauch fährt durch das Kirchenschiff, und im

Turm über der Kirche läutet eine Glocke. Er geht zum Ausgang und blickt in Richtung der Fifth Avenue, doch sie ist menschenleer, alles liegt verlassen da, aus dem Schaufenster eines Warenhauses blicken ihn Plastikpuppen an, eine hat Eves Kopfform und ihr schwarzes, kurzes Haar; in der ganzen Stadt sind Kirchenglocken und Feuerwehrsirenen zu hören und vermischen sich mit dem ständigen Läuten des Telefons. Er öffnet die Augen und weiß im dunklen Zimmer für einen Moment nicht, wo er sich befindet, dann steigt er verschlafen aus dem Bett, eilt in das Zimmer mit den Fenstern zur Second Avenue und greift nach dem Hörer.

– Hier Bodigliami, sagt eine Stimme.

– Wer? Was?

– Ich habe sie gefunden, deine Eve!

– Sie lebt?

– Ja, aber …

– Aber was? fragt er, und das Herz schlägt ihm bis zum Hals.

– Sie hat viele Verbrennungen, sie ist sehr schwach, sie …

– Ja, was?

– Sie ist nicht ganz bei Bewusstsein, es tut mir leid, es ist schwer für euch beide, am besten, du fährst selbst zu ihr. Man hat mich nicht zu ihr gelassen, ich habe nur mit einem Arzt gesprochen, und der hatte es sehr eilig …

– Wo ist sie?

Bodigliami nennt ihm die Adresse eines Krankenhauses Uptown.

– Danke, sagt er. – Ich weiß nicht, wie ich dir danken soll.

– Das hast du schon getan. Beeile dich.

Er legt auf, schaltet das Licht ein, geht ins Badezimmer, zieht schnell seine schmutzige Kleidung aus, öffnet den Duschhahn und lässt das Wasser über sich laufen, doch ganz gleich, wie viel Seife er nimmt, er hat das Gefühl, der Staub und der Ruß klebten an ihm, und als er sich flüchtig im Spiegel ansieht, blickt er in ein Gespenstergesicht, das leicht vor ihm verschwimmt. Seine alte Augenverletzung aus Wien scheint sich wieder zu melden, er spürt einen stechenden

Schmerz und kann nur unscharf sehen, als er in einem dunklen Schrank saubere Kleidung sucht.
Sein Körper und seine Finger sind verspannt, und er braucht lange, um erst sein Hemd zuzuknöpfen und danach das Jackett anzuziehen und die Schnürsenkel zuzubinden, ehe er die Tür hinter sich schließt und eilig nach unten geht, um ein Taxi anzuhalten; aber obgleich sein Körper sich schon über die Second Avenue bewegt und er den Ruß in der Luft über der Stadt spürt, ist er abwesend und unkonzentriert. Er hat den Zettel vergessen, auf den er die Adresse des Krankenhauses gekritzelt hat, und muss noch einmal in die Wohnung zurück, dann wieder in der seltsamen Stille bis ans Ende der Second Avenue, um ein Taxi zu finden.
Im Taxi, in das er vom Bordstein hineinspringt, ist das Radio voll aufgedreht; eine Stimme berichtet erregt von den immer noch brennenden Gebäuden und den vielen Toten. Der Fahrer, ein älterer Mann, dessen Augen und Gesicht er nur im Rückspiegel ahnt und dessen breite, muskulöse Schultern und den kurzgeschorenen Nacken er schräg vor sich hat, gibt wortlos Gas, als er ihm die Adresse nennt, und schweigt, von der Radiostimme gefesselt, während das Auto sich dem Central Park nähert. Unterwegs fahren sie an Straßenkreuzungen mit heftig diskutierenden Menschen vorbei, manche Leute zeigen in den Himmel oder nach Süden. Er nimmt alles blitzartig wahr, einen Moment lang wird sein Blick auf einem Auge verdunkelt, und das andere im nächsten Moment vom grellen Licht eines Schaufensters oder einer flimmernden Leuchtreklame geblendet, er hält die Hand vor die Augen, um den Schmerz im linken Auge zu lindern.
– Alles in Ordnung, Mister? fragt der Fahrer.
– Es geht, sagt er. – Es ist okay.
– An einem Tag wie heute ist nichts okay, sagt der Fahrer. – Die verfluchten Muslime haben die Stadt angesteckt, da hilft nur eins, eine große Bombe auf die Bande.
– Noch weiß keiner genau, wer hinter den Angriffen steckt, sagt er.

– Hören Sie kein Radio, Mann, haben Sie kein Fernsehen? Das ist der bin Laden, einer dieser vielen durchgeknallten Terroristen, und wenn ich nicht diese Verletzung aus Vietnam hätte, dann würde ich gern persönlich nach Afghanistan gehen oder wo, verdammt, der sich aufhält, und ihn umlegen. Haben Sie verstanden?
Er antwortet nicht und versucht, seine Gedanken auf Eve zu konzentrieren, aber der Fahrer ist erregt und lässt ihn nicht in Ruhe.
Das Auto rast an den ersten Baumgruppen des Central Park vorbei. Der Fahrer starrt ihn im Rückspiegel an.
– Sie sympathisieren doch nicht etwa mit denen, oder? fragt er auf einmal und stellt das Radio leise.
– Sympathisieren mit wem?
– Bin Laden und seiner Bande selbstverständlich.
– Nein, wie kommen Sie darauf?
– Sie sehen wie einer der Typen aus, die nicht wissen, wo sie hingehören …
– Hören Sie, sagt er und lehnt sich etwas vor. – Für bin Laden habe ich nicht das Geringste übrig, aber im Moment habe ich andere Sachen im Kopf.
Der Fahrer macht eine Geste, dreht das Radio wieder auf und gibt noch mehr Gas, wenig später sind sie an der Einfahrt zu den großen erleuchteten Gebäuden des Memorial-Hospitals. Das Auto hält am Haupteingang, er bezahlt den Fahrer, und als er durch die automatischen Türen in die Vorhalle tritt, in der es bei schwacher Beleuchtung vor Aktivität leise summt, zerfließen die Dinge und Gesichter vor seinen Augen; einen Moment lang bleibt er einige Schritte vor dem Schalter mit Personal und Bildschirmen stehen, um wieder zu sich zu kommen. Eine Stimme ruft ihn zum Schalter, er tritt vor und starrt im nächsten Augenblick in ein schönes Frauengesicht mit asiatischen Zügen, das ihn wiederholt etwas fragt, ehe er antworten kann.
– Ich suche Eve Letterman, sagt er mehrmals hintereinander.

– Ich habe verstanden, sagt sie und bittet ihn, Eves Namen zu buchstabieren.
Sie gibt den Namen ein und fährt mit dem Cursor ihrer Maus mehrmals auf dem Bildschirm hin und her.
– Ist sie nicht hier? fragt er nervös.
– Wir haben zwei unter diesem Namen, sagt sie und sieht ihn besorgt an. – Die eine ...
– Ja?
– Entweder wurde sie heute entlassen oder ...
– Was?
– Ihr Bett ist gestrichen, es tut mir leid, aber das kann bedeuten ...
– Oh nein, sagt er und weiß nicht, was er tun soll.
– Warten Sie, geben Sie mir die Adresse Ihrer Eve Letterman, dann gehe ich in eine andere Datei.
Er stammelt die Adresse.
– Sorry, sagt sie kurz darauf. – Ich habe mich geirrt, Ihre Eve Letterman ist noch hier, wir haben keine Adresse von ihr, nur Angaben über ihre Staatsbürgerschaft, sie ist Israeli, nicht?
– Ja.
– Dann liegt sie auf der Abteilung für Verbrennungen, wenn Sie sich einen Moment gedulden, rufe ich einen Arzt.
Er hatte gedacht, Eve wäre tot, an diesem Tag, an dem alles um ihn herum zerstört wurde; ihm ist klar, dass sein Zustand nicht normal ist und sein Körper keine Reserven mehr hat, aber er muss den Tag überstehen und bis an den Punkt kommen, wo er Gewissheit hat, dass Eve lebt, und wenn er die ganze Nacht im Krankenhaus verbringt. Er sucht sich einen Stuhl in einer Ecke der Halle, schließt die Augen, versinkt in sich selbst und wehrt sich gegen die hereinbrechenden Angstphantasien: Selbstverständlich kommt sie durch! Selbstverständlich überlebt sie! Er spürt, wie seine rechte Hand zittert und versucht, das Zittern mit der anderen Hand zu unterdrücken; auch als er kurz darauf einem Dr. Walcut in den Fahrstuhl und durch einen langen Flur zur Abteilung für Brandopfer folgt,

zittert sie schwach, und er drückt sie unter dem Jackett gegen den Bauch.
Dr. Walcut bleibt vor einer Tür mit einem runden Fenster stehen und spricht mit gedämpfter Stimme auf ihn ein:
– Hier ist es, sie hat Morphium gegen die starken Schmerzen bekommen und braucht absolute Ruhe. Er presst die Lippen in seinem müden Gesicht zusammen.
– Ich muss zu ihr, sagt Jon, tritt dicht an das Fenster und schaut hinein, doch abgesehen von einer schwachen Lampe ist der Raum hinter der Tür dunkel, sein Augenlicht lässt ihn wieder im Stich.
– Das geht nicht, sagt Dr. Walcut. – Sie darf sich jetzt überhaupt nicht aufregen, sie hat hohes Fieber und ist auch nicht ganz klar.
– Wie meinen Sie das?
– Sie ist nur halbwegs bei Bewusstsein und wird Sie wegen des Morphiums auch nicht erkennen, falls sie überhaupt aufwacht.
– Überhaupt …?
– Ich meine: jetzt aufwacht, verbessert sich Dr. Walcut mit gequälter Miene. Im selben Moment meldet sich sein Personensucher, er nimmt ihn aus der Tasche und liest eine Nachricht.
– Ich muss leider gehen.
– Sagen Sie mir erst noch …
– Es ist ein Notfall, ich muss gehen, wir haben viele Patienten, sagt Dr. Walcut und kann nicht länger seine Gereiztheit verbergen.
– Wird sie überleben, wie stehen ihre Chancen? hört Jon sich fragen.
– Ihre Prognose ist relativ gut, aber ehrlich gesagt, sie ist stark mitgenommen, Genaueres wissen wir erst in einigen Tagen …
Er hält Dr. Walcuts Blick für einige Sekunden fest, aber dieser Blick ist jetzt leer und verschlossen, der Arzt dreht sich um und geht den Flur hinunter.
– Sie müssen selbst zum Ausgang finden, rufen Sie uns morgen an! hört er Walcut noch sagen, eher er weit hinten in dem schwach erleuchteten Flur um eine Ecke verschwunden ist.

Er ist allein. Hat er das nicht schon öfter erlebt?
Auf dem Weg zum Aufzug bleibt er auf halbem Weg stehen und macht kehrt. Zwei Krankenschwestern laufen im Flur an ihm vorbei, nehmen aber keine Notiz von ihm, kurz darauf ist er an Eves Tür und dann bei ihr. In dem engen dunklen Raum tritt er vorsichtig an ihr Bett und betrachtet sie lange, ehe ihr Gesicht ganz klar wird. Sie liegt auf dem Rücken, beide Arme tragen von den Handgelenken bis zu den Schultern Mullbinden und ruhen auf der Decke.
Sie atmet schwer, ihr Gesicht ist schweißnass, ihr Mund bewegt sich, aber es kommt kein Laut heraus, ein Plastikschlauch ist durch den Mund in den Rachen eingeführt.
Jetzt sieht er wieder doppelt, streckt aber doch die Hand über ihr Gesicht und schafft es, ihr übers Haar zu streichen.
– Eve, sagt er, und seine Hand zittert nicht mehr.
Sie öffnet die Augen und sieht ihn mit glasigem Blick an.
– Eve, sagt er wieder.
Ein leichtes Lächeln bewegt ihre Lippen, aber im selben Moment fallen ihre Augenlider wieder zu und verbergen die dunklen Pupillen.
Hat sie ihn nicht gesehen? Ihn nicht wieder erkannt?
Er bleibt eine Zeit lang vor ihr stehen, damit ihm nicht die geringste Bewegung entgeht, bis ihn der stechende Schmerz im Auge überfällt und er das Zimmer und das Krankenhaus verlassen muss.
In der leeren Wohnung in der Second Avenue ist ihm, als hätte er das alles nur geträumt, als würde sich alles in Nichts auflösen.
Er fürchtet sich vor dem Schlaf und davor, nicht einschlafen zu können. Ohne das Licht anzuschalten, sucht er in der Wohnung nach Schlaf- und Schmerztabletten, aber vergeblich.
Er tastet sich zum Telefon vor und ruft Cartwright an – warum hat er nicht schon eher an ihn gedacht? –, hört aber nur die Stimme des Anrufbeantworters, hinterlässt eine Nachricht, hat aber schon im nächsten Augenblick vergessen, was er gesagt hat.
Lebt Cartwright?

»Cartwright lebt«, murmelt er vor sich hin und geht in die Küche, befeuchtet ein Tuch, legt sich angekleidet ins Bett und kühlt das schmerzende Auge.

Eve lebt, und Cartwright lebt, auch sein Sohn und Sine leben.

Als er endlich einschläft, träumt er, Tobias würde im Nebenzimmer am Klavier sitzen und die nächtliche Wohnung mit nie gehörter Musik erfüllen.

Die Töne wehen wie ein kühler Hauch durch die Straßen des East Village und dann durch die Stadt, sie heben Eve aus ihrem Bett im Memorial Hospital, bald ist sie bei ihm, liegt sie nicht schon neben ihm?

Seine Hand tastet auf der Bettdecke unwillkürlich nach ihr, glücklicherweise erwacht er nicht.

Das Dasein ist wie die Strömung eines Flusses, und man kann nicht zweimal in denselben Fluss steigen, sagt Heraklit, doch ist man erst in einen Fluss gestiegen, erinnert seine Strömung sehr an die eines anderen. Und jeder Fluss mündet in einen anderen Fluss oder im Meer. Wo beginnt das eine, und wo endet das andere?

In ihrem Bett im Memorial Hospital hat Eve aus nächster Nähe die Konturen eines Mannes gesehen, den sie zu kennen glaubt, vielleicht war es Jon? Erst war es dunkel, dann wurde es hell, und er war bei ihr, dann wurde es wieder dunkel, und im Dunkeln verwandelte er sich in einen Zitronenfalter, dem sie in ihrem roten Sommerkleid, das ihre Mutter vor vielen Jahren in Jerusalem für sie gekauft hatte, über dem Bowling Green nachjagte. Ihre Gedanken flattern wie ein Schmetterling; bald ist sie im blauen, durchsichtigen Wasser vor dem sonnenüberfluteten Strand in Tel Aviv mit den weißen Sonnenschirmen und findet nicht mehr zur Küste zurück; bald steht sie vor dem Grabstein ihres Bruders auf dem Friedhof in Jerusalem, die Sonne brennt ihr auf den Hinterkopf, und sie will

einen Kiesel auf den Gedenkstein legen, doch der kleine Kiesel ist zu schwer; bald steht sie in ihrem Büro im Südturm vor dem Plakat, das auf einem Foto Arbeiter mehrere Hundert Meter über dem Erdboden auf einer Eisenträgerkonstruktion des Empire State Building zeigt; jetzt balanciert auch sie auf einem Querträger und hat den schwindelnden Abstand zu dem fernen Straßennetz unter sich; es rauscht in ihren Ohren, der Wind packt sie, es wird dunkel, etwas trifft sie am Hals, es wird hell; über ihr schwebt ein graues Augenpaar, jemand richtet eine Lampe auf sie. Sie fasst sich an den Mund und spürt einen Schlauch.
– Lassen Sie den, sagt das Gesicht mit den grauen Augen.
– Bin ich tot? fragt sie.
– Nein, Sie sind nicht tot, Sie leben, aber wegen Ihrer Verletzungen müssen Sie ganz ruhig liegen.
– Wo bin ich? fragt sie.
– Im Memorial Hospital, sagt das Gesicht. – Und ich bin Dr. Walcut.
Sie will noch mehr fragen, bringt aber kein Wort heraus, das Gesicht verwandelt sich in eine Sonne, die in eine schwarze Mauer hineingezogen wird und plötzlich einem dieser Papiermonde ähnelt, wie sie die Tapete neben ihrem Kinderbett in Jerusalem bevölkerten. Aus dem einen Mond werden viele, und die Monde streben voneinander weg, sie greift nach ihnen, erst mit ihrer Kinderhand, dann mit ihrer Frauenhand, aber da ist nur die Dunkelheit.
Sie schläft.

Es vergehen zwei Wochen, doch nichts ist normal, alles liegt wie im Dämmerlicht, ganz gleich, ob es regnet oder die Sonne scheint, und der Krater, wo die Türme mit ihren Millionen von Trümmern und zerbrochenen Teilen von Fassaden und Stahl, die langsam abgetragen werden, droht, zu einem alles verschlingenden Loch zu werden. Die blinde Hektik ist verschwunden, und die Fernsehrede, in der Präsident Bush Vergeltung schwört und Krieg gegen den Terror und die Jagd nach den Tätern bis zum letzten Mann verspricht, dringt nicht zu ihm durch. Nur mit den verzweifelten Angehörigen, die immer noch nach verschollenen Verwandten suchen, und deren Gesichter manchmal auf dem Fernsehschirm in seiner Wohnung auftauchen, nur mit ihnen kann er sich identifizieren; entweder ist er dort oder im Memorial Hospital, wo er beständig darauf wartet, dass Eve zu sich kommt.

Von Tag zu Tag bessert sich ihr Zustand ein wenig, er sitzt bei ihr und hält ihre Hand – wegen der erhöhten Ansteckungsgefahr mit Plastikhandschuhen –, bis sie plötzlich einige Minuten lang bei vollem Bewusstsein ist und einige Worte mit ihm wechseln kann. Für das kurze Lächeln, wenn sie ihn erkennt, und den Schein ihrer Augen, die meistens halb geschlossen oder vom Morphium gegen die starken Schmerzen verschleiert sind, steht er jeden Tag auf, und dafür lebt er. Sobald er keine Verbindung zu ihr hat, fühlt er sich in einem inneren Gefängnis, zwar lebendig, aber an einem anderen Ort, außerhalb von Zeit und Raum. Körper und Bewusstsein sind von lähmender Müdigkeit paralysiert; ab und zu schläft er neben Eves Bett oder im Taxi zwischen Wohnung und Memorial Hospital ein, sein Auge schmerzt immer noch, obwohl er eine lindernde Augensalbe und schmerzstillende Tabletten von Dr. Walcut bekommen hat, der ihn zu einem Kollegen im Memorial Hospital geschickt hat.

– Ihr Auge ist nicht geschädigt, sagt Walcut, als er ihn eines Tages auf den Flur vor Eves Zimmer gerufen hat. – Da sind einige kleine Blutgefäße geplatzt und eine winzige Wunde von einer früheren Verletzung, aber sonst nichts.

– Warum sehe ich dann so oft alles doppelt, und woher kommt der Schmerz? fragt er.

– Mein Kollege, er ist der Spezialist, sagt, dass in der Augenregion vielleicht ein Nerv eingeklemmt ist, er ist schwer zu lokalisieren, und vielleicht beruhigt er sich von selbst. Vergessen Sie nicht, dass Sie unter Schock standen, am besten sprechen Sie mit einem Psychologen.

Aber er hat nicht auch noch die Kraft für einen Psychologen, das ständige »vielleicht« zermürbt ihn, und als Cartwright ihn in der Second Avenue anruft, sich nach seinem und Eves Befinden erkundigt und wissen will, wann sie über den Prozess gegen Ifrahim Mohammed sprechen können, ist er froh, wieder seine Stimme zu hören, er hat jedoch nicht die Kraft, ihn zu sehen.

– Komm nächste Woche, sagt er. – Dann bin ich bestimmt über die ganze Misere hinweg, und dann sprechen wir über unseren Mandanten. Wo warst du selbst am Elften?

– Bei meiner Schwester in Chicago, sagt Cartwright. – Aber ich habe ständig an euch gedacht und habe dich über dein Handy nicht erreicht. Das war schrecklich. Was ist eigentlich im Turm passiert, wie schlimm ist es euch beiden ergangen?

– Eve erholt sich langsam, und ich schaffe es irgendwie, sagt er ausweichend und weiß nicht mehr, wie viel er ihm schon erzählt hat.

– Deine Stimme sagt mir, dass es nicht gut war, sagt Cartwright.

– Für niemanden in der Stadt, aber ich kann im Moment nicht darüber reden.

– In Ordnung, sagt Cartwright, aber du musst dich schnell entschließen, was Ifrahim Mohammed angeht, die Mühlen der Gerechtigkeit mahlen weiter, sie haben wieder sämtliche Prozesse aufgenommen, und die warten nicht auf uns. Der Mann braucht eine anständige Verteidigung, besonders jetzt, wo man in jedem Muslim und Araber einen möglichen Terroristen sieht.

– Setz dich mit Ben Johnson und Michelle in Verbindung, dann bin ich nächste Woche wieder dabei, sagt er und legt mit dem Gefühl auf, jemand hätte seine Arme und Beine mit Bleigewichten behängt. Er sucht die Prozessakten heraus, legt sie auf einen Haufen auf den Schreibtisch, aber die Buchstaben auf dem Papier tanzen vor seinen Augen und er muss nach zehn Minuten aufgeben; er tastet sich wieder zum Bett, und als er viele Stunden später im Dunkeln erwacht, fällt ihm ein, dass er Sine und Tobias in Wien anrufen muss, um zu hören, ob sie noch am Leben sind.

– Selbstverständlich gibt es uns noch, sagt Sine in ihrem Büro im UNO-Gebäude auf der Donau-Insel, als er sie endlich erreicht, nachdem er mehrmals die falsche Nummer gewählt hat. – Das weißt du doch, du rufst jetzt schon zum dritten Mal an.
– Du musst entschuldigen, sagt er. – Habe ich wirklich schon öfter angerufen?
– Mach dir keine Sorgen, es geht schon, hier ist es ganz friedlich. Ich habe meine Arbeit und Tobias geht zur Schule, ich mache mir eher Sorgen um dich.
– Ich schaff's schon, sagt er, und es klingt wie das Echo eines mechanisch wiederholten Satzes, den er in den letzten beiden Wochen wie ein Mantra hergesagt hat.
– Ich weiß nicht, du hast nie richtig für dich sorgen können, und irgendetwas ist doch passiert, oder?
– Ja, sagt er und findet im Dämmerlicht der Wohnung keinen Punkt, an dem er sich festhalten kann.
– Etwas Schlimmes?
– Ja, New York wurde von Terroristen angegriffen.
– Das weiß ich, sagt sie und atmet schneller am Telefon. – Die ganze Welt weiß es, aber wo bist du gewesen, als es passierte?
– Ich war in der Nähe, sagt er. – Aber vergiss es. Jetzt ist es okay.
– Das hast du schon mal gesagt, aber ich glaube dir nicht, ich glaube nicht, dass es okay ist, Jon.
Er ist auf einmal den Tränen nahe, fasst sich aber und wartet einige Sekunden, bis er seine Stimme wieder in der Gewalt hat. Und doch zittert sie.
– Denk nicht dran, um Gotteswillen, ich schaffe es schon. Grüß Tobias von mir und sage ihm, dass ich an ihn denke und bald besuche.
– Ich glaube nicht, dass es bald sein wird, sagt sie mit gesenkter Stimme, aus der einen Moment lang die ganze Enttäuschung über ihn und seinen Weggang aus Wien spricht, und obwohl diese in all den Jahren bei ihren Gesprächen über Tobias mitschwang, hat sie

ihn bisher nie ernstlich damit konfrontiert. Er hat diese Gefühle beiseite geschoben, hinter eine versiegelte Tür in seinem Inneren, und sie höchstens manchmal wie eine Prozessakte aus dem Archiv geholt. Und doch ist dieses Gefühl von Enttäuschung immer allgegenwärtig, wenn er an Sine denkt oder ihre Stimme am Telefon hört.

– So schnell wie möglich, sagt er und legt den Hörer auf.

Was soll er mit sich anfangen? Er zieht sein Jackett über und macht einen Spaziergang durch die Straßen, hin zum verstummten Tompkins Square Park mit den asiatischen Platanen und amerikanischen Ulmen, deren Kronen wie Baldachine durch die Dunkelheit segeln. Ihre Schatten wogen im Schein der Laternen wie kleine Seen über den leeren Platz; sein Körper und sein Gehirn werden in der kühlen Stille wach, und er bleibt vor der verblichenen Gedenkstele für die Tausenden Opfer des Schiffsbrandes auf der »General Slocum« stehen, an die er sonst keinen Gedanken verloren hat. Ein untergegangenes Schiff, das Vergessen hat über das Gedenken gesiegt, die im East River verschwundenen Gesichter haben in der Mühle der Geschichte ihren Umriss verloren, vielleicht sind sie nur irgendeinem Traum entsprungen?

Überall gibt es Tote – und Angeklagte. Was bedeuten seine kleinen Schritte auf Erden? Er ist nur ein Mann mit überstrapazierten Nerven.

Ob er in naher Zukunft einen Prozess im Criminal Court führen wird, kann er nicht absehen, dennoch sucht er, zurück in der Wohnung, wieder die Prozessakten heraus. Er schaltet überall das Licht ein, zwingt sich dazu, noch einmal alle Unterlagen durchzugehen und hört auch das Tonband mit der Aufnahme von Ifrahim Mohammeds Aussage am Morgen des 11. September ab. Seine große Routine hilft ihm dabei, je mehr er sich erinnert und je mehr er begreift, desto mehr Energie verspürt er, und gegen Morgen hat er wieder einen Überblick über den Fall.

Hat er nicht einen kleinen Sieg über die Dämmerung errungen?

Noch am selben Nachmittag ruft er im Büro am St. Mark's Place seine Kollegen Ben Johnson, Michelle und Dan Williams, Cartwrights Assistent, zu einer Besprechung zusammen, um eine Strategie im Ifrahim-Mohammed-Prozess festzulegen. Die anderen können nur mühsam ihre Überraschung darüber verbergen, dass er von einem auf den andern Tag um Punkt drei Uhr ohne sichtbare Schrammen auf seinem angestammten Platz am Ende des langen Tisches in ihrem üblichen Besprechungsraum sitzt.

– Ja, sagt er, um ihren Fragen vorzugreifen. – Ich war oben im Turm, als es brannte, und ja, ich habe Eve runtergebracht, und ja, ihr geht es besser, machen wir uns jetzt an Ifrahim Mohammed, wir haben schon viel Zeit verloren.

Aber er kommt weder um ihre Glückwünsche herum noch um ein Paket, das Cartwright vor ihm auf den Tisch stellt und das er zögernd auspackt: Ein zwanzig Jahre alter, glänzender New York City Fire Department-Feuerwehrhelm von einem Trödler in Soho.

– Denk nächstes Mal dran, einen Feuerwehrhelm aufzusetzen, sagt Cartwright und lacht auf seine eigene heisere Art.

Alle lachen einige Sekunden lang, als Cartwright über den Tisch greift und ihm den Helm aufsetzt, der perfekt sitzt. Er umarmt Cartwright und setzt den Helm wieder ab. Ihre Gemeinschaft hat etwas Besonderes und ist durch den Katastrophentag nur noch fester geworden, so wie die dunkle Farbe das Helle nur noch stärker hervorhebt. Das Lachen befreit etwas in ihm, zum ersten Mal seit langem kann er wieder lachen, verspürt aber im selben Moment den Schmerz in seinem Auge. Er denkt, das geht vorbei, das muss verschwinden, gleich ist es weg, ich muss mich zusammennehmen, und obgleich die Gesichter und Körper der anderen manchmal vor ihm verschwimmen, bleibt er hinter seinem Stuhl am Tischende stehen, und während er gleichsam in einem schwach erleuchteten unterirdischen Tunnel versunken ist und im nächsten Augenblick den Regen hört, der gegen die Fenster zum St. Mark's Place trommelt, legt er ihnen seinen Plan dar: Ifrahim Mohammed ist höchstwahrscheinlich nicht schuldig, es gibt weder ein Geständnis noch ein einleuchtendes Motiv, Ifrahim Mohammed ist weder vorbestraft noch wegen Eigentumsdelikten angezeigt worden; die Polizei hat im Vertrauen auf einen Zeugen und besonders einen V-Mann im muslimischen Umfeld um die Al Farook Moschee in der Atlantic Avenue in Brooklyn einseitig versucht, ihm den Mord an Ellis Edelstein anzuhängen, und es versäumt, jeden einzelnen Stein umzudrehen; wahrscheinlich ist Ifrahim Mohammed Opfer einer Verschwörung in muslimischen Kreisen, weil er zu viel über Personen wusste, die irgendwie am Rande mit dem Angriff auf das World Trade Center, mit einem anderen geplanten Attentat oder einer dritten Sache zu tun haben. Bevor es zu der Mordanklage kam, hat jemand versucht, ihn mit Drohungen zum Schweigen zu bringen, und jetzt, da er wegen Mord angeklagt ist, hat Mohammed offensichtlich Angst, Namen zu nennen, obwohl er weiß, dass dies seine einzige Chance ist, aus der Sache herauszukommen. Als einzigen Namen nennt er den von Benzir Zawawi, dem Mann, der ihn angezeigt hat, aber Zawawi ist in diesem Fall schon aktenkundig. Also ist es den Beteiligten der kleinen Verschwörung gelungen, ihn zum Schweigen zu bringen, weil ihm jetzt durch die Mordanklage klar ist, dass sie es mit ihren Drohungen ernst meinen und zu allem fähig sind, um ihn zum Schweigen zu bringen, wenn nötig, auch im Gefängnis. Andererseits: Ist er erst zum Tode verurteilt, wird ihm keiner je glauben, darum kommt es darauf an, ihn jetzt zum Reden zu bringen.

– Hast du nicht schon mit ihm geredet? fragt der kräftige Ben Johnson, der in seiner ersten Kanzlei in der Lower East Side sein Kollege war, noch ehe Jon nach Wien ging. Johnson wirkt engagiert und ernst und trägt wie gewöhnlich eine zerknitterte blaue Jacke, die ihm etwas zu klein zu sein scheint.

– Ja, am Tag des Terrorangriffs auf das World Trade Center, es war fast surrealistisch, wenn ich daran denke: Ich sitze mit einem Mann in den »Gräbern«, der etwas von einem Attentat faselt, von dem er anscheinend etwas weiß, jedenfalls kannte oder kennt er Personen, die irgendetwas damit zu tun haben, und sehe zur selben Zeit durch das Fenster, wie in Manhattan South aus dem Nordturm Rauch aufsteigt. Und ein Wachmann kommt herein und sagt, da unten hätte es »ein Unglück« gegeben, ich müsste den Besuch abbrechen …

– Du hast also nie erfahren, von welcher Sache oder welchem Attentat unser Mandant etwas weiß? fragt Johnson und lächelt ihn schief an.

– Nein, sagt er. – Und auch nicht, *wie viel* er weiß …

– Mit dem, was gerade in der Stadt passiert ist, muss das ein Fall für das FBI sein, sagt Michelle und blickt die anderen am Tisch fragend an.

– Wenn wir jetzt das FBI dazuholen, können wir unsere Verteidigung vergessen, die werden alles an sich reißen und uns kaltstellen und jeden abschrecken, etwas zu sagen, wirft Johnson ein und hebt abwehrend die Hände.

– Hier scheint es doch um viel mehr zu gehen als um einen Mord in Williamsburg, sagt Michelle.

– Ja, vielleicht, sagt Jon, aber es ist völlig unklar, was Mohammed eigentlich weiß, wahrscheinlich nur, dass irgendetwas anstand. Das Wort Attentat hat er nur ein einziges Mal benutzt, und ich hatte es fast vergessen, bis ich es wieder auf meiner Aufnahme gehört habe. Alles, was mit einem vermeintlichen Attentat zu tun hat, könnte ein Fall für das FBI sein, und dann werde ich sie persönlich informieren. Ich will schnellstens wieder mit Mohammed sprechen und versuchen, einige Namen von ihm zu erfahren, aber einigen wir uns darauf, dass wir im Moment an einem Kriminalfall arbeiten. Für uns heißt das, wir müssen beweisen, dass Mohammed die Wahrheit sagt, dass alles arrangiert war und er weder am Tatort gewesen ist noch je einen Fuß in den Ort Williamsburg gesetzt hat. Wir müssen sein Alibi untermauern, wir müssen mit seiner Familie sprechen, Freunden, Verwandten, Arbeitskollegen. Er sagt, zum Zeitpunkt des Mordes hätte er gerade ein Auto repariert.

– Wo war das? fragt Cartwright und blickt ihn aus seinen dunklen Augen an.
– In seiner Werkstatt in der Atlantic Street. Sein Cousin, der bei ihm angestellt ist, sagt Mohammed, habe am selben Tag an einem anderen Auto gearbeitet, laut Polizeibericht hat der Cousin aber dieses Alibi nicht bestätigt. Vielleicht will er es nicht, vielleicht traut er sich nicht oder kann es nicht.
– Das übernehme ich mit Dan, sagt Cartwright. – Aber hast du eine Theorie über den Mord?
– Ja, sagt Jon und setzt sich erschöpft auf den Stuhl am Tischende. Einige Sekunden lang wird ihm schwarz vor Augen, Michelle steht auf und holt ihm ein Glas Wasser.
– Du siehst ziemlich bleich aus, sagt Cartwright. – Sprechen wir morgen weiter.
Er leert das Glas und betrachtet die um den Tisch versammelten Gesichter. Sie verschwimmen ineinander, Michelles mit dem sonnengebräunten Gesicht Cartwrights, das von Johnson mit dem hellen Gesicht von Dan Williams, plötzlich befindet er sich wieder im Turm, er schließt die Augen.
– Jemand muss das Ganze inszeniert haben, sagt er und ignoriert Cartwright völlig. – Der Mörder muss Ifrahim Mohammed ähnlich sehen, und zwar so sehr, dass man Mohammed den Mord anhängen kann. Wenn wir in seiner Umgebung jemanden ausfindig machen, der aus irgendeinem Grund bereit ist, ihn zu verraten und gleichzeitig einen Mord zu begehen, dann haben wir vielleicht einen Schlüssel. Mohammed hat mehrere Brüder …
– Kann es einer von denen sein? fragt Williams.
– Hier sind wir auf Vermutungen angewiesen, aber wir müssen versuchen, ein paar Fotos von Mohammeds Familie aufzutreiben.
– Das übernehme ich, sagt Williams.
Sie reden weiter, und Jon sagt, dass er ihnen in diesem Fall wenig zahlen kann, bis Cartwright darauf besteht, dass er nach Hause geht und sich hinlegt, ehe er umfällt. Und ehe er sich versieht, steht

er im Regen vor seinem Büro am St. Mark's Place und verabschiedet sich von Williams und Johnson mit einem warmen Händedruck und von Cartwright und Michelle mit einer kurzen Umarmung. Er eilt zur Second Avenue, um ein Taxi zum Memorial Hospital und zu Eve anzuhalten.
Eine Stunde lang hat er nicht an sie gedacht, aber jetzt – schon halbwegs vom Regen auf der Second Avenue durchnässt und den gelben Wagen heranwinkend – spürt er, dass sie auf ihn wartet.

Als er in Eves kleinem Zimmer steht und die Tür hinter sich geschlossen hat, überrascht sie ihn damit, dass sie wacher und klarer ist als letztes Mal, als er an ihrem Bett saß, und dass sie auch schon wieder wütend auf ihn sein und weinen kann.
– Warum kommst du so spät? fragt sie vorwurfsvoll. – Ich verstehe nicht, dass du hier bist, ich verstehe nicht, dass ich am Leben bin.
Er nimmt ihre Hand und lächelt sie schweigend und müde an. Ihre Augen glänzen, aber nicht mehr auf diese beunruhigende Art, sie hebt stolz den Arm langsam hoch, anscheinend ohne größere Schmerzen. In dem spärlichen Licht liegen Schatten über ihrem Gesicht, er streichelt ihr glattes, dichtes dunkles Haar, so wie er es öfter im Traum gemacht hat.
– Du bist am Leben, weil du mutig warst …
– Nein, ich war verzweifelt, ich habe um mein Leben gekämpft …
– Du musst durch das Feuer gelaufen sein, und da wo du warst, muss es besonders heftig gewesen sein.
Ihre Augen werden wieder feucht, sie wendet das Gesicht ab und hält im nächsten Augenblick seinen Blick fest.
– Ich war nicht allein, sagt sie. – Carter und Beterman sind bei mir gewesen.
– Sie haben dir da durchgeholfen?
– Carter nicht, er war verletzt und hat sich geweigert, weiter zu gehen, er …
– Ja?

– Die Flammen und der Rauch müssen ihn geschluckt haben, und Beterman, er …
– Was war mit Beterman? fragt er, während sie krampfhaft seine Hand hält.
– Er hat mir sein Jackett gegeben und …
Sie schweigt, schließt die Augen und ist wieder in dem klaustrophobischen Raum, wo Betermans Gesicht mitten in dem Dunkel von den Flammen von unten erleuchtet wird. Auf dem weißen Kissen wirkt ihr Gesicht ganz bleich, sie presst die Lippen zusammen.
– Du brauchst jetzt nicht darüber zu reden, sagt er, aber sie hört ihn nicht.
– Er hat mir sein Jackett gegeben, jetzt weiß ich es, jetzt weiß ich es wieder …
– Und dann?
– Ich konnte nichts sehen, ich hatte sein Jackett über dem Kopf, ich bin durch das Feuer gelaufen, der Rauch hat mich beinahe erstickt, und dann hörte ich einen Aufprall …
– Einen Aufprall?
– So als würde jemand oder irgendetwas fallen … Oh Gott, das muss er gewesen sein.
Sie schweigt, sieht ihn betrübt an, eine Träne läuft ihr über die Wange, er wischt sie mit der Hand ab.
– Er ist tot, sagt sie.
Jon nickt.
– Warum er und nicht ich?
– Denk jetzt nicht daran, sagt er.
– Ich hätte ihm helfen können, Carter war nicht zu helfen …
– Du konntest nichts tun.
– Woher weißt du das?
– Du warst selbst drauf und dran …
– Er hat mir sein Jackett gegeben, und ich habe ihm nicht helfen können, sagt sie und wendet das Gesicht ab.
– Du hast dein Möglichstes getan, sagt er.

Sie sieht Betermans entsetzte Augen vor sich und dann auf einmal die Konturen der dunklen A-Treppe, auf der sie nach oben gingen.
– Und die anderen, was ist mit all den anderen passiert?
– Welche anderen?
– Von unserer Firma sind etwa zwanzig nach unten gegangen, die meisten aber nach oben, was ist mit ihnen?
– Wenn sie hochgegangen sind, haben sie nicht überlebt, sagt er und hält ihre Hand fest, aber sie reißt sich los.
– Wie kannst du so etwas sagen?
– Weil ich glaube, dass es so ist, sagt er. – Und weil der Turm eingestürzt ist.
– Aber du weißt es nicht? Du hast dich nicht darum gekümmert?
– Nein, sagt er, dafür war ich zu müde, und außerdem arbeite ich wieder an dem Ifrahim-Mohammed-Fall.
– Wie kannst du das jetzt tun? fragt sie, ohne ihn anzusehen.
– Der Prozess ist in einigen Wochen angesetzt, und er ist mein Mandant, sagt er. – Ich glaube, ich kann einen Freispruch herausholen. Darum.
– Aber du weißt nicht einmal, wie viele aus meiner Firma umgekommen sind …
– Nein, sagt er. – Ich kümmere mich darum, ich will versuchen, es herauszubekommen, wenn es dir wichtig ist.
– Sie sind tot, sagt sie. – Sie sind tot, kannst du nicht …?
– Was? fragt er, fasst vorsichtig ihren Kopf und dreht ihn so, dass er ihr Gesicht sehen kann.
– Sie sind tot, wiederholt sie, ihr Blick ist getrübt, ihre Stimme versagt und sie murmelt einige unverständliche Worte.
Er steht auf, zieht ihr die Decke über die Schultern, setzt sich wieder, nimmt ihre Hand, sie stöhnt, schließt die Augen und will sich im Bett aufrichten.
– Ich muss Betermans Frau anrufen, ich brauche ein Telefon, sagt sie und starrt ihn an, als wäre er ein völlig Fremder.
– Eve, leg dich hin … er drückt sie sanft zurück, aber sie wehrt sich

und setzt sich wieder auf. – Eve, ich bin's, Jon, leg dich jetzt hin, du musst schlafen.
Sie starrt immer noch auf einen Punkt weit hinter ihm, einen dunklen Punkt, der ihr Angst macht. Sie ist stumm, ihre Stirn ist heiß und feucht vor Schweiß, endlich schließt sie die Augen und schläft ein.
Nachdem er eine Weile bei ihr gesessen und ihr den Schweiß von der Stirn gewischt hat, geht er auf den Flur, um durchzuatmen und zu sich zu kommen. Der dunkle Korridor wird von den Deckenlampen nur schwach erleuchtet, am Ende des Flurs dringt Licht herein, grau vom Regen, Krankenschwestern und Besucher gehen an ihm vorbei, ohne dass er sie beachtet. Er setzt sich unweit von Eves Zimmer auf einen harten Stuhl und starrt in das hereinfallende Licht.
Er spürt, wie ihm übel wird. Wie soll er mit so vielen Toten zurechtkommen? Keiner kann das, auch Eve nicht, sie jetzt am allerwenigsten.
Er muss Betermans Frau anrufen.
Er muss Eve beruhigen.
Er muss sich für morgen um ein Treffen mit Ifrahim Mohammed kümmern.
Er muss etwas gegen die Müdigkeit tun, die ihn immer wieder überfällt.
Er muss, er muss …
Er holt das Handy aus der Jacketttasche, steht auf, geht den Flur hinunter und ruft die Zentrale des Manhattan Detention Complex an; gleich darauf ist er mit der Wache verbunden. Während er einen Besuchstermin ausmacht, sieht er auf einmal Walcut auf dem Flur und winkt ihm mit der freien Hand.
Walcut steuert mit einem angedeuteten Lächeln in seinem bleichen Gesicht auf ihn zu.
– Eve geht es jetzt besser, wir haben ihre Verbände gewechselt, die Wunden heilen langsam, aber sicher, sagt Walcut unvermittelt. – Waren Sie bei ihr?

– Ja, sagt er, aber sie ist sehr unruhig.
– Unruhig? Inwiefern?
– Jetzt wird ihr erst richtig klar, was passiert ist.
– Die Schmerzen lassen nach, und wir haben das Morphium reduziert, sagt Walcut nüchtern. – Das heißt, alles, was sie durchgemacht hat, holt sie jetzt ein. Sobald sie dazu in der Lage ist, wäre es ratsam, dass sie mit einem unserer Krisenpsychologen spricht. Was die Verletzungen betrifft, kann sie in ungefähr zwei Wochen nach Hause, würde ich meinen.
– Ich weiß nicht, ob sie in der Lage ist, mit einem Psychologen zu sprechen, sagt er und spürt wieder die Müdigkeit. – Im Augenblick sieht es so aus, als brauchte sie etwas Beruhigendes.
– Ich kümmere mich darum und rede selbst mit ihr, sagt Walcut und fasst sich an die Brusttasche seines Kittels, als sich sein Personensucher meldet; er wirft schnell einen Blick darauf und blickt dann Jon an, als sähe er ihn zum ersten Mal. – Was ist im WTC eigentlich mit ihr passiert? Weiß jemand was darüber?
– Sie wäre beinahe umgekommen …
– Ja, soviel habe ich verstanden, sagt Walcut. – Aber wie ist sie da herausgekommen?
– Sie hatte sich aus einer der oberen Etagen durchgekämpft, da habe ich sie gefunden …
– Sie? fragt Walcut und blickt ihn überrascht an.
– Ja. Ich hatte Glück und bin auf der einzigen freien Treppe im Turm nach oben durchgekommen.
– Sie sehen nicht gerade wie ein Feuerwehrmann aus.
– Nein, vielleicht nicht, sagt er abwehrend. – Aber ich wäre Ihnen dankbar, wenn Sie Eve etwas Beruhigendes geben könnten.
– Ich kümmere mich darum und schicke einen Psychologen zu ihr. Okay?
– Nein, sie braucht ein Beruhigungsmittel, sobald sie aufwacht, vielleicht ist sie schon wach. Ich kenne sie, ich weiß, was sie durchgemacht hat, sie ist durcheinander …

– Ich bin hier der Arzt, sagt Walcut und presst die Kiefer zusammen.
– Ja, sagt er. – Aber ich muss mit ihrer Verzweiflung klarkommen.
– Im Memorial wagen wir es nicht, unsere Patienten mit Medizin vollzupumpen.
– Machen Sie, was Sie wollen, ich vergeude nur meine Zeit, sagt Jon, lässt Walcut mitten auf dem Flur stehen und geht in Eves Zimmer.
Der Raum wirkt noch dunkler als vorher, jemand hat das Licht noch weiter heruntergedimmt, ihr Gesicht wird von einem schwachen Lichtstreifen erhellt. Nur eine Gesichtshälfte ist zu sehen, oder lassen ihn seine Augen wieder im Stich?
Er setzt sich auf den Stuhl neben Eves Bett und fällt in sich zusammen. Das Zimmer beginnt sich zu drehen, ihr Atem ist dicht neben seinem Ohr, sie atmen schnell und hektisch im selben Rhythmus, er knöpft sein Hemd auf, eine Tür öffnet sich, doch ist es die Tür hinter ihm oder führt sie zur A-Treppe?
Er steht auf, blickt hinter sich, aber da ist niemand, und die Tür ist geschlossen. Wo ist er?
Eve bewegt sich, sie sagt:
– Mein Vater … hast du in Jerusalem angerufen?
Ihm wird klar, wo er sich befindet.
– Nein, noch nicht, Eve.
– Du musst ihn anrufen, haben sie sich nicht gemeldet?
– Bestimmt, aber ich habe den Anrufbeantworter lange nicht abgehört.
– Ich verstehe nicht, was du überhaupt machst …
– Ich bin die meiste Zeit hier, sagt er.
– Du musst meinen Vater anrufen, du musst dich erkundigen, wie es ihm geht und ihn beruhigen, sagt sie und starrt ihn an. – Versprichst du mir das?
– Ich rufe deine Familie noch heute Abend an, sagt er und versucht, ihren Blick festzuhalten, aber sie ist in Gedanken schon ganz woan-

ders und hat wieder irgendetwas hinter ihm im Blick, das weit weg und doch ganz nahe ist.
– Er hat laut gerufen …, sagt sie.
– Wer hat laut gerufen?
– Beterman …
Sie hebt die verbundenen Arme und hält sich die Ohren zu.
– Beruhige dich, sagt er und nimmt ihre Hand. Vor ihren Augen tauchen unablässig Bilder vom brennenden Turm auf, und es dauert lange, bis sie zur Ruhe kommt und er sie verlassen kann. Im Freien ist der Abend kühl, und die Bäume im Central Park paradieren wie dunkle Silhouetten, als er wieder in einem Taxi zur Second Avenue sitzt. Die schnelle Fahrt des Wagens lässt ihn jäh die unwirkliche Hektik der lichterüberfluteten Straßen spüren.
Die Stadt erhebt sich langsam wieder wie ein verwundeter Koloss, ist es im Zentrum des Ganzen nicht seltsam still – hinter dem Lärm, dem Heulen der Sirenen, den pulsierenden Lichtern, den Bewegungen und lachenden Gesichtern?
In der dunklen Wohnung in der Second Avenue geht er sofort, ohne das Jackett abzulegen, zum Telefon, wo Eves Adressbuch liegt, knipst eine Lampe an und wählt die Nummer von Eves Eltern.
Nach einiger Zeit hat er eine verschlafene Frauenstimme am Telefon und vermutet in ihr Eves Mutter, er ist ihr noch nie begegnet, hat nur ein paar Mal am Telefon Hallo gesagt. Er stellt sich mehrmals mit vollem Namen vor, ehe der Frau, die er geweckt hat, klar wird, mit wem sie gerade spricht, und sie von Hebräisch zu Englisch wechselt.
– Sind Sie es? Wirklich? Wir haben mehrmals angerufen … Wie geht es Eve? Ihr ist doch nichts passiert? Sie hat an diesem Tag doch hoffentlich nicht gearbeitet?
– Sie liegt im Krankenhaus, im Memorial Hospital, aber …
– Hören Sie auf, mein Mann ist krank, er darf das nicht hören …
– Eve ist verletzt, aber es geht ihr langsam besser …
– Sie lebt also, sie wird gesund?

– Ja, sie ist in guten Händen.

Die Stimme verschwindet aus der Leitung, und er hört, wie die Frau laut mit jemandem redet, wahrscheinlich Eves Vater. Jetzt ist ihre Stimme wieder da:

– Sagen Sie es noch einmal: Sie lebt, ihr geht es langsam besser?!

Er wiederholt seine Worte. Die Frau beginnt zu weinen und fasst sich.

– Ich habe das Schlimmste befürchtet, in meiner Phantasie war sie tot, sagt sie. – Aber das konnte ich meinem Mann nicht sagen …

– Sie ist nicht tot, sie lebt, sagt er. – Sagen Sie das Herrn Letterman.

Es geht fast über seine Kräfte, er muss den Satz mehrmals wiederholen und bereut, nicht schon eher angerufen zu haben.

Er versucht, das Gespräch zu beenden, verspricht, wieder anzurufen, muss aber immer wieder erzählen, wie Eve und er selbst aus dem Turm entkommen sind; schließlich versagt ihm die Stimme, plötzlich gleitet ihm der Hörer aus der schweißnassen Hand und baumelt an der Leitung über dem Fußboden, und als er den Hörer aufhebt und lauscht, ist die Verbindung unterbrochen. Er streift das Jackett ab, lässt Hose und Hemd auf den Boden fallen, wankt zum Bett und kriecht unter die Decke, doch in seinem unruhigen Schlaf klingeln unentwegt Telefone, und Stimmen sagen immer wieder das Gleiche, er sieht das Gesicht seines Sohnes, hört seine Stimme und beugt sich über sein Bett in der Billrothstraße in Wien, nein, das ist nicht Wien, und der Junge unter ihm hat dunkles Haar und schwitzt – ist es sein Sohn? Sein Gesicht ist bleich und hager, seine dunklen Augen starren ihn an. Sie sind auf einem kleinen Boot, es ist tiefschwarz, das Boot schaukelt hin und her, von draußen ist ein schwacher Wind zu hören, vom Boden dringen Kälte und Feuchtigkeit in Knochen und Sehnen; neben ihm auf dem Boden liegen zwei weitere Kranke, Adam Moore und Michael Butt, in Seemannsjacken und dünne Decken gehüllt, und der lahme Syracke Fanner hat sich in eine Ecke verkrochen; an den Riemen sind Thomas Woodhouse und Arnold Ludlow, und der Zimmermann Philip

Staffe führt das Ruder, aber warum kommen sie nicht vorwärts? Vielleicht sind sie eingenickt, vielleicht haben sie keine Kraft mehr, vielleicht haben sie aufgegeben? Er muss zu ihnen und sie ablösen, schafft es aber nicht, verträgt nicht noch mehr Kälte mit seinem leeren, geplagten Magen, und nicht noch mehr Wind um die Ohren. Der Junge, über den er sich beugt, ist sein Sohn John, daran ist kein Zweifel, John sagt:

– Kommen wir nach Limehouse? Kommen wir nach London?

– Ja, sagt er, wir kommen nach Hause und zu deiner Mutter und deinen Brüdern.

– Werden wir etwas zu essen finden?

– Morgen werden wir Fische fangen, sagt er. – Morgen scheint die Sonne.

– Werde ich wieder gesund?

– Ja, sagt er. – Du hast Fieber, aber du kommst wieder auf die Beine.

John nickt wieder ein, und er hüllt sich in seinen Mantel, hockt sich in der mondbeschienenen Dunkelheit, die durch die Bullaugen zu ahnen ist, auf die Bank zum Schlafen, findet aber keine Ruhe. Er hört, wie Staffe draußen Gott und Teufel verdammt und die beiden anderen zur Arbeit anspornt, und endlich kommt etwas Bewegung in die Schaluppe, doch sie haben weder Kompass, Öllampe noch Quadrant oder eine Stella Maris, auch keine Logleine; sie können sich nur nach dem Nordstern unter dem Sternenhimmel richten, falls er zu sehen ist, und tagsüber nach der Sonne, falls sie sich zeigt.

Vor drei Tagen haben sie zum letzten Mal mit ihren Schnüren und Angelhaken zwei Fische gefangen und roh essen müssen, vor fünf Tagen hat Arnold Ludlow mit der Pistole eine Möwe geschossen, aber die Strömung war so stark, dass sie die Möwe nicht auffischen konnten. Wenn sie nur Land erreichen und Moos, Frösche und Vogeleier sammeln und Feuer machen könnten, aber die Eisschollen, die Strömung und die Felsen verhindern, dass sie an die Küste herankommen. Nur Gott weiß, wo sie in diesem Labyrinth noch

enden werden. Sollen die James Bay und ihr tiefblaues Wasser und das Eis das Letzte sein, was sie von dieser Welt sehen?
Vor sechs Tagen hatten die Meuterer der »Discovery« sie in aller Herrgottsfrühe in der James Bay ausgesetzt und ihrem Schicksal überlassen, vor sechs Tagen haben sie ihn, Kapitän Henry Hudson, in seiner Kajüte überfallen und an Deck geschleppt und ihm die Hände auf den Rücken gebunden, angeführt von Henry Green, diesem Sohn eines Adligen, der sein Mundwerk zu gebrauchen weiß, und den er in seinem Haus in London Obdach gewährt und auf eigene Rechnung mitgenommen hatte. Unter den Rädelsführern war auch der Steuermann Robert Juet, den er für seine dritte Fahrt angeheuert und zu seinen Vertrauten gezählt hatte, der aber seit dem harten Wind bei Grönland und dem gebrochenen Mast dort Pläne gegen ihn geschmiedet und versucht hatte, die Besatzung zu überreden, Messer und Musketen in ihren Mannschaftsräumen bereit zu halten. Er war zu gutmütig gewesen, er hatte über ihn zu Gericht gesessen, ihn aber begnadigt, und als sie sich über dreißig Tage lang durch das Eis in der großen Bucht mit Ebbe und Flut und starken östlichen Strömungen durchgekämpft hatten, ohne einen Weg zu finden, und als sie am südlichsten Punkt der James Bay überwintern und von Fröschen und Moos und ein paar Fischen und toten Vögeln leben mussten, und als Dunkelheit und Kälte ihnen wie ein Albtraum zusetzten und sie unter Skorbut litten, da ahnte er, was in diesem skeptischen Mann vorging, der seinen Traum nicht mehr teilte, die Nordwestpassage zu finden, und sich zum »Herrn« des Schiffes machen wollte, ebenso wie der Emporkömmling Henry Green.
Sie saßen unter der Sonne mitten in der James Bay im Eis fest und meinten, sie wüssten es besser, doch niemand hatte je an seiner Fähigkeit gezweifelt, ein Schiff zu führen! Sie wollten »nach Hause«, und er wollte nach Nordwesten, das war immer das Ziel der Expedition gewesen! Warum sollte er seinen Traum aufgeben? Sie hungerten und der Vorrat reichte noch vierzehn Tage, aber hatte

er etwa nicht angeordnet, sämtliche Vorräte zu nehmen und diese gerecht zwischen ihnen aufzuteilen?

– Sie haben damit geprahlt, dass wir durch die Nordwestpassage zu Weihnachten in Bantam auf Java sind, hatte Robert Juet zu ihm auf dem Deck zwischen den Meuterern gesagt und vor ihm ausgespuckt. – Stattdessen stecken wir jetzt hier bis zum Hals im Eis, drei Mann mehr tot als lebendig und einer schon im Jenseits. Steigen Sie in die Schaluppe, suchen Sie selbst Ihre Passage und nehmen Sie die Kranken mit!

Der Koch Bennett Mathius und der Maat Robert Blylot, die ihn überfallen und den Bootsmann King entwaffnet hatten, verspotteten ihn, er aber hatte gesagt:

– Solltet ihr jemals London erreichen, erwartet euch dort der Galgen.

Henry Green, der vor Hunger abgemagert war, stieß ihn wutentbrannt über das Deck, dass er hinfiel, und schrie:

– Sie sind übergeschnappt, Ihr Pech ist nicht das unsere, wir brauchen Sie nicht länger!

Als sie schon mit ihren Sachen und Decken in die Schaluppe verfrachtet waren und hinuntergefiert wurden, trat der Zimmermann Philip Staffe vor und bestand darauf, mit seinem Kapitän zu gehen. Sie beknieten Staffe zu bleiben, da sie seine Kenntnisse brauchten, aber er drehte ihnen den Rücken zu und stieg freiwillig in die Schaluppe. Er sah, dass Staffes Loyalität auf manche von ihnen Eindruck machte. Ehe sie hinabgefiert wurden, reichte man ihnen eine Pistole, etwas Schießpulver, ein paar Kugeln, einen eisernen Kochtopf, etwas Mehl und einen Kasten mit Zimmermannswerkzeug ins Boot. Mehr gönnten die Meuterer ihnen nicht, sie rechneten sich aus, dass es eine Fahrt in den sicheren Tod sein würde.

An diesem Tag kam die »Discovery« glücklich von den Eisschollen frei und zog die Schaluppe mit ins offene Wasser; als sie sich im eisfreien tiefen Wasser befanden, kappten die Meuterer die Bootsleine zur »Discovery« und setzten das Vorsegel, um im Wind von ihnen freizukommen. Zu viert ruderten sie in dem Boot der »Discovery« nach, auch er legte sich mit aller Kraft in die Riemen, aber als die Meuterer sahen, dass sie dem Schiff allmählich näher kamen, setzten sie das Großsegel, fassten noch mehr Wind und ließen sie hinter sich zurück.

Er stand achtern in der Schaluppe und sah sein Schiff in Richtung Nordosten gegen den weißen Horizont von Eisschollen verschwinden; er weinte im tiefsten Innern und war zugleich verbittert.

Wie hatte es soweit kommen können? Hatte er die »Hopewell« etwa nicht weiter nördlich geführt als sonst jemand, am schneebedeckten Grönland vorbei durch die furchtbaren Südwinde, mit vereister Takelage und einer Sicht gleich Null gen Svalbard, hatte er nicht etwa Gegenden kartographiert und benannt, die noch kein menschliches Auge gesehen hatte? Im »Nord-Ost-Land« hatte er eine Insel voller Blumen gefunden, in der Mitternachtssonne südlich des »Neuen Landes« und dicht am Pol hatte er die großen Wale eingekreist, und war nicht lediglich das Eis schuld, dass die »Hopewell« festsaß, dass er nicht das Neue Land vor ihnen am Horizont erreichte? Auf seiner zweiten Reise mit der »Hopewell« auf der Suche nach der Nordostpassage nördlich von Russland war er bis zur Inselgruppe Nowaja Semlja gekommen und war wieder vom Eis und von treibenden Eisbergen aufgehalten worden, die das Schiff zu erdrücken drohten, und hatte er da nicht vor lauter Trübsal, dass ihm das Schicksal die östliche Passage nach Asien abschnitt, sich mit der »Half Moon« dagegen gewehrt und war auf dem »Großen Fluss« bei Manhattan und seiner breiten Mündung weiter nach Nordwesten gelangt als je ein weißer Mann vor ihm? Kapitän John Smith hatte ihm aus Jamestown vom großen Fluss berichtet, der nach Überzeugung der Indianer nördlich zu einem stillen Meer führte, und hatten nicht diese Menschen aus dem hügeligen und grünen Manhattan-Land ihn und die Besatzung scharenweise in ihren Booten begrüßt und Getreide und Tabak mit ihnen getauscht? Eine ganze Flottille von achtundzwanzig Kanus mit Männern, Frauen und Kindern in federbesetzter Lederkleidung kam ihm an der Nordspitze von Manhattan entgegen, und nur weil er und die Besatzung dieser großen Ansammlung misstrauten, kamen sie nicht an Bord, aber sie tauschten Nahrungsmittel mit ihnen und zogen an ihren roten Kupferpfeifen und gaben ihnen Messer, Äxte und Glasperlen dafür. Am Tappansee glaubte er, endlich die Passage nach Nordwest gefunden zu haben, und hier an der Küste wurde sein Misstrauen gegenüber den Eingeborenen beschämt, als sie ihm halfen, die »Half Moon« freizuschleppen und der Häuptling des Dorfes ihn und die Steuermänner wie Ehrengäste bei sich aufnahm. Es war wie ein Traum: Das kreisrunde Haus mit der gewölbten Decke war aus Eichenrinde gebaut, Sitzmatten wurden für sie ausgebreitet und Essen in geschnitzten Holzschalen serviert, das Haus war eins von vielen, und es gab Felder, auf denen Mais angebaut wurde und Getreidevorräte zum Trocknen lagen, genug, um drei Schiffe zu füllen. Eichen mit weit verzweigten Kronen, gewaltige Kiefern und flammende rotblühende Bäume, die er noch nie gesehen hatte, wuchsen in der fruchtbaren Landschaft. Junge, mit Köchern und Bögen behängte Indianer brachten ihnen frisch erlegte Tauben, junge Frauen in Lederbekleidung und Männer mit nacktem Oberkörper tanzten lachend und malten sich zu Trommelrhythmen in den Farben des Regenbogens an und nannten ihn »weißer Häuptling«. Von dem Tabak in den roten Kupferpfeifen, die zwischen dem Häuptling und seinen Leuten kreisten, wurde ihm »selig« zu Mute. Sie konnten nicht miteinander reden, wechselten aber Worte, indem sie auf Gegenstände und Farben zeigten und Blicke und Mienen deuteten, auffällig war das Schweigen und die graziösen Handbewegungen der eingeborenen alten Männer und ihre Güte, als sie verstanden, dass er die Nacht auf dem Schiff verbringen wollte: Sie nahmen an, dass er sich vor ihren Waffen und Bögen fürchtete, zerbrachen ihre Pfeile und warfen sie ins Feuer.

All das hatte er vor jedem anderen oberhalb des »Großen Flusses« – Tausende von Meilen von London und Amsterdam entfernt – gesehen und in seinen Logbüchern notiert, auch hatte er Vermutungen darüber angestellt, wer diese Indianer waren und ob sie in Gottes Hand waren, denn ihrer Natur war genauso wie der seiner Besatzung und seiner eigenen das Misstrauische und Feindliche *und* das Freundliche und Gute gegeben. Eines Tages schickte er seinen Bootsmann Colman und vier andere in einem Boot ungefähr zwölf Meilen flussaufwärts, aber Colman kam nie zurück, die Indianer hatten sie mit zwei Kanus angegriffen und Colman einen Pfeil durch die Kehle geschossen, zwei der vier Zurückgekehrten waren schwer verwundet und bluteten, und er konnte nur unter Einsatz seiner vollen Überredungskunst verhindern, dass es zu einer Vergeltung kam. Manchmal aber hatte er sich selbst und seine Besatzung nicht im Griff, sie nahmen auf dem Schiff Indianer gefangen, sie stahlen ihre Boote oder Vorräte oder betrogen sie beim Handel, und als die Besatzung bei der Aussicht, in der Nähe von Manhattan überwintern und weiter nach der Nordwestpassage suchen zu müssen, zu meutern drohte, beschloss er, nach London zurückzusegeln und ihnen den Freibrief zu geben. Als sie den »Großen Fluss« nach Süden abwärts fuhren, wurden sie an der Küste Manhattans von vielen Kanus angegriffen; die Indianer erhoben ein Geheul und ihre Körper trugen Kriegsbemalung. Sie schossen mit Pfeilen auf das Schiff und er gab Befehl, mit Musketen und Pistolen zurückzufeuern, ihr Blut färbte den Fluss.

War das ein Omen für kommende schlechte Zeiten und die Rechenschaft, die er vor Gott dem Herrn ablegen musste?

John, sein Sohn, ruft auf der Bank der Schaluppe im Fieberwahn nach ihm. Er streift die Decke ab und erhebt sich schwer, das Boot schaukelt, als er zu seinem Sohn geht. Johns Gesicht glüht, und die fiebrigen Augen suchen nach ihm. Ihm ist nicht mehr viel Zeit gegeben, er befeuchtet ihm die Lippen mit dem eigenen Speichel.

Unter ihnen das eisige dunkle Wasser, über ihnen der kalte bestirnte Himmel und der leuchtende Mond. Die beiden kranken Seeleute auf dem Kajütenboden rühren sich nicht, ihre Gesichter, Arme und

Hände sind starr vor Kälte. Der dritte, Syracke Fanner, beginnt erneut, in seiner Ecke zu singen – wie ein Wahnsinniger, »Fardiwell, Fardiwell«.
So viele Träume brauchte es, soweit zu kommen.
Was hat er falsch gemacht?
Eine Stimme ruft nach ihm, gehört sie seinem Sohn oder kommt sie aus dem schwarzen Himmel?
Jon erwacht, es ist immer noch Nacht in der Wohnung in der Second Avenue, seine Hände suchen im Bett nach Eve, hat er nicht ihre Stimme gehört?
Er steigt aus dem Bett, hat das Gefühl, auf schwankendem Boden zu gehen und beginnt, in der Wohnung nach ihr zu suchen.
In der leeren Küche wird ihm bewusst, dass er Hunger hat; wann hat er zuletzt gegessen? Die Augen einer Katze glühen vom Deckel einer Abfalltonne im Hof, ihr Fell verschmilzt mit der Nachtschwärze.

Am nächsten Morgen fragt er als Erstes, und noch ehe er zu Ifrahim Mohammed ins Untersuchungsgefängnis in der White Street geht, bei der Auskunft nach Betermans Nummer und ruft an. Draußen ist die Luft grau, ein kühler Wind weht durch das offene Fenster zur Second Avenue herein, gegenüber spiegeln sich undeutlich Wolken in den Fenstern. Eine Frau im roten Morgenrock starrt aus einem Fenster auf die Straße, ihm fällt es schwer, sich zu konzentrieren, doch hat er Eve nicht versprochen, anzurufen?
– Hier Mary Beterman, meldet sich eine volltönende Stimme. Er erklärt schnell, wer er ist und dass er in Eves Auftrag anruft.
– Oh, Eve Letterman, sagt die Stimme. – Mein Mann hatte sie sehr gern …
– Hatte? fragt er und weiß, was jetzt kommt.
– Mein Mann ist tot, er ist verschollen, es ist unbegreiflich …
– Es tut mir leid, sagt er und schließt die Augen, um den Schmerz zu unterdrücken, der sein linkes Auge durchzuckt.

– Er hat eine Nachricht aus seinem Büro im World Trade Center auf den Anrufbeantworter gesprochen, er sagte, alles wäre okay, und wir sollten uns um ihn keine Sorgen machen, das war das Letzte, was wir von ihm gehört haben …
– Es tut mir leid, sagt er wieder und ist etwas unsicher auf den Beinen. – Es ist ein großer Verlust.
– Ich habe die Nachricht immer wieder gehört, sagt jetzt Mary Beterman mit gebrochener Stimme. – Aber ich weiß nicht, wo ich ihn suchen soll. Das sind nur noch Trümmer und ein riesiger Krater. Ich habe mir den Krater angesehen, ich weiß nicht einmal, ob er irgendwo unter dem Schutt liegt …
– Vielleicht weiß Eve etwas über ihn, sagt er, und im selben Augenblick begegnet sein Blick dem der Frau in der Wohnung gegenüber. Er schließt wieder die Augen.
– Lebt Eve? Weiß sie etwas über Amos? fragt Mary Beterman.
– Ja, Eve lebt, sagt er, und im selben Augenblick fällt ihm auf, wie unwirklich der Satz klingt. – Aber was sie weiß, wird Ihnen keine Freude machen, sie muss die Letzte gewesen sein, die ihn lebend gesehen hat …
– Ich möchte gern mit ihr reden, ich …, sagt Mary Beterman mit sich überschlagender Stimme; er hört, wie sie mit den Tränen kämpft und verspürt plötzlich den Wunsch, die fremde Frau an sich zu ziehen und ihre Trauer zu lindern.
– Geben Sie mir Ihre Adresse, ich hole Sie ab …
– Würden Sie das tun?
– Ja, ich komme heute Nachmittag, wenn es Ihnen passt. Wo wohnen Sie?
– Park Avenue, sagt sie und erklärt ihm, wo er halten soll.
– Ich komme, sagt er. – Aber ich muss jetzt Schluss machen.
– Okay, sagt sie. – Wie war noch Ihr Name?
Er nennt seinen Namen, und sie beenden das Gespräch.
Er legt den Hörer auf und fasst sich an die Augen.
Alles ist wieder verschwommen, wie soll er das alles schaffen?

Was wird Eve sagen?
Vielleicht wird sie nicht einverstanden sein, vielleicht ist sie dazu noch nicht bereit?
Er zieht seinen Trenchcoat über das Jackett, greift sich die Tasche und eilt nach unten auf die windige Second Avenue, wo Monroe ihm hinter der Scheibe des Drugstores kurz zunickt, als hätte die Zeit stillgestanden. Er beantwortet den Gruß, indem er kurz die Hand hebt, doch die Autos unter dem grauen Himmel und die vielen Gesichter, die an ihm vorbeiziehen, wirken auf ihn fremd, wirklich scheint nur der Schwefelgeruch zu sein, der in der Luft hängt, und als er, statt ein Taxi zu nehmen, zum Washington Square Garden mit dem Triumphbogen läuft, zu den Jungs mit ihren Skateboards und den Bäumen, deren Blätter gelb und rot leuchten, suchen seine Augen nach Eve, obwohl er genau weiß, wo sie ist. Vor dem großen grauen Horizont hinter dem vielbefahrenen West Broadway, auf dem jetzt Ruhe herrscht, fehlen die Türme des World Trade Center, und wieder fühlt er sich von der Dämmerung getroffen. Ist New York wirklich so sehr seine Stadt geworden, dass er das Gefühl nicht loswird, einen Teil seiner Seele verloren zu haben. Fünfzehn Jahre lebt er schon in der Stadt, aber hatte er nicht immer gedacht, er wäre nur auf der Durchreise und würde nur vorläufig hier bleiben?
Zum ewigen Pilger bestimmt.
Aber vielleicht ist New York das perfekte Versteck für Leute seines Schlages? Vielleicht kann er deshalb nicht von der Stadt lassen, obwohl das Versteck in Gefahr ist?
Er schlingt zwei Sandwiches herunter und trinkt einen Kaffee in einem kleinen Coffeeshop am Broadway, der dem Coffeeshop in der Lower East Side ähnelt, wo er Tellerwäscher war, als er nach dem juristischen Staatsexamen und mit der kaputten Beziehung zu Sine im Gepäck Dänemark verlassen hatte und zum ersten Mal in diese Stadt kam. Hier sind die Wände im Neonlicht nackt und gelb, die Türen und Bänke braun und abgewetzt, die puertoricanische Be-

dienung und die Kunden, die von den ungemütlichen Straßen eintreten, sind einsam, selbst wenn sie lachen. Hier ist nichts Fassade und er fühlt sich zu Hause, bis er zum Untersuchungsgefängnis in der White Street aufbrechen muss, dessen Glasfront den Anschein eines Bankgebäudes hat, das seine Geheimnisse effektiv verbirgt. Eines davon sind die Eingesperrten und ihre stummen Rufe, von hier wegzukommen.

Er passiert die Wachen und die vielen Sicherheitsvorkehrungen und wird von einem ihm bislang unbekannten Polizisten, der sich strikt an die Vorschriften hält, in einen Vernehmungsraum geführt. Dann kommt Ifrahim Mohammed. Trotz seiner hellbraunen Gesichtsfarbe wirkt er mit seinen Handschellen und in der blauen Anstaltskleidung noch bleicher und gebeugter als das letzte Mal, er wirft ihm einen müden Blick zu, während er zu dem Stuhl geht, den er für ihn vorgezogen hat. Jon bittet den großen, jungen Polizisten, Mohammed die Handschellen abzunehmen, und erst nachdem dieser sich über sein Walkie-Talkie bei einem Vorgesetzten vergewissert hat, holt er ohne eine Miene zu verziehen einen Schlüssel heraus und nimmt Mohammed die Handschellen ab.

Schweigend massiert Mohammed sich die schmerzenden Gelenke, reicht Jon die Hand und dankt ihm, während der Polizist sich an der Tür aufstellt.

– Ich dachte, Sie hätten mich nach dem großen Unglück in der Stadt vergessen, sagt Mohammed mit leiser Stimme und blickt ihn skeptisch an.

– Nein, aber die Verfahren waren eine Weile ausgesetzt. Ich habe Sie nicht vergessen, sagt er und lächelt kurz.

Mohammed schaut zum Polizisten an der Tür und beugt sich dann zu Jon vor.

– Sie müssen mich hier herausholen, das ist die Hölle, nach dem, was passiert ist.

Jon spürt seinen heißen Atem ganz nahe und zieht sich etwas zurück.

– Inwiefern?
– Die anderen Häftlinge pöbeln mich an, einer hat mich angespuckt, ein anderer mich getreten, sie schieben mir die Schuld zu für das, was passiert ist, und hassen alle Muslime, die Wächter drehen sich einfach weg.
– Ich kümmere mich darum, sagt Jon. – Aber Sie brauchen Geduld, im Moment ist die Stimmung schlecht, ich bin sicher, dass es sich ändert, wenn den Leute klar wird, dass zwischen einem religiösen Fanatiker und einem einfachen amerikanischen Muslim ein Unterschied ist …
Ifrahim Mohammed schüttelt den Kopf.
– Mr. Bush wird Afghanistan angreifen, ich habe es in den Nachrichten gesehen, es wird immer schlimmer, ich habe keine Chance, ich bin sowieso schon verurteilt, wenn Allah nicht seine Hand über mich hält.
– Nicht solange ich da bin, sagt Jon, erstaunt über Mohammeds Pessimismus. – Aber jetzt bitte ich Sie, mir alle meine Fragen genau zu beantworten, haben Sie mich verstanden?
Mohammed nickt und richtet sich auf. Das graue Licht von draußen fällt auf sein Gesicht, das in kaum einem Monat stark gealtert zu sein scheint, und die dunklen Augen, die auf den ersten Blick einen ruhigen Eindruck auf ihn machten, haben jetzt rote Ränder und sind unruhig; er presst die Hände aneinander.
– Haben Sie einen Zwillingsbruder? fragt er.
– Mohammed ist verblüfft.
– Woher wissen Sie das?
– Es ist nur eine Vermutung, aber den Ereignissen nach befinden Sie sich am 14. August um 19.15 Uhr mit Ihrem Cousin in Ihrer Werkstatt in der Atlantic Street, sagt Jon. – Beide reparieren Sie Autos, gleichzeitig aber wird Ellis Edelstein in seinem Geschäft in Williamsburg ermordet, angeblich von Ihnen. Da rein physisch niemand an zwei Orten zugleich sein kann, gehe ich davon aus, dass der Mann, der Mr. Ellis gefesselt und ermordet hat, Ihnen sehr ähnlich

sehen muss, ja, vielleicht sogar Kleidung trug, die Ihnen gehört. Wahrscheinlich wollte er an diesem Abend absichtlich gesehen werden, jedenfalls sind Sie bei der Gegenüberstellung mit ihm verwechselt worden, so dass eine Zeugin ganz sicher ist, Sie gesehen zu haben.

– Aber mein Bruder wohnt in London, er ist Mullah, und unsere Wege haben sich vor vielen Jahren getrennt, er kann es nicht sein, sagt Mohammed zögernd.

– Ist er nie in New York gewesen?

– Doch, zwei Mal.

– Also können wir nicht ausschließen, dass er mit dem Mord zu tun hat. Warum will Ihr Cousin Ihnen kein Alibi geben?

– Benzir Zawawi hat ihn sicher eingeschüchtert.

– Und wie kommen Sie darauf?

– Weil er schon einmal gelogen hat, als er behauptete, ich wäre in Williamsburg gewesen, und weil ich etwas von ihm weiß, das ich besser nicht wissen sollte.

– Das haben Sie schon mehrmals gesagt, aber was wissen Sie genau?

Mohammed greift sich an den Kopf, blickt nervös in Richtung des Polizisten und verstummt. Jon steht auf und bittet den Polizisten, den Raum zu verlassen; wieder verständigt sich dieser durch das Walkie-Talkie mit seinem Vorgesetzten, dann sagt er, eine Hand am Pistolenhalfter:

– Auf Ihre Verantwortung.

– Selbstverständlich, aber ich habe vor meinen Klienten keine Angst.

Der junge Polizist wirft Mohammed einen misstrauischen Blick zu und bleibt einen Augenblick stehen, als wollte er damit seine Autorität unterstreichen, dann macht er kehrt und geht zur Tür hinaus. Jon dreht sich zum Fenster hin, und unwillkürlich suchen seine Augen unter dem grauen Himmel wieder nach den Silhouetten der Türme in dieser Landschaft aus hoch aufragenden Gebäuden des südlichen Manhattan. Die Zeit steht still, er hört jemanden rufen, ihm wird schwindlig und er schließt die Augen, aber als er sie wieder öffnet und auf den Tisch und Mohammed zugeht, ist es, vom fernen Rauschen des Straßenverkehrs abgesehen, ganz still um sie. Er holt ein leeres Blatt und einen Stift aus der Tasche und legt beides vor Mohammed hin.

– Wenn es Ihnen sicherer erscheint, schreiben Sie die Antworten hier auf, dann wissen Sie genau, dass nur ich sie kenne. Haben Sie verstanden?

Mohammed nickt.

Er setzt sich wieder auf den Stuhl und hält Mohammeds Blick fest.

– Was wissen Sie genau, was für Sie so gefährlich ist?

Mohammed blickt ihn lange an, als würde er in seinen Augen die Tür suchen, die er öffnen muss, um dann den Stift zu nehmen und etwas aufzuschreiben. Es dauert eine Weile, er streicht mehrmals Worte in dem Geschriebenen und reicht Jon dann das Blatt. Jon liest die Sätze in Mohammeds leicht verwischter Handschrift ein paar Mal. Da steht: »Benzir Zawawi und zwei andere, die in der Moschee in der Atlantic Street ein- und ausgehen, planten ein Attentat auf eine oder mehrere Subwaystationen in Brooklyn. Die Rede war von einem Bahnhof an der 8th Avenue.«

Jon faltet das Blatt zusammen und legt es in eine Hülle zu den anderen Unterlagen.

– Wir reden jetzt nicht direkt über das, was Sie aufgeschrieben haben, sondern nur darüber, woher Sie es wissen und was es bedeutet. Okay?

Mohammed nickt wieder.

– Also: Woher wissen Sie das?

– Von meinem Videorekorder und meiner Überwachungskamera.

Jon ist überrascht.

– Wie soll ich das verstehen?

– Wegen der vielen Einbrüche habe ich jahrelang meine Werkstatt überwacht …

– Haben Sie auch den Ton aufgenommen?

– Ja, als einmal im Dunkeln eingebrochen wurde, hat die Versicherung mir geraten, auch den Ton aufzunehmen, es hat mich einiges gekostet, die richtige Technik zu finden.
– Normalerweise sieht man sich die Aufzeichnungen ja nicht stundenlang an …
– Nein, aber in derselben Nacht, nachdem die Kamera abends Ben Zawawi, die beiden anderen und meinen Cousin aufgenommen hatte, wurde wieder eingebrochen, deshalb habe ich mir das Band am nächsten Morgen angesehen …
– Sie sind also ganz zufällig darauf gestoßen, dass Ben Zawawi, die beiden anderen und Ihr Cousin in Ihrer Werkstatt über »die Sache« redeten?
– Ja.
– Warum haben Sie das nicht der Polizei erzählt?
– Das habe ich doch, antwortet Mohammed ärgerlich und sieht ihn müde an.
– Sie hatten Angst vor den Folgen?
– Ja, große Angst, mehr Angst, als Sie sich vorstellen können!
– Was haben Sie gemacht, nachdem Sie die Aufzeichnung aus Ihrer Werkstatt sahen und begriffen, worum es da ging?
– Ich habe meinen eigenen Ohren nicht getraut, doch dann habe ich mir alles noch einmal angesehen und meinem Cousin gedroht, ich würde zur Polizei gehen. Danach lief alles schief.
– Inwiefern? fragt Jon, und Mohammed erzählt von den Drohungen, die er erhielt, wenn er die Moschee in der Atlantic Street besuchte. Einmal, als er sich mit Hunderten von Gläubigen auf dem Teppich verbeugte und betete, wurde ihm ein anonymer Drohbrief zugesteckt, das Telefon klingelte in seiner Werkstatt, und als er abhob, drohte eine unbekannte Stimme ihm und seiner Familie mit der »gewaltsamen Rache« im Namen Allahs, wenn er etwas ausplaudern würde; sein Cousin, der von den Aufnahmen keine Ahnung hatte und nicht verstand, woher er das wusste, spielte den Ahnungslosen und Unschuldigen, bedrängte ihn aber jeden Tag, es sich an-

ders zu überlegen. Um sein Gewissen zu beruhigen, fragte er einen Imam in der Moschee um Rat, dieser bestärkte ihn darin, wenn er es sich gut überlegt hätte und es mit gebührender Vorsicht tat, damit der Ruf der Moschee nicht darunter litt. Dann kam es zu dem Mord in Williamsburg, schon am nächsten Tag wurde er von einem größeren Polizeiaufgebot verhaftet und gleich darauf verhört.
Das war am 16. August, nur eine Woche vor dem geplanten Attentat.
– Eine Woche nach dem 16. ist aber doch nichts passiert?
– Nein, aber sie müssen es weiterhin geplant haben, sonst hätten sie mich nicht einsperren lassen.
Mohammed hält seine Hände vor die Augen und seufzt tief.
Jon blickt auf seine Uhr, die bemessene Zeit ist fast vorüber, das Zifferblatt verschwimmt vor seinen Augen.
– Weiß sonst noch jemand von dem Band? fragt er.
– Nein und ja, sagt Mohammed und lässt die Hände fallen.
– Wie soll ich das verstehen?
– Gesehen hat es keiner, aber vielleicht weiß mein Cousin davon.
– Wie das?
– Die Kamera ist gut versteckt, aber ich glaube, ich habe mich verplappert, als ich ihm mit der Polizei gedroht habe.
– Sie sind also nicht sicher, ob Zawawi und seine Freunde etwas von dem Band wissen?
– Kann man sich in dieser Welt ganz sicher sein? fragt Mohammed und seufzt.
– Ich möchte es natürlich gern sehen.
– Das ist schwierig …
– Warum? fragt Jon, steht auf und packt seine Tasche.
– Ich habe es an einem sicheren Ort verwahrt.
– Ich muss es haben, es kann ein entscheidender Beweis dafür sein, dass Sie die Wahrheit sagen.
– Sie wollen es doch wohl nicht für diesen Prozess? fragt Mohammed.

– Das weiß ich noch nicht, sagt Jon. – Aber wenn wir Ihr Alibi nicht beweisen können, müssen wir andere Wege gehen.
Mohammed ballt die Hände zu Fäusten.
– Es ist gefährlich für mich, wenn Sie das Band benutzen, verstehen Sie das nicht?
– Ich versuche es zu vermeiden, sagt Jon. – Aber es kann für Sie noch gefährlicher sein, wenn ich nicht die Möglichkeit dazu habe. Ich rate Ihnen, mir zu sagen, wo es ist.
Mohammed schüttelt unmerklich den Kopf, seine verängstigten Augen suchen vergeblich einen Punkt im Raum, an dem sie sich festhalten können.
– Diese Leute haben Ihnen schon genug angetan, und ich verstehe, dass Sie sich vor ihnen fürchten. Aber wenn die es schaffen, dass Sie mir das Band nicht geben, kann ich Ihnen vielleicht überhaupt nicht helfen, und dann haben die auf ganzer Linie gewonnen.
– Gewonnen?
– Ja, nicht nur dass sie ungeschoren davonkommen und Ihnen den Mord anhängen konnten, sondern es wird immer weitergehen. Das nächste Mal – denn aller Wahrscheinlichkeit nach wird es ein nächstes Mal geben – wird es andere treffen. Wollen Sie das wirklich?
Mohammed starrt auf seine Hände.
– Okay, sagt er. – Sie sollen Ihren Willen haben.
– Schreiben Sie die Adresse hier auf, sagt Jon und zieht ein Notizbuch aus der Innentasche seines Jacketts.
Mohammed kritzelt etwas auf eine Seite und reicht ihm das Buch zurück, seine Augen wirken in diesem Augenblick wie tot, als hätten sie jegliche Farbe und jeden Glanz verloren. In diesem Moment geht eine Seitentür auf, eine Polizistin tritt ein, ihr Gesicht ist neutral, ihr ist unmöglich anzusehen, woran sie denkt. Das Gespräch mit seinem Klienten ist beendet, man wird ihm wieder Handschellen anlegen und ihn in seine Zelle und zu den Schmähungen und der Angst zurückbringen. Doch ehe die Tür

hinter ihm zugefallen ist und Jon den Raum verlassen hat, dreht Mohammed sich um:
– Grüßen Sie meine Frau, ich habe mit ihr nicht gesprochen, seit …
Die Worte bleiben ihm im Hals stecken, die Polizistin, die hinter ihm steht, versetzt ihm einen kleinen Stoß, mechanisch macht er kehrt und verschwindet durch die offene Tür.
Jon geht zu dem jungen Polizisten hinaus, der ihn einige Etagen nach unten begleitet, er passiert die Sicherheitskontrolle in der Eingangshalle, überlegt es sich aber, fragt nach dem Justizwachtmeister und wird wieder über einen weiß gestrichenen Flur mit gerahmten Fotos von höheren Polizeibeamten in Uniform zu dessen Büro geführt. Er muss eine Weile draußen warten und wird dann von einer Sekretärin hereingeholt. Der Justizwachtmeisters telefoniert gerade und winkt ihn mit einer Geste auf einen Stuhl vor seinem Schreibtisch.
Schließlich legt er den Hörer mit einem kurzen, selbstzufriedenen Lächeln auf und sucht im selben Moment Jons Blick.
– Was kann ich für Sie tun, Sie sind …? fragt er und schaut auf eine kurze handgeschriebene Notiz.
– Der Rechtsanwalt von Ifrahim Mohammed, sagt Jon ruhig.
– Oh, Jon Bæksgaard, ich erinnere mich, wir sind uns schon begegnet …
– Schon mehrmals …
– Sie sind der mit den hoffnungslosen Fällen, sagt der Justizwachtmeister und lacht kurz.
– Woher haben Sie das?
– Das erzählt man sich so über Sie.
– Erzählt man sich auch, was dabei herausgekommen ist? fragt er, aber der Justizwachtmeister überhört es.
– Dieses Mal haben Sie sich wohl verrechnet, wie ich höre, hat Ihr Klient einen jüdischen Juwelier umgebracht, und dafür gibt es handfeste Zeugen, wollen Sie freiwillig Harakiri begehen?

– Ich bin nicht hier, um den Fall mit Ihnen zu diskutieren, sondern um mich für meinen Mandanten zu beschweren.
Der Ausdruck im leicht verschwitzten Gesicht des Justizwachtmeisters verändert sich.
– Da gibt es nichts zu beschweren. Ifrahim Mohammed wird wie jeder andere hier behandelt: nach den Vorschriften.
– Bei mir hat er sich darüber beschwert, dass die Wärter sich abwenden, wenn andere Gefangene ihn anspucken, ihn treten oder mit Schimpfworten überhäufen.
– Hier drinnen ist die Sprache von einer gewissen Freizügigkeit, das ist allgemein bekannt …
– Aber Fußtritte, Anspucken, Drohungen?
– Von Drohungen ist mir nichts bekannt, ich bin mir sicher, dass meine Leute mir so was melden würden, aber man muss die Gefühle der Menschen auch verstehen …
– Wie meinen Sie das?
– Die Gefangenen sind nur Menschen und immerhin Amerikaner, egal, weshalb sie angeklagt sind …
– Können Sie sich etwas genauer ausdrücken?
Der Justizwachtmeister beugt sich schwer über den Schreibtisch, zieht ein weißes Kleenex aus einer Schachtel und wischt sich über die sonnengebräunte Stirn. Sein schütteres glänzendes Haar ist aus der Stirn gekämmt und zeigt seine ungewöhnlich hohen Schläfen …
– Erinnern Sie sich daran, was vor knapp vier Wochen in dieser Stadt passiert ist, sagt der Justizwachtmeister und knüllt das Kleenex in seiner großen Hand zusammen. Die Menschen sind frustriert, Muslime stehen hier im Moment nicht gerade hoch im Kurs.
– Sie meinen: Sollen die Gefangenen doch ruhig meinen Klienten anspucken?
– Legen Sie mir nichts in den Mund mit ihrem cleveren Anwaltsgerede! sagt der Mann und greift plötzlich nach seiner Jacke. Er steht auf, dreht Jon den Rücken zu und ignoriert ihn scheinbar,

währende er die Jacke zuknöpft und seine Dienstmütze aus einem Schrank holt.
Auch Jon steht auf und greift nach seiner Tasche. Einen Moment lang ist es still zwischen ihnen.
– Ich gehe davon aus, dass Sie meine Beschwerde ernst nehmen.
– Sie sind noch hier? fragt der Justizwachtmeister und beginnt, ohne ihn zu beachten, in der Schreibtischschublade zu kramen.
– Soll ich Sie dahingehend verstehen, dass Sie meine Beschwerde nicht ernst nehmen?
– Sie sollen mich dahingehend verstehen, dass wir hier die Vorschriften auf Punkt und Komma befolgen, und wenn Sie sich beschweren wollen, dann vergeuden Sie nicht meine Zeit, sondern machen Sie es schriftlich.
– Morgen haben Sie die Beschwerde auf dem Tisch.
– Machen Sie, was Sie wollen, sagt der Justizwachtmeister und winkt ihn hinaus.

Die Park Avenue in Sturm und Regen, mit den hohen grauen Gebäuden der Chase Manhattan und Met Lifes, die tagsüber mit Tausenden von schmalen Fenstern in den Steinfassaden überdimensionierten feudalen Türmen ähneln, abends aber in der Novemberdunkelheit mit vereinzelten Lichtern übersät sind, die wie abgerissene Erinnerungen eines abgekühlten Gedächtnisses leuchten … Er fährt mit dem Taxi hin und berichtet Cartwright dabei durchs Handy von seinem Treffen mit Ifrahim Mohammed; er bittet ihn, zu der Adresse in Fairfield zu fahren und Mohammeds Überwachungsband zu holen.
– Gibt es auch einen Namen zu dieser Adresse? fragt Cartwright.
– Nein, keinen Namen, nur eine Adresse.
– Ich seh's mir an, sagt Cartwright und bedauert, dass er Mohammeds Cousin noch nicht gefunden hat.
– Was ist mit Zawawi?
– Ich habe seine Nummer herausbekommen und ihn angerufen,

aber die Stimme am Telefon hat unentwegt Arabisch gesprochen, der tat so, als würde er mich nicht verstehen.
– Das Beste ist, du fährst hin, sagt er.
– Genau das hatte ich vor, sagt Cartwright mit seiner heiseren Stimme, und sie beenden das Gespräch.
Das Taxi fährt von der Park Avenue in eine kleine Sackgasse mit niedrigen herbstfarbenen Bäumen, die unter dem verdunkelten und regenverhangenen Himmel leuchten; die hohen älteren Gebäude stoßen auf das verschlossene, bis in die Wolken ragende Gebäude der Met Lifes.
Er kommt rechtzeitig an, gerade, als er aus dem Taxi steigt, tritt eine zierliche Frau in einem eng anliegenden schwarzen Regenmantel aus einer Hautür und kommt auf den Wagen zu, er vermutet Mary Beterman in ihr, winkt sie heran und hält ihr die Wagentür auf. Sie lächelt flüchtig, als sie mit regennassem Haar und Gesicht hinten einsteigt.
Sie wechseln nur wenige Worte; ein einziges Mal dreht sie ihm schweigend das Gesicht zu und scheint nach irgendeinem Zeichen zu suchen, aber erst als sie vor den grauweißen Gebäuden des Memorial ausgestiegen, durch den Regen in die Vorhalle geeilt und mit dem Fahrstuhl in der zweiten Etage angekommen sind, sieht er in ihrem vergrämten Gesicht die Betroffenheit. Während sie noch etwas sucht, womit sie sich abtrocknen kann, geht er schon vor zu Eve, um sie auf Mary Betermans Besuch vorzubereiten.
Eve ist hellwach und hat ihn ungeduldig erwartet, sie will ihm zeigen, dass sie sich schon im Bett aufsetzen und von der Bettkante aufstehen kann, doch als sie sich auf die Füße stellt, schwankt sie leicht hin und her
– Es tut weh und mir wird schwindlig, aber ich schaffe es allein, sagt sie mit einem kurzen gequälten Lächeln und lässt sich auf das Bett fallen.
Er hilft ihr auf, küsst sie und sagt:
– Ich bringe einen Gast mit.

– Einen Gast? fragt sie misstrauisch.
– Ja, jemand, der dich gern besuchen möchte, sie ist draußen auf dem Flur, Mary Beterman.
– Mary Beterman, sagt sie und wiederholt den Namen wie in Trance. In dem spärlichen Licht wirkt ihr Gesicht wieder bleich, und ihm wird klar, dass er vielleicht einen Fehler gemacht hat. Dennoch sagt er:
– Versuche, mit ihr zu reden, vielleicht wird es euch beiden helfen.
– Ich weiß nicht, ob ich es schon kann, sagt sie.
– Wenn du es nicht kannst, erkläre ich es ihr und begleite sie zur Park Avenue zurück. Du wolltest ja, dass ich sie anrufe, und es gibt etwas, das sie wissen möchte …
– Ja …, sagt Eve und schweigt.
– Meinst du ja oder nein? fragt er, um sicher zu sein.
– Ja, sagt sie wieder, und er geht auf den Flur, um Mary Beterman hereinzuholen, doch in dem spärlich erleuchteten Flur ist niemand zu sehen, und erst als er um eine Ecke biegt, findet er sie an einem Tisch sitzend.
Als er ihr auf die Schulter tippt, steht sie sofort auf und glättet nervös ihr Haar, das mit einer glänzenden Spange im Nacken hochgesteckt ist.
– Ich weiß nicht, ob ich es schaffe, sagt sie.
– Ich bin sicher, dass Sie es schaffen.
Sie sucht wieder irgendetwas in seinen Augen.
– Ich hoffe, Sie haben Recht, sagt sie und geht mit ihm über den Flur. Er öffnet die Tür zu Eves Zimmer und will beide Frauen allein lassen, aber Eve bittet ihn zu bleiben. Er knipst die Deckenbeleuchtung an, doch das Licht ist zu grell; er schaltet es schnell wieder aus. Das Halbdunkel legt sich über sie, Eve und Mary Beterman beginnen zu reden, erst zögernd, dann immer direkter.
– Wir waren im Turm auf dem Weg nach unten, sagt Eve. – Ihr Mann stützte Mr. Carter auf der einen Seite und ich auf der anderen …
– Typisch Amos, die Leute haben sich oft in ihm getäuscht …

– Als die Flammen uns seitlich entgegenkamen, hat Ihr Mann mir sein Jackett übergeworfen, er …
– Ja?
– Ich bin durchgelaufen, er muss direkt hinter mir gewesen sein …
– Ja?
– Ich konnte nichts sehen, der giftige Rauch war zu stark, und dann hörte ich einen dumpfen Laut, und jemand rief etwas …
– Amos?
– Es war die Hölle, manchmal hörte man jemanden im Dunkeln rufen, ohne zu wissen, woher es kam, ich dachte, ich wäre am Ende, ich dachte nur daran, mich zu retten, aber das muss er gewesen sein. Es war ganz nahe, wenn ich mich recht erinnere, war es ganz nahe …
Mary Beterman sinkt in dem Stuhl vor ihrem Bett zusammen. Eve reicht ihr die Hand, aber Mary Beterman richtet sich auf. Jon lässt Wasser in ein Glas laufen und bringt es ihr, sie starrt ihn und seine leicht zitternde Hand an, nimmt das Glas und trinkt. Ihre Augen gleichen schwarzen Punkten in der Dämmerung.
– So ist er also gestorben, sagt sie. – Ich habe in Gedanken nach ihm gesucht, ich habe geträumt, er hätte sich vom Turm gestürzt, ich hatte mit dem Gedanken gespielt, ihm zu folgen, nur weil ich nicht wusste, wo er war. Unsere beiden Söhne konnten mir nicht helfen. Niemand, kein Psychologe, kein Freund konnte mir helfen. Oh, Gott, was für ein furchtbarer Tod, aber jetzt weiß ich, wie es geschehen ist.
– Ich hätte zurückgehen sollen … sagt Eve.
– Das konnten Sie nicht, das dürfen Sie nicht von sich verlangen. Amos ist tot und kommt nicht zurück, aber Sie sind noch hier, sagt Mary Beterman, reicht ihr die Hand und dankt ihr dafür, dass sie Eve besuchen durfte. Aber jetzt will sie gehen, sagt sie, sie muss zu Hause versuchen, wieder zu sich selbst zu finden. An manchen Tagen will sie keinen Menschen sehen, sie geht nicht ans Telefon, sie ruft niemanden an, nicht einmal ihre Söhne, sie weiß nicht, vor

wem oder was sie sich versteckt, vielleicht fürchtet sie sich vor sich selbst, vielleicht vor dem Vakuum, das Amos hinterlassen hat. Sie wacht nachts auf und begreift nicht, warum er nicht neben ihr im Bett liegt, sie sucht ihn in der großen Wohnung mit den vielen Zimmern, sie meint, er wäre in seinem Büro mit den vielen Ordnern und Büchern und dem Chesterfield-Ledersessel, in dem er gelesen oder ferngesehen hat. Sie geht in sein Zimmer und weiß sicher, dass er dort ist, er ist bestimmt eben aufgestanden, wie so oft, wenn er nachts nicht schlafen konnte, weil er an ein großes Immobiliengeschäft dachte oder etwas anderes, für das er nicht einmal Worte fand, vielleicht an das Schicksal seines älteren Bruders oder seines Vaters, die beide im Krieg in Europa verschollen waren, er hatte nie mehr von ihnen gehört, er dagegen war mit seiner Mutter rechtzeitig aus München gerettet worden; ein reicher Onkel, der das Ende voraussah, hatte die ganze Familie gewarnt. Als er noch jünger war, verbrachte Amos viel Zeit damit, Namenslisten von KZ- und Vernichtungslagern in deutsche Archiven nach ihnen zu durchforsten, später ließ er keine Gelegenheit aus, bei amerikanischen und deutschen Behörden nachzufragen, doch vergeblich. Jetzt, da er selbst verschwunden ist, kommt es ihr vor, als wäre er zu seinem Vater und seinem Bruder in die große Dunkelheit eingegangen und als würde sie nun an seiner Stelle vergeblich den Schatten nachjagen. Neulich ist ihr nachts ganz unten in einem Schrank ein Stoß Fotos aus seiner ersten Zeit in New York in die Hände gefallen, sie hatte sie noch nie gesehen. Er sieht darauf glücklich und verwirrt zugleich aus, ein großer Junge, der auf dem Mond gelandet ist. In derselben Nacht holte sie auch die alten Hochzeitsbilder hervor, auf denen er gelassener, aber auch glücklich wirkt. Sie hat sich bei dem Gedanken ertappt, ihn am liebsten so in Erinnerung behalten zu wollen, weil ihr die Entdeckung Angst macht, dass es ihr mit geschlossenen Augen schwerfiel, sich an sein Gesicht am Morgen seines Verschwindens zu erinnern. In den letzten zehn Jahren hatten sie sich immer mehr voneinander entfernt, meistens ging es um Geld und Immobilien-

verkäufe. Mary Beterman erzählt ihnen von diesen Dingen, als sie schon im Begriff ist, Eves Krankenzimmer zu verlassen, sie hat noch nie darüber gesprochen, aber plötzlich ist es aus ihr herausgeplatzt, vielleicht für sie selbst auch überraschend.
Als Jon sich kurz von Eve verabschiedet und Mary Beterman im Taxi zur lichtübersäten Park Avenue begleitet, wo Wind und Regen aufgehört haben, und er ihr vor der Treppe zur Haustür die Hand reicht, haben ihre Wangen Farbe, ihre Augen glänzen, und er könnte nicht sagen, ob sie erleichtert oder eher noch bedrückter oder beides zugleich ist. Sie besteht darauf, dass sie sich wieder zu dritt treffen müssen und versuchen sollten, weitere Angehörige der umgekommenen Mitarbeiter von Bengols & Beterman zu versammeln.
– Wissen Sie, dass John Bengols die Firma schon wieder unter einer neuen Adresse Downtown aufbaut und mich gefragt hat, ob er weiter den Namen meines Mannes benutzen darf? fragt sie ihn, als er mit einem Fuß auf der Stufe zur Haustür steht und ihre Hand schon auf dem Türgriff liegt.
– Was haben Sie ihm geantwortet? fragt er.
– Es gibt andere und wichtigere Möglichkeiten, wie mein Mann weiterleben kann.
Er fährt mit dem Taxi weiter zur Second Avenue und legt sich todmüde auf das kühle Laken des Doppelbetts; zur gleichen Zeit kann Eve in ihrem Bett im Memorial Hospital nicht einschlafen und sehnt sich nach ihm; doch was soll aus ihrem gemeinsamen Leben werden, wenn der Schatten des Turmes immer darüber liegt und Jon schon wieder einen neuen Fall hat, noch ehe er überhaupt dazu in der Lage ist? Er glaubt, sie hätte seine Nervosität und seine schmerzenden Augen, über denen an manchen Tagen ein Schleier liegt, nicht bemerkt. Doch sie braucht nur einen Blick auf sein erschöpftes Gesicht zu werfen, das seine Farbe verloren hat und schon einem bleichen Wintergesicht ähnelt. Sie braucht nur seine brüchige Stimme zu hören, zu spüren, wie seine Hand zittert, wenn er sie ihr reicht und lächelt, als hätte er alles im Griff, und sie in

Sicherheit wiegen will. Wie seltsam, dass dieser Mann, den sie erst seit einigen Jahre kennt, sein Leben für sie aufs Spiel gesetzt hat und sie unaufhörlich in ihrem Krankenzimmer besucht, als ob er nicht anders könnte. Wer ist er? Und warum gerade sie? Wie soll sie es je wieder gutmachen? Wenn sie an ihn denkt, überkommt sie eine große Zärtlichkeit, aber wenn er bei ihr ist, in ihrem Zimmer, kann sie diese Zärtlichkeit nicht zeigen. Liegt es an ihr, oder kann er diese Zärtlichkeit nur nicht annehmen? Aus Müdigkeit? Aus Rastlosigkeit? Irgendetwas an ihm ist neu und fremd, sie weiß nicht, was es ist, vielleicht soll sie es gar nicht verstehen. Er erinnert sie an einen Jungen, mit dem sie in Jerusalem befreundet war, sie wusste nicht einmal, wo er wohnte, nur dass es in der Nähe der Altstadt war. Wenn er auftauchte – aus dem Nichts –, war alles um sie beide herum viel intensiver, die Gerüche, die Geräusche, die Stimmen, die Gesichter, sie machten lange Spaziergänge durch die geteilte Stadt, sie besuchten den Tempelberg, die Grabplätze, ja, selbst die Al-Aqsa-Moschee, keiner hinderte sie daran, und sie malten sich das Leben zur Zeit des zweiten Tempels und ihre eigene Zukunft aus, er wollte nach Europa und sie nach Amerika, und irgendwann würden sie zusammen leben, obwohl er Palästinenser war und sie Jüdin. Sie wusste nie, wann er auftauchen würde, und dann stand er immer seltener überraschend draußen in der Sonne. Eines Tages wurde ihr klar, dass er nicht mehr kommen würde, sie war verzweifelt, suchte tagelang nach ihm, fand ihn aber nicht, und mit den Jahren erschien es ihr, als hätte sie alles nur geträumt. Dann begegnete sie Jon. Er wurde überraschend ein Teil ihres Lebens, aber wird er nicht ebenso unerwartet verschwinden? Wo ist er jetzt? Ist er überhaupt in ihrer Wohnung, vielleicht ist er bei Mary Beterman, vielleicht findet er sie interessanter, obwohl sie um einiges älter ist als sie selbst. Ist Mary Beterman etwa nicht unversehrt, ohne Wunden an Händen, Beinen und Körper, hässliche Brandwunden, die nur langsam heilen? Hat Dr. Walcut etwa nicht gesagt: »Sie sind schlimm zugerichtet, es handelte sich nur um Minuten, unglaublich, dass Ihr

Körper das ausgehalten hat, aber ich kann Ihnen nicht versprechen, dass Sie nicht große Narben zurückbehalten, Sie dürfen nichts Unmögliches erwarten, vielleicht müssen wir an den schlimmsten Stellen eine Transplantation vornehmen.«
Wird sie jemals ihren Körper zurückerhalten, ihre Beweglichkeit, wird alles wie früher sein? Wird sie in New York bleiben können, wird sie sich nicht ewig davor fürchten, durch die Straßen zu gehen oder Hochhäuser zu betreten? Wird Jon noch ihren Körper mögen und sie selbst?
Ihr versengtes Haar, ihren Körper voller Brandmale?
Wenn sie die Augen schließt, riecht sie den Rauch und die Asche.
Ach, all diese Bilder von verbrannten Wänden und schreienden Schatten, die in ihr aufsteigen …
Sie will sich nicht in ein Zimmer im Memorial Hospital einsperren lassen, sie hält die Einsamkeit nicht aus, sie will nach Hause, doch sie kann nicht gehen.
Sie will gehen, sie kann gehen.
Im Halbdunkel des kleinen Zimmers schiebt sie sich jetzt an die Bettkante und richtet sich auf. Langsam, auf das Bett und den kleinen Tisch neben dem Bett gestützt, bewegt sie sich auf die Tür zu. Die Verbände an den Beinen machen sie steif und unbeweglich und es schmerzt, aber ihre verbundenen Arme sind beweglicher, sie erreicht mit einer Hand den Türgriff und öffnet die Tür zum schwach erleuchteten Flur. Sie macht nur einen Schritt nach vorn, aber vom Hinterkopf her überkommt sie ein Schwindel, als würden die Wunden brennen; die Wände, der Bodenbelag, das Fenster am Ende des Flures mit den Lichtern draußen in der Dunkelheit zerfließen, sie ist wieder in dem Wolkenkratzer, hinter sich hört sie die Flammen, langsam holen der giftige Rauch, die Dunkelheit sie ein. Ihre Arme greifen nach einem Halt, die steifen Beine wollen sie nicht tragen, doch sie muss weg, weg. Sie fällt vornüber, und ihr bandagierter Körper schlägt auf den Boden auf, sie kriecht ein kleines Stück, bleibt dann aber liegen. Das Licht ist verschwunden.

Zehn Minuten später finden eine Krankenschwester und ein Arzt, die zufällig über den langen Flur in der zweiten Etage des Memorial Hospitals laufen, Eve auf dem Boden. Der Arzt beugt sich über sie und fühlt sofort ihren Puls. Eve atmet schnell und stoßweise; als beide sie mit einer Trage aufheben, öffnet sie die Augen.

– Ruhig, ganz ruhig, sagt der Arzt und blickt in ihr ängstliches Gesicht. – Sie sind in guten Händen.

– Es brennt, sagt Eve.

– Sie sind im Memorial Hospital in New York, sagt die ältere Krankenschwester, während sie Eve in ihr Zimmer bringt. – Und es brennt nicht.

– Ich kann das Feuer riechen, sagt Eve.

– Hier ist kein Feuer, sagt die Krankenschwester.

Sie legen sie auf das Bett und decken sie zu; der Arzt, der eben seine Stelle angetreten hat, ist etwas unsicher, was sie mit ihr anfangen sollen, er hört ihr Herz ab, das jetzt rast, und beschließt, ihr ein Beruhigungsmittel zu geben.

Eve spricht im Delirium immerfort von einem Brand, und der Krankenschwester, die sich neben ihr Bett gesetzt hat, um bei ihr zu wachen, obwohl sie zu einer anderen Station gehört, fällt plötzlich ein, was sich das Krankenhauspersonal erzählt: Auf der Station für Verbrennungen liegen mehrere Opfer des 11. September.

– Ich weiß, wovon sie spricht, sagt sie zu dem jungen Arzt, der während der ganzen Wache einen unsicheren und übervorsichtigen Eindruck gemacht hat, doch er ist schon weg.

Die Krankenschwester seufzt, blickt auf die Uhr, wie lange soll sie noch bleiben? Sie muss bald zurück zu einer Operation auf der Krebsstation.

Sie richtet den Blick auf die Frau mit dem fieberheißen Gesicht und den geschlossenen Augen, steht auf, schiebt vorsichtig das Kissen unter den schweren Kopf und den Nacken der Frau, damit sie leichter atmen kann. Kann sie sonst noch etwas für sie tun?

Wie durch einen Spalt taucht vor Eve das dunkle, indianerartige

Gesicht der Krankenschwester mit dem grau gesprenkelten Haar auf, sie möchte etwas zu ihr sagen, doch die starken Tabletten wirken schon und haben ihre Phantasie auf die Reise hin zu Orten geschickt, von denen sie nur von einer Ausstellung in einem Brooklyner Loft eine vage Vorstellung hat. Vor zwei Jahren war sie nach einer Ausstellung über das Leben der Cheyenne und Arapaho in den Indianerreservaten von Kansas und Colorado auf den großen südwestlichen Ebenen lange nicht den traurigen Eindruck losgeworden, den die in Gruppen gefangenen Gestalten und ihre niedergedrückten Blicke auf sie gemacht hatten. Die Art, wie diese Menschen in Winterlandschaften fotografiert wurden, in großen Gruppen vor Palisaden und Mauern zusammengetrieben, in dünne, über die Schultern geschlagene Decken gehüllt, neben sich die wohlgenährten, selbstbewussten und uniformierten Revolvermänner, erinnerte sie an die wenigen widerstrebenden Erzählungen ihres Vaters über ein Sammellager – dem letzten, ehe sein Vater und seine Mutter verschwanden.

Jetzt, fiebernd vor Phantasie, führt sie das mahagonifarbene und gealterte Gesicht der Krankenschwester zum Feuer, das sie ständig vor Augen hat. Doch es ist ein offenes Feuer im Inneren eines kalten, mit Geweihtrophäen und Insignien behangenen und mit Büffelfellen und Decken ausgelegten Tipis. Im flackernden Feuerschein schwebt das vom Alter gezeichnete Gesicht Laters, der Medizinfrau, ihrer Mutter, vor ihr, während sie mit Black Kettle, ihrem Vater, redet. Es ist später Abend in dem kleinen Tipi-Dorf aus vierzig Zelten am Flussarm des Washita, wo sie ihr Winterlager aufgeschlagen haben. In der Dunkelheit vor dem Tipi weht ein kühler Südwind, er fegt Schneewirbel durch das Lager und über das Delta des vereisten Flusses hinweg nach Norden. Von den achthundert Pferden und Maultieren, die in der weißen Winterlandschaft hinter Windzäunen eingepfercht sind, dringt unruhiges Wiehern zu ihnen herüber. Die meisten Stammesältesten sind im Häuptlingstipi versammelt, an dessen Spitze die weiße Friedensflagge flattert, aber Later hält ihre Augen auf Black Kettle gerichtet. Dann schließt sie die Augen und richtet ihre ganze Energie auf die Erscheinung vor ihrem inneren Auge: Neunmal ist sie verwundet worden, als der weiße Militärpfarrer John Chivington und seine wüsten Gefolgsleute wie ein Rudel Schakale über ihr Lager am Sand Creek herfielen und Frauen und Kinder niedermetzelten, ihnen Arme und Köpfe vom Körper rissen und mit ihnen als Trophäen davonritten, doch Wakan Tanka, der Allumfassende, wollte, dass Black Kettle zurückkehrte und sie und ihre gemeinsame Tochter Blaue Taube rettete. Viele Wunden haben sie empfangen und viele sind gestorben; weit sind sie gezogen, doch Black Kettle wollte Frieden mit dem weißen Mann, er stand in der Reihe der Urahnen, die die Friedenspfeife rauchten, und befolgte die vier Gebote: Glauben, Wahrheit, Demut und Respekt. Vor zwei Tagen ist er nach Sonnenuntergang aus Fort Cobb zurückgekehrt, um alle unter den Schutz von General Hazen zu stellen, aber der weiße General hat ihn in Wind und Kälte hinausgeschickt, ohne ihn anzuhören. Jetzt ist das Lager von Schatten umgeben, die bösen Geister sind im Wind und trachten ihnen nach dem Leben, sie ahnt ihre Pferde und dass sie im Blutrausch sind, sie halten ihre Gewehre bereit, und ihre Augen verheißen Tod.

Later erhebt sich.

– Wir müssen in der Dunkelheit der Nacht aufbrechen, wir müssen das Lager verlegen, sagt sie und setzt sich wieder, erschöpft.

Der Wind heult und wird stärker, alle sprechen von bösen Vorzeichen, auch sie, Blaue Taube, wird angehört, und sie setzt sich für einen raschen Aufbruch im Schutz der Nacht ein, doch obwohl niemand Laters Weissagekunst anzweifelt und alle sich vor dem Kommenden fürchten, sind die meisten doch dafür, abzuwarten. Jetzt muss Black Kettle die Entscheidung treffen, und alle blicken auf ihn. Er hat wie gewohnt längere Zeit schweigend und in Hirschleder- und Biberpelz gehüllt den Stimmen des Rates gelauscht, sein langes, zu Zöpfen geflochtenes Haar, das wie durch ein Wunder noch immer schwarz wie Ebenholz ist, und sein holzfarbenes Gesicht mit dem breiten Mund, den dünnen Lippen und der scharf geschnittenen Nase, wie auch seine ruhigen dunklen Augen, die schon zuviel gesehen haben, glänzen beim flackernden Feuerschein. Viele junge Hundekrieger haben ihn und den Stamm in den letzten vier Jahren verlassen, weil er dem weißen Mann zu sehr vertraut hat und ihm das wie am Sand Creek nur mit Unglück vergolten worden ist. Nun ist sein Lager überwiegend von alten Männern, Frauen und Kindern bevölkert.

– Viele gute Stimmen haben sich dem angeschlossen, was Later gesehen hat, sagt er. – Und wir müssen aufbrechen, wir müssen näher zu unseren Brüdern weiter unten am Fluss ziehen, wir müssen Männer, Frauen und Kinder vor den Angriffen des weißen Mannes beschützen. Wir sind zu wenige in unserem Lager und nicht stark genug, zurückzuschlagen, und ich will keinen Krieg. General Sheridan hat uns Frieden versprochen, und wir müssen ihm glauben, er will, dass wir unseren Friedenswillen beweisen. Wir müssen bis zum Morgengrauen warten, ehe wir aufbrechen und uns in Sicherheit bringen, die Nacht ist zu schwarz und kalt, der Winter zu hart, viele werden sich verirren und schließlich nicht weiterwissen, wenn weiße Männer um uns sind und die Furcht uns packt. Bei Morgengrauen sieht alles ganz anders aus, und wir können in Ruhe mit den Vorräten und Tieren aufbrechen. Seid unbesorgt, General Sheridan weiß, dass wir Frieden wünschen.

Black Kettles schleppende, ruhige Sprechweise überzeugt sie, keiner widerspricht, schnell verlassen die Menschen das Tipi. Sie hilft ihren betagten Eltern in die Fellsäcke zum Schlafen, und als sie ein paar weitere Holzscheite auf das Feuer gelegt hat, schläft sie selbst beim Gesang des Windes ein, mit dem Qualm in der Nase und voller Sehnsucht nach ihrem Mann, der am Sand Creek vor ihrem Tipi erschlagen wurde, und nach ihren Kindern, die sie seitdem nicht mehr gesehen hat. Sie glaubt, sie würden an einem anderen Ort weiterleben, einem Ort außerhalb des Erdkreises, einem Ort am

Horizont, dort, wo die ewigen Jagdgründe sind, doch immer, wenn sie zuviel an sie denkt, wird sie mondsüchtig, und dann helfen ihr nur Laters Kräuter und ihre Medizin, um Ruhe zu finden.

Fast die ganze Nacht ist sie wach, der Wind hört auf zu singen, das Feuer erstirbt, die Stille überkommt sie, sogar die Pferde und Maultiere werden ruhig, Blaue Taube spürt, wie ihre Hände und ihre Gesichtshaut frieren. Later spricht auf einmal im Schlaf über den Washita und die Schatten, die in Booten den Fluss herunterkommen, und sie kriecht aus dem Schlafsack, schiebt die Decken beiseite und betrachtet durch die Öffnung den schwarzen, sternenklaren Himmel und den Mond, der die umliegenden Tipis und die wüste, hügelige Schneelandschaft mit den zahlreichen schneebedeckten Bäumen erleuchtet. Sie liebt diesen Himmel und diese Ruhe, bei der sie sich selbst vergisst und die den Wahnsinn heilt, der in ihr tobt, jetzt fürchtet sie sich, doch schließlich sinkt sie in dem dunklen Tipi in den Schlaf.

Sie hört nicht, dass vor Tagesanbruch der Wind in der schneebedeckten Landschaft um den vereisten Washita wieder auffrischt, der Schnee wirbelt in Kaskaden aus dem Himmelsgewölbe und fegt an den Biegungen und vereisten Ufern entlang, er fegt flussabwärts durch die Lager der Arapahoer, Cheyenne und Kiowa, in denen sechstausend Menschen schlafen. Sie sieht nicht die Kohorte von achthundert Kavalleristen und Osage-Spähern des Oberstleutnant Custer, die vier Tage vom Sheridan-Lager Camp Supply im Norden geritten und in der schweigenden Nacht durch den Neuschnee in das Washita-Tal eingedrungen sind und wie lautlose Tiere, die sich im Schutz der Dunkelheit an ihre Beute anschleichen, im Rechteck zur Schlacht aufgestellt warten – Captain Elliots Scharfschützen am Fluss, Myers Männer im Osten, Thompsons Reiter im Süden und Custers Kavalleristen im Westen –, um Custers Signal zum Angriff mit Flinte und Revolver abzuwarten. Der kalte Schnee und der Wind vor Tagesanbruch berauschen George Custer, den Helden von Waynesboro, Dinwieddie Court House, Fire Forks und

Gettysburg, den Anführer der 7. Kavallerie. Hat man ihm nicht ungerechterweise nachträglich das Kommando entzogen und ihn groteskerweise angeklagt, seine Männer im Stich gelassen, ja, gegen die Dienstvorschriften verstoßen und sich der Brutalität schuldig gemacht zu haben? Doch sein alter Waffengefährte General Sheridan kennt seinen Wert und seine geniale Begabung im Felde: Ist er nicht der Soldat, der am meisten fotografiert und über den am meisten geschrieben wird? Ist er nicht der genau der Richtige, um die verheerenden Raubzüge der Hunde-Indianer gegen Siedler und Eisenbahnzüge und ihren Blutdurst zu bestrafen? Auf Verbrechen folgt die Strafe, wie Sheridan sagt, jetzt hat er Gelegenheit, es zu beweisen.

Vor den nur zweihundert Meter entfernten Tipis ist kein Indianer zu sehen, nur der Schnee und eine weiße Flagge bewegen sich in der endlosen Dunkelheit. Custer fühlt die gespannte Unruhe Hunderter schweigender Männer und ihrer Pferde hinter sich und verspürt ein Hochgefühl: Mit einer geübten Handbewegung drückt er seinen weißen Hut mit den behandschuhten Händen tiefer in die Stirn, bürstet den Schnee von den Tüchern in der Halsöffnung seiner Hirschlederjacke und zieht seinen Revolver aus dem Gürtelhalfter. Die dicken Wintermäntel liegen auf seinen Befehl hin bereits hinten auf einem Haufen, damit sich die Männer ungehindert bewegen können. Custer hebt den Arm und fängt gleichzeitig zu singen an, die Männer hinter ihm ziehen im selben Augenblick ihre Revolver und fallen in das Lied »Garry Owen« ein, ein Tanz, der an Stärke zunimmt und vom Brausen des Windes und von den Trompeten nach vorn getragen wird. Die Pferde bekommen die Sporen und donnern über die Erde, die Schatten rücken näher. In den Tipis erwachen Männer, Frauen und Kinder, manche greifen zu den Waffen, Messern und Gewehren, und stürzen hinaus in die Dunkelheit, Schüsse und lautes Geheul dringen durch die Nacht, die wenigen Wachen und die verstörten Männer, die sich vor den Tipis wehren, werden von den eindringenden Kavalleristen erschossen, die aus allen Richtungen kommen; aus vielen Tipis erklingen verzweifelte Rufe, während die Männer im Vorbeireiten durch die Zeltbahnen schießen, Kinder, Frauen und Männer flüchten barfuß in Panik durch Schnee, Kälte und Wind, einige laufen zum vereisten Fluss hinunter und werden dort von den Scharfschützen mit einem Kugelhagel empfangen, das Eis färbt sich rot vom Blut; andere verstecken sich hinter Bäumen oder in Erdspalten und werden abgefangen, gefangen genommen oder niedergeschossen wie bei der Jagd auf aufgescheuchte Tiere; auch sie, Blaue Taube, Black Kettle und die Medizinfrau Later sind schon längst wach und beim Lärm von Schüssen und Schreien zu den Pferden geeilt. Um sie herum fallen mehrere Pferde unter den Schüssen, doch Black Kettle springt auf ein ungesatteltes Pferd und zieht mit der nächsten Bewegung Later zu sich nach oben, auch Blaue Taube ist mit einem Satz auf einem Pferd, und vorwärts geht es in die Dunkelheit und zwischen toten Tieren und Menschen und panischen, wiehernden Pferden hindurch zum Fluss.

Ein Gefühl von Freiheit und die verzweifelte Hoffnung, noch einmal den Kugeln der dunkelblauen Männer entgehen zu können, treiben sie vorwärts auf das vereiste und windumbrauste Flussbett zu. Aber im Mondlicht und dessen Widerschein im Schnee werden sie für die Verfolger und Scharfschützen am Fluss sichtbar. Ein Kugelhagel trifft Black Kettle, Later und ihr Pferd, es stürzt und bleibt mit einem klagenden Laut liegen. Auch ihr eigenes Pferd stürzt, sie erhebt sich halb, hockt auf den Knien im Schnee, die kleine Gruppe der Verfolger kommt auf sie zu, zwei von Custers Osage-Kriegern haben sie schon überholt, springen von den Pferden, ziehen ihre Messer, beugen sich über ihren Vater und ihre Mutter und nehmen ihnen den Skalp. Sie dreht um und kann es noch sehen, ehe sie von hinten mit einem Lasso eingefangen wird. Ein Kavallerist zieht die Schlinge an und eilt durch den Schnee auf sie zu. Sie versucht, sich von dem Lasso zu befreien, er aber zerrt sie zu sich hin. Sie stolpert über ihre eigenen Beine und starrt in den Himmel. Als sein Kopf mit den zusammengepressten Kiefern und glänzenden Augen den ganzen Horizont ausfüllt, schreit sie auf, und er weicht erschrocken zurück.

– Ruhig, ruhig, sagt die Krankenschwester mit dem dunklen Gesicht an ihrem Bett und nimmt ihre Hand, Eve begreift nicht, wo sie ist. Die Krankenschwester steht auf, feuchtet einen Lappen unter dem Hahn des kleinen Handwaschbeckens an, kommt zu ihr zurück und fährt ihr mit dem Tuch über die Stirn.

– Wo bin ich? fragt Eve.

– Im Memorial, und ich heiße Shayan, Sie sind weit weg gewesen, Sie haben geschrien.

– Waren Sie die ganze Zeit hier?

– Nein, ich bin gerade von einer größeren Operation zurückgekommen. Ich dachte mir, dass Sie wach werden. Nachts sind wir zu wenige Krankenschwestern, deshalb wollte ich nach Ihnen schauen. Doch jetzt ist mein Dienst beendet. Es ist bald Morgen.

– Morgen?

– Gibt es jemanden, den wir anrufen können?

– Warum? fragt Eve und kann die Augen von Shayans dunkelhäutigem Gesicht mit der zerfurchten Stirn und den lebhaften Augen nicht abwenden.

– Es ist besser, wenn Sie jetzt nicht allein sind.

– Mein Freund kommt nachher.

– Wann kommt er? fragt Shayan und steht auf.

– Er kommt immer am Nachmittag.

– Sagen Sie ihm, er soll etwas früher kommen, sagt Shayan, bleibt einen Augenblick stehen und ihre Blicke treffen sich. Jetzt dreht sie ihr den Rücken zu und ist weg.

Am schlimmsten ist die Angst, sagt William Faulkner, und wenn der Tag vorbei ist, und die Sonne dir ein weiteres Mal ins Gesicht scheint, da haben dich die Gedanken über das, was dir Furcht einjagt, noch nicht ganz verlassen. Eine Tür steht offen, aber wohin?

Manche Gesichter und Stimmen wirken gerade dann, wenn sie sich seriös geben und Stärke demonstrieren wollen, unsicher und wenig überzeugend; so ging es ihm mit Nixon, und genauso geht es ihm an eben jenem Morgen, als er gerade Hosen und Jackett anzieht und gelegentlich einen Blick auf den laufenden Fernseher mit Präsident Bushs unwirklichem Konterfei wirft. Er erinnert sich noch an den energischen, lächelnden Bush, der allerdings im Wahlkampf gegen den hölzernen, verkrampften Al Gore im Fernsehen unsicher wirkte, und später, als er zum Präsidenten gewählt wurde, umgeben von den dominierenden Stützen seines Vaters, des Expräsidenten, eine geradezu klägliche politische Figur abgab, aber wie ein Countryboy aufblühte, wenn er über Golfschläger, Viehzucht und Pferde redete; kurz, ein privilegiertes Vatersöhnchen, das, wenn man den Gerüchten der Presse glaubte, durch Yale geschleust und auf diverse Direktorenposten in kleineren Ölkonzernen gehievt worden war, dabei ein Fiasko nach dem andern erlebt und deswegen schließlich zur Flasche gegriffen hatte. Ein Leben im Schatten des Vaters ist nie einfach, doch dann wurde er durch die Begegnung mit einer Bibliothekarin aus Texas, einer überzeugten Methodistin, bekehrt und brachte es so als wiedergeborener Christ zu einem Gouverneursposten in Texas, und weil viele Amerikaner auf einmal konservativ religiös wurden, schaffte er es schließlich, Präsident zu werden.
Jetzt hat er vor dem Hintergrund der Terroranschläge auf das World Trade Center und das Pentagon seine politische Chance ergriffen und ist zum Bannerträger der ganzen Nation geworden. Sein Arsenal an Punch-lines, die er aus der Westernmythologie und der religiösen Rhetorik bezieht, ist beträchtlich angewachsen – »wer nicht für uns ist, der ist gegen uns« oder »wir werden sie bis zum letzten Mann jagen«, sein Gerede vom »Kreuzzug« und nicht zuletzt »vom Krieg gegen den Terror« einschließlich seiner einstudierten Fähigkeit, sich als personifizierten Amerikaner darzustellen, »der die feigen und verbrecherischen Taten gegen das Land mit

gleicher Münze heimzahlt«, ist im Augenblick sehr wirkungsvoll. Dennoch macht dieser plötzliche aggressive Umschwung, dieses ständige Gerede vom Krieg, das der Kongress mit Zurufen und stehenden Ovationen honoriert, auf Jon einen zu leichtfertigen und erschreckenden Eindruck.

Wann wäre ein Krieg je die Lösung gewesen?

Geht es hier nicht um Verbrecher und Massenmörder, die möglichst schnell aufgespürt und eingesperrt werden müssen?

Er diskutiert mit Cartwright darüber, als er mit ihm im Büro auf dem St. Mark's Place überlegt, was sie wegen des immer noch fehlenden Videobandes unternehmen sollen.

– Du willst deine Verletzung immer noch nicht wahrhaben, sagt Cartwright und geht dabei in seinem dunklen Jackett vor Jons Schreibtisch auf und ab, von draußen fallen die fahlen Sonnenstrahlen auf seinen immer noch gebräunten Teint. – Aber mir kannst du nichts vormachen, du warst selbst im Turm, Eve ist noch lange nicht über den Berg, eigentlich möchtest du die Burschen am liebsten an der nächsten Laterne aufknüpfen!

– Ich wollte noch nie jemanden an einer Laterne aufknüpfen, sagt er. – Und selbst wenn es so wäre, ich bin nicht zufällig Anwalt geworden. Egal, wie verrückt die Leute sind, sie haben das Recht auf einen Prozess.

– Wir sollen also auch die andere Wange hinhalten und den notorischen Massenmördern etwas zugestehen, wozu sie uns gegenüber selbst in ihren wildesten Träumen nicht bereit wären?

Cartwright baut sich in seiner Lieblingspose vor Jons Schreibtisch auf, breitbeinig und mit gekreuzten Armen.

– Ja, wir werden ihnen zeigen, was Zivilisation ist, sagt er. – Wir lassen uns unsere Ideale nicht nehmen und begeben uns nicht auf ihr Niveau. Sie wollen Krieg, sie wollen Gewalt, sie wollen der Welt zeigen, wie barbarisch und »gottlos« wir sind, aber in diese Falle werden wir nicht tappen!

– Du bist naiv, sagt Cartwright mit einem kurzen Lachen. – Die

Amerikaner wollen Rache, Al-Qaida und bin Laden haben die ganze Nation gedemütigt, und wenn der Präsident ihnen in diesem Punkt nicht entgegenkommt, dann ist er erledigt und sie setzen ihn vor die Tür.

Er blickt von seinem Platz hinter dem Schreibtisch durch die Glasscheibe zu Michelle, die ihm im Vorzimmer ein Zeichen gibt, dass ihn jemand am Telefon verlangt, und signalisiert mit den Händen »zehn Minuten«. Jetzt zieht er an seiner Zigarette und sieht Cartwright lange an, der demonstrativ mit leichtem Kopfschütteln auf seine Antwort wartet; es ist das übliche Spiel zwischen ihnen: Cartwright schießt scharf aus der Hüfte, und er legt die Stirn in Falten und spielt alle möglichen Varianten seiner Strategie durch. Ab und zu tauschen sie die Rollen und er übernimmt den Part des Advocatus diaboli. Er braucht Cartwrights Provokationen für seine Gerichtsverfahren, oft hat Cartwright ihn auf den Teppich heruntergeholt, aber hier ist er sich ganz sicher.

– Ich habe fast ein Jahr meines Lebens gebraucht, nein, in Wirklichkeit sogar mehrere Jahre, um den Nazi-Arzt Menken, einen Massenmörder, festnehmen zu lassen, sagt er. – Hätten wir ihn auch aufknüpfen sollen? Und was ist mit Zawawi und seinen Komplizen, wenn Ifrahim Mohammed Recht hat, dass sie ein Bombenattentat auf eine Subwaystation in New York planen, sollen wir sie dann auch aufknüpfen?

– Bleib du bei deinen Gesetzen, hier geht es um kaltblütigen Mord an der Zivilbevölkerung im großen Maßstab, sagt Cartwright und tritt ganz dicht an den Schreibtisch. – Und begreif endlich, dass ein Prozess manchmal nicht ausreicht. Die Menschen werden primitiv, wenn sie sehen, wie ihre Landsleute in den Flammen umkommen, und Al-Qaida wird sich nie freiwillig ergeben.

– Dann müssen wir sie dazu zwingen …

– Aber wie, wenn wir keinen Krieg gegen sie führen wollen?

– Genauso wie die Polizei Tag für Tag mutmaßliche Mörder festnimmt und bis zu einem Prozess hinter Schloss und Riegel setzt.

– Afghanistan ist nicht die USA, und bin Laden ist kein gewöhnlicher Verbrecher.
– In gewisser Weise unterscheidet er sich nicht von anderen Kriminellen, und wir müssen versuchen, ihn zu fassen und vor Gericht zu stellen. In einem Gerichtssaal können wir ihn mit seinen Taten konfrontieren. In diesem Punkt unterscheidet er sich nicht von dem Arzt Menken. Er muss sich verteidigen und das Rechtssystem muss ihn anklagen können. Wiesenthal hat gesagt: Es geht nicht um Rache, sondern um Gerechtigkeit.
– Wiesenthal hat dir den Kopf verdreht, sagt Cartwright und zieht ergeben die Schultern hoch. – Wir sind hier nicht in Wien, sondern in New York, und in Wien wollten sie Menken nicht mal verurteilen. Du hast dabei das Leben deines Sohnes aufs Spiel gesetzt und dich umsonst bemüht. Wo bleibt da die Gerechtigkeit?
– Hätte ich es lassen sollen? Hätten wir dem Massenmörder Menken seinen »wohlverdienten Ruhestand« einfach gönnen sollen?
– Nein, selbstverständlich nicht, sagt Cartwright. Aber manchmal reichen die schönsten Prinzipien und das Rechtssystem nicht aus, dann darf man nicht lange fackeln. Ich hätte gar nichts dagegen, mit Mr. bin Laden kurzen Prozess zu machen. Verlass dich drauf, so lange er lebt, werden überall in der Welt Menschen massenweise sterben.
– Aber wenn die USA alle möglichen Staaten im Mittleren Osten bekriegen, die bin Laden vielleicht aufnehmen oder auch nur indirekt unterstützen, dann gibt es bald mehr von der Sorte!
Sie blicken sich mit einer Mischung aus Zweifel und Wärme an, sie haben ihre Erfahrungen mit dieser Art von Diskussion, hier ist es jedoch anders, Jon ist von den Stunden im World Trade Center gezeichnet. Während sie reden, kehrt die Dämmerung zurück; doch er spürt keinen Zorn, nur eine gewisse Trauer, die ihm neu ist. In diesem Moment lähmt sie ihn, er hört nicht mehr, was Cartwright sagt, und sinkt auf seinem Stuhl hinter dem Schreibtisch schweigend in sich zusammen.

– Ist dir nicht gut? fragt Cartwright besorgt.
Er sieht ihn, hört aber immer noch nicht, was er sagt.
– Was ist mit dir los, du bist ganz bleich, bist du krank? fragt Cartwright, verlässt das Büro und kehrt mit einem Becher Wasser zurück. – Trink!
Jon öffnet die oberen Hemdknöpfe und leert den Pappbecher, drückt ihn zusammen und wirft ihn in den Papierkorb.
– Mir war etwas flau, sagt er und lächelt flüchtig. – Jetzt geht es besser, wir machen weiter.
– Du siehst nicht gerade gut aus, sagt Cartwright. – Warum gehst du nicht nach Hause und ruhst dich aus? Die Sache wächst dir über den Kopf, du bist offensichtlich der Einzige, der das nicht sieht.
– Nein, es geht mir gut und wir müssen weitermachen, sagt er stur und lächelt wieder, und dann sprechen sie über das Videoband, nach dem Cartwright sich ohne Erfolg bei einem angeblich muslimischen Mathematikprofessor in Fairfield, der ihn nicht mal hereinlassen wollte, erkundigt hat.
– Vielleicht wusste er wirklich nicht, was ich wollte, sagt Cartwright. – Aber er machte den Eindruck, als würde er nur so tun. Er ließ mich nicht einmal ausreden. Sobald er Mohammeds Namen gehört hatte, winkte er ab und schloss die Tür.
– Wir fahren zusammen hin, sagt Jon. – Dieses Mal bleibst du im Auto und ich werde versuchen, mit dem Mann zu reden. Wie heißt er?
– Fakir Annan. Er ist Professor an der Columbia University. Ich habe es kontrolliert.
– Wie lange braucht man nach Fairfield?
– Eine Stunde, sagt Cartwright.
– Dann los, sagt er, steht auf und greift sich seinen Trenchcoat.
– Jetzt?
– Ja, jetzt!
Cartwright schüttelt lächelnd den Kopf, nimmt seinen Mantel unter den Arm und hält Jon mit einer übertrieben unterwürfigen Bewe-

gung die Tür auf, was beide zum Lachen bringt. Sie gehen ins Vorzimmer. Erst als er Michelle sieht, fällt ihm wieder der Anruf ein, sie gibt ihm die Nummer, und sie betreten den kühlen, sonnigen St. Mark's Place mit den Cafés, Läden, herbstblättrigen Bäumen und Fußgängern. Auch hier sind weniger Menschen als sonst an einem sonnigen Novembertag. Es ist nicht weit bis zu Cartwrights viertürigem hellblauen Ford Costumline, Baujahr 1955, sie steigen ein und Cartwright nimmt Kurs auf Fairfield und berichtet dabei begeistert, wie viel Spaß es gemacht hatte, das alte Wrack wieder aufzubauen. Das dunkle Wasser des East Rivers, den wolkenlosen blauen Himmel und die spinnennetzartige Aufhängung der Brooklyn Bridge vor Augen, ruft er von seinem Handy die Nummer auf dem Zettel an und hat am anderen Ende eine Krankenschwester des Memorial Hospital am Apparat. Doch gleich darauf spricht Eve mit derselben gebrochenen Stimme wie an den ersten Tagen nach ihrem Erwachen. Seine Hand mit dem Handy wird schweißnass, als er merkt, dass sie sprunghaft über alles Mögliche redet und er ihr kaum folgen kann.
– Nimmst du Medikamente? fragt er vorsichtig.
Sie schweigt, er hört sie schnell atmen.
– Haben sie dir starke Tabletten gegeben? Ist etwas passiert? fragt er wieder.
– Ich habe geträumt, sie sind erschlagen worden ..., sagt Eve.
– Wer? fragt er, und ihm ist, als würde die Brücke unter dem Auto schwanken. Er blickt zu Cartwright hinüber, der beide Hände oben auf das Lenkrad gelegt hat und einen ruhigen Eindruck macht.
– Indianer, ich war eine von ihnen, ich halte es nicht aus ...
– Was?
– Ich wollte zu dir nach Hause, aber ich bin im Flur umgekippt. Kannst du jetzt kommen?
– Beruhige dich, wo bist du?
– In meinem Zimmer, sie haben mir ein Telefon gebracht, kannst du kommen?

– Ich fahre gerade nach Fairfield, sagt er.
– Was willst du da? fragt sie
– Es geht um meinen Mandanten, das erzähle ich dir, wenn ich komme …
– Wann?
– Am Nachmittag.
– Wann am Nachmittag?
– Am frühen Nachmittag, pass solange auf dich auf.
Sie verabschieden sich, aber er ist sich nicht sicher, ob Eve ihn verstanden hat, und das macht ihm zu schaffen, während sein Blick über den Highway schweift und über die verlassenen und verfallenen Fabrikgebäude und Speicher auf der Brooklyner Seite des East River. Cartwright beschleunigt das Auto auf der grauen, breiten Straße mit den hässlichen Leitplanken.
Das überwältigend blaue Himmelsgewölbe scheint bis zu ihnen herunterzureichen, als nach zwanzig Minuten eine endlose Reihe anonymer Häuser von dem Ausblick auf den Long Island Sound mit offenem Horizont, glitzerndem blaugrauem Meerwasser und Strand abgelöst wird.
Hier geht die Dämmerung in ein einziges großes Licht über, und er kommt zur Ruhe. Baumumstandene Prachtvillen säumen die Straßen. Es ist, als würde man bei helllichtem Tag aus einem bedrückenden Gefängnis kommen, und er denkt an nichts, döst ein, vergisst schließlich, wo er ist, bis Cartwrights heisere Stimme ihn in die reale Welt zurückruft.
– Wir sind da, sagt Cartwright und hält vor einer grau gestrichenen Villa mit gepflegtem Rasen und weißem Zaun. Im selben Augenblick werden sie auf der leeren Straße von einem dunkelblauen Toyota überholt, in dem zwei arabisch aussehende Männer sitzen.
Fakir Annans Villa liegt schräg gegenüber auf der anderen Straßenseite, und wie besprochen, bleibt Cartwright im Auto und Jon überquert im Trenchcoat die Straße und klingelt an der Tür. Es dauert eine Weile, Autos fahren an ihm vorbei, auch der dunkelblaue Toyo-

ta mit den beiden Männern. Der eine, dünn, drahtig und unrasiert im dunklen Dufflecoat, wirft ihm einen langen Blick zu, und als er zu Cartwright hinübersieht, hat auch dieser den Toyota bemerkt und macht sich eine Notiz. Im selben Moment geht die Tür auf, ein kräftiger, etwas untersetzter Mann in weißem Hemd und Schlips, das ergraute Haar zurückgekämmt, starrt Jon unfreundlich an.
– Was wollen Sie? fragt er.
– Ich möchte mit Ihnen über meinen Mandanten Ifrahim Mohammed reden, sagt er und zeigt ihm seinen Anwaltsausweis.
– Hier wohnt kein Mohammed, Sie sehen doch das Türschild, den Namen gibt es hier nicht, sagt Fakir Annan und blinzelt gegen die Sonne.
– Ich habe Grund zur Annahme, dass Sie ihn kennen.
– Ich habe keine Ahnung, wovon Sie reden. Ich will nichts damit zu tun haben, sagt er und will die Tür schon wieder schließen.
– Wie Sie wollen, entweder reden Sie jetzt hier mit mir, oder ich lasse Sie vorladen, sagt Jon mit erhobener Stimme. – Und dann müssen Sie unter Eid aussagen. Was ist Ihnen lieber?
Fakir Annan blickt nervös an ihm vorbei auf die gegenüberliegenden Häuser mit den glänzenden Fenstern, er atmet schwer; plötzlich öffnet er die Tür ganz und lässt Jon schnell in den Flur eintreten. Eilig schließt er die Tür hinter sich und bedeutet Jon, ihm in ein großes Wohnzimmer zu folgen; es ist mit Möbeln vollgestellt, die mit weißen Tüchern abgedeckt sind. Auf dem gebohnerten Boden liegen zusammengerollte Teppiche, und in mehreren Ecken sind Umzugskartons übereinandergestapelt, vor einer Wand liegt ein einsamer kleiner kaschmirblauer Gebetsteppich; an einem Karton lehnt das leicht angestaubte gerahmte Foto eines Wirbels von Zehntausenden weiß gekleideter Pilger um die Kaaba in Mekka. Fakir Annan deutet mit verbissenen Lippen auf den einzigen Tisch im Zimmer, und beide setzen sich.
– Ich habe nicht viel Zeit, sagt Annan jetzt etwas freundlicher und blickt auf seine Uhr. – Wie Sie sehen, ziehen wir aus, meine Frau

und meine Kinder sind schon in Riad, und ich reise bald nach, heute Nachmittag kommt der Umzugswagen, das alles soll in einen kleinen Container. Ich bin dabei, meine Angelegenheiten zu regeln und habe meine Stellung gekündigt …
– Ich bitte Sie nur um eins, sagt Jon ruhig mit einem kurzen Lächeln.
– Hier kann man ja nicht mehr leben, sagt Annan, anscheinend ohne ihm zuzuhören. – Die Stimmung ist auf einmal gegen Leute wie mich, in Fairfield grüßt man mich nicht mehr, meine Kinder werden in der Schule schikaniert, selbst an der Universität spüre ich dieses Misstrauen. Die Behörden machen mir zu schaffen, ich habe fünf Jahre lang Mathematik unterrichtet, aber auf einmal behandelt man mich, als hätte ich eine Zeitbombe in der Tasche …
– Es tut mir leid, das zu hören, sagt er.
– Wirklich? fragt Annan und blickt ihn erstaunt an, fährt dann aber schnell fort: – Ich weiß, warum Sie hier sind, ich bewahre etwas für meinen Cousin auf, er war außer sich, ich hätte nie zustimmen sollen, die Angelegenheit hat mich so manche Nacht wach gehalten. Woher hätte ich wissen sollen, dass man ihn anklagen würde, einen Juden ermordet zu haben?
– Wissen Sie denn, was Sie da verwahren?
– Ich habe Ifrahim gesagt, ich will es nicht wissen. Ich will in nichts hineingezogen werden, ich kenne Ifrahim nicht einmal besonders gut, aber er hat an meinen Familiensinn appelliert. Ich habe ihm versprochen, auf dieses Ding aufzupassen, und das habe ich getan; er hat mir versprochen, es wieder abzuholen, ist aber nicht gekommen …
– Nein, deshalb bin ich hier.
Annan steht unvermittelt auf, geht zum gerahmten Foto der Kaaba in Mekka, bückt sich, schiebt das Bild zur Seite und hebt ein braunes Päckchen vom Boden auf. Er dreht sich um, macht einige Schritte auf ihn zu und reicht ihm das Päckchen.
– Es gehört Ihnen, sagt Annan und sieht erleichtert aus. – Ich bin wirklich froh, es loszuwerden, ich hatte keine Ahnung, was ich da-

mit anfangen soll, jetzt, wo ich weggehe. Ich hoffe, es wird Ifrahim irgendwie nützen.
Auch Jon steht auf und bedankt sich für das Päckchen, bleibt aber noch einen Augenblick stehen. Das Umzugschaos, das Sonnenlicht in den glänzenden Fenstern, Annans traurige Augen und das Gespenstische des großen, fast schon verlassenen Hauses haben ihre Wirkung auf ihn nicht verfehlt, doch sie ergeben kein rechtes Bild.
– Hat sonst noch jemand nach dem Päckchen gefragt? fragt er.
– Vor einigen Tagen war ein Mann hier, aber er hat sich nicht ausgewiesen und ich habe ihn nicht hereingelassen.
– Haben Sie sein Auto gesehen?
– Es war irgend so ein altes Modell, hellblau …
– Sonst niemand?
– Nein.
– Was wissen Sie über Ifrahim Mohammeds Bruder?
– Welchen? fragt Annan und blickt ungeduldig auf seine Uhr.
– Soviel ich weiß, ist er in London Imam einer Moschee.
– Ich kenne ihn nur ganz entfernt, unsere Familie ist weit verstreut, als ich das letzte Mal etwas von ihm gehört habe, war er in einer muslimischen Bruderschaft. Das ist mindestens fünfzehn bis zwanzig Jahre her.
– Ein Radikaler …
– Damals vielleicht, alle Saudis waren empört, als die Sowjets Afghanistan besetzt haben.
– Ist er nach Afghanistan gegangen?
– Vielleicht, vielleicht auch nicht.
– Kann es sein, dass er etwas mit bin Laden zu tun hatte?
Annans dunkle Augen wirken auf einmal verängstigt.
– Fragen Sie nichts mehr, ich habe doch gesagt, ich will in nichts reingezogen werden, sagt er und machte eine gereizte Geste zum Flur hin.
Er folgt Annan zur Haustür und reicht ihm die Hand.

– Was werden Sie in Riad machen? fragt er.
Annan öffnet die Tür, und im Sonnenlicht zeigt sich, wie müde er ist. Er lächelt zum ersten Mal.
– Das, was ich am besten kann, antwortet Annan.
– Und was ist das?
– Mathematik ... Die Mathematik hat ihre eigene Schönheit, und wenn die Welt sich daran halten würde, sähe manches anders aus.
Jon überquert die Straße und setzt sich in den Wagen. Cartwright fährt sofort los, sie lassen Fairfield schnell hinter sich und sind bald wieder auf der Küstenstraße am Long Island Sound, dessen Licht ihn überwältigt. Im Rückspiegel hält Cartwright nach dem blauen Toyota Ausschau, doch in der hügeligen Landschaft ist nichts von ihm zu sehen und sie sind sich schnell einig, dass der Wagen zufällig in Fairfield vorbeigekommen sein müsse, doch als sie an einer Tankstelle Halt machen und Cartwright in die etwas heruntergekommene Cafeteria geht, um zu bezahlen, taucht aus dem Nichts der blaue Toyota auf und hält neben den Zapfsäulen ganz in der Nähe des alten Ford Costumline. Der asphaltierte Platz vor den überdachten Zapfsäulen liegt nackt und weit offen in der prallen Sonne, und im Schatten unter dem Halbdach der Säulen kann Jon wegen der Sonnenreflexe in der Autoscheibe nur schwer die Gesichter der beiden Männer erkennen, die gleichzeitig aus dem Auto steigen und gemeinsam auf ihn und den Wagen zugehen. Ohne den Oberkörper zu bewegen, schiebt er mit der rechten Hand das Päckchen unter den Sitz und fasst im nächsten Augenblick nach dem Türgriff, um aus dem Auto zu kommen, aber da ist der drahtige Typ im Dufflecoat schon an der Tür und kommt ihm zuvor, im selben Moment öffnet der andere die Fahrertür und greift nach ihm. Er ist zwischen beiden gefangen. Der Mann im Dufflecoat reißt die Tür auf und er fällt beinahe aus dem Auto; jetzt packen ihn die Männer von beiden Seiten.
– Das Band her! sagt der Mann im Dufflecoat und drückt Jon die Daumen in die Kehle. Über ihm schwebt ein scharfes unrasiertes Gesicht, und er bekommt kaum Luft.

– Es gibt kein Band, kann er mühsam rausbringen, aber nur, um von dem anderen Mann in der hellen Jacke, der halb auf ihm sitzt und irgendetwas auf Arabisch ruft, einen Schlag in die Magengrube zu erhalten.
– Du hast ein Päckchen, wir haben es gesehen! sagt das Gesicht über ihm, und der Druck gegen seinen Kehlkopf nimmt zu. Er schnappt nach Luft und meint, sterben zu müssen; von Ferne hört er eine Stimme, irgendjemand brüllt, vielleicht Cartwright? Und jetzt ein Schuss, der Druck auf seinen Kehlkopf lässt plötzlich nach, auch das Gewicht auf seinem Unterkörper ist weg, er fällt auf den Asphalt, und als er benommen aufsteht, sieht er zwanzig Meter von den Säulen entfernt Cartwright seine Pistole abwechselnd auf beide Männer richten, die schnell in den blauen Toyota steigen. Jetzt schlagen sie die Türen zu, der Mann im Dufflecoat startet hektisch und fährt auf Cartwright zu, der seine Pistole auf die Frontscheibe richtet und »Halt« ruft.
Sekundenlang herrscht auf dem Platz Stille; die rostigen Scharniere der Cafeteriatür quietschen; ein LKW-Fahrer, den Schriftzug »GoodYear« quer über die Brust, betritt nichtsahnend den Platz und bleibt beim Anblick der Szenerie wie versteinert unter dem Halbdach stehen; in der Ferne bellt ein Hund; der blaue Toyota ist jetzt dicht vor Cartwright, aber ehe er ihn überfahren kann, springt Cartwright zur Seite und lässt die Pistole sinken.
Das Auto rast mit hoher Geschwindigkeit auf den Highway, im selben Moment läuft Cartwright zu ihm und packt seinen Arm.
– Bist du okay?
– Ja, sagt er, der ganze Platz schwankt vor seinen Augen. Cartwright betrachtet ihn besorgt und führt ihn zum Auto, hält ihm die Tür auf und hilft ihm hinein.
– Haben sie das Päckchen? fragt Cartwright, als er sich neben ihm hinter das Steuer setzt und den Motor anlässt.
Jon schüttelt den Kopf und ist nicht in der Lage zu sprechen.
Der Ford rollt langsam über den Highway.

– Willst du wirklich an dem Fall weiterarbeiten? fragt Cartwright.
– Ich habe Mohammed mein Wort gegeben, sagt er.
– Aber du hast nicht versprochen, dafür dein Leben aufs Spiel zu setzen, sagt Cartwright scharf, ohne ihn anzusehen.
– Sollen wir jetzt aufgeben, wo wir die Kassette haben? fragt er.
– Überlege es dir, sagt Cartwright heiser.
– Ben Johnson und Michelle sollen sich um die Geschworenen kümmern, aber erst müssen wir die Kassette sehen. Wir brauchen morgen früh alle unsere Leute im Büro. Sorgst du dafür?
– Ja, sagt Cartwright, aber Jon spürt, dass Cartwright den Fall lieber hinwerfen würde.
– Und dann müssen wir irgendwie Mohammeds Frau auftreiben.
– Ich versuche es heute Nachmittag noch mal, sagt Cartwright.
Am Horizont tauchen die ersten hohen, grauen Gebäude von Queens auf. Jons Hals ist trocken, der Kehlkopf schmerzt.
– Eins möchte ich gern wissen, sagt er.
– Ja?
– Auf wen hast du geschossen?
– Auf niemanden, in die Luft.
– Wahrscheinlich hast du mir das Leben gerettet. Danke.
– Keine Ursache, sagt Cartwright und beschleunigt den Wagen.

Eve ist noch immer unruhig und beharrt verworren und erschöpft darauf, mit ihm nach Hause zu gehen. Er verspricht ihr, mit Dr. Walcut zu sprechen und geht zum Schalter in der Empfangshalle, um ihn zu suchen, und nachdem er längere Zeit gewartet hat, taucht Dr. Walcut endlich auf. Zwischen Patienten, Angehörigen und Personal setzen sie sich in einer Nische an einen Tisch.
– Ich bin nicht dafür, Eve schon zu entlassen, sagt Walcut und konzentriert sich für einen Moment, nachdem er einige mitgebrachte Unterlagen durchgesehen hat.
– Warum nicht?
– Ihr Zustand ist nicht zufriedenstellend, weder körperlich noch

seelisch. Gestern Abend ist sie in der zweiten Etage im Flur gestürzt.

– Warum war niemand bei ihr?

Dr. Walcut blickt ihn mit einem kurzen, bedauernden Lächeln an.

– Wir haben zu wenig Personal, Leute für den anstrengenden Nachtdienst sind schwer zu finden.

– Der Aufenthalt bei Ihnen kostet doch genug, sagt er.

Walcut lächelt ironisch, seufzt und streicht sich mit der breiten Hand über seinen Bürstenhaarschnitt:

– Sie können sich gern ein anderes Krankenhaus suchen, doch vielleicht sollten Sie zuerst überlegen, ob Sie nicht selbst öfter hier sein könnten. Eve braucht Sie.

– Ich tue mein Möglichstes, sagt er, von Walcuts Direktheit überrascht.

– Daran zweifle ich nicht, sagt Walcut. – Aber wie gesagt, Sie stehen selbst unter Schock, und es mag sein, dass Sie glauben, damit klarzukommen, aber kein Mensch geht in ein brennendes Hochhaus und kommt unbeschadet wieder heraus. Das muss ja wie ein Schlachtfeld sein.

– Wie meinen Sie das?

– Ich war als blutjunger Arzt selbst im Golfkrieg. Wenn man den Highway of Death zwischen Kuwait und Irak kennt und da die verkohlten Leichen und die brennenden Ölfelder am Horizont gesehen hat, dann kann einen nicht mehr viel überraschen, außer vielleicht, dass es so verdammt lange dauert, das zu verdauen. Ich dachte, ich fahre einfach nach Hause, erhole mich etwas und fange in New York wieder von vorn an. Aber das ging nicht.

Walcuts Personensucher meldet sich, er ignoriert ihn, legt seine Unterlagen auf den Tisch und macht zum ersten Mal den Eindruck eines Menschen, der es nicht eilig hat. Er starrt betrübt auf seine breiten Hände und sucht dann unruhig Jons Blick.

– Was ist da passiert? fragt Jon.

– Es geht hier nicht um mich, sondern um Eve – und Sie.

– Ich möchte gern hören, was da passiert ist, wiederholt Jon.
Walcuts Gesicht ist plötzlich bleich, er kramt nach irgendetwas in den Taschen des weißen Kittels, findet es nicht und blickt dann auf seine Uhr.
– Sie haben unaufhörlich den langen Rückzug von irakischen Truppen und Zivilisten aus der Luft bombardiert, und die sind wie die Fliegen gestorben, das ist passiert. Und ich war dabei, sagt er beinahe widerwillig. – Keiner redet davon, alle scheinen es vergessen zu haben, aber es bleibt irgendwo drinnen in meinem Kopf und ich kriege es nicht heraus. Alles, was ich als Mediziner gelernt hatte, war nutzlos, was macht man mit verkohlten Leichen in einem ausgebrannten Auto? Nach einigen Monaten in New York kam alles wieder hoch, es hat mich in meinen Träumen verfolgt, ich konnte nicht schlafen und es nirgends aushalten. Eines Nachts bin ich in meiner kleinen Wohnung in New Jersey fast ausgerastet, weil ich glaubte, ich wäre wieder dort. Meine Freundin hat mich verlassen. An ihrer Stelle hätte ich dasselbe getan, ich war wirklich soweit, mich aufzugeben. Tagsüber war ich »normal« und habe mich auf meine Arbeit im Krankenhaus konzentriert, das hat mich sicher gerettet – und die jahrelange Therapie. Auf Fotos aus der Zeit sehe ich wie ein Gehenkter aus, der noch unter den Lebenden weilt. Ich wundere mich, dass ich überhaupt noch funktioniert habe. Vielleicht erklärt das, wie das ganze Land im Vietnamkrieg und in anderen Kriegen funktioniert hat. Aber was hier im September in der Stadt passiert ist, das ist schwerer zu verdauen, das ist unser eigener Boden, unser Land, das war ein Schlag in die Magengrube, und eigentlich verstehe ich nicht, wie Sie noch stehen können.
– Wenn Eve am Boden liegt, muss ich doch wenigstens versuchen, mich auf den Beinen zu halten, nicht wahr? sagt er, überrascht von Walcuts Redefluss.
Walcut lächelt müde, sein Personensucher meldet sich wieder, und dieses Mal sucht er seine Unterlagen zusammen, stellt sich vor ihn hin und tritt von einem Fuß auf den anderen.

– Die Arbeit ruft, sagt er.
– Und was ist mit Eve?
– In etwa einer Woche ist sie soweit, dann kann sie nach Hause, sagt Walcut. – So schätze ich das ein, und Sie können sich daran halten oder es lassen.
Er nickt, aber Walcut hat ihm schon den Rücken zugedreht und ist auf dem Weg zur Treppe. Er folgt ihm, um zu Eve zu gehen.
Auf dem Weg überlegt er, wie er ihr am besten erklären kann, dass es noch viel zu früh ist, jetzt schon in die leere Wohnung in der Second Avenue zurückzukehren, wo er kaum noch wohnt, nur noch schläft.

Erst als er am Abend aus dem Memorial Hospital in seine abgedunkelte Wohnung zurückkommt, begreift er, in welcher Gefahr er wegen des Videobandes schwebt. Wenn Benzir Zawawi hinter dem Überfall an der Tankstelle steckt, dann haben seine Helfer ihn schon im Visier und es ist nur eine Frage der Zeit, bis sie wieder zuschlagen. Vielleicht fangen sie ihn auf der Straße ab, vielleicht brechen sie in die Wohnung ein, allein deshalb muss er versuchen, den Fall so schnell wie möglich abzuschließen und gleichzeitig Eve von der Wohnung fernhalten. Aber was soll er ihr sagen, wenn er ihr schon aus Rücksicht auf ihren Zustand nicht erzählen kann, was sich da zusammenbraut?
Und wie soll er einen komplizierten Fall schnellstens beenden, wenn er sich jeden Tag bis an den Rand der Erschöpfung verausgabt?
Er hat keine Zeit, weiter darüber nachzudenken, das Telefon klingelt, er hebt ab. Die Stimme ist leise und ihm nicht bekannt, und er will schon wieder auflegen, als sie sagt:
– Ich bin die Tochter von Paul Carter, die Nummer habe ich von meiner Mutter, ist Eve Letterman zu Hause?
– Nein, Eve ist nicht zu Hause, antwortet er. – Aber wer ist Paul Carter?

Im Hörer wird es still, das Mädchen, das er der Stimme nach auf fünfzehn oder sechzehn schätzt, hüstelt nervös.
– Mein Vater hat in derselben Firma gearbeitet wie Eve …
– Es trifft ihn wie ein Schlag, als er den Zusammenhang ahnt und ihm plötzlich einfällt, was Eve von Carter erzählt hat.
– Ich glaube, ich weiß, von wem du redest, sagt er. – Wie heißt du?
– Alice, sagt die Stimme. – Meine Mutter schafft es nicht, da habe ich ihr gesagt, ich rufe an.
– Ist in Ordnung, sagt er, während seine Augen nach einem festen Punkt im Zimmer suchen.
– Wir wissen noch immer nicht, was mit meinen Vater geschehen ist, sagt Alice. – Glauben Sie, Eve weiß was?
– Ja, sagt er und stockt. – Aber Eve geht es im Moment nicht gut, ich weiß also nicht …
– Er ist tot, mein Vater ist tot, ich weiß schon, aber vielleicht wissen Sie mehr?
– Nur das Bisschen, was Eve mir erzählt hat …
– Immer noch besser als gar nichts.
– Ja, sagt er und will ihr gerade anbieten, ihr zu erzählen, was er weiß, aber sie kommt ihm zuvor.
– Kann ich vorbeikommen?
– Ja, sagt er zögernd.
– Kann ich jetzt kommen? Ich wohne am Battery Park, das ist nicht weit …
– Dann komm einfach, wir wohnen in der Second Avenue, hast du die Hausnummer und meinen Namen?
– Ja, sagt sie erleichtert und hat schon aufgelegt. Er versucht, sie sich vorzustellen, während er in der Wohnung umhergeht und Licht macht; er stellt sich ein zerbrechliches Mädchen vor, und er weiß nicht, ob seine Kraft dafür noch reicht.
Ihm wird bewusst, dass er einen Monat lang nicht sauber gemacht hat und nichts zu essen oder zu trinken anbieten kann. Er zieht das Jackett aus, holt den Staubsauger aus einem Schrank im Flur und

saugt die ganze Wohnung durch, Raum für Raum. Danach geht er eilig zum Drugstore auf der anderen Seite der Second Avenue, um Kaffee und Wein zu kaufen. Ihm ist schwindlig, als er über die Straße geht und hinter dem Schaufenster des Drugstores die Konturen des beleibten Mr. Monroe auftauchen. Gleicht er nicht einem Schatten? Mr. Monroe ist allein im Laden, als er Jon auftauchen sieht, und seine Augen folgen Jon, der durch den grell erleuchteten und nach allerlei Gewürzen, Früchten und Gemüsesorten duftenden Drugstore geht und eine Packung Kaffee, eine Flasche Wein und auch noch etwas Brot aus dem Regal nimmt.

– Lange her, sagt Monroe mit einem kleinen, sorgenvollen Lächeln in seinem geröteten Gesicht und steht auf, um die Preise in die alte Kasse einzugeben.

– Ich hatte ziemlich viel zu tun, sagt er und nimmt seine Waren in einer braunen Papiertüte entgegen.

– Sie sehen kaputt aus. Man erzählt sich, Sie und Eve wären im Südturm gewesen, als es passiert ist?

– Wer erzählt so was?

– Ach, Sie wissen ja, die Leute im Viertel reden viel, sagt Monroe und winkt ab.

– Sollen die Leute reden, sagt er und will sich schon umdrehen und gehen, bleibt aber doch stehen. – Ja, wir waren im Südturm, Eve ist im Memorial Hospital, wir müssen da durch.

Monroe nickt und hält seinen Blick fest.

– Sagen Sie's, wenn ich irgendwie helfen kann.

– Danke, antwortet er und geht zum Ausgang, aber Monroes Stimme hält ihn fest.

– Ach, übrigens, sagt Monroe. – Heute Nachmittag war irgend so ein Kerl hier, hat schlecht Englisch gesprochen …

– Ja?

– Er hat nach Ihnen gefragt, er kannte Ihren Namen und wollte wissen, ob Sie gegenüber wohnen und wie oft Sie zu Hause sind.

– Was haben Sie ihm gesagt?

– Ich habe gesagt, ich wüsste überhaupt nichts. Können Sie damit was anfangen?
– Vielleicht, sagt er.
– Er hat in der Nähe Ihrer Haustür rumgelungert, ich hatte gerade Kundschaft, aber kurz danach war er weg, und dann habe ich ihn nicht mehr gesehen.
– Falls Sie ihn wiedersehen, wär's schön, wenn Sie mir gleich einen Tipp geben könnten, sagt er, geht zum Ladentisch und reicht Monroe seine Karte.
– Auch spät abends? fragt Monroe.
– Tag und Nacht, sagt er, lächelt müde und tritt mit seiner Tüte auf die kühle abendliche Straße, die er schon zigmal überquert hat, aber jetzt wird das Schwindelgefühl wieder stärker und er findet sich mitten auf der Straße vor einem bremsenden Auto wieder; der schwarze Fahrer umklammert erschrocken das Lenkrad, steigt aus und beginnt, auf ihn einzureden. Während mehrere Autos hinter ihnen stehen bleiben und zu hupen anfangen, starrt er verständnislos in das zornige Gesicht, das nicht in seine Wirklichkeit zu passen scheint. Im nächsten Augenblick reicht er dem schwarzen Mann die Hand, entschuldigt sich und steht kurz danach vor dem Hauseingang, schließt die Tür auf und geht in dem dunklen Treppenaufgang langsam nach oben.
Kaum hat er die Wohnungstür aufgeschlossen, als sich schon die Gegensprechanlage an der Haustür meldet; er überlegt einen Moment, ob er abheben soll, nimmt den Hörer aber doch mit der freien Hand und erkennt Alices Stimme; er drückt den Knopf für die Haustür und betritt schnell die Wohnung. Seltsam durcheinander geht er in die Küche und stellt die braune Tüte auf den Tisch neben dem Abwaschbecken.
Er bekommt kaum Luft, starrt die weiße Küchenwand an und spürt, wie seine Beine versagen.
– Reiß dich zusammen, reiß dich zusammen, for Christ's sake, sagt eine Stimme in seinem Kopf.

– Ist hier jemand? ruft eine Stimme, und er dreht sich um und sieht ein blondes Mädchen in Jeans und weißer Jacke vor sich, das etwas verwirrt auf der Schwelle zur dunklen Küche stehen bleibt. Sie ist groß und schlank und lächelt verlegen.
– Sorry, sagt sie. – Die Tür war offen, ich bin einfach hereingegangen …
– Du musst Alice sein, sagt er. – Geh schon ins Wohnzimmer, ich komme sofort.
Sie nickt und verschwindet im Wohnzimmer, er gießt sich ein Glas Wasser ein und leert es schnell, dann wäscht er sich das Gesicht mit kaltem Wasser, schließt die Augen, um sich zu fassen und geht zu dem Mädchen ins Wohnzimmer. Sie steht mit dem Rücken zu ihm und schaut auf die Straße. Als sie ihn hört, dreht sie sich um. Noch immer unsicher auf den Beinen, steuert er sofort auf den Tisch mit der braunen Tüte zu und setzt sich.
– Kannst du hier herkommen? fragt er und versucht zu lächeln, aber vergeblich.
– Stimmt etwas nicht? fragt sie und setzt sich an den Tisch.
– Nichts weiter, sagt er. – Mach dir keine Gedanken.
– Dann hätte ich vielleicht nicht kommen sollen?
– Doch, sagt er. – Es ist meine eigene Schuld, manchmal überschätze ich meine Kräfte.
– So war mein Vater auch, er hat viel zu viel gearbeitet.
– Paul Carter?
– Ja, Paul Carter. Er war Wirtschaftsprüfer bei Bengols & Beterman, aber er hatte auch noch andere Jobs. Er kam aus einem kleinen Ort in Ohio und wollte sich beweisen, dass er es in New York schaffen würde, glaube ich. Er war stolz, dass er sich eine Wohnung in der Stadt leisten konnte, und wir hatten immer die neuesten Sachen.
Sie betrachtet ihn forschend, als würde sie einen Zugang zu ihm suchen. Ihr hübsches Gesicht hat dunkle Ränder unter den Augen, und beim Reden fasst sie sich nervös an den Hals.
– Warum hat deine Mutter nicht angerufen, fragt er.

– Sie kann nicht, sagt sie, verschränkt ihre Arme vor den Bauch und schaukelt auf dem Stuhl leicht hin und her.
– Ist sie krank?
– Sie trinkt, sie hat angefangen zu trinken, sagt Alice. – Sie trinkt alle möglichen Sachen, und ich weiß nicht, was ich machen soll. Sie ist immerzu wütend und traurig.
– Du musst mit einem Arzt sprechen.
– Das habe ich schon, aber der hat ihr nur Medikamente verschrieben, und wenn sie die nimmt und gleichzeitig trinkt, dann …
Er seufzt.
– Habt ihr keine Verwandten …?
– Doch, in Ohio, aber die wollen nicht nach New York kommen, sagt Alice. – Einmal hat uns ihr Bruder besucht, aber er wusste nicht, was er mit ihr anfangen sollte. Sie hat ihn rausgeworfen.
– Ich werde mir was überlegen, sagt er. – Irgendjemand muss doch helfen können.
– Würden Sie das tun?
– Ja, sagt er. Jemand aus meinem Büro wird sich darum kümmern. Wir werden schon irgendwas finden.
– Meinen Sie wirklich?
– Wir versuchen es, sagt er und spürt wieder einen Schmerz im Auge, als würde ihn jemand mit einem spitzen Gegenstand stechen. Der Raum dehnt sich immer mehr aus, er hat das Gefühl, in einer großen Halle ohne Anfang und Ende zu sitzen.
– Was wissen Sie nun über meinen Vater? fragt Alice.
– Nicht viel, sagt er. – Willst du es wirklich hören?
– Deshalb bin ich ja hier, sagt sie plötzlich sachlich und richtet sich im Stuhl auf.
– Ich weiß, dass er verletzt wurde, als das Flugzeug den Südturm gerammt hat, er konnte kaum gehen, und erst haben Eve und ein Kollege ihm auf der A-Treppe nach unten geholfen, dann kam Mr. Beterman dazu …
– Ist das alles?

– Nein, sagt er und kann kaum weitersprechen. Er steht auf und geht zum Fenster zur Second Avenue, einige Jungs überqueren die Straße, einer schneidet einem Autofahrer eine Grimasse und führt vor dem Autokühler einen Tanz auf, die anderen lachen; ein Paar verlässt mit erhitztem Gesicht das halb leere Café; die gelben Lichter von Midtown, die das weiße Licht der Straßenlaternen und Lampen in den rechteckigen Fenstern schlucken, flackern gegen die totale Finsternis des Nachthimmels an. Er dreht sich zu Alice um.
– Ich möchte gern alles hören, sagt sie.
– Es war die Hölle, sagt er. – Und dein Vater konnte und wollte nicht mehr. Er wollte, dass Eve und Beterman durch den Rauch und die Dunkelheit ohne ihn weitergingen.
– Und das haben sie gemacht?
– Eve hat versucht, ihm zuzureden, aber …
– Aber was?
– Unter ihnen hat es gebrannt, es war eine Frage von Minuten, und er wollte … ihnen nicht zur Last fallen. Er hat sich an das Geländer geklammert und Eve konnte nichts machen.
Alice verbirgt ihr Gesicht in den Händen und verstummt.
– Soll ich das wirklich glauben? fragt sie plötzlich, steht vom Stuhl auf und geht zu ihm.
– Das musst du schon, das hat Eve jedenfalls erzählt.
– Dass mein Vater einfach aufgegeben hat?
Sie ballt eine Hand zur Faust, und Jon spürt, dass sie auf ihn einschlagen möchte.
– Er hat nicht aufgegeben, er hat sein Leben für die beiden anderen geopfert, sagt er. – Das ist etwas ganz anderes.
– Nein, er hat aufgegeben, und jetzt gibt auch meine Mutter auf!
– Keiner hat einfach aufgegeben, aber das Unglück war stärker, und da hat dein Vater einen Entschluss gefasst. Er hatte bestimmt Angst und war total erschöpft, die anderen haben ihm geholfen so gut sie konnten, und dann hat er sich entschlossen, sie von seiner Last zu befreien.

– Das sieht ihm ähnlich, sagt sie. – Warum hat er nicht an uns gedacht, an meine Mutter und mich?
– Wer sagt, dass er nicht an euch gedacht hat?
– Nein, an uns nicht! sagt sie und macht noch einen Schritt auf ihn zu und schlägt nach ihm, aber er fasst ihre Arme und hält sie einen Augenblick fest.
– Ich sage dir doch: Er hat getan, was er konnte. Ich bin ganz sicher, sein erster und sein letzter Gedanke galt euch.
Sie starrt ihn misstrauisch an, er hält ihren Blick fest. Der ungläubige und trotzige Ausdruck ihres jungen Gesichts löst sich auf, der Widerstand ihrer Arme und ihres Körpers lässt nach, sie fällt in sich zusammen. Sie beginnt zu weinen, leise, und wendet sich halb ab, er zieht sie vorsichtig an sich heran und legt die Arme um sie.
Worte helfen jetzt nicht weiter, er lässt sie los und bietet ihr eine Tasse Kaffee, ein Glas Wein an, sie schüttelt nur den Kopf, ist ganz woanders, wohin er ihr nur ein kleines Stück folgen kann, in einer Verzweiflung oder Wut oder einer Verbitterung oder in allem zugleich. Es ist unerwartet in ihr junges Leben eingedrungen, wo der Blick nur nach vorn gerichtet war.
Er begleitet sie in den Flur und schlägt ihr vor, Eve zu treffen, sobald es ihr besser geht, und vielleicht auch Mary Beterman. Sie nickt, ist aber abwesend, und als sie einige Schritte in den unbeleuchteten Hausflur macht und sich dann beim dumpfen Lärm eines Fernsehers aus der Wohnung darunter plötzlich umdreht und verabschiedet, ist ihre Hand kühl. Ihr Gesicht ist noch nicht ganz erblüht, aber schon liegt ein Schatten darüber, und sie dreht ihm mit einem unmerklichen Lächeln wieder den Rücken zu und ist bald in den Straßen mit den vielen überdimensionierten Gebäuden verschwunden, den grell erleuchteten Schaufenstern und dem Gewimmel fremder Gesichter, die ihrem zufällig für Sekunden nahe kommen.
Er schließt die Wohnungstür und ist wieder mit sich allein.

New York ist die Stadt der Lichter und der Schatten, die Scheinwerfer der gelben Taxis gleiten um die Ecken der Wolkenkratzerhotels, der Bürobauten und Malls, die mit großen, leeren Leuchtfeldern in der Fifth Avenue aufragen, und werden zu sehenden Augen in der lang gestreckten nachtdunklen Straße; ein Herz aus Elektrizität am Times Square pumpt die Buchstaben in die weißen Namen von Sony und Coca-Cola in leuchtend rote Quadrate; es wimmelt von Millionen von Glühwürmchen in den schwarzen Stadtsilhouetten, die Bürogebäude türmen sich in den Straßen wie glitzernde Fahnen eines Traums auf, aber in Manhattan South gähnt ein Krater im Asphalt, ein Ort des Nichts. Die Sirenen ziehen lange Fäden durch die Nacht, Eve und Jon sind in sie eingesponnen, jeder in seinem Bett, schlafend.
Die Stadt schläft und wird doch von einem geplatzten Traum wachgehalten.

Das Wetter ist trübe, es ist November. Ihre Gesichter haben die Sonnenbräune verloren, und sie sitzen mit ihm in seinem Büro am St. Mark's Place: Ben Johnson, Cartwright, Michelle und ein Dolmetscher, um Ifrahim Mohammeds Videoband auf dem Monitor anzusehen. Es ist schwarz-weiß aufgenommen. In der kleinen Werkstatt mit den grauen Steinwänden, einem Mattglasfenster am Ende, das Sonnenlicht von draußen hereinlässt, und einem dunklen Boden mit einer Grube in der Mitte beugt sich Mohammeds Cousin mit seinem Werkzeug über den offenen Motor eines hohen Geländewagens und wechselt Teile aus. Die Geräusche seiner Bewegungen und seines Werkzeugs sind deutlich und monoton, auch sein ärgerliches Seufzen und Stöhnen, als er sich ins Auto setzt und vergeblich versucht, es anzulassen. Sie können sich nur schwer konzentrieren, sie laufen herum und beginnen, über die vielen Aspekte des Falles zu reden, nicht zuletzt über das bevorstehende Verhör in Anwesenheit aller Geschworenen, auf das sich Ben Johnson und Michelle zusammen mit Mohammed vorbereiten sollen, der hier zum ersten Mal vor einer größeren Versammlung aussagen wird.
– Jetzt passiert etwas! ruft Michelle und dreht sich nach den anderen um, die sich wieder im Halbkreis um den Monitor versammeln.

Cartwright geht sofort auf den Dolmetscher zu, einen jungen, dunkelhäutigen Studenten syrischer Abstammung, der vor dem Monitor hockt:
– Egal, worüber sie reden, wir müssen es wissen.
Inzwischen fällt das Licht nicht mehr durch die mattierte Scheibe in die Werkstatt herein, dafür ist eine Neonbeleuchtung an der Decke angeschaltet. Unter dem Wagen, der sich jetzt halb über der Grube befindet, taucht Hamsal, Mohammeds Cousin, auf, sein Gesicht wirkt im Neonlicht extrem bleich. Auch die anderen drei Personen, die sich jetzt in der Werkstatt aufhalten, alle in dunklen, leichten Jacken, die ersten beiden mit dem Rücken zur Kamera und der dritte den Blick auf ein kleines Büro gerichtet, sind so bleich wie in einer überbelichteten Filmszene, als sie Hamsal aus der Grube herausrufen und ihn in leicht gereiztem Ton an die Aufgabe erinnern, die er im Namen des Propheten übernommen hat.
– Ich muss an meine Frau und meine Kinder denken, sagt der dünne Hamsal in seiner schmutzigen Arbeitskleidung, ohne den untersetzten Mann direkt anzusehen, in dem sie sofort Benzir Zawawi erkennen. Zawawi schneidet den anderen das Wort ab und beschimpft ihn. Hamsal entfernt sich von ihnen und geht zu einem Handwaschbecken an der Wand, hier dreht er den dreien den Rücken zu, gießt Terpentin auf ein Tuch und wischt sich angespannt das Öl von den Händen, aber Zawawi ist ihm gefolgt, packt ihn am Arm und droht ihm mit Rache, wenn er nicht tut, was sie bereits abgesprochen haben.
– Wir machen dich gleich hier fertig, wenn es sein muss, sagt er und winkt die beiden anderen mit einer Handbewegung zu sich.
– Welch ein Unglück für mich, das könnt ihr nicht von mir verlangen, sagt Hamsal. – Ich habe noch nie jemanden umgebracht.
– Du sollst weder die Bombe bauen noch jemanden umbringen, sagt Zawawi. – Du tust nur, was wir abgesprochen haben, du stellst dich in der Jay Street Station vorn am A-Zug auf den Bahnsteig und sagst durchs Handy Bescheid, ob die Luft rein ist, den Rest besorgen wir.

Das ist nicht schwer, es gibt vier Gleise und zwei Bahnsteige. Zeigt ihm noch mal die Zeichnung!
Einer der beiden anderen Männer holt ein Blatt aus der Innentasche seiner Jacke, zögernd lässt Hamsal sich zum Auto führen, auf dessen Kühlerhaube das Blatt ausgebreitet wird. Zawawi beginnt jetzt, die Aktion zu erläutern und deutet auf den Eingang Eight Avenue, den Hamsal benutzen soll, er erklärt, auf welchem Bahnsteig er stehen soll und wann der A-Zug einfahren wird. Fünf Minuten vorher soll er grünes Licht geben.
– Sollte ein Bulle auftauchen, dann musst du ihn solange in ein Gespräch verwickeln.
Hamsal fasst sich wieder an den Kopf, die drei anderen nicken sich vielsagend zu.
– Aber warum? fragt Hamsal.
– Darüber haben wir schon x-mal gesprochen, sagt Zawawi ungeduldig. – Und du hast dich im Namen des Propheten selbst gemeldet, jetzt ist es zu spät, auszusteigen.
– Es werden viele Menschen sterben …, sagt Hamsal mit schwacher Stimme.
– Ja, so Allah will, Hunderte von Ungläubigen in einem Land, das zusammen mit Israel Palästina besetzt hält und seine Soldaten in unserem Vaterland stationiert hat, reicht dir das nicht? Was willst du noch? Du bist Muslim, jetzt hast du die Gelegenheit, deinen Glauben zu beweisen.
Hamsal will schon nachgeben, er schweigt, sein bleiches Gesicht hat plötzlich Farbe bekommen, er blickt von einem zum anderen.
– Meine Frau darf nichts davon erfahren, niemand.
– Nein, keiner erfährt was, das ist alles geheim, sagt Zawawi und legt ihm seine Hand auf die Schulter. – Können wir jetzt mit dir rechnen?
– Ja, sagt Hamsal und stützt sich auf den Kühler.
– Du bist also einer von uns, ein Bruder im Glauben?
– Ja.

– Wir können also morgen mit dir rechnen – bei mir?
– Ja, ich komme.
– Allahu Akbar, sagt Zawawi und richtet den Blick nach oben.
– Allahu Akbar, sagen die beiden anderen.
Sie wiederholen mehrmals die Lobpreisung Allahs, Hamsal schließt sich an, jetzt umarmen sie sich, Hamsal zögernd, und anschließend verschwinden alle außer ihm, einer nach dem andern aus dem Bild. Hamsal bleibt allein neben dem Wagen stehen und starrt ihnen nach. Er reibt sich nervös die Hände, sein Gesicht ist leer.
– Das reicht, sagt Jon. – Wir machen hier Schluss.
Cartwright schaltet den Videorekorder und den Monitor aus, keiner reagiert, alle sind von dem Gesehenen betroffen, auch der junge Dolmetscher, der irgendetwas auf Arabisch murmelt, und als Jon ihn danach fragt, sagt er:
– Die sind kriminell und gefährlich, sie sind gegen alles, was der Islam verkörpert.
– Und was ist das?
– Barmherzigkeit, Friede. Aber sie sind raffiniert, wenn sie Anhänger werben wollen, beziehen sie sich auf die sogenannte Schwert-Sure im Koran, die befiehlt, alle zu bekämpfen, die nicht die wahre Religion haben. Und die wahre Religion ist selbstverständlich der Islam.
– Also hat der Koran der Gewalt selbst Tür und Tor geöffnet?
– Ja und nein, der Koran hat über einhundert Suren, die etwas anderes besagen, es kommt auf die Augen an, die sehen.
– Woher wissen Sie das?
– Die Schwert-Tradition reicht lange zurück, das ist ja nicht aus der Luft gegriffen, auch bin Laden bezieht sich darauf, das steht alles bei Al-Qaida im Internet.
– Können Sie uns einiges davon übersetzen?
Der Dolmetscher nickt und packt seine Sachen ein, er muss zu Vorlesungen an der New York University, Jon dankt ihm, und sie besprechen, wie sie am besten weitermachen.

– Die Bandaufnahmen bestätigen ja, was Ifrahim Mohammed von Anfang an behauptet hat, sagt er. – Aber wir haben noch immer nicht das richtige Material, um die Anklage gegen ihn wegen Mordes zu entkräften. Das Verhör mit den Geschworenen ist also im Großen und Ganzen reine Formalität. Desto mehr müssen wir uns anstrengen, den Fall bis zum eigentlichen Prozess im Januar vorzubereiten.
– Da bleibt uns nicht viel Zeit, sagt Ben Johnson, zieht sich dabei einen Stuhl heran und lässt seinen schweren Körper darauffallen. – Wir wissen noch nichts Genaues über Zawawis Identität, wir wissen nicht mal, ob er überhaupt noch im Land ist, und was ist mit seinen beiden Komplizen?
– Über die wissen wir auch nichts, sagt Cartwright. – Den einen sehe ich jetzt zum ersten Mal, der andere sieht zum Verwechseln einem der beiden ähnlich, die Jon an der Tankstelle bei Long Island überfallen haben. Aber Dan hat Hamsal ausfindig gemacht, er arbeitet jetzt in einer anderen Werkstatt in Brooklyn. Jetzt, wo wir das Band haben und wissen, was darauf ist, können wir ihn bestimmt dazu bringen, Mohammed ein Alibi zu geben und im Prozess für ihn auszusagen.
– Das ist in der Tat ein Spiel mit dem Feuer, sagt Michelle. – Diese Leute sind zu allem fähig …
– Ich finde, wir müssen den Vorteil ausnutzen, den uns das Band gibt, sagt Cartwright.
– Ich stimme dem zu, sagt Johnson. – Unsere Schwachstelle ist, dass wir noch kein Alibi für Mohammed haben.
– Ja, mit einem Alibi hätte der Staatsanwalt schlechte Karten, und mit dem Videomaterial können wir eine starke Verteidigung aufbauen.
– Seid ihr noch ganz bei Trost, sagt Michelle erregt und steht vom Tisch auf, um den sie jetzt alle sitzen. Mit einer geübten Handbewegung streicht sie sich den langen schwarzen Pony aus dem Gesicht. – Ihr seid so scharf darauf, diesen Fall zu gewinnen, dass

ihr nicht die Gefahr sehen wollt, in der wir alle schweben, wenn wir ernst machen und Hamsal oder einen der anderen unter Druck setzen. Die hatten es schon mal auf Jon abgesehen, die wollen nur eins, das Band, sie wissen ganz genau, worum es geht – und was ist mit der Sicherheit unseres Mandanten? Für ihn hängt alles davon ab, was wir unternehmen. Ich habe zwar nicht eure Erfahrung, aber ich finde, dieser Fall ist für uns eine Nummer zu groß, wir müssen das FBI einschalten.

Michelle blickt von einem zum anderen, Jon presst die Kiefer zusammen, Cartwright zuckt mit den Schultern. Im selben Augenblick klingelt das Telefon im Vorzimmer, Michelle will hinausgehen, aber Jon winkt ab, soll es ruhig klingeln.

– Die Diskussion über das FBI hatten wir schon, sagt Johnson ärgerlich. – Zawawi und die übrigen Verbrecher haben ja tatsächlich nichts auf der Jay Street Station unternommen. Warum wissen wir nicht, wahrscheinlich aber wegen dieser Kassette und aus Angst, entdeckt zu werden. Ich finde, wir sollten die Sache auf den Mordverdacht beschränken und damit das FBI außen vor lassen …

– Und unseren Vorteil ausspielen! wirft Cartwright mit einem langen Blick auf Michelle ein, die sich wieder gesetzt hat.

– Ja, dann müssen wir das Sicherheitsrisiko eingehen, sagt Johnson lakonisch.

– Du hast gut reden, du hast weder Frau noch Kinder! sagt Michelle und schüttelt den Kopf.

– Wieso hast du deine Meinung geändert? fragt Jon.

– Was soll das heißen, erwidert Cartwright.

– Ich sollte doch darüber nachdenken, ob wir nicht besser die Finger von dem Fall lassen, weil er zu gefährlich ist, erinnerst du dich?

– Ganz einfach, sagt Cartwright. – Nachdem ich das Band gesehen habe, bin ich überzeugt, das Hamsal die Schwachstelle ist, und dass wir ihn zum Nutzen unseres Mandanten »knacken« können. Seine Aussagen auf dem Band nageln ihn fest.

Jon wirft einen Blick über die kleine Versammlung am Tisch: Der schlanke Cartwright im schwarzen Sakko mit den zusammengekniffenen Augen in dem langen Gesicht, in dem die Wangenknochen deutlich hervortreten, der untersetzte Johnson in der zerknitterten blauen Jacke, der im Moment gedankenverloren mit dem Stift auf einem weißen Blatt mit Notizen Kreise malt, und die bleiche, dunkelhaarige Michelle, die noch immer erregt in seinen Augen nach Unterstützung sucht.
– Ich glaube, du hast Recht, sagt er, zu Cartwright gewandt, der schwach lächelt. – Aber es muss diskret sein. Könntest du mit Dan ein Treffen zwischen mir und ihm arrangieren?
– Ja, sagt Cartwright. – Aber das wird einige Tage dauern, und inzwischen rate ich dir, dir eine andere Bleibe zu suchen.
– Ich werde darüber nachdenken, sagt er.
Sie sitzen noch stundenlang zusammen; irgendwann sind die Aufgaben verteilt und er fühlt sich erleichtert, dass er nicht die Verantwortung für das Verhör mit den Geschworenen hat, vielleicht kann er sogar, während er auf Neuigkeiten von Cartwright wartet, einen halben Tag frei machen und nach Long Island an die Küste fahren?
Als sie am Nachmittag die Besprechung beenden und Cartwright und Johnson sich verabschiedet haben, er gerade mit seiner Tasche das Büro verlassen will, um Eve zu besuchen, legt Michelle ihm die Hand auf den Arm.
– Du kannst bei mir wohnen, sagt sie. – Mein Mann ist die ganze nächste Woche verreist.
– Danke, sagt er. – Aber für dich ist es sicherer, wenn ich in ein Hotel gehe.
– Du brauchst jemanden, der sich um dich kümmert, solange Eve im Krankenhaus ist. Ich habe dich noch nie in diesem Zustand gesehen.
Er bemerkt ein Glimmen in ihren dunklen Augen.
– Wie meinst du das?

– Du warst schon erschöpft, bevor das alles passiert ist. Immer, wenn ich dich sehe, wirkst du bleicher und dünner, manchmal zittert deine Hand. Ich begreife nicht, wie du das schaffst.
– Vielleicht schaffe ich es auch gar nicht, sagt er mit einem matten Lächeln.
– Schläfst du überhaupt?
– Ja, aber nicht viel.
Einen Augenblick lang stehen sie sich zögernd gegenüber, er in seinem Trenchcoat, die Tasche in der Hand, sie in ihrem schwarzen Rollkragenpullover, sie ist wenigstens fünfzehn Jahre jünger als er, aber sie hat einen wunden Punkt getroffen.
– Warum gibst du den Fall nicht einfach ab?
– Du weißt doch, warum ich das nicht kann, und schon gar nicht jetzt, so kurz vor dem Ziel.
– Und wenn wir doch nicht so kurz vor dem Ziel sind, wenn das Ganze eine neue Wendung nimmt und wir merken, dass die Sache eine Nummer zu groß für uns ist?
– Dann gehe ich zum FBI.
– Vielleicht ist es dann schon zu spät, hast du schon mal daran gedacht? Oder reicht deine Energie gerade noch, um von heute auf morgen zu denken?
Er spürt, dass sie Recht hat, will es sich aber nicht eingestehen.
– Ich bin gerade auf dem Weg zu Eve, sagt er und öffnet die Haustür. – Lass uns morgen darüber reden.
– Nein, nicht morgen, heute Abend, du weißt, wo ich wohne!
– Ich melde mich, sagt er und ist aus der Tür.

Mit allen Sinnen hofft er, dass es Eve besser geht, doch als er sie in dem dunklen Zimmer des Memorial Hospitals liegen sieht, wieder einen Schlauch im Mund mit fieberheißer Stirn und verschleierten Augen und dem schwarzen, wirren Haar auf dem Kissen, und als er auf dem Flur Walcut sucht, der lediglich sagt, dass sich weitere Wunden entzündet hätten und er sich das auch nicht erklären könne, fällt er einige Minuten lang auf dem Stuhl neben ihrem Bett in sich zusammen. Umsonst alle seine Überlegungen, wann sie wieder nach Hause kommt – wollten sie am ersten Abend nicht nur die Bäume im Tompkins Square Park und den Himmel betrachten und wieder nach Hause gehen und sich lieben? Die Gespräche am Vormittag in seinem Büro am St. Mark's Place, ja, die ganzen Ermittlungen sind jetzt sinnlos und kommen einem Fluchtmanöver gleich. Eve ist in ihrem Bett so weit weg von ihm, und er weiß weder, was er mit sich noch mit ihr anfangen soll, er wünscht sich nur, ihr Fieber auf sich nehmen zu können, und als sie endlich einen zusammenhängenden Satz hervorbringt, sagt sie:

– Du darfst nicht gehen.

Und er geht nicht, bleibt stundenlang an ihrem Bett sitzen, während die Dunkelheit den Fensterrahmen ausfüllt und die Wände, die Decke, die Tür, die Apparatur, ja selbst die Lampe mit dem orangefarbenen Licht und ihr Gesicht in einen neuen Schleier hüllt, er hört den Wasserhahn tropfen und ihren stoßartigen Atem und weiß nicht, ob er wach ist oder sich alles nur einbildet.

Er weiß auch nicht wann, aber die Tür geht auf und vom Flur dringt Licht herein, und eine ältere Krankenschwester mit dunkler Gesichtsfarbe und ergrautem Haar, die sich als Shayan vorstellt, bringt ihm einen Teller warme Suppe und nimmt seinen Platz ein, und als er isst und wieder halbwegs zu sich gekommen ist, schlägt sie ihm vor, nach Hause zu gehen.

– Im Augenblick können Sie hier nichts mehr tun, sagt sie.

– Es ist ernst, nicht?

– Dr. Walcut ist tüchtig, er wird sie schon wieder auf die Beine bringen.

Ohne sich richtig darüber klar zu sein, was er sagt, fragt er sie mehrmals dasselbe, und jedes Mal antwortet sie ruhig:

– Ich kenne Eve inzwischen, ich habe öfter mir ihr geredet, sie gibt nicht auf, auch wenn es ihr schlechter geht.

Aus irgendeinem Grund, vielleicht ist es ihre Ruhe, vielleicht auch sein Wunsch, es zu glauben, klammert er sich an ihre Worte und verlässt das Krankenhaus, und erst als er im Taxi sitzt und schon auf dem Weg in die leere Wohnung ist, entscheidet er sich, zu Michelle zu fahren, und dirigiert das Taxi nach Up West am Central Park um. Er ruft vom Taxi aus an, dass er kommt, und nachdem er vor den hohen Backsteinbauten abgesetzt wurde, einem Komplex aus Tausenden von kleinen und großen Wohnungen mit Sportanlagen und Pools, die verlassen daliegen und von Gerüsten mit langen Neonröhren erleuchtet werden, läuft er in Schuhen, die unter ihm auf dem harten Asphalt knirschen, in der kühlen Luft zum Eingang und gelangt mit dem Aufzug in die siebte Etage.

Ein junger Mann geht auf dem langen, schwach beleuchteten Flur an ihm vorbei und blickt einfach durch ihn hindurch, während er an den vielen Türen nach Michelles Namensschild sucht. Er findet es nicht, geht wieder zurück und entdeckt, dass er versehentlich in der achten Etage gelandet ist. Ein Schleier der Unwirklichkeit umfängt seine Sinne; ihm ist, als könnte er immer weiter durch das Gebäude gehen, ohne die richtige Tür zu finden. Als er die grell erleuchtete Steintreppe hinuntergeht, kommt er an einem Mann in seinem Alter vorbei, leicht vornübergebeugt, er sieht gerade noch kurz sein bleiches, bärtiges Gesicht mit den dunklen, stieren Augen, und erst als er auf der nächsten Etage wieder nach der Tür sucht, wird ihm klar, dass er das Gesicht kennt. Er macht kehrt und eilt zur Treppe zurück, ist gleich darauf wieder in der achten Etage mit dem Flur, der mit den gelblichen, nackten Wänden noch länger erscheint und jetzt menschenleer ist. Er blickt einen Augenblick verloren in die schwach erleuchtete Dunkelheit, weit hinten auf dem Flur geht eine Tür auf und ein junges Paar bewegt sich küssend und unter Gelächter langsam auf ihn zu und schlüpft an ihm vorbei, ohne ihn wahrzunehmen.

Wieder auf der Treppe nach unten zur siebten Etage bleibt er stehen und spürt den Schweiß in seinen Handflächen, er stellt seine Tasche ab und zieht den Mantel aus. Nein, der Mann auf der Treppe kann

nicht Ifrahim Mohammed sein, das ist unmöglich, was ist mit ihm los?
Er geht schnell die Stufen hinunter und wieder ein Stück den Flur entlang und muss wieder stehen bleiben und nach hinten blicken, als er auf der Treppe Schritte hört und eine ältere Frau hinuntergehen sieht. Endlich kommt er zum Türschild: Paul & Michelle Beauxchamp steht hier an einer grünlichen Tür, und klopft an. Michelle öffnet die Tür in schwarzem Rock und Bluse mit einem verwunderten Lächeln und führt ihn sofort in die überraschend große Wohnung, die auf die enorme dunkle Fläche und die erleuchteten Fußwege des Central Park und die fernen hohen Gebäude der Fifth Avenue blickt. Er stellt seine Tasche ab und vertieft sich für einen Moment in die Aussicht.
– Weißt du, dass Eve irgendwo da drüben hinter den Gebäuden am Park im Memorial liegt? fragt er, ohne sich umzudrehen.
– Wie geht es ihr? fragt sie direkt hinter ihm, er dreht sich halb um und nimmt das Weinglas, das sie ihm reicht. Für einige Sekunden vermischen sich Eves Züge mit Michelles Gesicht, er legt die freie Hand auf die Stirn, während ihn ein Kälteschauer durchfährt.
– Nicht gut, sagt er und geht mit seinem Glas zum nächstbesten Sessel.
– Was ist mit dir los, fragt sie. – Willst du dich gleich hinlegen?
– Ich sehe schon Gespenster …
– Gespenster?
– Ich bin mir ganz sicher, dass ich auf der Treppe Ifrahim Mohammed gesehen habe.
– Wo?
– Gleich hier draußen.
– Das muss jemand sein, der ihm ähnlich sieht, in dieser Anlage wohnen mehrere Araber.
Er lächelt müde und stimmt ihr zu, sie reden über Einzelheiten bei ihrer und Johnsons Vorbereitung für das Verhör mit den Geschworenen. Michelle schenkt ihm nach, er trinkt schnell, und unter dem

Einfluss des Weins überkommt ihn eine gewisse Ruhe, obwohl seine Gedanken unaufhörlich um den stieren Blick auf der Treppe kreisen. Einmal verschwindet Michelle in ein büroähnliches Zimmer, um mit neuen Unterlagen und neuen Fragen zurückzukommen, er antwortet zerstreut und entdeckt, dass eine ganze Wand des Zimmers mit Drachenköpfen en miniature, Masken, Kalligraphien und gerahmten Fotos von Bauten und Straßenszenen aus Saigon, Peking und Hanoi bedeckt ist. Jetzt hört er auch die leise chinesische Musik, die schon die ganze Zeit über läuft.
– Paul ist mit dieser Musik aufgewachsen, und ich habe mich auch daran gewöhnt, sagt sie und schiebt einen Ledersessel neben ihn.
– Wo war das?
– In Saigon, sein Vater war Diplomat an der französischen Botschaft. Sie hatten ein Haus im französischen Viertel, er ist dort zur Schule gegangen und hat die Sprache gelernt, ja, Vietnamesisch und Englisch, das waren beste Voraussetzungen für den diplomatischen Dienst. Mit siebzehn wurde seine Familie und viele andere Amerikaner in Hubschraubern aus Saigon evakuiert, für seinen Vater bedeutete es eine Niederlage, für Paul ein neues Leben in New York und Washington. Jetzt ist er gerade in Hanoi. Er pendelt immer zwischen New York, Hanoi, Peking und Washington hin und her, ich sehe ihn nicht sehr oft …
– Und macht es dir etwas aus?
– Ich weiß nicht einmal, ob er andere Frauen hat, ich kenne ihn kaum noch. Ich habe kein Vertrauen mehr zu ihm …
Sie zuckt mit den Schultern und hält seinen Blick fest.
– Warum fragst du ihn nicht, was eigentlich los ist?
– Ich weiß es ja. Als in Saigon die amerikanische Botschaft geschlossen und ihre Leute ausgeflogen wurden, haben auch die Franzosen ihre Botschaft evakuiert, Pauls Familie schaffte es aber nicht. Sie besorgten sich im letzten Moment einen Diplomatenwagen und fuhren durch die Stadt, es war Abend, Banden wüteten in Saigon, die Stadt war aus Furcht vor den aus Norden anrückenden Kom-

munisten wie gelähmt, und die südvietnamesischen Soldaten waren auf die Amerikaner und Franzosen wütend, weil sie einfach alles im Stich ließen. An einer Straßenecke wurde ihr Auto von zwei südvietnamesischen Soldaten angehalten, die ihnen befahlen, auszusteigen und sie anschrien, aber Pauls Vater klammert sich an das Lenkrad und wollte nicht nachgeben. Er gab Gas und fuhr dabei einen der Soldaten um, der andere schoss auf den Wagen und traf Pauls Mutter, und als sie in die amerikanische Botschaft hineinwollten, wurde sie von einer großen Menge belagert, verzweifelte zurückgelassene Vietnamesen, die wussten, dass ihre Zusammenarbeit mit den Amerikanern das Todesurteil bedeutete, wenn sie den Kommunisten in die Hände fielen. Sie zerrten Pauls Mutter aus dem Auto, seitdem ist sie verschwunden. Das macht Paul zu schaffen.

– Und passierte mit Paul und seinem Vater?

– Die amerikanischen Soldaten öffneten das Gittertor, gaben Warnschüsse ab und setzten Knüppel ein, und unter Schlägen und Gebrüll wurden beide durch das Tor hereingezogen. Paul war viele Jahre nichts anzumerken, er hatte die besten Prüfungsnoten, passte sich an, machte schnell Karriere. Als ich ihn traf, war er schon im diplomatischen Dienst, und es ging steil nach oben, und wenn er jetzt zur Tür hereinkäme, würdest du bestimmt denken, er ist reizend und ein »netter Kerl«.

– Ja, ist er das nicht?

– Er spricht Englisch mit diesem gewissen französischen Akzent, was den Leuten so gefällt.

– Und?

– Aber irgendwie ist er verloren. Er fährt immer wieder hin auf der Suche nach seiner Mutter, aber er findet sie nicht. Und ich komme nicht mehr an ihn heran, er begreift es selbst nicht.

– Nein, gewiss nicht, sagt Jon und wundert sich, dass sie sich schon zwei Jahre tagtäglich im Büro am St. Mark's Place begegnet sind, ohne mehr voneinander zu wissen. Wer ist sie? denkt er, und wieder nehmen ihn ihre dunklen Augen gefangen und das feine, nervöse Lächeln, das ihn im selben Moment an Eve erinnert.

Er will aufstehen und gehen, bleibt jedoch sitzen. Er lässt sich noch mehr Wein einschenken, und das Licht der Lampen offenbart die Stimmungen, die in ihrem Gesicht wechseln. Einen Augenblick lacht sie und wirkt im nächsten betrübt, er kann ihr nicht mehr folgen, und endlich steht er auf und geht zum Fenster, um seine Tasche zu holen.

– Wo willst du hin? fragt sie.

– Ich gehe in ein Hotel, sagt er. – So geht das nicht.

– Was geht so nicht?

– Das weißt du ganz genau, sagt er und geht mit einem kurzen Lächeln in den Flur, wo er seinen Mantel gelassen hat.

Sie folgt ihm.

– Hör auf, mich wie ein Kind zu behandeln.

– Darum geht es nicht, sagt er und zieht den Mantel an. – Wir fühlen uns zueinander hingezogen, und zu einem anderen Zeitpunkt und an einem anderen Ort wäre es vielleicht okay. Doch jetzt muss ich an Eve denken und auch an deine Sicherheit.

– Warum bist du dann hergekommen?

Er sieht sie an und sucht nach einer Antwort, doch im selben Moment stößt ihnen jemand die Tür entgegen. Er macht einige Schritte rückwärts und stolpert fast über Michelle, sie schreit auf, ihm bleibt keine Zeit zu überlegen, als er Zawawi und dem Mann gegenübersteht, der zum Verwechseln Ifrahim Mohammed ähnelt.

Sekundenlang ist es ganz still, er spürt Michelles Körper hinter sich, sie packt seinen Arm. Da entdeckt er, dass der Mann, der Mohammed ähnelt, eine Pistole auf ihn gerichtet hält, sein Blick ist eiskalt.

– Her mit der Kassette! zischt Zawawi.

– Welche Kassette? fragt er.

– Du weißt genau, was ich meine, sagt Zawawi. – Und wenn wir sie nicht sofort kriegen, bist du erledigt.

Er bückt sich, um die Tasche zu öffnen, in seinen Ohren ist ein Rauschen, mit beiden Händen durchsucht er im schummrigen Flur die Papiere in der Mappe und bekommt die Videokassette zu fassen. Er holt sie heraus und steht jetzt mit pochenden Schläfen zwei Meter von den beiden Männern entfernt, die Kassette in der Hand. Michelle hält noch immer seinen Arm fest und versteckt sich halb hinter ihm, er spürt ihr Herz, das schnell gegen seinen Rücken schlägt. In diesem Moment wird ihm klar, dass er Edelsteins Mörder vor sich hat; er macht einen Schritt nach vorn und reicht Zawawi die Kassette, und exakt in dem Moment, als Zawawi mit dem Anflug eines selbstgewissen Lächelns die Hand danach ausstreckt, tritt er Mohammeds Zwillingsbruder hart gegen das Schienbein. Ein Schuss löst sich, die Kugel pfeift dicht an ihm vorbei und trifft Michelle, die hinter ihm mit einem leisen Schrei zu Boden sinkt. Mohammeds Bruder humpelt rückwärts in den Hausflur und hält sich jammernd das Schienbein. Zawawi ist einen Moment lang verwirrt, schlägt kraftlos nach ihm und macht ebenfalls einige Schritte rückwärts, um die Pistole vom Boden aufzuheben. In der augenblicklichen Verwirrung gelingt es Jon, auf den Flur zu kommen, er läuft zur Treppe, doch der Flur ist lang und will kein Ende nehmen. Ein Schuss löst sich, eine Kugel zischt an ihm vorbei. Endlich erreicht er den Treppenschacht und läuft und springt abwechselnd über die Treppen nach unten, noch nie hat er sich so beeilt, selten hat er soviel Angst verspürt, und als ihm draußen die kalte Luft entgegenschlägt, treibt eine innere Panik ihn weiter in die Dunkelheit des Central Park.

Erst als er völlig außer Atem Zuflucht in einem Gebüsch hinter einigen hohen Kiefern gefunden hat, hält er nach seinen möglichen Verfolgern Ausschau, aber der Park ist menschenleer. Mit leicht zitternden Händen zieht er sein Handy aus der Manteltasche und wählt die Nummer der New York State Police.

– Worum geht es? fragt eine nüchterne Stimme.

– Wahrscheinlich um Mord, sagt er und nennt die Adresse. – Sie müssen sofort kommen, eine Frau ist erschossen worden.

– Wie heißt die Frau?
Er nennt Michelles vollen Namen und späht wieder über den verlassenen Park mit den großen dunklen Kiefern und Eschen, die im Mondlicht scheckige, verschwommene Schatten über den mit Raureif bedeckten Rasen werfen.
– Ihr Name und Adresse?
Er zögert einen Augenblick und nennt dann seinen Namen und seine Adresse.
– Wo befinden Sie sich jetzt?
– Im Central Park, zwei Männer sind hinter mir her, einer hat eine Pistole, schicken Sie ein paar Leute, schnell!
– Wo im Central Park?
– Ich weiß nicht genau, in einem Gebüsch, ich glaube nicht weit vom Belvedere Lake.
– Wir kommen, sagt die Stimme. – Bleiben Sie, wo Sie sind!
Eine Weile starrt er frierend aus seinem Versteck über die große abschüssige Rasenfläche in der fahlen Dunkelheit, plötzlich erscheint unter einigen weit entfernten Bäumen auf einem Fußweg ein Mann. Der Abstand ist zu groß, und er sieht ihn nur undeutlich, er hofft, dass es ein Obdachloser ist, der seinen kleinen Wagen hinter sich herzieht. Sein Körper beruhigt sich, er hört die heulenden Polizeisirenen und einen Rettungswagen und geht, ohne zu überlegen, über den weiten Rasen zu einem der Parkausgänge an der Park Avenue West.
In selben Moment tauchen an einem anderen Ausgang drei Polizisten auf, einer mit Hund, die beiden anderen mit erhobenen Pistolen, einer entdeckt Jon und winkt den beiden anderen. Er hebt die Hand und geht ihnen entgegen, aber einer von ihnen ruft ihn an, er hebt beide Hände über den Kopf und wartet, bis sie mit erhobenen Pistolen dicht bei ihm sind.
– Wer sind Sie und was machen Sie hier? fragt der Polizist mit dem Hund und sucht seinen Körper nach Waffen ab, er stößt auf die Kassette in Jons Manteltasche und zieht sie heraus.

– Jon Bæksgaard, ich habe angerufen …
– Was ist das hier? fragt er und hält ihm die Kassette hin.
– Eine Videokassette. Ich habe Sie angerufen, meine Mitarbeiterin wurde in ihrer Wohnung in der West Park Avenue erschossen.
– Und was machen Sie hier? fragt der andere Polizist und lässt seine Pistole sinken, während der dritte mit erhobener Pistole die Umgebung absucht.
– Ich bin in den Park geflüchtet, sagt er und zeigt ihm seinen Anwaltsausweis. – Sie waren hinter mir her, wäre ich nicht geflüchtet, hätten sie mich auch erschossen.
Die Polizisten sehen sich an, einer, ein großer, kräftiger Mann, dessen Corporal-Dienstmarke in der Dunkelheit schimmert, schüttelt den Kopf.
– Möglich, dass Sie die Wahrheit sagen, aber das müssen meine Kollegen entscheiden …
– Ich brauche das Video zurück, sagt er. – Das ist wichtiges Prozessmaterial.
Der Polizist dreht ihm den Rücken zu und lässt ihn stehen, während er einige Meter entfernt in sein Funkgerät spricht. Der andere Polizist behält ihn schweigend im Auge. Zwischen den Kiefern taucht ihr dritter Kollege auf, sein Hund zerrt an der Leine. Es ist eine unwirkliche Szenerie im Mondlicht unter dem gelblich gefärbten dunklen Himmel. Ferne Geräusche aus der Stadt dringen zu ihnen herüber, und er versteht nicht, wie er innerhalb einer halben Stunde Teil dieses Ganzen geworden ist.
Der Corporal kommt im nächsten Augenblick zurück und steht in seiner dunklen Uniform breitbeinig vor ihm.
– Kennen Sie eine Michelle Beauxchamp?
– Ja, sagt er. – Sie ist in meiner Kanzlei angestellt, ich war bei ihr zu Besuch …
– Man hat gerade ihren Tod festgestellt, aus kurzer Entfernung erschossen.
– Oh nein, sagt er und verbirgt sein Gesicht in den Händen.

– Es tut mir leid, aber ich muss Sie bitten, mitzukommen und sie zu identifizieren, und dann brauchen wir Ihre Aussage.
– Aussage?
– Als Anwalt wissen Sie ja, worum es geht.
Er blickt ins Dunkel, da sind nur die Umrisse der Bäume und Sträucher, an einer Stelle schimmert eine Bank.
– Wo waren Sie, als Sie uns angerufen haben? fragt der Corporal.
Er zeigt in Richtung des Gebüsches unweit von ihnen.
– Zeigen Sie mir genau, wo Sie gestanden haben. Sind Sie sicher, dass Sie keine Waffe bei sich hatten?
– Ja, selbstverständlich, Sie glauben doch nicht, ich hätte sie erschossen?
– Ich glaube gar nichts. Auf der anderen Seite der West Park Avenue ist ein Frau ermordet worden, Sie sagen, Sie kennen sie und haben sie gerade besucht, also untersuchen wir, ob Sie eine Waffe bei sich hatten.
– Warum suchen Sie nicht die beiden Mörder, die Michelle erschossen haben? fragt er.
– Meine Kollegen sagen, in dem Haus ist von irgendwelchen Tätern keine Spur. Wie sahen sie denn aus?
Jon beschreibt Zawawi und Mohammeds Zwillingsbruder. Ein zweiter Polizist ist dazugekommen und notiert seine Angaben auf einem Block.
– Und Sie kennen nur den Namen des einen? fragt der große Corporal ungeduldig.
– Ja, sagt er und nennt Benzir Zawawis Namen.
– Araber!? fragt der Polizist mit dem Block.
– Beide kommen aus Saudi-Arabien, sagt Jon.
Seine Angaben lassen den Corporal aufhorchen, er entfernt sich wieder ein Stück und spricht in sein Funkgerät. Als er kurz darauf zurückkommt, gehen sie zu dem Gebüsch, wo alle drei Polizisten nach der mutmaßlichen Waffe suchen, die nicht zum Vorschein kommen will.

Die nächtliche Kühle dringt ihm bis in die Knochen, er zieht den Mantel fest um sich und beobachtet die drei Polizisten, die sich in immer größerem Radius vom Gebüsch weg zu den dunklen Stämmen der Kiefern bewegen. Allerlei Bilder gehen ihm durch den Kopf, aber ein bestimmtes kehrt immer wieder zurück: Michelles verängstigtes Gesicht, als die Tür zum Flur aufgebrochen wird und sie von einem Moment zum andern ausgeliefert sind. Und als er seinen Blick in die äußersten Winkel des Parks streifen lässt und wieder den Obdachlosen mit seinem Wägelchen sieht, muss er sich eingestehen, dass Michelle für ihn mit dem Leben bezahlt hat. Hatte nicht gerade sie davor gewarnt, dass der Fall eine Nummer zu groß und zu gefährlich für sie wäre? Und jetzt …
Er holt sein Handy heraus, dreht den Polizisten den Rücken zu und ruft Cartwright an, der sich nach einiger Zeit mit verschlafener Stimme meldet.
– Cartwright hier, weißt du, wie spät es ist?
– Ich stehe im Central Park …
– Was ist passiert?
– Das Schlimmste, sagt er. – Michelle ist tot, und ich stehe hier mit drei Polizisten, die nach einer Waffe suchen, die angeblich mir gehört …
– Michelle, tot? Aber wie?
– Erschossen, in ihrer Wohnung, es waren Zawawi und Mohammeds Bruder, ich bin durch einen Zufall entkommen und werde wahrscheinlich verhört. Ich werde die Karten auf den Tisch legen müssen; ich brauche Zawawis und Hamsals Adresse …
– Ja, selbstverständlich, ich rufe dich zurück. Soll ich kommen?
– Vielleicht später, ich rufe an, wenn alles vorbei ist.
– Ich habe mit Hamsal gesprochen, ihn unter Druck gesetzt, er will jetzt mit dir sprechen. Es kommt Bewegung in die Sache.
– Ja, aber jetzt ist alles möglich, wenn erst die Antiterrorleute ihn kriegen und ihm einen Schrecken einjagen, dann sehe ich schwarz für Mohammeds Alibi.

– Versuche, Hamsal da rauszuhalten. Hast du das Band?
– Sie haben es beschlagnahmt …
– Verdammt …
In der Dunkelheit kommt der Corporal mit einer großen hellen Stablampe auf ihn zu, deren breiter Lichtkegel es unmöglich macht, sein Gesicht zu erkennen. Seine Schritte federn im Gras.
– Wenn ich morgen nicht auftauche, dann gehst du selbst zu Hamsal und versuchst, ein Alibi aus ihm rauszuquetschen, denk dran, es auf Band aufzunehmen.
Er beendet das Gespräch und lässt das Handy in die Manteltasche gleiten, der Lichtkegel der Stablampe wandert zu seinem Gesicht hinauf.
– Keine weiteren Anrufe, sagt der Corporal kühl.
– Solange ich nicht verhaftet bin, können Sie mich nicht daran hindern, zu sprechen, mit wem ich will, sagt er ruhig.
– Ich will es mal so sagen: Wenn Sie Ihr Handy nicht lassen, dann werden Sie verhaftet!
– Weswegen?
– Weil mir Ihr Anwaltsgequatsche egal ist, jetzt kommen Sie einfach mit, sagt der Corporal und lässt den Lichtkegel etwas zu lange auf seinem Gesicht ruhen.

Es mag die Kälte sein oder die Tatsache, dass Michelle tot ist – in dieser Nacht fühlt er sich vollkommen klar und bereit, die Dinge zu nehmen, wie sie kommen. Fühlte er sich früher nicht auch am sichersten, wenn er mit dem Rücken zur Wand stand? Hatte er nicht oft als Kind seine Freunde, ja, auch seine Eltern überrascht, wenn eine Situation brenzlich wurde oder außer Kontrolle zu geraten drohte? Und ist er nicht manchmal bewusst an die Grenzen gegangen, um sich selbst zu testen und zu eben dieser inneren Ruhe zu finden, die ihn im Glauben an sich selbst bestärkte? Dieser Glaube hatte ihn immer getragen, wenn er scheinbar hoffnungslose Fälle übernommen und Menschen zu einem Freispruch verholfen hatte, denen sonst die Hoffnungslosigkeit ins Gesicht geschrieben stand. Hatte ihn nicht im Grunde der ständige Kampf gegen Angst, Stillstand und innere Verlorenheit weiter getrieben, ein ständiger Kampf gegen Schatten, ja, vielleicht gegen den Tod?

Sie fahren zur Polizeiwache in der West 96th Street, von hier wird er nach einer kurzen Vernehmung durch den zuständigen Kommissar in den massigen, stark bewachten Hauptsitz der New York Police, Police Plaza One, auf der Park Row gefahren.
Nach längerem Warten führt man ihn schließlich in ein größeres Büro mit Regalen voller Aktenordner und einem überdimensionierten Schreibtisch aus Stahlrohr und einer Glasplatte. Kaum hat er in Begleitung eines Polizeibeamten den gedämpft erleuchteten Raum mit Aussicht auf den Nachthimmel und den East River betreten, als schon eine Seitentür aufgeht und drei Personen mit versteinerten Gesichtern hereinkommen: ein Policeofficer ersten Rangs in Uniform, ein afroamerikanischer Detective in Zivil und eine Frau um die vierzig in weißer Bluse und schwarzem Rock, die Unterlagen und einen dunklen Gegenstand in der Hand hält. Zu seiner Überraschung setzt sich die Frau in den Lederstuhl hinter dem Schreibtisch und stellt sich selbst und die beiden anderen vor:
– Ich bin Louise Black und leite die Antiterrorismus-Abteilung, rechts von mir sehen Sie Captain Donaldson und links Detective John Smith von meiner Abteilung. Setzen Sie sich doch.
Alle drei setzen sich, die beiden Polizisten links und rechts neben Louise Black, er auf einen Stuhl, den der Polizeibeamte ihm geräuschlos hingestellt hat.
Der ältere Donaldson und der jüngere Smith betrachten ihn schweigend und mit neutraler Mine, während Louise Black in ihren Unterlagen blättert; im selben Moment wird ihm klar, dass der dunkle Gegenstand neben ihren Unterlagen eine Videokassette ist.
– Lassen Sie mich gleich zur Sache kommen, sagt Louise Black und

hält die Kassette hoch. – Ich glaube, Sie wissen, dass Sie bis zum Hals in Schwierigkeiten stecken.
– Inwiefern? fragt er.
– Eine Kassette, die einen geplanten Terrorangriff auf die Jay Street Station in Brooklyn dokumentiert, ich weiß nicht, ob Sie sich darüber klar sind, was am 11. September in New York passiert ist?
– Doch, sagt er, besser als die meisten.
Aber Louise Black, die mit der Kassette beschäftigt ist, überhört ihn.
– Drei Polizisten greifen Sie mit dieser Kassette im Central Park auf, und noch dazu in der Nähe einer Wohnung, wo eine Ihrer Angestellten, Michelle Beauxchamp, aus nächster Nähe erschossen wurde. Wir wissen, dass Sie eine halbe Stunde zuvor in der Wohnung gewesen sind, und Sie behaupten jetzt, zwei Männer arabischer Herkunft hätten sie ermordet, während Sie bei ihr waren.
– Ja, das stimmt.
– Und wie durch ein Wunder sind Sie selbst unversehrt aus der Wohnung entkommen, obwohl Sie behaupten, die beiden Araber hätten es gerade auf Sie abgesehen?
– Nein, nicht durch ein Wunder, ich habe dem Pistolenschützen hart gegen das Schienbein getreten und bin entkommen.
– Zwei kaltblütigen Killern mit einer Pistole? mischt Donaldson sich ein und schüttelt den Kopf. – Nicht gerade sehr wahrscheinlich.
– Ich sitze ja vor Ihnen, sagt er. – Also bin ich entkommen.
– Aber nicht uns! sagt Donaldson und beugt sich mit einem selbstgefälligen Blick zu ihm vor.
– Was wollen Sie damit sagen? fragt Jon mit unterdrückter Wut.
– Und wenn ich nun behaupte, dass Sie mit den beiden Killern und den drei übrigen auf dem Videoband irgendwie unter einer Decke stecken? fragt Louise Black, ohne sich auf dem Stuhl zu rühren.
– Das ist ja verrückt, sagt er. – Ich ermittle gerade für meinen Mandanten Ifrahim Mohammed …
– Ein Muslim, der wegen Mord an einem Satmarjuden angeklagt ist! unterbricht ihn John Smith.

– Ja, Amerikaner muslimischer Herkunft haben auch ein Recht auf Verteidigung.
– Sie kommen selbst aus dem Ausland, finden Sie dieses Interesse an hiesigen Muslimen und den Umgang mit ihnen nicht sonderbar? fragt Louise Black und streicht eine Haarsträhne aus ihrem bleichen Gesicht.
– Woher wissen Sie, woher ich komme?
– Darüber kann ich Ihnen keine Auskunft geben.
Er holt tief Luft, die drei Leute vor ihm achten auf jede Bewegung, jede Veränderung seines Gesichtsausdrucks, doch seine langjährige Erfahrung sagt ihm, dass sie im Dunkeln tappen und ihre Erregung über diesen unerwarteten Fund nur verbergen. Er weiß, was sich die ganze Nation fragt, während sie sich für den Krieg gegen den Terror rüstet: Warum ist die Katastrophe nicht verhindert worden? Er will aber nicht Teil dieses Krieges sein, die »Säuberung von allen Kräften des Bösen« ist nicht seine Sache. Und anstatt nach der Rechtmäßigkeit einer solchen Festnahme und eines solchen Verhörs zu fragen, beginnt er jetzt doch, den Fall darzustellen. Und je länger er spricht, desto mehr weicht die Angst aus seinem Körper, und als er mit seiner Rede endet, schweigen Louise Black, Donaldson und Smith lange und werfen sich kaum verhohlene Blicke zu.
– Ihre Ausführungen lassen die Dinge in einem anderen Licht erscheinen, sagt Louise Black und lächelt zum ersten Mal ein wenig. – Aber es bleibt immer noch eine Reihe offener Fragen. Wir werden noch darauf zurückkommen, aber doch eins: Warum sind Sie mit Ihrem Verdacht und der Kassette nicht sofort zu uns gekommen?
– Weil ich den Inhalt der Kassette und dessen Bedeutung erst seit gestern überblicke, antwortet er ausweichend.
– Der Verdacht muss Ihnen aber schon nach der ersten Begegnung mit Ihrem Mandanten gekommen sein!
– Da war ich mir über die Bedeutung der Kassette nicht im Klaren, und gestern dachte ich, wir bräuchten noch ein paar Tage, um einen

der Komplizen mit der Kassette unter Druck zu setzen. Das war selbstverständlich ein Fehler, ein großer Fehler.

– Ihre Fehleinschätzung hat Michelle Beauxchamp wahrscheinlich das Leben gekostet, sagt Louise Black und hält seinen Blick fest. – Denn solange Sie die Kassette oder eine Kopie davon haben, solange werden Sie oder Ihre Umgebung ein Ziel sein, wenn Ihre Geschichte überhaupt stichhaltig ist.

– Ja, ich weiß, sagt er. – Jetzt weiß ich es, aber …

– Was?

– Ich dachte in erster Linie an meinen Mandanten.

– Und was ist mit den vielen New Yorkern, die in Gefahr waren oder sind, wenn die Terrorgruppe unter Führung dieses Arabers …, sagt Donaldson und sucht nach dem Namen.

– Zawawi! sagt Smith.

– Wenn Zawawi und seine arabische Bande nun ernst damit gemacht hätten, die Jay Street Station in die Luft zu sprengen? korrigiert Donaldson sich selbst.

– Das haben sie ja nicht getan, sagt er. – Und ein wichtiger Grund war, dass dieses Band ihre Vorbereitungen aufdeckte und mein Mandant das Band kannte.

Donaldson steht erregt auf.

– Wie man so blauäugig sein kann! Sie begreifen offenbar nicht, wie solche Verbrecher denken, diese Araber und Muslime sind zu allem bereit. Woher wollen Sie wissen, dass Ihr Mandant nicht an der Verschwörung beteiligt ist!?

– Das geht aus dem Band hervor, sagt er. – Und im Übrigen führt es zu nichts, alle Muslime über einen Kamm zu scheren, man muss jede Situation und auch jeden einzelnen Menschen für sich betrachten.

– Verschonen Sie mich mit Ihrem Gewäsch! Verdammt noch mal, das sind keine Menschen sondern tollwütige Hunde, die ganze Bande.

– Selbst Bush unterscheidet zwischen überwiegend friedlichen Muslimen und einer kleinen Gruppe gewaltbereiter Fanatiker …

– Bush, Mr. Bush …, sagt jetzt Donaldson, der sich immer mehr aufregt und kaum ein klares Wort herausbringt. – Das Collegebürschchen Mr. Bush ist ein Muttersöhnchen, ohne Cheney und Rumsfeld wäre Amerika schon in die Knie gegangen!
Louise Black winkt Donaldson mit einer kleinen Handbewegung wieder auf seinen Stuhl zurück. Sie stellt Jon noch ein paar Fragen und ermahnt ihn, mit keinem über den Fall zu sprechen noch irgendetwas zu unternehmen, ohne sich vorher mit ihrer Abteilung abzusprechen.
– Ich verspreche Ihnen, dass nichts nach draußen dringt und dass ich in Kontakt mit Ihrer Abteilung bleibe, sagt er. – Aber ich habe einen Mandanten zu verteidigen, einen Mann, der wegen Mord angeklagt ist!
– Er fängt schon wieder an! sagt Donaldson ärgerlich.
Louise Black betrachtet ihn mit kühlem Blick. Er kann nicht sagen, ob hinter ihrer Fassade irgendetwas durchscheint, Mitgefühl, Sympathie, oder ob sie schon längst ihre Gefühle in der effektiven Maschinerie der Polizeiverwaltung begraben hat.
– Wenn wir wollen, können wir den Fall Ifrahim Mohammed für unbestimmte Zeit auf Eis legen, das ist eine Frage der Priorität, wir könnten es Sicherheit des Staates nennen. Geben Sie mir einen triftigen Grund, warum wir Ihnen den Fall lassen sollen.
– Ich kann für meinen Mandanten einen Freispruch erreichen, mit einem hieb- und stichfesten Alibi, dieses Alibi kann einer der kleineren Fische in diesem Fall meinem Mandanten liefern, wenn Sie mir noch einen Tag geben.
– Und wie wollen Sie das schaffen?
– Überreden Sie den Staatsanwalt, dass ich diesem Mann ein geringeres Strafmaß anbieten kann, wenn er meinem Mandanten das Alibi liefert. Und schicken Sie heute und morgen bitte keine Hundertschaft nach Brooklyn, um ihn festzunehmen, sondern erst übermorgen, dann kann ich es schaffen. Sie bekommen dafür seine Adresse, sein Name ist Hamsal.

Er zieht aus der Innentasche seines Jacketts einen Zettel und reicht ihn Louise Black über den gläsernen Schreibtisch, sie wirft einen kurzen Blick darauf und reicht ihn an Smith weiter.
Draußen dehnt sich der dunkle Nachthimmel ins Unendliche, ferne Lichter auf der anderen Seite des East River bilden winzige Punkte in einem unwirklichen Bild. Das Gebäude scheint durch die Nacht zu schweben, einige Sekunden lang sieht er Eves fieberheißes Gesicht und ihre verschwommenen, dunklen Augen vor sich und eine unerträgliche Müdigkeit übermannt ihn. Er hält sich an der Armlehne seines Sessels fest und hört nur schwach, was Louise Black sagt:
– Was den Staatsanwalt und den Deal mit Ihrem Mann angeht, so kann ich Ihnen entgegenkommen, aber wir können ihn nicht tagelang frei herumlaufen lassen. Vielleicht macht er sich in der Zwischenzeit aus dem Staub, das Risiko gehe ich nicht ein. Ich gebe Ihnen bis morgen Nachmittag Zeit, um den Mann aufzutreiben, und Sie müssen sich damit abfinden, dass Smith und meine Leute Ihnen auf den Fersen sind und zugreifen, sobald Sie mit ihm gesprochen haben. Sind Sie überhaupt sicher, dass er sich in seiner Wohnung aufhält?
– Ja, sagt er müde.
– Von heute Nacht an wird er von uns beobachtet, sagt Louise Black und bedeutet von einem Augenblick zum anderen mit einer Handbewegung, dass die Besprechung beendet ist.
Donaldson steht schnell auf und verlässt ohne Umstände den Raum. Smith kommt auf ihn zu, und Louise Black greift schon nach dem Telefon. Er macht den Versuch, aufzustehen, aber erst als Smith ihm mit einem kurzen Lächeln eine Hand reicht, kommt er auf die Beine.
– Danke, sagt er und schaut einen Augenblick in die forschenden Augen in Smiths jungem, dunklem Gesicht. Noch ein Junge, denkt er, als Smith ihn aus dem Büro begleitet und ihm dann in dem grell erleuchteten, leeren Vorzimmer einen Polizeiwagen zur Second Avenue anbietet.

– Lieber ein Taxi, sagt er. – Ich gehe nicht in meine Wohnung zurück.
– Wohin dann?
– In ein Hotel.
– Eine kluge Entscheidung, wenn zwei Mörder in der Stadt hinter Ihnen her sind.
– Sie nehmen mir also meine Geschichte ab?
– Wenn meine Chefin es tut, dann …, sagt Smith, angelt ein Handy aus seiner Jacke und ruft ein Taxi.
Jon zieht sich inzwischen mühsam den Mantel an.
– Wegen der ganzen Sicherheitsvorkehrungen hält das Taxi weiter vorn in der Park Row, sagt Smith kurz darauf, gibt ihm einen Passierschein und begleitet ihn zum Aufzug in dem jetzt menschenleeren grauen Flur.
– Am besten suchen Sie sich ein kleines, anonymes Hotel, sagt er noch.
– Das Chelsea Inn, 17th Street.
– Okay, einer unserer Wagen wird heute Nacht das Hotel im Auge behalten, aber wir können sonst nicht weiter für Ihre Sicherheit garantieren.
– Ich habe auch nicht darum gebeten, sagt er und betritt den Aufzug, dessen Tür sich im selben Moment öffnet. Als er sich zu Smith umdreht, streift sein Blick in einem langen schmalen Spiegel sein eigenes gespenstisches Gesicht.
– Je nachdem, was wir herausbekommen, erhalten Sie später sicher Zeugenschutz, sagt Smith, langt in den Aufzug und drückt einen Knopf. – Sie dürfen unter keinen Umständen das Land verlassen.
Die Tür gleitet automatisch zu und er starrt auf eine graue glänzende Wand, auf der sich das grelle Licht bricht und ihn blendet. Etwas setzt sich in Bewegung, er merkt, dass er abwärts fährt. Immer abwärts.

Nach zwanzig Minuten setzt ihn das Taxi in der dunklen 17th Street vor dem Chelsea Inn ab. Das baufällige Hotel befindet sich in einem spärlich beleuchteten rötlichen Bau aus dem 19. Jahrhundert, der zwischen größeren und neueren Häusern eingezwängt ist. Nach mehrmaligem Klingeln öffnet ein verschlafener Portier, der »alles belegt« sagt, und Jon muss seine ganze Überredungskunst für ein kleines Zimmer in der ersten Etage aufbieten. Dann geht er über die schiefe und knarrende Treppe nach oben, und als er das Zimmer mit seinen gerahmten Blumenbildern und maritimen Stichen aus dem 19. Jahrhundert betritt, ist ihm schwindlig. Er hat sich schon öfter in ein Hotel gerettet, wenn Verwandte von Mandanten oder Verurteilten zu aufdringlich wurden und ihn von der Arbeit abhielten, aber dieses Mal fühlt er sich nicht sicher und überlegt, während er sich langsam auszieht und unter die Bettdecke kriecht, welche Möglichkeiten zwei Mörder haben, die sich in der Stadt verstecken wollen. Selbst intensiv gesuchte Verbrecher können jahrelang unter falschen Namen, verkleidet oder unter falschen Adressen in New York untertauchen, eine Stadt wie ein Meer für Schattenfische.

Kaum ist er eingeschlafen, als er sich im dunklen, mondbeschienenen Central Park mit den vielen schwarzen Stämmen, Hügeln, spiegelblanken Seen und Figuren wiederfindet. Irgendetwas zwingt ihn, vorwärts zu gehen, es klingt wie eine klagende Stimme, aber er kann sie nicht identifizieren, vielleicht gehört sie einer Frau, vielleicht kommt sie aus ihm selbst; plötzlich taucht neben ihm ein Obdachloser auf und bettelt um Geld, er leert seine Taschen, gibt ihm alles, was er hat, und geht weiter dem Klang nach, der langsam klarer und voller wird. Zwei hohe Ahornbäume türmen sich vor ihm auf, und als er zwischen ihnen hindurchgeht, sieht er am Rande des Parks eine Frau auf einer Bank. Sie trägt eine lange gelbe Robe, und ihr Gesicht und ihre nackten Arme sind schneeweiß. Auf ihrer Brust zeichnet sich ein roter Fleck ab, so unbeweglich wie auf einem Tableau hält sie eine Hand an den ebenfalls schneeweißen Hals. Am schwarzen Haar und an der klagenden Stimme erkennt er Michelle, er ruft sie, während er auf sie zugeht, doch im selben Moment wird ihre Stimme von einer anderen überlagert, und jetzt sieht die Frau ihm in die Augen, hält seinen Blick fest und er sieht, dass es Eve ist. Er erwacht panisch und nach Luft ringend. Er knipst eine Lampe an, holt sein Handy heraus und wählt die Nummer des Memorial Hospital.

– Ich brauche eine Auskunft über Eve Letterman.

– Was wollen Sie wissen?

– Wie ist ihr Zustand? fragt er. – Bei meinem letzten Besuch ging es ihr sehr schlecht.

– Einen Moment, sagt die Stimme und im Hörer wird es still. Er starrt die gelbe Gardine des Zimmers an und glaubt, unten im Hof Geräusche zu hören.

– Ist da jemand? fragt er in den Hörer.

– Dr. Walcut hat gesagt, es geht ihr schon etwas besser, es geht vorwärts …

– Sind Sie sicher? fragt er und spürt seine Erleichterung.

– Ja, sie hat nach Ihnen gefragt, Sie können sie morgen besuchen.

Er bedankt sich und beendet das Gespräch. Bleibt einen Augenblick stehen und lauscht in die Dunkelheit, dann löscht er die Lampe und geht zur Balkontür, hebt die Gardine an und blickt in den Hof. Unter einer hohen, schlanken Esche, die noch einzelne Blätter trägt, stehen lauter Gerümpel und weiße Gartenmöbel. Ein Teil des Hofes liegt im schummerigen Licht einer Lampe über der Toreinfahrt, der andere Teil, der in eine andere Einfahrt mündet, ist dunkel. Der Putz an den massiven hohen Häusermauern blättert ab. Steht da unten nicht ein Mann und starrt zu ihm hoch? Vom Hof führt eine Eisentreppe zu einem Halbdach mit einer kleinen Balustrade, und vom Halbdach sind es nur wenige Meter zum französischen Balkon mit dem schmiedeeisernen Gitter vor seiner Fenstertür. Wie leicht könnte da jemand zu ihm hochklettern und …

Er schluckt und hat das Gefühl völliger Hilflosigkeit, während seine Augen im toten Winkel des Hofs wieder nach dem stechenden

Blick suchen. Plötzlich sind die Augen verschwunden, eine Katze läuft ins Licht und verschwindet zwischen zwei großen Brettern. Eine Katze mit gelben Augen. Wird er langsam verrückt?
Morgen früh muss er unbedingt Cartwright sprechen, ehe er irgendeine Dummheit begeht. Es ist vier Uhr, er stellt den Wecker seiner Armbanduhr auf sieben und taucht unter der Bettdecke wieder in einen schweren, unruhigen Schlaf ein, der ihn nach Wien führt, in den verschneiten Türkenschanzpark, wo Tobias ihm oben auf dem Hügel den Rücken zukehrt, sich auf einen Schlitten setzt und den Abhang hinunterrast, der kein Ende zu nehmen scheint. Im nächsten Augenblick findet er sich am helllichten Tag im Gewimmel der Fifth Avenue wieder, weiter vorn taucht Ifrahim Mohammeds Bruder auf, er trägt einen dunklen Anzug und eine Mappe unter dem Arm; er zieht den Kopf ein, öffnet eine Tür zwischen zwei Schaufenstern und findet sich plötzlich in einer Moschee wieder, ein riesiger roter Teppich bedeckt den Boden, und an den Wänden hängen arabische Schriftzeichen. Ungefähr hundert Zuhörer stehen vor einer Art Kanzel, wo Mohammeds Bruder in einem braunen Burnus und mit Käppchen zu ihnen spricht.
– Kämpft für die Sache Gottes, gegen jene, die euch bekämpfen, sagt er und hält der Versammlung einen Koran entgegen. – Wenn sie euch den Rücken zukehren, dann packt und erschlagt sie, wo immer ihr sie trefft. Allah ist groß!
Die Versammlung spricht ihm nach, während Mohammeds Bruder selbstbewusst über sie hinwegschaut und auf seinen Blick trifft. Er erstarrt einen Augenblick lang, Mohammeds Bruder zeigt in seine Richtung, und jetzt blickt sich fast die ganze Versammlung nach ihm um. Er macht kehrt, läuft zur Tür, kann sie nicht öffnen, schon spürt er den Atem der vielen Verfolger im Nacken. Im selben Augenblick gleitet die Tür auf, und er stolpert ins Tageslicht der Fifth Avenue, wo die Gebäude im Licht erzittern.

In der Angst werden wir mit unserem eigenen Tod konfrontiert, sagt Heidegger, wenn wir aber die Angst bekämpfen, geschieht dies dann mit dem Leben als Einsatz?

Als ihn am nächsten Morgen die Armbanduhr um sieben Uhr im schwachem Tageslicht weckt, sieht er als Erstes Ifrahim Mohammeds friedliches und melancholisches Gesicht vor sich, aber als er die Augen wieder schließt, schiebt sich das Gesicht des Zwillingsbruders mit den stechenden Augen darüber. Ihn fröstelt und er steht schnell auf, zieht die Hosen an und tritt mit einem Seifenstückchen und einem duftenden, sauberen Handtuch auf den Flur mit den weiß gestrichenen Türen und geht in ein enges Badezimmer. Er stellt sich nackt unter die Dusche und lässt das lauwarme Wasser ausgiebig über Haare, Kopf und Körper laufen, um ganz wach zu werden.
Schon lange hat er sich nicht so entspannt gefühlt wie gerade jetzt, und er sehnt sich auf einmal nach seinem Sohn, möchte ihn in den Arm nehmen oder einfach nur wiedersehen. Vielleicht würde Tobias ihn jetzt erkennen, vielleicht hat er eine Sprache gefunden, die sie gemeinsam sprechen können, hat Sine in ihrem letzten Gespräch nicht so etwas angedeutet? Ein Spezialist hatte gemeint, sein Verhalten würde sich an der Grenze zum Asperger-Syndrom bewegen …
Tausende Kilometer entfernt, auf der anderen Seite des Atlantik lebt sein Sohn und nimmt die Welt auf seine eigene Art und Weise wahr.
Aber was macht er dann in New York, ist hier irgendetwas wichtiger als sein Sohn, den er verlassen hat, weil er nicht mit der Mutter zusammenleben konnte?
Selbst Eve kann ihn nicht verstehen: – Ich hätte mein Kind nie verlassen, hatte sie eines Abends zu ihm gesagt, als sie im Bett in der Second Avenue eine Zigarette rauchten, nachdem sie sich geliebt hatten.

– Wenn ich nicht nach New York zurückgegangen wäre, hätten wir uns nie getroffen, hatte er erstaunt geantwortet. – Ist dir das klar?
– Du konntest ja nicht wissen, dass wir uns begegnen würden, hatte sie gesagt und ihn mit ihrem nüchternen Blick angesehen. – Du hast erst deinen Sohn und deine Freundin verlassen. Man kann zwar die Frau verlassen, aber nicht seinen Sohn.
Er dreht den Duschhahn zu, trocknet seinen Körper mit dem duftenden Handtuch ab und spürt, wie wenig Zeit er zum Nachdenken hat und wie sehr ihm Eves Direktheit fehlt.
Schon auf dem Weg durch den Flur in sein Zimmer verspannt sich sein Körper wieder, und als er schnell sein Hemd überzieht und im nächsten Moment nach dem Handy greift, um Cartwright anzurufen, ist er schon wieder der Mann, der er immer sein wollte.
– Hier Cartwright, sagt die verschlafene Stimme im Hörer.
– Bist du wach?
– Selbstverständlich bin ich wach, aber ich kann immer noch nicht fassen, dass Michelle tot ist.
– Ich auch nicht.
– Hast du mit ihrem Mann geredet?
– Noch nicht, er ist verreist und ich nehme an, die Polizei hat versucht, ihn zu erreichen, sagt er und informiert Cartwright schnell über die Ereignisse der Nacht.
– Du hast also einen Deal mit der Polizei gemacht? fragt Cartwright skeptisch.
– Ja, wir haben vierundzwanzig Stunden, um aus Hamsal ein Alibi für Mohammed rauszuholen, du rufst ihn an, wir müssen ihn noch heute treffen, und dann fahren wir zu ihm nach Brooklyn.
– Vielleicht ist er über alle Berge, damit müssen wir rechnen.
– Nein, seine Wohnung wird von der Antiterroreinheit der Polizei überwacht, er hat also keine Chance zu entwischen.
– Und wenn er es doch versucht?
– Dann sind sie ihm sofort auf den Fersen.
– Seit wann verlässt du dich auf die Polizei?

– In diesem Fall bleibt uns keine andere Wahl, und ich will einen Freispruch für meinen Klienten, ehe die ganze Sache den Bach hinuntergeht.
– Gut, ich rufe Hamsal an …
– Und sagst mir gleich Bescheid?
– Ja, sagt Cartwright und bricht das Gespräch ab.
Er zieht sein Jackett an, geht auf den Flur und die schiefe Treppe hinunter, am Portier vorbei, der ihm abwesend zunickt. Er tritt auf die Straße und geht in das Untergeschoss, wo eine junge, lächelnde Frau in Jeans und Hemd seinen Kupon für ein Breakfast Continental entgegennimmt und ihm eine Tüte mit Brötchen, Butter, Saft und einen Coffee-to-go in die Hand drückt. Aber kaum geht er die Treppe nach oben, als schon sein Handy klingelt, er holt es mit der freien Hand aus der Tasche und drückt im Gehen auf Empfang. Auf dem Flur überfällt ihn wieder das Schwindelgefühl, sekundenlang blenden ihn die weißen Türen und er versteht anfänglich nicht, was die Stimme sagt. Erst als er in seinem Zimmer auf dem Bett sitzt, begreift er, dass Smith anruft und möchte, dass er in der Police Plaza Michelles Leichnam identifiziert.
– Unsere Frist läuft bis übermorgen und ich erwarte einen Anruf von einem Mitarbeiter, sagt er. – Jetzt sofort geht es nicht.
– Heute im Laufe des Tages, spätestens morgen, sagt Smith. – Wir müssen in dem Fall weiterkommen.
– Ich rechne damit, dass wir Hamsal im Laufe des Tages treffen, so schnell es geht.
– Ich werde selbst in einer halben Stunde bei ihm sein, vorläufig haben sich meine Leute in der Nähe postiert. In einer Wohnung im zweiten Stock in der Atlantic Avenue mit direktem Zugang von der Straße. Wenn Sie rauskommen und alles okay ist, winken Sie mit dem rechten Arm, dann gehen wir rein und nehmen den Mann fest. Keiner wird etwas merken, wie verabredet.
– Haben Sie die Vernehmung mit den Geschworenen verschoben?
– Kein Problem, aber da ist noch etwas …

– Ja?
– Wir wollen auch etwas dafür haben.
– Wie meinen Sie das?
– Wenn Sie das Alibi für Ihren Mandanten bekommen und Hamsal seine Strafmilderung, dann müssen Sie Hamsal überreden, als Zeuge gegen seine Komplizen aufzutreten …
– Das kann nicht meine Aufgabe sein, das ist Ihr Job, sagt Jon und blickt durch die gelbe Gardine in das fahle Tageslicht.
– Ich an Ihrer Stelle würde sehr vorsichtig sein.
– Wie meinen Sie das?
– Ihre Haltung ist leicht misszuverstehen.
– Inwiefern? fragt er und ahnt bereits, worauf Smith hinauswill.
– Muss ich noch deutlicher werden?
– Ja.
– Im Augenblick dreht sich alles in diesem Land nur um eins: Ist man für die muslimischen Terroristen oder gegen sie?
– Darauf brauche ich wohl nicht zu antworten. Das dürfte ja selbstverständlich sein.
– Ja, eben. Deshalb erwarten wir auch, dass Sie Ihre Pflicht tun.
– Als Rechtsanwalt tue ich, was ich kann, sagt er. – Mehr kann ich nicht versprechen. Meine Aufgabe ist es, meinen Mandanten vor einer lebenslänglichen Gefängnisstrafe zu bewahren, für eine Tat, die er nicht begangen hat, und wenn ich Ihnen dabei noch helfen kann, Terrorverdächtige festzunehmen, dann gern.
– Es ist nicht gesagt, dass Sie die Wahl haben.
– Sie setzen mich also unter Druck?
– Nennen Sie es, wie Sie wollen, sagt Smith.
– Dann nenne ich es so, sagt er und beendet das Gespräch.
Er bleibt eine Zeit lang auf dem Bett sitzen mit dem Gefühl, von Treibsand umgeben zu sein. Er nippt an dem heißen Kaffee, als Cartwright anruft. Er hat mit Hamsal vereinbart, dass sie ihn um zehn Uhr besuchen, und er will Jon in einer halben Stunde abholen.
– Hat er kapiert, worum es geht?

– Ich weiß nicht genau, sagt Cartwright. – Er macht den Eindruck, als hätte er die Hosen gestrichen voll.
– Hast du ihm etwas von der Kassette erzählt?
– Ja, aber ich musste ihm versprechen, damit nicht zur Polizei zu gehen, nur unter dieser Voraussetzung wollte er uns sehen.
– Hast du es ihm versprochen?
– Was hätte ich sonst tun sollen? fragt Cartwright.
– Okay, sagt er und schaltet das Handy aus.
Er steht vom Bett auf, geht zum Fenster, zieht den gelben Vorhang zur Seite und schaut hinaus, während er sein Brötchen isst. Wann hat er zuletzt etwas wirklich Gutes gegessen?
Die Szenerie vor der Balkontür ist völlig verändert, der hohe, dunkle Eschenstamm, der sich in viele Äste mit vereinzelten grünen Blättern verzweigt, leuchtet im trostlosen, menschenleeren Hinterhof. Er blickt lange auf die Blätter, die sich im schwachen Wind an den Zweigen bewegen und bald abfallen werden.
Michelle ist tot, und ist nicht er schuld daran? Sie hatte ihn zu sich eingeladen, und er war dumm genug gewesen, hinzufahren, weil er jemanden zum Reden brauchte, nein, weil er sich von ihr angezogen fühlte – oder beides.
Seine hirnverbrannte Gedankenlosigkeit ist an ihrem Tod schuld.
Er muss ihren Mörder finden, er darf keine Angst haben, seine Anwaltsrobe zur Seite zu legen, er muss aus Hamsal alles herausholen, was er weiß.
Aber kann er das überhaupt?

Kein Glück zu haben, kann – vom Himmel aus betrachtet – auch ein Glück sein, sagt Wolfgang Koeppen. Wenn man aber nicht weiß, was Glück ist, wie soll das Glück sich dann überhaupt einfinden, das himmlische oder das irdische? Bekommt man nicht erst ein Gefühl dafür, wenn es einen schon besucht und das Haus leer zurückgelassen hat?

Cartwright erwartet ihn in seinem hellblauen Ford Costumline vor dem Hotel. Eine Gruppe orthodoxer Juden in schwarzer Kleidung und blendend weißen Hemden hat sich gegenüber dem Hotel versammelt. Einer drückt mit seinem schwarzen Schuh eine Zigarette aus, zwei andere begrüßen sich lächelnd, ein vierter blickt wachsam in seine Richtung und hält seinen schwarzen Hut fest, den ihm ein plötzlicher Windstoß vom Kopf zu reißen droht. Als Jon in den Wagen steigt und Cartwright in Richtung der pulsierenden Fifth Avenue fährt, steigt in seinem Innern die Erinnerung an den Geruch von Schwefel und Versengtem hoch, und weit im Hinterkopf erscheint das Bild des gefesselten und erstarrten, toten Edelstein im Büro seines Schmuckgeschäfts in Williamsburg.
Wie viele Tote haben sie in diesem Fall, der kein Ende zu nehmen scheint, noch zu erwarten?
Ungewöhnlich schweigsam und verbissen steuert Cartwright das Auto in die Spur unter dem Geflecht von Eisendrähten der Brooklynbridge, weit draußen vor dem nebelhaften Horizont über dem East River sind einige Kähne zu sehen. Erst als der summende Ford die Brooklyner Seite erreicht hat und an den verlassenen und baufälligen Speichern und Industriebauten vorbei nach Norden abbiegt, erst da sagt Cartwright:
– Es war falsch, dass wir den Fall selbst aufklären wollten, wir waren nicht darauf vorbereitet. Michelle hatte uns gewarnt, und jetzt ist sie tot. Das werde ich mir nie verzeihen.
– Mir geht es genau so, sagt er. – Wir müssen versuchen, soviel wie möglich aus Hamsal rauszuholen und danach entscheiden, was wir tun.
– Ich bin bereit, den Fall durchzuziehen, sagt Cartwright und sieht ihn flüchtig an.
– Und was heißt das für dich? fragt Jon.
– Bis zum Ende, sagt Cartwright und steuert den Wagen nach rechts und zwischen zwei hoch aufragenden Wohnblöcke hindurch, um den Weg zur Atlantic Avenue abzukürzen.

– Auch mit der Antiterroreinheit?
– Mit oder ohne Polizei, jetzt wissen wir, mit wem wir es zu tun haben, wir müssen die Mörder finden. Und was die Ermittlungen angeht, damit kennen wir uns aus, du und ich. Denk daran, was du in Wien erreicht hast.
– Das ist sieben Jahre her, sagt er. – Ich bin mir nicht sicher, ob ich noch einmal diesen Stress aushalte, von Eve ganz zu schweigen.
– Du bist nicht allein …, sagt Cartwright und schweigt wieder.
Kurz darauf biegen sie in die befahrene Atlantic Avenue ein, parken das Auto einige Häuserblöcke von Hamsals Adresse entfernt und laufen das letzte Stück an Geschäften und Läden entlang, bis sie an einen ziemlich verfallenen fünfstöckigen Ziegelsteinbau kommen.
– Dritter Stock links, sagt Cartwright und drückt auf die Klingel.
Sie warten in der Kälte, während Leute auf dem Bürgersteig an ihnen vorbeigehen, Jon klingelt noch einmal und betrachtet die angrenzenden Gebäude. Ob Smith irgendwo steckt? Es vergeht einige Zeit, bis eine Stimme mit einem leichten arabischen Akzent fragt:
– Wer ist da?
Er nennt seinen Namen.
– Haben Sie noch jemanden dabei, fragt die furchtsame Stimme in dem schnarrenden, kleinen Lautsprecher der Gegensprechanlage.
– Cartwright, meinen Mitarbeiter.
– Sonst niemanden?
– Nein.
– Und das soll ich Ihnen abnehmen?
– Sie müssen mir schon glauben.
Mit einem lauten Summen geht die Haustür auf und sie betreten den dunklen, engen Aufgang, wo es nach Bratfett und Knoblauch riecht, die Stufen knarren unter ihnen. Im dritten Stock links erreichen sie eine Tür, an der die Farbe abplatzt, Jon klopft, sofort wird die Tür einen Spalt breit geöffnet und aus einem schwach erleuchteten Flur blickt sie ein bleiches, unrasiertes Gesicht forschend und nervös an. Er erkennt Hamsal, der auf Strümpfen geht

und ein weißes Hemd und dunkle Hosen trägt, als wäre er auf dem Weg zu einer Hochzeit. Sekundenlang empfindet er Sympathie für den dünnen nervösen Mann, und er erinnert sich, welch massiven Druck Zawawi in der Werkstatt auf ihn ausgeübt hatte. An seinen gebeugten und unbeholfenen Bewegungen, als er sie in ein spartanisch eingerichtetes Zimmer führt, erkennt Jon sofort, wie schwach er ist und wie leicht er zusammenbrechen würde, wenn sie zu starken Druck auf ihn ausüben. Es ist ein Raum mit Teppich, gerahmten Schriftzeichen an den Wänden, Regalen mit Fotos seiner Familie, einem weichen, durchgesessenen Cordsofa, einem tragbaren Fernsehgerät und einem niedrigen Tisch mit einer verstaubten Obstschale und einem Aschenbecher. Wenn Hamsal wüsste, dass seine Wohnung von Leuten überwacht wird, die nur darauf warten, ihn festzunehmen und für längere Zeit hinter Gitter zu bringen, wäre er sicher zu einer Verzweiflungstat fähig.

Sie müssen ihm also etwas vormachen und die notwendigen Auskünfte aus ihm herausholen, ehe es zu spät ist. Ein haarfeiner Balanceakt und ein Katz- und Mausspiel, das ihm Unbehagen bereitet.

Cartwright ergreift als Erster das Wort, als sie ihre Mäntel und Schuhe ausgezogen haben und Hamsal gegenüber am Tisch sitzen, vor ihnen ein Glas süßlicher heißer Cay, den seine junge Frau auf einem Messingtablett hereingebracht hat. Cartwright schaltet ein kleines Tonbandgerät ein und sagt:

– Wir haben mehrmals miteinander telefoniert, und Sie wissen, wir brauchen Ihre Bestätigung, dass Ihr Cousin Ifrahim Mohammed sich am 14. August um 19.15 Uhr, also zu demselben Zeitpunkt, an dem er laut Anklage Mr. Edelstein in Williamsburg ermordet haben soll, in seiner Werkstatt hier in der Atlantic Avenue befunden hat.

– Machen Sie das Ding aus, sagt Hamsal und zeigt auf das Tonbandgerät, während er an seiner Zigarette zieht.

– Wir möchten Ihre Aussage gern auf Band haben, sagt Cartwright und lächelt kurz.

– Machen Sie das aus! wiederholt Hamsal und sucht Jons Blick, der sich vorbeugt und das Tonbandgerät ausschaltet.
– Ich habe ein Papier dabei, in dem ungefähr dasselbe steht, sagt er, zieht ein zusammengefaltetes Blatt aus seiner Innentasche, streicht es glatt und legt es vor Hamsal auf den Tisch. – Sie brauchen nur zu unterschreiben.
– Das kann ich nicht, sagt Hamsal, nimmt noch einen tiefen Zug und drückt die Zigarette mit verkrampften Fingern im Aschenbecher auf dem Tisch aus.
– Warum nicht? fragt Cartwright scharf.
– Ich kann mich nicht genau erinnern, was ich an diesem Abend gemacht habe. Das habe ich der Polizei ja erzählt.
Beide sehen ihn misstrauisch an, aber er weicht ihrem Blick aus, zieht im nächsten Moment eine Schachtel Zigaretten aus der Hemdtasche, schnippt sich eine Zigarette auf die Hand, holt mit geübter Geste ein Feuerzeug aus der Hosentasche und zündet sie an.
– Wir haben ein Band, Sie kennen es ja, es wurde in der Werkstatt Ihres Cousins aufgenommen, das Band belastet Sie schwer, sagt Jon.
– Ich weiß nichts von einem Band, sagt Hamsal und schüttelt den Kopf.
– Natürlich wissen Sie das, sagt Cartwright. – Ihr Cousin, der jetzt wegen Mord angeklagt ist, sagt, dass Sie genau wissen, um was für ein Band es sich handelt.
– Er lügt!
– Wir sind sicher, dass er die Wahrheit sagt!
– Ich weiß nichts von einem Band, sagt Hamsal.
– Hören Sie, sagt Jon. – Wir geben Ihnen noch eine Chance.
– Das können Sie nicht, keiner kann mir mehr eine Chance geben.
– Hören Sie jetzt gut zu: Die Polizei weiß alles über Sie, die Polizei weiß, dass Sie sich an einem Bombenattentat in der Jay Street Station beteiligen wollten. Die Polizei hat das Video gesehen. Machen Sie sich doch nichts vor.

– Woher hat sie das Band? fragt Hamsal, steht auf und starrt ihn an. – Sie haben mich bei der Polizei verpfiffen!
Hamsal ballt die Hand zur Faust und ist kreideweiß im Gesicht.
– Wir haben niemanden verpfiffen, heute Nacht ist eine meiner Mitarbeiterinnen erschossen worden. Sie wissen, wer es gewesen ist.
– Ich weiß gar nichts.
– Die Polizei hat das Video beschlagnahmt, sie sind mit einem Deal einverstanden, wenn Sie Mohammed das Alibi geben und gegen Zawawi und Mohammeds Bruder aussagen.
– Sie arbeiten doch für die Polizei!
– Nein, aber ich habe ihr Wort, dass Sie Strafmilderung erhalten, wenn Sie mir das Alibi geben und mit ihnen zusammenarbeiten. Gegen Sie gibt es sehr ernste Anklagen, die Sie für immer hinter Gitter bringen können. Wenn Ihnen Ihr Leben, Ihre Frau und Ihr Kind lieb sind, dann denken Sie über meine Worte nach. Es ist nicht gesagt, dass Sie noch eine zweite Chance bekommen.
Hamsal blickt einen Augenblick von einem zum andern, als könne er durch ihre Augen zu sich selbst zu finden, aber er sieht nur zwei fremde Männer, die er eigentlich nicht versteht, er kämpft mit sich, ob er ihnen vertrauen kann. Im selben Moment öffnet seine junge Frau mit einem Baby auf dem Arm die Tür und fragt ihn etwas auf Arabisch, er wirkt auf einmal verwirrt und winkt sie wieder aus dem Zimmer, erhebt sich vom Tisch, geht zum Fenster und blickt auf die Straße hinunter. Seine Schultern ziehen sich nach oben und er hält noch immer die Zigarette in der Hand, raucht aber nicht mehr. Er fasst sich in den Nacken und seufzt, die lange Asche der Zigarette fällt ab und rieselt zu Boden.
Vielleicht entschließt er sich in diesem Moment, vielleicht hat er sich schon vor vielen Stunden entschlossen. Zawawi hatte ihn nachts um drei von irgendwoher wütend angerufen und gebrüllt, weil er nicht wie verabredet in Mohammeds Werkstatt in der Atlantic Avenue erschienen war, um zu der Frau in der Central Park

Avenue mitzufahren und ihm und Hassan Mohammed bei der Suche nach der Kassette und dem lächerlichen Rechtsanwalt zu helfen, der sie gestohlen hatte und sie ins Unglück stürzen würde; es wäre seine Schuld, hatte Zawawi geschrien, dass sie den lächerlichen Rechtsanwalt nicht erwischt hätten und dass die Frau jetzt tot wäre, sie müssten sich vor der Polizei verstecken; er müsste ihnen sofort ein Versteck nennen, das war das mindeste, und sollte er plaudern, dann würde er Frau und Kind nicht wiedersehen; Hassan Mohammed duldete keinen Verrat. Zawawi brüllte unablässig ins Telefon, bis er ihm eine Adresse nannte, wo sie sich verstecken konnten, und dann hatte er das Gespräch einfach abgebrochen. Den Rest der Nacht hatte Hamsal in der Wohnung keine Ruhe gefunden und war im Wohnzimmer auf und abgegangen, ohne einen klaren Gedanken fassen zu können. Seine junge Frau, die er vor einem Jahr in der Atlantic Avenue geheiratet hatte und die aus Saudi-Arabien gekommen war, ohne die amerikanischen Verhältnisse zu kennen, hatte sich um ihn gesorgt, aber er hatte nicht mit ihr reden können. Wie sollte er ihr jemals anvertrauen, in was er sich da reingeritten hatte, weil man immerzu Druck auf ihn ausgeübt hatte. Anfangs hatte ihn der Gedanke einer besonderen muslimischen Gemeinschaft beeindruckt. Zawawi hatte ihn in die Welt des Korans eingeführt und ihm von Scheichs erzählt, deren Namen er noch nie gehört hatte. Fünf, sechs muslimische Männer, genauso auf der Suche wie er, hatten sich öfter in Zawawis Wohnung getroffen, und dort war es wie eine Offenbarung für ihn gewesen, Hassan Mohammed zu begegnen, der sich über die Gottlosigkeit des Westens, den verderblichen Einfluss des Geldes und den satanischen Hang der Amerikaner, die ganze muslimische Welt zu unterwerfen und sich mit despotischen Regimes zu verbünden, derart auslassen konnte, dass einem Hören und Sehen verging. Auch mit Geld hatten sie ihm ausgeholfen und mit einer Wohnung in der Atlantic Avenue statt des schäbigen kleinen Zimmers in South Side, wo er jahrelang gewohnt hatte. Aber als ihm klar geworden war, was sie mit ihm vorhatten und er insgeheim bereute, gab es kein Zurück mehr; er war in einer Mischung von honigsüßer Überredung, Drohungen und Zwang gefangen. In New York sollte ein großes Ding steigen, das der ganzen Welt die Augen für die Sache der Muslime öffnen und die Überlegenheit des Islam beweisen würde, und er konnte dabei eine zwar bescheidene, aber wichtige Rolle auf der Jay Station spielen, er konnte mithelfen, Wind zu säen, um Sturm zu ernten. Aber aus dem Wind wurde ein Mord, und jetzt war ein zweiter Mord dazugekommen, und er hat auch selbst eine Pistole im Werkzeugkasten im Küchenschrank, von der er sich noch nicht getrennt hat, weil er nicht wusste, ob er sie nicht doch noch brauchte. Jetzt weiß er es. Jetzt hat er seinen Entschluss gefasst. Er wird seine Frau, sein Kind und seinen Cousin erlösen. Wenigstens einmal will er etwas tun, das anderen etwas bedeutet.

Er dreht sich zu Jon und Cartwright um und wirkt plötzlich gefasst.

– Ich unterschreibe, sagt er und geht zum Tisch, nimmt das Blatt und liest den Text langsam durch.

– Ihnen ist ganz klar, was Sie da unterschreiben? fragt Jon überrascht und reicht ihm einen Stift.

– Ja, sagt Hamsal. – Ich unterschreibe, dass Ifrahim zu dem Zeitpunkt, als der Mord in Williamsburg geschah, sich mit mir in der Werkstatt befand.

– Sie unterschreiben auch, dass Ihr Alibi für Mohammed freiwillig und ohne jeden Zwang gegeben wurde?

– Ja, sagt Hamsal, setzt sich an den Tisch und unterschreibt das Blatt mit großen deutlichen Buchstaben.

– Sind Sie auch bereit, in einem eventuellen Prozess gegen Hassan Mohammed und Ben Zawawi als Zeuge auszusagen?

– Ja, sagt Hamsal und lächelt erschöpft, während er mit der Hand über sein bleiches Gesicht fährt.

– Sind Sie einverstanden, dies mit einer weiteren Unterschrift zu bestätigen? fragt Cartwright und holt ein leeres Blatt heraus, das er Jon reicht.

– Ja, sagt er. – Geben Sie mir das Papier, und dann gehen Sie und lassen mich in Frieden. Okay?
Jon formuliert den Wortlaut auf dem leeren Blatt und reicht es Hamsal, der ungelesen auch dieses unterschreibt.
Im nächsten Moment stehen alle drei vom Tisch auf, Jon faltet die Bögen zusammen und steckt sie in seine Innentasche.
Hamsal lächelt wieder vorsichtig, sein Blick ist träumerisch, so als hätte er in der Ferne etwas gesehen.
Als sie über den weichen Teppich in den Flur und zu der braun gestrichenen Wohnungstür gehen und sich bücken, um wieder ihre Schuhe anzuziehen, folgt Hamsal ihnen; aus dem Raum hinter dem Wohnzimmer ist das Weinen eines Kindes zu hören. Hamsal lauscht diesem Weinen, sein Körper ist entspannt und er macht einen Scherz über den Knoblauchgeruch im ganzen Haus. Er ist wie verwandelt.
Plötzlich sagt er, fast wie nebenbei:
– Ich habe eine Adresse für Sie, betrachten Sie sie als Geschenk.
Und er nennt einen Straßennamen und eine Hausnummer in New Jersey.
– Was sollen wir mit der Adresse? fragt Cartwright.
– Behalten Sie die Wohnung im ersten Stock im Auge, dann werden Sie schon sehen.
Jon hat seinen Mantel angezogen und macht einen Schritt auf Hamsal zu, die dunklen Augen in dessen Gesicht funkeln noch immer seltsam. Irgendetwas sagt ihm, dass er Hamsal zum letzten Mal sieht, oder hat er ihn wirklich unterschätzt?
– Ich nehme an, dass Sie es wissen …
– Dass ich was weiß?
– Wer Mr. Edelstein erschossen hat?
– Das wissen Sie selbst, sagt Hamsal.
– Vielleicht, aber ich möchte es gern von Ihnen hören.
– Schauen Sie sich Hassan Mohammeds kleinen Finger an …
– Wie meinen Sie das?

– Ich habe keine Zeit mehr, gehen Sie jetzt, sagt Hamsal und öffnet ihnen die Tür.
Sie nicken ihm zu, verlassen die Wohnung und gehen verwundert die Treppe hinunter, bleiben erst unten vor der Haustür stehen und blicken sich schweigend an. Sie haben alles, worum sie gebeten haben, und doch stimmt irgendetwas nicht. Jon dreht sich um, eilt in den dritten Stock zurück und drückt die Klingel an der abgeblätterten Tür, aber niemand öffnet. Sekundenlang ist es ganz still, ihm ist, als würde es in seinen Schläfen hämmern. Durch die Tür dringt ein lauter Ruf auf den Flur:
– Allahu Akbar!
Die Stimme überschlägt sich, sie gehört Hamsal. Und jetzt ertönt ein Schuss, das Echo des Knalls bleibt in der Luft hängen, und darauf folgt ein dumpfes Geräusch, als würde ein schwerer Körper auf etwas Hartes fallen. Er versucht, die Tür einzudrücken, in der Wohnung schreit eine Frau auf, ein Kind weint, er hört Schritte hinter sich, dreht sich um und erwartet, Cartwright zu sehen, stattdessen rennen Smith und zwei andere Männer mit erhobenen Pistolen und schusssicheren Westen zu ihm hoch. Smith stößt ihn zur Seite, und noch ehe er es ganz registriert, haben die beiden anderen die Tür mit mitgebrachtem Werkzeug aufgebrochen und sind schon in der Wohnung, wo das Weinen und Schreien der Frau immer lauter werden.
– Nichts anfassen! ruft er, und jetzt ist auch Cartwright oben im dritten Stock.
– Hast du was abbekommen? fragt Cartwright und legt ihm die Hand auf die Schulter. Er schüttelt schockiert den Kopf und lehnt sich im Flur an die Wand. Cartwright blickt ihn prüfend an und verschwindet in der Wohnung. Jemand schließt die Tür. Drinnen vermischen sich die Stimmen der Männer mit dem Weinen der Frau und des Kindes, es klingt wie das Rauschen einer großen Muschel, er will weg, er muss die Treppen hinunter und auf die Straße, kann sich aber sekundenlang nicht rühren.

Auf halbem Weg nach unten wird er von Cartwright eingeholt, aber es fällt ihm schwer, Cartwrights Blick in seinem angespannten Gesicht zu erwidern.
– Hamsal hat sich erschossen, entsetzlich, soviel Blut, die Küche voller Blutflecken, sogar die Fenster. Sei froh, dass du dir den Anblick erspart hast.
– Aber du hast es gesehen, sagt er und legt ihm die Hand auf die Schulter.
– Ich habe im Leben schon manches gesehen, sagt Cartwright und schließt die Augen. – Aber das war nicht nötig, der Mann hatte Frau und Kind. Was hat er sich nur dabei gedacht?
– Sie müssen ihm eine Schlinge um den Hals gelegt haben, sie müssen ihn in die Enge getrieben haben, ich weiß es nicht. Im Moment kann ich nicht mehr, ich kann nicht mehr denken, mir ist schlecht …
Sie sehen sich resigniert an, dann gehen sie weiter die Treppe hinunter. Sie sind noch nicht unten, als sie die durchdringende, nervtötende Sirene der Feuerwehr vernehmen, und als sie die Tür zur belebten Atlantic Avenue öffnen, hört er tief in seinem Innern noch immer die Frau schreien.
Ein gelber Krankenwagen stoppt vor dem Eingang, zwei Männer in grüner Kleidung steigen eilig aus, einer hält eine zusammengefaltete Trage in den Händen. Im nächsten Augenblick sind sie im Hausflur verschwunden, er will zurück und wieder nach oben, vielleicht kann er doch noch irgendetwas tun, aber Cartwright hält ihn am Arm fest, noch ehe er an der Tür ist.
– Im Moment kannst du nichts machen, sagt er mit einem kurzen Lächeln.
Cartwright kennt ihn nur zu gut. Manchmal ist das ein Vorteil.

Eve sitzt aufrecht im Bett, als er eine halbe Stunde später, noch immer erschüttert, in ihr Zimmer in der zweiten Etage des Memorial Hospital tritt, wo Cartwright ihn abgesetzt hat. Cartwright wartet unten auf ihn, um ihn zur Police Plaza One und einem »Gespräch«

mit Smith zu fahren, der schon mehrmals über Handy angerufen hat.

– Wie siehst denn du aus? fragt sie, als er sich zu ihr setzt und schweigend ihre Hand hält, er versucht zu lächeln und blickt ihr gleichzeitig forschend in die dunklen Augen.

Er antwortet nicht, er weiß nicht, wo er anfangen und wo er aufhören soll. Stattdessen sagt er:

– Lass uns später darüber sprechen. Jetzt geht es nur um dich.

– Nein, ich will wissen, was los ist, sagt sie und drückt seine Hand.

– Du siehst besser aus, versucht er es noch einmal.

– Ich habe jede Menge Tabletten bekommen und halte es nicht mehr aus. Ich möchte nur gesund sein. Aber was ist passiert?

– Ich habe mir Sorgen um dich gemacht. Ich denke immerzu an dich.

– Da ist noch etwas anderes, ich kenne dich doch. Irgendetwas ist los, sagt sie und umfasst seine Hand mit beiden Händen.

Er macht sich frei, steht auf und geht zum Fenster. Draußen versinken die Bäume im Nebel. Durch einen Spalt zwischen zwei Häuserblöcken verliert er sich im Anblick einer Reihe goldblättriger und blattloser Platanen im Central Park. Er dreht sich zu ihr um.

– Du weinst ja, sagt sie.

Er wischt sich mit der Handfläche einige Tränen aus dem Gesicht und setzt sich wieder auf den Stuhl neben ihrem Bett.

– Michelle ist tot.

– Michelle, tot …?

– Nicht nur Michelle, auch noch ein Mann, ein Cousin meines Mandanten, es ist gerade passiert, vor einer Stunde …

– Was sagst du da?

Er nimmt ihre Hand und versucht wiederzugeben, was in den Wochen passiert ist, in denen er nicht mit ihr reden konnte, aber es gelingt nicht, er verwechselt die Tage, und sein Redefluss endet schließlich im Nichts.

– Ich wusste ja, dass da etwas war, sagt sie. – Ich habe es gespürt, es muss furchtbar für dich gewesen sein.
– Nicht so sehr für mich als für die beiden anderen und ihre … Michelles Mann weiß es noch gar nicht.
– Du musst aus dem Fall raus, wir müssen weg aus dieser Stadt, sagt sie und er sieht, wie müde sie schon wieder ist. Er hilft ihr, sich im Bett auszustrecken. Die Wunden an ihren Beinen schmerzen noch immer, schließlich findet sie eine Stellung, in der sie entspannt liegt.
– Hier gibt es eine Krankenschwester, die jeden Tag zu mir hereinschaut, sagt sie mit einem kleinen Lächeln.
– Shayan?
– Hast du sie getroffen?
– Ich habe mit ihr gesprochen.
– Sie ist wunderbar.
– Zum Glück gibt es solche Menschen, sagt er und denkt im nächsten Augenblick daran, wie schwer es wird, wenn sie wieder in ihre Wohnung in der Second Avenue zurückkehrt und Hassan Mohammed und Zawawi frei in der Stadt herumlaufen. Was soll er ihr noch sagen?
Er findet keine Ruhe und ertappt sich dabei, dass er gehen will. Er blickt auf seine Uhr und bereut es im selben Augenblick; ihr Gesicht ist schön, aber es ist so, als würde er etwas anblicken, das er nicht festhalten kann, das ihm allmählich fremd wird. Sie spürt seine Unruhe und sieht einen seltsamen Schmerz, sein Blick ist verstimmt, seine Bewegungen sind unbeholfen, ist er überhaupt anwesend, kann sie ihn erreichen?
– Du musst aus dem Ganzen raus, sagt sie. – Das bringt dich um.
– Ich kann nicht, sagt er. – Es steht zu viel auf dem Spiel.
– Was denn?
– Da laufen zwei Fanatiker frei herum, die zu allem fähig sind.
– Das ist Aufgabe der Polizei.
– Meine auch. Das bin ich Michelle schuldig.
– Und was ist mit mir?

– Wie meinst du das?
– Wenn du leidest, dann leide ich auch.
– Versuch doch zu begreifen: Ich darf die Stadt nicht verlassen, wenn man die beiden findet, muss ich gegen sie aussagen, und solange sie nicht gefunden sind, bin ich in Lebensgefahr.
– Dann muss die Polizei dich beschützen!
– Das macht sie erst, wenn ich gegen die beiden aussagen soll …
Sie sieht ihn lange an.
– Und Cartwright?
– Ja, er hilft mir.
– Wenn ich wieder auf den Beinen bin, helfe ich dir auch …
– Das ist zu gefährlich …
– Nein, antwortet sie und will noch mehr sagen, aber ihre Stimme versagt und sie schließt die Augen, langsam übermannt sie der Schlaf.
Er zieht die Vorhänge vor, bleibt noch eine Weile bei ihr sitzen. Dann küsst er sie, verlässt das Zimmer und geht auf den Flur, über die Treppe, durch die laute Empfangshalle und zu dem wartenden Auto im blendenden Tageslicht.

Tel Aviv. Eve ist zurück, sie träumt: Palmen mit langen fächerförmigen Schatten unter der sengenden Sonne auf der Straße vor den weißen, flachen Gebäuden mit Bogenportalen auf dem Campus der Tel Aviv University; der weiße Strand mit den Liegestühlen und den Hunderten von Sonnenhungrigen und Badenden im blauen Mittelmeerwasser und dem unendlichen Horizont; der Yarqon Park mit den roten Blumen im Botanischen Garten, die Zedernbäume, der Rokah Boulevard und das trübe Wasser des Yarqon-Flusses; der Lärm der vielen Fußgänger in der Sheikin Street, die Kühle im Innern des Azrieli-Center mit dem glatten Marmorboden; die weißen Bauhaus-Gebäude mit kleinen Fenstern und Balkonen auf der Schattenseite, an denen Eve und Ben jedesmal vorbeikamen, wenn sie abends zu ihrer kleine Anderthalb-Zimmer-Wohnung in Ramat

Aviv liefen. Jetzt geht sie wieder neben ihm, aber es ist so dunkel, dass sie kaum sein Gesicht sehen kann, nicht einmal im Schein der Straßenlaternen, an denen sie vorbeikommen, und sie weiß nicht genau, ob es überhaupt derselbe Fünfundzwanzigjährige ist, den sie von heute auf morgen verließ, als sie ihr Jurastudium in Tel Aviv aufgab und nach New York ging. Sie fasst seine Hand, doch sie fühlt sich steif und kühl an, und so durchqueren sie, wie zwei Fremde, händehaltend, eine Straße nach der anderen, bis sie auf einmal vor einem der kleinen künstlichen Seen im Yarqon Park stehen, wo er sich im Schein des Mondlichts eine Zigarette anzündet und ihr schweigend das Päckchen reicht.
Er hatte sie angebetet und unbedingt mit ihr zusammenziehen wollen, doch plötzlich hatte er sie wie Luft zu behandeln begonnen, bis sie ihn eines Tages zufällig mit einer anderen Frau auf der Sheikin Street sah, was er erst abstritt, später aber zugab, als sie die beiden zusammen gesehen hatte. Darauf war sie nicht gefasst gewesen, nach der ersten Reaktion hatte sie sich ihm wieder ganz zugewandt, doch woher sollte er wissen, dass Vertrauen für sie wichtiger war als das tägliche Brot, wenn sie es damals selbst nicht wusste? Hatte sie nicht hundertfach signalisiert, dass sie eine freie und unabhängige Frau war, die nach einigen Pflichtjahren in der Armee ihre Familie in Jerusalem verlassen hatte und nach Tel Aviv gegangen war, um ihr eigenes Leben zu leben und zu studieren? Sie war an niemanden und nichts gebunden, schon gar nicht an das, was mit ihrer Familie und ihrem Vater vor vielen Jahren in Europa geschehen war, sie blickte nach vorn und wollte Rechtsanwältin werden, Geld verdienen, ein bequemes Leben führen und durch die Welt reisen. Und hatte sie das nicht alles geschafft, sie, die allem Anschein nach sorglose junge und modisch gekleidete Fünfundzwanzigjährige, in der sie sich im Traum kaum wiedererkennt? Und auch Ben scheint ein anderer geworden zu sein, sie sieht ihn wie früher, spürt aber, dass er in Gedanken ganz woanders ist. Vielleicht war er auch damals die meiste Zeit ganz woanders ge-

wesen, und sie hatte es nur nicht bemerkt? Vielleicht war er nur an der Frau interessiert, die sie sein wollte oder zu sein glaubte, bis er entdeckte, dass sie weit unsicherer und komplizierter war als ihm lieb war?

Sie war verzweifelt, als sie ihn wieder mit der anderen Frau sah, das war auf dem Campus in Tel Aviv, er umarmte die andere, küsste sie im Schatten einiger Zedern, vielleicht rechnete er nicht damit, gesehen zu werden, und schon gar nicht von ihr, oder wollte er in Wirklichkeit entdeckt werden?

Sie will ihn gerade im Traum danach fragen, aber weil sie seine Antwort fürchtet und gleichzeitig denkt, dass es sie nicht zu kümmern braucht, weil es schon so viele Jahren zurückliegt, schweigt sie, während sie neben ihm ihre Zigarette raucht und über den See und in die mondbeschienene Dunkelheit des Parks blickt, die gespenstisch über Bäumen und Sträuchern flimmert. Erst als er unvermittelt aufsteht, ihr den Rücken zukehrt und zum Seeufer gehen will, fragt sie:

– Warum?

Sie sagt es beinahe zu sich selbst, er hört es aber doch und dreht sich um.

– Du warst schön, du machtest einen selbstsicheren Eindruck, aber du hattest zu viele Probleme, die mich nicht interessiert haben.

– Wie meinst du das?

– Eine Frau, die mitten in der Nacht aufwacht und über ihre toten Großeltern spricht!

– Alle Juden wissen, was das bedeutet.

– Ich wollte Israeli sein und nicht mit der Tochter eines Auschwitz-Juden zusammenleben. Ich habe es versucht, aber es war zu anstrengend, die ständigen Gefühlsausbrüche und die Melancholie!

– Du hast es ja immerhin fast ein Jahr lang ausgehalten!

– Das hat gereicht, sagte Ben und zuckt bedauernd die Schultern. Dann dreht er ihr den Rücken zu und geht am Seeufer entlang in die silberfarbene Dunkelheit hinein. Eve erwacht und starrt die Vorhänge vor dem Fenster an, die ein Sonnenstrahl trennt. Wo ist Jon? War er nicht eben hier?

Jon und Cartwright sind angespannt, als sie zum großen, klobigen Bau des NYC Police Headquarter fahren, die gewohnte entspannte Vertraulichkeit zwischen ihnen ist verschwunden. Cartwright fragt eher beiläufig nach Eves Zustand, und Jon antwortet etwas Belangloses.
– Hast du dir überlegt, dass Eve im Memorial nicht sicher ist? fragt Cartwright plötzlich, während er das Auto in die Park Row steuert.
– Ja, sagt er gereizt. – Aber was soll ich deiner Meinung nach tun?
– Smith um Schutz bitten, selbstverständlich.
– Mal bist du gegen eine engere Zusammenarbeit mit der Polizei, mal dafür. Die schicken keinen Polizisten ins Memorial, wenn ich nicht enger mit der Antiterroreinheit zusammenarbeite, und ich weiß nicht, ob ich das will.
– Auch nicht, wenn es um Eves Sicherheit geht?
– Ich weiß nicht, ob sie sich sicherer fühlen kann, wenn ich mich den Antiterrorleuten in die Arme werfe. Die haben ihre eigenen Pläne, und sie interessieren sich für uns nur, solange sie uns brauchen. Im Augenblick sind wir an einem Punkt, wo keiner dem andern traut.
– Wie meinst du das?
– Ich glaube nicht, dass sie uns voll vertrauen.
– Warum nicht?
– Du kennst sie noch nicht …
Cartwright hält am Straßenrand, nicht weit von der ersten bewachten Barrikade vor dem Hauptquartier. Auf dem Weg in das Gebäude und im Gebäude selbst werden sie mehrfach kontrolliert, bis sie in der fünften Etage unter einer grellen Deckenbeleuchtung von Smith und Ralph Kennedy, einem Senior Detective, empfangen werden. Kennedy ist einen Kopf größer als der schwarze Smith in seinem schneeweißen Hemd, er trägt das rötliche Haar perfekt gescheitelt und sein schwarzer Anzug und der dunkle Schlips

schimmern im Licht, genauso wie seine wasserblauen, fast farblosen Augen.
Anstatt sie in sein Büro zu führen, bringt Smith sie in eine Art Vernehmungsraum mit einem großen Spiegel an der Wand. Kaum haben sie an einem großen Tisch Platz genommen, schließt Smith die schalldichte Tür, und Kennedy stellt die erste Frage:
– Was sollen wir davon halten, dass Sie mit einem Terrorverdächtigen sprechen, der sich unmittelbar danach das Leben nimmt?
– An diesem Punkt kann ich Ihnen nicht helfen, sagt Jon. – Das hat uns genauso überrascht wie Sie. Aber worum geht es hier? Ist das ein Verhör …?
– Wir stellen Ihnen einige Fragen, nennen wir es so, sagt Smith und hält den Blick auf einige Unterlagen vor sich gerichtet.
– Liegt etwas gegen uns vor oder wollen Sie uns verhaften?
– Beantworten Sie jetzt einfach unsere Fragen, sagt Smith und blickt auf. – Wenn Sie nichts falsch gemacht haben, können Sie ja auch keine falsche Antwort geben, oder?
– Wir haben uns genau an das gehalten, was wir mit Ihnen abgesprochen hatten.
– Und plötzlich haben wir noch einen Toten, nicht?
– Das geht nicht auf unser Konto, sagt Cartwright.
– Auf unseres schon gar nicht, sagt Kennedy. – Irgendwas muss bei Ihrer Unterredung schiefgelaufen sein, und wir wollen gern wissen, was.
– Durch Sie haben wir einen Kronzeugen im Kampf gegen den Terror verloren, sagt Smith. – Und ich will, dass Ihnen das völlig klar ist …
– Nicht durch uns. Ein Mann, der unter Druck stand, hat sich aus Verzweiflung umgebracht, das ist passiert, sagt Jon und hält Smiths Blick fest.
– Nennen Sie es, verdammt noch mal, wie Sie wollen, aber Sie haben ein Problem, sagt Kennedy plötzlich aufgeregt und steht auf.
– Wird das hier aufgenommen? fragt Jon.

– Ja, verdammt noch mal, selbstverständlich wird das aufgenommen, Kennedy brüllt fast.
– Das dürfen Sie nicht.
– Wir dürfen alles, was wir wollen, sagt Smith mit einem unmerklichen steifen Lächeln und macht zu Kennedy, der sich wieder setzt, eine beruhigende Geste.
– Wir sind weder verhaftet noch angeklagt.
– Hier geht es um die nationale Sicherheit und den Patriot Act, den der Präsident am 26. Oktober unterschrieben hat, sagt Smith und hält den Blick wieder auf seine Unterlagen vor sich gerichtet. – Wir sind befugt, jeden ohne Begründung zu verhören, wenn unserer Meinung nach auch nur der leiseste Verdacht auf eine Zusammenarbeit mit Terroristen oder Behinderung unserer Ermittlungsarbeit vorliegt.
– Zusammenarbeit ... Behinderung? fragt Cartwright. – Das ist ja heller Wahnsinn.
– Ja, dann beweisen Sie es. Wir sind ganz Ohr. Und wir haben den ganzen Tag Zeit!
– Wir brauchen Ihnen nichts zu beweisen, sagt Jon beherrscht. – Sie müssen uns etwas beweisen ...
– Nein, unter bestimmten verschärften Bedingungen haben Sie die Beweislast.
– Dann müssen Sie uns erst etwas vorwerfen.
– Vielleicht tun wir das auch, sagt Smith und beißt die Kiefer zusammen. Das Weiße in seinen Augen ist überwältigend.
– Auf welcher Grundlage?
– Das hängt von Ihrer Aussage ab. Das hängt nur von Ihnen ab. Wie oft soll ich das noch wiederholen?
– Sie haben überhaupt keinen Grund, unser Verhalten in Zweifel zu ziehen, sagt Jon, immer noch ruhig, und zieht die beiden Blätter mit Hamsals Unterschrift aus der Innentasche, faltet sie auseinander, damit Smith und Kennedy sie lesen können, während er langsam und umständlich berichtet, was sich in Hamsals Wohnung abge-

spielt hatte. Als er fertig ist, merkt er mit seinem geschulten Auge, dass sein Vorstoß eine gewisse Wirkung hatte und setzt noch hinzu:
– Und wenn Sie noch Fragen haben, dann nur heraus damit.
Aber er hat sich verrechnet.
– Dass Sie Ihr Alibi in der Tasche haben und in Ihrem eigenen Interesse den Verdächtigen auch dazu gebracht haben zu unterschreiben, gegen die beiden anderen Terroristen auszusagen, das besagt nicht viel, sagt Smith frostig. – Tatsächlich beweist es nur, dass Hamsal seine Haut retten wollte.
– Wer würde das nicht? fragt Cartwright.
– Ja, aber wieso ihm überhaupt Gelegenheit dazu geben? Wir reden von einem Mann, der einen Zug in die Luft sprengen wollte, und was mich die ganze Zeit wundert, ist, dass weder Mr. Bæksgaard noch Sie diesen Mann besonders zu verabscheuen scheinen.
– Die Zeugenaussage war und ist in hohem Maß zu Ihrem Vorteil, ich verstehe nicht, worauf Sie hinauswollen, sagt Jon. – Und was unseren Abscheu gegen den Mann angeht, so überlassen Sie solche Beurteilungen mir. Wir müssen doch nicht ständig Glaubensbekenntnisse gegen den Terrorismus ablegen.
– Es wäre sehr zu empfehlen, wenn Sie es wenigstens einmal täten.
– Ja, wenigstens ein einziges Mal, wiederholt Kennedy. – Und wir haben einen Dreck gehört, was den Terroristen dazu gebracht hat, sich zu erschießen. Was haben Sie gesagt oder getan …?
Jon schweigt und fühlt sich immer unwohler, er betrachtet Kennedys Gesicht, dessen bleiche Wangen sich durch seine plötzliche Erregung gerötet haben. Jetzt steht Kennedy wieder auf und geht vor dem Spiegel auf und ab. Wie viele Leute sitzen hinter dem Spiegel und hören mit? Wie viele Ohren und Augen hat dieser Raum?
– Was hätten wir tun sollen, welchen Verdacht haben Sie gegen uns? fragt Cartwright und ist kurz davor, die Geduld zu verlieren. – Ich habe keine Lust mehr, mir anzuhören, dass ich ein Freund des Terrorismus bin.
Kennedy steuert direkt auf ihn zu.

– Sie sind ehemaliger Marineinfanterist, nicht wahr?
– Ja, sagt Cartwright verblüfft.
– Aus Ihren Papieren geht hervor, dass Sie von der amerikanischen Gesellschaft nichts halten.
– Das ist eine Lüge.
– Haben Sie nicht ganz plötzlich Ihren Abschied von der Armee eingereicht, weil Sie sich mit Ihrem Vorgesetzten über die Vergeudung von Ressourcen für die Verteidigung der Vereinigten Staaten gestritten haben?
– Ich fand Reagans Plan von einer Verteidigung durch den »Krieg der Sterne« wahnsinnig, ich hatte genug von der Armee …
– Und Amerika, und jetzt arbeiten Sie für einen Anwalt, dem es Spaß macht, Muslime zu verteidigen, die unter Mordverdacht stehen und mit waschechten Terroristen verwandt sind. Wie erklären Sie sich das?
– Dass mein Mitarbeiter sich für die Gesellschaft einsetzt, das Gesetz, die Rechte des Einzelnen, das ist die Erklärung, mischt sich Jon ein.
– Auch wenn er auf einer Tankstelle am Long Island Sound Leute mit der Pistole bedroht? fragt Kennedy, schlägt mit beiden Händen auf den Tisch und beugt sich zu Cartwright vor.
– Was an diesem Nachmittag passiert ist, hatte nichts mit Hamsal zu tun, sagt Cartwright. – Zwei Verrückte waren hinter uns her.
– Oder zwei Sympathisanten, die sich lediglich wegen interner Streitigkeiten an Ihnen rächen wollten?!
Cartwright blickt von einem zum andern und seufzt tief, aber Kennedy, der das Gefühl hat, einen Treffer gelandet zu haben, ist nicht mehr zu bremsen:
– Warum geben Sie nicht einfach zu, dass Sie Hamsal erschossen haben?
– Warum in aller Welt sollte er Hamsal erschießen? fragt Jon.
Kennedy nickt mehrmals schweigend und selbstgewiss, rückt etwas vom Tisch ab, zieht das schwarze Jackett aus und hängt es über

seinen Stuhl, er trocknet sich die Stirn mit einem weißen Taschentuch ab. Alle vier im Raum schweigen; Jon schließt die Augen und macht einen völlig abwesenden Eindruck; Cartwright spürt, wie unter seinem Hemdkragen der Schweiß hervortritt und glaubt, seinen Kopf beinahe platzen zu spüren; Kennedy greift nach einer Plastikflasche mit Mineralwasser auf dem Tisch und sieht Smith zustimmend an, der im selben Moment seinen dunklen skeptischen Blick auf Jon richtet. Dann wendet sich Smith Jon zu, sein Gesicht ist dabei völlig neutral:
– Wir sagen nicht, dass Cartwright den Verdächtigen erschossen hat, wir sagen, dass er gute Gründe gehabt haben könnte, ihn zu erschießen, oder dass Sie beide gute Gründe gehabt haben könnten, ihn zum Selbstmord zu zwingen.
– Warum? Das ergibt doch gar keinen Sinn.
– Aber ja doch! Sehen Sie es mal so: Sie haben Hamsal dazu gebracht, Ihnen die Unterschrift zu geben, dafür sollte er mit einer milderen Strafe davonkommen. Als er dann in der Falle saß, haben Sie ihm erzählt, dass wir unten auf der Straße warten und er erledigt ist. Es ging Ihnen nur darum: Sie fürchteten, er könnte etwas über Ihre Beteiligung an den Terrorplänen ausplaudern. Er hat protestiert, Sie haben ihn mit seiner eigenen Pistole bedroht, vielleicht haben Sie ihn erschossen und schnell die Wohnung verlassen, vielleicht hat er sich selbst erschossen.
– Und was ist mit Michelle?
– Warum schießt ein Terrorist, der mit Waffen umgehen kann, aus nächster Nähe vorbei? Wie konnte er Sie verfehlen, wenn Sie wirklich, wie Sie behaupten, sein eigentliches Ziel waren?
– Weil ich ihm gegen das Schienbein getreten habe, als er abdrücken wollte, und jetzt lassen Sie diesen Unsinn, sagt Jon.
– Welchen Unsinn? fragt Smith. – Es gibt nur einen Unsinn, und den haben Sie sich selbst eingebrockt.
– Wie kommen Sie überhaupt darauf, wir könnten mit dem Terrorismus sympathisieren? Sie haben nichts gegen uns, was vor Ge-

richt Bestand hätte, keine Beweise, keine Zeugen, alles ist völlig erfunden …
– Ihre Erklärung hat zu viele Lücken, und wer redet überhaupt vom Gericht?
– Ich rede von Gericht, sagt er. – Patriot Act hin oder her, irgendwann müssen Sie einen Prozess gegen uns anstrengen.
– Ja, irgendwann schon, aber das kann in ferner Zukunft sein, und in der Zwischenzeit …
– Was?
– Können wir Sie solange hier behalten, wie wir wollen. Früher oder später müssen Sie mit der richtigen Erklärung rausrücken. Sie können das ja als ersten Test betrachten. Wir können Sie woanders hinbringen, es gibt viele Möglichkeiten.
– Eine wäre, Sie lassen uns gehen …
– Nie und nimmer, sagt Kennedy und lacht höhnisch.
Jon sieht erst Kennedy an, dann Smith und versucht, sich über beide klarzuwerden, er ist müde, sein Auge schmerzt wieder.
– Ich mache Ihnen einen Vorschlag, sagt er und hält Smiths Blick fest. Kennedy protestiert schon, aber Smith erwidert seinen Blick, vielleicht will er ihn wieder testen, vielleicht will er nur wissen, wie weit er gehen wird. Kleine Schweißperlen stehen auf Smiths Stirn, steht es ihm nicht auch bis hier, dass sie nicht weiterkommen?
– Und was schlagen Sie vor?
– Sie haben wenig Aussicht, Zawawi und Hassan Mohammed zu finden, lassen Sie uns gehen und Sie erhalten einen zuverlässigen Tipp von uns, wo sie sich aufhalten.
– Sie meinen, Ihre Terroristenfreunde? fragt Kennedy und schüttelt den Kopf.
– Nein, ich meine die beiden Mörder Zawawi und Hassan Mohammed.
– Und weshalb sollten wir Ihnen trauen? fragt Smith.
– Weil das ziemlich das Letzte war, was Hamsal uns gesagt hat, ehe wir die Wohnung verlassen haben und er sich erschossen hat, und

weil das in gewisser Weise erklärt, warum er sich das Leben genommen hat: Damit wollte er mit den anderen abrechnen, ja, sich an ihnen rächen, damit hat er sich von ihnen verabschiedet. Er konnte ganz einfach nicht mehr.

Smith hält Jons Blick fest und atmet tief ein.

– Du glaubst dem doch mit seinen verdammten Anwalttricks nicht? sagt Kennedy.

– Sie bleiben hier, sagt Smith und steht ruckartig auf.

Er dreht sich zu Kennedy und flüstert ihm irgendetwas ins Ohr. Kennedy schüttelt wieder den Kopf, folgt ihm aber widerstrebend zur Tür und geht mit hinaus. Hinter ihnen schließt sich die Sicherheitstür. Sie sind allein.

Es ist ganz still, er hört Cartwright schnell atmen. Jetzt legt Cartwright ihm schweigend die Hand auf den Arm und drückt ihn leicht, er sinkt in sich zusammen, während Cartwright aufsteht und auf und ab geht.

Sie werden überwacht und können nicht miteinander sprechen.

Wie lange müssen sie warten?

Die Zeit verstreicht, zehn, zwanzig Minuten vergehen, zwischendurch blicken sie sich im stillen Einverständnis an, aber worauf beruht das Verständnis? Cartwright wirkt unruhig, Jon hat ihn noch nie in diesem Zustand gesehen. Ist er schon am Rande des Zusammenbruchs? Haben sie ihm einen Schlag in die Magengrube versetzt? Fürchtet er sich davor, eingesperrt zu werden?

Er versucht, sich Smiths und Kennedys Taktik vorzustellen, aber vielleicht haben sie gar keine, vielleicht arbeiten sie einfach auf Verdacht, und vielleicht ist gerade das ihre Taktik, weil sie vollkommen im Dunkeln tappen.

Muss er wirklich selbst Zawawi und Hassan Mohammed aufspüren, so wie damals Menken in Wien? Falls er überhaupt hier rauskommt …

Nein, er muss die Hände davon lassen, er muss sich um Eve kümmern, er muss …

Er hat sie nicht einmal kommen sehen, Smith und – zu seiner Überraschung – Louise Black, die Cartwright zunickt und direkt auf ihn zusteuert, sie trägt einen dunklen langen Rock, eine schwarze Jacke, das braune, zu einem lockeren Knoten gebundene Haar betont ihr bleiches Gesicht. Sie nickt ihm zu und bleibt am Tisch stehen, während Smith und Cartwright Platz nehmen.
– Ich habe gehört, Sie wüssten, wo die beiden Verdächtigen sich aufhalten, sagt sie und ihr Gesicht wirkt eher frostig.
– Ja, wenn Hamsals Angaben zutreffen, die er uns gegenüber gemacht hat, sagt er.
– Gibt es einen Grund, sich darauf zu verlassen?
– Ja, seine Unterschrift auf den beiden Blättern zeigt, dass er sich klar von ihnen distanziert.
– Warum haben wir die Adressen der beiden nicht sofort erhalten?
– Weil Ihre Leute nichts Eiligeres zu tun hatten, als uns zu verdächtigen, so dass es sinnlos schien, den Fall weiterzuverfolgen.
– Darüber werde ich später mit Ihnen reden, im Moment möchte ich nur die Adresse, sagt Louise Black und schüttelt leicht den Kopf. Sie wirkt angespannt und steif und älter als sie ist.
– Und wir möchten gern hier raus, sagt er.
Sie tritt einen Schritt zurück und zögert einen kurzen Moment.
– Sie können gehen, aber nur unter bestimmten Auflagen.
– Und die wären?
– Sie unterschreiben, dass kein Wort davon, was hier gesagt wurde, jemals nach außen dringt, und dass Sie aus freien Stücken gekommen und gegangen sind. Dieses Gespräch hat so nicht stattgefunden und Sie wissen nichts von Zawawi und Hassan Mohammed. Darüber hinaus verpflichten Sie sich, uns laufend zu informieren, wo Sie sich aufhalten, Sie dürfen das Land nicht verlassen. Sind Sie einverstanden?
Er blickt zu Cartwright, der müde nickt.
– Wir sind einverstanden, sagt er.
– So, und jetzt die Adresse!

Er sucht auf dem Tisch nach einem Blatt. Smith reicht ihm eins, und er schreibt die Adresse in New Jersey auf, hält Louise Black das Blatt hin, die es ihm sofort aus der Hand reißt und das Geschriebene überfliegt.
– Erster Stock? Erster Stock links oder rechts? fragt sie angestrengt.
– Erster Stock ..., hat Hamsal gesagt.
Louise Black ist schon an der Tür, und in der Eile, hinauszukommen rutscht ihre Hand vom Türgriff ab, sie flucht laut. Smith erhebt sich schnell, um ihr zu Hilfe zu kommen, aber bevor er bei ihr ist, hat sie die Tür schon geöffnet und ist draußen.
Auch Smith verlässt sie, wieder warten sie lange in dem diffusen Licht, bis er mit einem Blatt Papier zurückkommt, auf dem die Bedingungen für ihre Entlassung aufgeschrieben sind. Das Wort »Entlassung« fällt dabei nicht; es gibt keine Entlassung, weil sie weder festgenommen noch verhört wurden, sondern lediglich freiwillig zu einem Gespräch erschienen sind, dessen Inhalt geheim ist.
Das, was geschehen ist, ist eigentlich nicht geschehen, und obwohl es geschehen ist, muss es geleugnet werden. Sie sind somit an einem Nicht-Ereignis beteiligt gewesen und haben hier über Personen geredet, die offiziell nicht existieren.
Aber Michelles Leichnam existiert. Nachdem sie die Erklärung unterschrieben haben, fahren sie mit Smith im Fahrstuhl in die Basislobby, wo Cartwright sie verlässt.
Jon und Smith fahren zur Gerichtsmedizin und zum Leichenschauhaus.
Mit seiner Chipkarte öffnet Smith schweigend die Tür zu einem hell erleuchteten Raum, wo in Fächern die Toten liegen. Smith streift sich ein Paar Gummihandschuhe über, ehe er an ein Fach tritt und einen Wandschalter betätigt. Ein halb durchsichtiger Leichensack gleitet heraus, an dessen Ende das verwischte Schwarz eines Haarkranzes sichtbar wird.
Mit einer geübten Bewegung zieht Smith den Reißverschluss halb auf und legt den Kopf der Leiche frei.

– Können Sie bestätigen, dass es sich um Michelle Beauxchamp handelt? fragt er mit ruhiger Stimme und hält den Blick auf Jon gerichtet, als wolle er prüfen, welche Wirkung der Anblick auf ihn hat.
Er starrt sekundenlang auf das gelbliche, bereits etwas zerfallene Gesicht einer Frau, deren Gesichtszüge in Angst erstarrt sind, und erkennt Michelle. Wie eine makabre Maske dessen, was sie war, liegt sie vor ihm, und ist doch nicht sie selbst. Der Tod hat in ihr nicht nur alles ausgelöscht und die Frau, die vor wenigen Tagen noch lebendig und mit glänzenden Augen umherlief, in ein totes Stück Fleisch verwandelt, er hat auch den Zustand der Furcht eingefroren, ihr Gesicht wirkt wie die Furcht selbst.
Ihm ist, als würde er Michelles angespannten warmen Körper wieder hinter dem seinen spüren, und ihm wird klarer denn je, dass er selbst ihre Mörder ausfindig machen muss.

Vier Tage vergehen, Tage mit einer blassen Novembersonne über New York, an denen es ihm gelingt, diese nervtötende Konzentration auf Zawawi und Hassan Mohammed vorläufig wegzuschieben, in dem Glauben, das Antiterrorkorps der Polizei werde die beiden verhaften und das Dunkel sich lichten.
Eve erholt sich immer mehr, ihre Verbände sind fast alle abgenommen, und sie kann mit seiner Hilfe schon ohne große Schmerzen in den Fluren des Memorial Hospital auf und ab gehen. Aus Jerusalem hat sie erfahren, dass der Gesundheitszustand ihres Vaters stabil ist, ja vielleicht sogar so gut, dass er Eve mit ihrer Mutter in New York besuchen kann. Es ist jetzt nur eine Frage der Zeit, wann er Eve in ihre Wohnung in der Second Avenue zurückholen kann.
Er weigert sich, die Angst zuzulassen. Und Eve geht es genau so.
Auch im Fall Ifrahim Mohammed gibt es Fortschritte. Der Staatsanwalt verhandelt auf Grund der unterschriebenen Aussage Hamsals, die Ifrahim Mohammed ein hieb- und stichfestes Alibi für den Zeitpunkt des Mordes gibt, mit Johnson darüber, auf die Verneh-

mung mit den Geschworenen zu verzichten und wegen der unsicheren Beweislage den Prozess abzublasen.
Als er ihn in den »Gräbern« in der White Street aufsucht, kann Jon Ifrahim Mohammed selbst die frohe Nachricht überbringen. Ifrahim, der in Handschellen hereingeführt wird, hält minutenlang Jons Hände fest und verspricht ihm ewige Freundschaft. Als man ihm schließlich die Handschellen abnimmt, umarmt er ihn unter Tränen. Doch die Nachricht von Michelles Tod, vom Selbstmord seines Cousins und von Zawawis Flucht lassen seine Freude schnell vergehen.
Der eigentliche Schock trifft Mohammed, als er hört, dass sein Bruder nicht nur Michelle erschossen hat, sondern höchstwahrscheinlich auch der Mann ist, der Edelstein auf dem Gewissen hat.
– Das darf nicht sein, das darf nicht sein, das verbietet der Prophet, sagt er und verbirgt das Gesicht in den Händen.
– Es tut mir leid, sagt Jon und legt ihm seine Hand auf die Schulter.
– Aber so ist es leider. Als er Michelle traf, hatte er es auf mich abgesehen, und Edelstein wurde mit einer Pistole vom selben Kaliber erschossen.
– Woher wissen Sie das? fragt er und blickt ihn verzweifelt an.
– Ich habe mit der Polizei geredet, heute erst, und es stimmt mit dem Tatmuster überein, mit dem ich gleich gerechnet hatte. Ihr Bruder war von Anfang an dabei, das heißt auch bei der Planung für den Bombenanschlag auf die Jay Street Station.
– Sind Sie sicher?
– Ja, aber mir fehlen handfeste Beweise, die muss die Polizei beschaffen. Zur Zeit ist Ihr Bruder auf der Flucht, vielleicht hält er sich noch irgendwo in New York auf.
– Und was ist mit mir? fragt Ifrahim, – So lange er nicht eingesperrt ist, kann ich mich nicht sicher fühlen.
– Ich glaube nicht, dass Sie für ihn und Zawawi noch wichtig sind, versucht er ihn zu beruhigen. – Die können sich ausrechnen, dass

die Polizei längst das Band hat und Bescheid weiß, sie haben also andere Sorgen, als an Sie zu denken.
Aber Ifrahims Gesicht hat sich in dem hellen Tageslicht, das von draußen hereindringt, verfinstert. Der Himmel ist blau wie an dem Tag, als sie sich zum ersten Mal in den »Gräbern« begegneten, und es versetzt ihm einen Stich, als er sekundenlang die Augen schließt und sich an den Blick auf den brennenden Nordturm erinnert. Irgendwie riecht es in dem Vernehmungsraum plötzlich nach Schwefel und Feuer, aber er schiebt diesen Eindruck von sich und steht auf.
– Sie wissen nicht, wie diese Leute denken, sagt Ifrahim und starrt ihn an.
– Ich versuche es, aber wissen Sie es?
– In ihren Augen bin ich ein Verräter, und irgendwann werden sie mich kriegen. Mit ihrem »heiligen Ziel« können sie alles rechtfertigen. Sie sind blind, es ist wie eine Krankheit, aber sie glauben, klarer zu sehen als alle anderen.
Jon ist ans Fenster getreten. Er blickt auf die hoch aufragenden grauen, roten und weißen Gebäude von Manhattan South herab, die beiden höchsten Gebäude suchen seine Augen vergeblich; Übelkeit überfällt ihn.
Er dreht sich jäh zu Ifrahim um.
– Woher wissen Sie so genau, wie »die« denken?
Ifrahim blickt ihn überrascht an und windet sich auf dem Stuhl.
– Vor Ihnen kann man nichts verbergen … sagt er.
– Haben Sie denn etwas zu verbergen?
Und jetzt erzählt Ifrahim von damals, als er Anfang der neunziger Jahre mit seiner Familie von Dschidda nach New York kam und sich in Brooklyn niederließ und von dem mitgebrachten Geld die kleine Werkstatt in der Atlantic Avenue kaufte. Damals wohnte sein Bruder auch in Brooklyn und kannte nach seiner Ausbildung in der Imam-Schule in Riad nur ein Ziel: in dem neuen Land Imam zu werden. Er war sehr gläubig, trug Burnus und Kefije, und weil er körperliche Arbeit verabscheute, versorgte ihn Ifrahim mit, abends be-

suchten sie eine Sprachenschule in der Nähe, am Tage aber trieb sich sein Bruder herum, sein Leben hatte kein Ziel, bis er in das Al-Kifah Refugee Center kam, das in einer anonymen Wohnung über einem chinesischen Laden lag. Im Laufe eines Monats war er wie verwandelt, er sprach von nichts anderem als dem blinden Scheich Omar Abdul Rahmane, und er überredete Ifrahim, der nie besonders gläubig gewesen war, zu einer Betstunde im Center mitzukommen. Hier hörte er den Scheich in einem kleinen Raum predigen, sie waren nur zu zehnt; der Scheich eiferte gegen den großen Satan USA und alle seine Verbrechen gegen den Islam und die Muslime in Palästina und Iran und Ägypten und über den falschen Händedruck mit dem Saudischen Königshaus. So zornig er während seiner Predigt war, so freundlich war er hinterher, als er ihn begrüßte und seinen Bruder für seine Rechtgläubigkeit lobte. Er forderte ihn auf, seinem Bruder nachzueifern; aber Ifrahim wich aus, er fühlte sich nicht zu einem starken Glauben berufen und hatte eine Familie zu versorgen. Sein Bruder wurde ihm immer fremder, er besuchte seine Familie nicht mehr und tat immer geheimnisvoller; über Umwege hörte er, er wäre nach Afghanistan gegangen, um dort mit den Mudschaheddin gegen den Kommunismus zu kämpfen, aber er verschloss die Ohren davor. Erst als Scheich Omar Abdul Rahmane im Zusammenhang mit dem Attentat auf das World Trade Center im Jahr 1993 verhaftet wurde, erst da sah er, wie blind und gefährlich die Männer waren, mit denen sein Bruder Hassan in Brooklyn verkehrte. Er betete darum, ihm nie wieder zu begegnen, obgleich er sein Bruder war.
– Und wann haben Sie wieder von ihm gehört? fragt Jon.
– Nach vielen Jahren. Ich wünschte, es wäre nicht geschehen, für mich war es ein Alptraum, ich war wie vom Blitz getroffen. Das ist einige Jahre her; ich sah ihn plötzlich in Brooklyn auf der Straße, in der Nähe meiner Werkstatt. Er hatte mich nicht bemerkt, mir war, als würde ich mich selbst in den Kleidern eines anderen sehen, er glich mir aufs Haar und trug ganz gewöhnliche amerikanische Kleidung, Jacke und Hosen, keinen Bart, kurze Haare. Ich dachte,

ich hätte mich geirrt, aber er war es. Ich fragte in der Moschee in der Atlantic Avenue, da wussten sie aber nichts von ihm, vielleicht benutzte er einen anderen Namen? Ich habe gehört, dass er öfter hier gewesen ist, ich habe ihn nie gesprochen, ich will ihn auch nicht sprechen, aber man sagt, er sei Imam in London und wohne auch dort. Ich weiß es nicht.

– Ich bin ganz sicher, dass ich ihm gegenübergestanden habe, sagt Jon. – Das war er, ich habe ihm ins Gesicht gesehen, und er war es auch, der meine Mitarbeiterin Michelle erschossen hat.

– Wie können Sie so sicher sein?

– Weil er Ihnen aufs Haar gleicht, und weil Hamsal ihn getroffen hat und ihn unter dem Namen Hassan Mohammed kannte.

– Es ist ein Fluch, er ist besessen, mein eigener Bruder, der zu Hause so oft krank war, ein schüchterner Junge, über den meine Mutter und mein Vater immer die Hand gehalten haben und mit dem sie Großes vorhatten. Mein Vater hat ihn stolz den »kleinen Propheten« genannt. Er hatte von uns allen das beste Gedächtnis und war ein Bücherwurm, er las nur und kannte den Koran in- und auswendig.

Sie reden noch etwas, können aber das Unvermeidliche nicht hinausschieben; Ifrahim muss wieder in Handschellen in seine Zelle zurück, und auch Jon geht mit einem bitteren Geschmack im Mund. Am selben Nachmittag setzt er sich zu Hause vor seinen PC und druckt alles aus, was mit Omar Abdul Rahmane, Osama bin Laden und Al-Quaida zu tun hat, und beginnt zu lesen. Spät abends klingelt das Telefon, und als er abhebt, meldet sich Cartwright und entschuldigt sich mit rauer Stimme, dass er beim Verhör »schlapp gemacht« habe.

– Du hast eben keine Erfahrungen mit Vernehmungen, sagt Jon, um ihm entgegenzukommen. – Das ist mein Gebiet, ich kenne es von beiden Seiten, als Verteidiger und als Ankläger.

– Bei dem Stress, den du hattest, hätte ich mich besser schlagen müssen.

– Nicht, wenn sie Informationen aus dem Hut ziehen, die mit deiner Armeezeit zu tun haben, sie haben sich wirklich auf die große Nummer vorbereitet.
– Ich bin froh, dass du es so siehst.
– Selbstverständlich, sagt er. – Wenn ich daran denke, wie oft du mir aus dem Schlamassel geholfen hast.
Da beide wissen, dass man über bestimmte Themen am Telefon schweigen muss, vermeiden sie es, über Zawawi, Hassan Mohammed und die Fahndung der Antiterroreinheit nach beiden zu reden, aber als er spürt, dass es Cartwright auf der Zunge brennt, sagt er nur:
– Warten wir's ab, und dann treffen wir uns in ein paar Tagen.
– Wo?
– Im Büro am St. Mark's Place.
– Montag?
– Ja, Montagvormittag.
– Wie geht es Eve?
– Immer besser.
– Wird sie bald entlassen?
– Ja, darüber möchte ich auch mit dir reden.
– Okay.
– Bis bald.
– Gib auf dich acht, sagt Cartwright noch, ehe Jon auflegen kann.
Die gedämpften Lampen, die wie kleine Monde in der Dunkelheit leuchten, tauchen die Wohnung in ein Dämmerlicht; er zieht sich aus und kriecht unter die Decke in das ungemachte Bett. Er ist so müde, dass sein Körper nicht zur Ruhe kommt, er steht auf, zieht den Bademantel an, trinkt ein Glas Whisky, wickelt sich in die Bettdecke ein, setzt sich vor den Fernseher in einen Sessel und zappt sich durch die Programme, um einen Film zum Einschlafen zu finden. Unerwartet taucht – auf einem englischen Kanal – Osama bin Ladens Gesicht und Gestalt auf, er kennt Fotos von ihm, aber noch keine lebenden Bilder, und er lässt den Fernseher laufen. Der große,

dunkelhäutige Mann mit dem langen Bart, der ein Ende seines weißen Turbans nach Art der Bergkrieger über die Tarnjacke hängen lässt, hat sich mit einer Kalaschnikow an einen Felsvorsprung gestellt und hält ein Mikrophon vor den Mund, beim Sprechen blickt er mit einem hypnotischen, sanftmütigen Ausdruck beherrscht in die Kamera. Seine Stimme und sein Blick haben etwas Elektrisierendes und zugleich Schlafwandlerisches, als würde er unabhängig von seiner Umgebung aus dem tiefsten Inneren über Einsicht und Schmerz sprechen, aber die Worte, die in englischer Übersetzung über den Bildschirm laufen, widersprechen der selbstinszenierten Ruhe. Nachdem er wie ein Imam die Täter des Terrorangriffs auf das World Trade Center gesegnet hat, spricht bin Laden von einer Reihe tödlicher Terrorangriffe, die die Welt in zwei Lager geteilt haben, das islamische und das der Ungläubigen, und er spricht davon, dass für jeden Muslim jetzt die Zeit gekommen sei, seine Religion gegen die Israelis und die abtrünnigen, ungläubigen Herrscher in Saudi-Arabien, Syrien und Jordanien zu verteidigen, diese Mörder, die mit dem Blut der Muslime, mit ihrer Ehre und ihren Heiligtümern spielen.
In seinem Gesicht steht die pure Verachtung für die USA und Präsident Bush als »Anführer der Ungläubigen in aller Welt« geschrieben. Zu keinem Zeitpunkt weicht die Ruhe und Selbstzufriedenheit aus bin Ladens Gesicht, auch nicht, als er bei Allah schwört, dass die USA nicht in Frieden leben werden, solange es in Palästina keinen Frieden gibt und das Heer der Ungläubigen nicht das Land des Propheten verlassen hat.
Ein etwas blasserer, bebrillter Mann ohne dieselbe Ausstrahlung, mit Umhang und Turban bekleidet, in dem Jon den ehemaligen ägyptischen Arzt Ayman al-Zawahiri erkennt, bin Ladens engsten Verbündeten, angeklagt wegen Beihilfe zum Mord am ägyptischen Präsidenten Sadat und Gründer des islamischen Dschihad, erscheint jetzt auch auf dem Bildschirm. Seine Rede ist weniger musikalisch und direkter, und seine Stimme bekommt einen hys-

terischen Klang, als er sagt: »Indem sie Israel geschaffen haben, haben sich die USA zu den Anführern aller Kriminellen gemacht. Die muslimische Nation wird dieses Verbrechen nicht hinnehmen.« Als drittes kommt Muhammed Atef zu Wort, ein dunkler und langbärtiger Mann im Burnus und mit Turban, der, wie Gerüchte sagen, der militärische Organisator des Terrorangriffs auf New York und das Pentagon war und auf den möglicherweise die ganze Idee zurückgeht; doch auf Jons Netzhaut bleiben bin Ladens glanzerfüllte Augen und sein hypnotisierender Blick hängen.

Als er unmittelbar darauf im Sessel eingeschlafen ist, verfolgt ihn dieser Blick weiterhin im Gesicht eines Mannes in weißer arabischer Kleidung auf einer sonnenbeschienenen Terrasse inmitten von Hochzeitsgästen. Es ist die Hochzeit des Sohnes, die Gäste lauschen lächelnd dem Weißgekleideten, er verhöhnt in Versen das amerikanische Militär, das vergeblich das Kriegsschiff USS Cole im Hafen von Aden, Jemen, beschützen wollte, aber an der heldenhaften, tödlichen Rache in Allahs Namen scheiterte: Eine Bombe zerfetzte ihre trügerische Sicherheit: »In Stücken flogen der Ungläubigen Körper durch die Luft wie Staub. Hättest du sie mit eigenen Augen gesehen, dein Herz wäre voller Freude!« Der weiß gekleidete Mann ähnelt bin Laden, er wird zum jungen Osama und durchstreift das Haus der Mutter Hamida in Dschidda, ein Geschenk des Vaters Mohammed bin Laden an seine zehnte Gattin; er geht durch Räume mit schweren Goldfiguren, antiken Tapeten und venezianischen Kandelabern zu ihr, dieser dunkelhaarigen Schönheit aus Syrien, die sich weigerte, die Burka zu tragen, und die nun in Chanel-Hosen vor dem Spiegel in ihrem Ankleidezimmer steht und sich für eine erneute Reise zurechtmacht. Der Junge bleibt in der Tür stehen, bewundert sie beklommen und begreift nicht, warum gerade sie – seine Mutter – von den anderen dreiundzwanzig Gattinnen verstoßen wurde; man spricht über ihre extravaganten Gewohnheiten und besonders ihre westliche Kleidung, ihre Reisen nach Paris und London. Hat sie sich nicht einen neuen Mann genommen, seinen Stiefvater Muhammad al Attas, der für seinen Vater arbeitet und in seinem Haus wohnt? Warum hat sie nicht die Regeln befolgt? Soll er sich so wie die anderen für sie schämen? Hat er nicht das seltsame, drückende Gefühl im Bauch, weil man sie die »Sklavengattin« nennt, weder eine Saudi noch eine Wahhabiterin, sondern Syrierin, die profane Bücher liest und eine eigene Meinung hat. Er hat sie gefragt, was er denn sei, Sohn einer Sklavengattin und nicht der Sohn seines Vaters, den er nur gelegentlich zu Gesicht bekommen hat, wenn dieser ihn über seine Koranlektüre und sein Betragen ausfragte und ihm Disziplin eingeschärft hat. Oh ja, er, der ein Freund von König Abdul Aziz al-Saud war und große Straßen bauen und die heiligen Moscheen in Mekka, Medina und Jerusalem restaurieren ließ, er hat den König und das Land mit seinem Geld gerettet und war doch nur ein armer ungelernter Maurer, als er von Dschidda in den Jemen ging, ihn möchte er gern kennen lernen. Er hat einige Male mit ihm wie mit einem erwachsenen Mann geredet und ihm das Gefühl gegeben, jemand Besonderes auf Erden zu sein, er will gern so sein wie er, gern ein Großer werden in den Augen des Königs, aber sein Vater ist tot, verunglückt bei der Landung eines Helikopters, und seine Mutter lacht nur, wenn er sie fragt: »Bin ich immer noch der Sohn einer Sklavengattin oder der meines Vaters, der gestorben ist?« Sie hat keine Zeit für ihn, und wo findet er einen neuen Vater, der ihn schätzen wird? Er muss einen Weg finden, er muss sich durchschlagen, er wird es ihnen zeigen, ist er denn nicht klüger als seine zweiundfünfzig Geschwister, er kann Straßen anlegen, große Bauten errichten und ein heiliger Mann sein. Er wird die Schande abwerfen, so wie sein Vater Steine und Gepäck von seinem Rücken abgeworfen hat, als er noch Hafenarbeiter in Dschidda war. Und er arbeitet sich hoch, dieser höfliche, scheue und gelehrige Junge, dieser hübsche, weiche, verwirrte und heimatlose, dieser Junge, der erst redet, wenn er gefragt wird, und immer Bescheid weiß, in dem eine dunkle Quelle sprudelt. Der Reichtum führt ihn zu den besten Lehrern und den besten Schulen wie die Al-Thager Model School in Dschidda, über deren weitläufiges Gelände der Wind vom Roten Meer in die Reihen von Eukalyptusbäumen fährt. Hier wird er in einem modernen zweistöckigen rechteckigen Beton- und Steinbau mit Blick auf einen Innenhof und in schattenartigen Fluren und voll klimatisierten Klassenzimmern mit jungen Prinzen und Söhnen reicher Leute aus dem saudischen Königshaus von Lehrern aus England und Irland in Englisch, Mathematik und Naturwissenschaften unterrichtet und mit den islamischen Riten vertraut gemacht. Jeden Morgen stellt man sich wie beim Militär in Reih und Glied und Uniformen in englischem Stil auf, und der Direktor sitzt auf einem Stuhl und wird die Ungehorsamen mit einer Peitsche auf die nackten Füße schlagen, zur Mittagszeit knien alle nieder und beten gemeinsam.

Er ist einer der Besten, und er will mehr als bloß Unterricht, und so weiß er sich glücklich zu schätzen, als der junge, beliebte, syrische Sportlehrer ihn und ein paar andere für eine islamische Studiengruppe nach der Schulzeit aussucht und ihm damit das Tor zum islamischen Dschihad öffnet. Es ist wie eine Initiation, die seine Verwirrung und das Brausen des inneren dunklen Wassers in eine neue Bahn lenkt. Jahr für Jahr, Nachmittag für Nachmittag versammeln sie sich um den Lehrer in seinem Büro in der zweiten Etage und rezitieren ausgewählte Suren auswendig, bis sie den ganzen Koran gelesen haben. Manchmal spielen sie auf dem grünen Rasen vor dem Gebäude zur Abwechslung Fußball – er als rechter Stürmer und Torschütze –, die Intensität nimmt zu, als sie Hadithe lesen und darüber diskutieren. Es sind nicht nur Geschichten aus dem Leben des Propheten, der junge Syrer mit der überzeugenden Stimme geht noch weiter: Die Scharia muss in allen arabischen Ländern eingeführt werden, man kann nicht einfach abwarten, bis es von selbst geschieht, die muslimischen Rechtsgelehrten müssen in die Gerichte und Ratsversammlungen aufgenommen werden, das reine islamische Gesetz muss wieder gelten, nichts darf dem Islam und den Brüdern im Islam im Wege stehen, in jedem Haus, in jeder Familie muss der Islam wieder Eckstein werden und zu seinem Recht kommen wie zu Zeiten des Propheten – aber wie weit darf man gehen? Man muss bereit sein, den Weg konsequent zurückzulegen, wie der gerechte Junge, der zu Allah fand. Er wollte Allah gefallen, dabei war ihm aber sein Vater im Wege. Sein Vater zog ihm den Gebetsteppich weg, wenn er beten wollte, er ließ sich viel einfallen, um ihn von seinem vorgegebenen Weg abzubringen. Anfänglich war der Junge verwirrt, als er sich zwischen seinem Vater und Allah fand, aber eine Stimme sagte ihm, was er zu tun hatte. Im Schlafzimmer bewahrte sein Vater in einem großen Schrank ein Gewehr auf. Nun schmiedete der Junge einen Plan, wie er unbemerkt in Besitz von Schlüssel, Gewehr und Patronen kommen konnte; als er das geschafft hatte, übte er, das Gewehr zu laden und fand einen Ort, wo er unbemerkt schießen konnte. Dann überlegte er, wie er seinen Vater aus dem Weg räumen konnte. Eines Morgens war es soweit. Als der Vater nichtsahnend das Büro betrat, hielt er den Lauf auf ihn gerichtet und drückte ab, der Vater fiel tödlich in die Brust getroffen zu Boden, und so war, Allah sei gelobt, in diesem Haus der Islam befreit!

Sie sitzen mit offenem Mund da und verdauen die Geschichte des Lehrers, und bin Laden vergisst sie nicht, weder die Konsequenz noch das Ziel der Tat. Sie geht ihm nicht aus dem Sinn, wenn er mit Bart, abgeschnittenen Hosenbeinen und offenem Hemd im Schulhof die anderen agitiert. Der Islam muss in der ganzen arabischen Welt und auf der Abdul-Aziz-Universität in Dschidda unbedingt wieder in sein Recht eingesetzt werden. Professor Muhammed Quth bestärkt ihn in seiner Wertschätzung der Muslimischen Bruderschaft und öffnet ihm die Augen für das Buch *Meilensteine auf dem Wege* seines Bruders Sayyid Quth. Dessen Theorien gelten dem einzigen Islam in einer ungläubigen Welt und dem antiwestlichen Dschihad, der die Zersplitterung der Welt ein für alle Mal beenden, das korrumpierte westliche Denken und seine Vertreter in der Welt abschaffen und wieder einen islamischen Staat auf der

Grundlage der heiligen Texte des Islam errichten wird. In Dschidda nisten sich die islamischen Dissidenten ein, in den Moscheen und den Madras predigen sie über die Dekadenz des Westens und die islamische Reinheit, die beschützt werden muss; bin Laden saugt alles in sich auf, liest und betet, diskutiert den Koran auf der Universität; doch die gewaltige Stimme des Palästinensers Abdullah Azzam, die er auf Band aufgenommen hat und immer wieder hört, dringt tiefer in ihn ein als die jedes anderen. Hier regiert ein Zorn, der ihm seine Scham vor Augen führt und ihn von den eigenen Schamgefühlen und den Demütigungen der Muslime befreit: Der Westen ist nicht nur dekadent sondern verbrecherisch, und Gewalt ist unverzichtbar. Sind die wahren Muslime etwa nicht jene, die mit der Waffe in der Hand die Moschee in Mekka einnehmen und Theokratie und Reinheit fordern, selbst wenn sie dafür in Blut waten und mit ihrem Leben bezahlen müssten? Die Waffen müssen sprechen gegen die inneren und die ausländischen Feinde, und ist er nicht der Mann, der mithelfen kann, die Welt zu säubern? Kann er nicht der würdige Krieger werden, der den Islam erlöst? Im Iran sind sie schon dabei, und jetzt ist Afghanistan an der Reihe, wo die sowjetischen Truppen wüten.

Als zweiundzwanzigjähriger Multimillionär in Peshawar unter Spionen, Rauschgifthändlern, afghanischen Flüchtlingen, Exilierten, Journalisten und Tausenden von muslimischen Sympathisanten der Muhjaheddin sieht er mit seinem maßgeschneiderten Shalwar Kameez und den englischen, handgefertigten Lederstiefeln längst noch nicht wie ein Bergkrieger aus, er wirkt zuvorkommend und sanft. Aber er lernt von seinem Vorbild, dem erfahrenen Organisator und Gründer der Hamas-Guerillagruppe auf der Westbank, Abdullah Azzam. Mal ist er hier, mal da und überall: Er pendelt regelmäßig zwischen Geldsammlungen unter seinen reichen Brüdern, alten Schulkameraden in Saudi-Arabien und den verwundeten Kriegern in den Krankenhäusern der Stadt hin und her, er überreicht ihren Familien Schecks, baut mit seinen eigenen Bulldozzern

Schützengräben und Tunnel, errichtet Trainingslager, arbeitet in seinem neuen Büro für die Unterstützung der Muhjaheddin und der arabischen Freiwilligen; er unterrichtet Muhjaheddin-Krieger in Arabisch, in langen nächtlichen Gesprächen in seiner Villa an der Sayed-Jamaluddin-Afghani-Lane nährt er seine Wut auf die Engländer, die nach dem Ersten Weltkrieg die arabischen Länder angegriffen haben; er scheint fliegen zu können. Man kennt ihn schon als den jungen, großzügigen saudi-arabischen Scheich, der mit den Freiheitskämpfern in spartanischen Verhältnissen auf dem harten Boden seines Büros schläft und Vorträge über die Sure Yasin hält, in der Mohammed, der Prophet, offenbart, welche Botschaft und Aufgabe Allah ihm aufgetragen hat.

Er spricht über Saladin und die großen islamischen Krieger und befindet sich bald selbst mit einem Gefolge von fünfzig arabischen Kriegern in der Jaji-Region im Dschihad, von russischen Bombern und mit Scud-Raketen beschossen; er wird im direkten Nahkampf mit russischen Soldaten leicht verwundet; in der Schlacht um den Flugplatz in Jalalabad wird er von Granatsplittern getroffen; in der Jaji-Region explodiert direkt neben ihm eine Scud-Rakete, aber er überlebt. Ist das nicht ein Zeichen Allahs? Und warum sollte er den Tod fürchten? Nur die Russen und die Amerikaner fürchten den Tod. Ihm gelingt alles, er ist der rücksichtslose Krieger und Milliardär, selbst König Fahd, heißt es, sei von ihm beeindruckt, er ist ein Held, ist er nicht schon bedeutender als sein Vater? Doch er will mehr, der Dschihad hat gerade erst begonnen, er gilt der ganzen Welt, und er ist die Speerspitze. Er baut sich seine eigene Organisation auf, Al-Qaida, das Lager, das islamische Krieger für die Fortführung des heiligen Krieges anwirbt und ausbildet; aber als er nach Riad zurückkehrt und die Früchte seiner heldenhaften Anstrengungen ernten will und Unterstützung für den permanenten Kampf fordert und dem König anbietet, sich an die Spitze der Vertreibung von Saddam Husseins Invasionsarmee in Kuwait zu stellen, wird sein Angebot abgelehnt. Stattdessen betraut das Königs-

haus die Amerikaner mit dem Schutz der heiligen Stätten des Islam. Dreihunderttausend amerikanische Soldaten kommen nach Saudi-Arabien mit ihrem Herrentum und ihrer Coca-Cola; er predigt, er protestiert, er verschickt an alle Moscheen des Landes Tausende von Tonbandkassetten mit seinen Reden und stützt sich auf den Propheten, der selbst vor Juden und Christen im heiligen Land gewarnt hat. Prinz Abdullah lädt ihn und seine afghanischen Veteranen in seine Lounge in Riad ein, er will ihm entgegenkommen, will ihm und seinen Kriegern den Platz einräumen, den sie verdienen, und ihren weiteren Kampf in Afghanistan unterstützen. Der Prinz legt ihm seine weiche Hand auf die Schulter und redet von Freundschaft und Loyalität, seine Rede ist geschliffen, aber er spürt die Drohung dahinter: »Die Mohammed-bin-Laden-Familie gehörte immer zu den treuen Untertanen unseres Königshauses und hat uns in der Stunde der Not großzügig geholfen. Wir sind der festen Überzeugung, dass nichts unsere guten Beziehungen zu ihnen zerstören darf.« Er nickt dem Prinzen respektvoll zu, aber innerlich kocht er, es ist eine Absage an seinen Kampf.
Wieder einmal ist er gedemütigt worden, wieder sucht er Rekruten für sein Heer und schickt viertausend Mann in die Trainingslager nach Afghanistan, wer glauben sie denn, wer er sei, der Sohn einer Sklavengattin oder des großen und unantastbaren Mohammed bin Laden? Sie sind korrupt, von den Amerikanern gekauft, sie haben keine Legitimation, und ihr wahabitischer Glaube ist unrein. Sie durchsuchen sein Haus, durch seine Brüder locken sie ihn, sie drohen ihm, aber er ist unbeugsam. Seine Familie und auch seine Brüder verstoßen ihn, aber er ist schlauer als sie, er ist größer, er hat seine eigenen Mittel, er wird seinen Weg gehen, den des Dschihad, in den Fußstapfen des Propheten. Kann er etwa nicht fliegen, ist er nicht der Rebell?
Er wird etwas erschaffen, das sie noch nie gesehen haben, er wird die Sunniten und Schiiten vereinen. Haben sie nicht schon die sowjetischen Kommunisten bezwungen? Jetzt wird er den Ame-

rikanern das Genick brechen. Und, Allah sei gelobt, hat er es nicht schon geschafft? Er liegt auf seinem weichen Lager, eingehüllt in Decken an einem Ort, dessen Namen nicht einmal er kennt, und zu dem ihn seine Männer über steile Pfade in den afghanischen Weißen Bergen geführt haben und blickt in die Dunkelheit und lauscht der Stille, da überfällt ihn der Zweifel, oder ist es vielleicht die Dunkelheit zwischen den Bergen, die von außen in ihm aufsteigt und seine Hände und seinen Rücken frieren lassen? Sie haben ihn gesucht und nicht gefunden; sie haben die größten Anstrengungen unternommen, vergebens. Beweist das nicht zur Genüge seine Bedeutung? Sie haben versucht, ihn umzubringen, aber sie bekommen ihn nicht zu fassen, er ist zu schnell und zu intelligent für sie.

Er erinnert sich an seine Zeit im Sudan, wo er eine Reihe von Gesellschaften gegründet und mit Export und Import und Bauunternehmungen im großen Stil Millionen Dollars verdient und Al-Qaida aufgebaut hatte und gemeinsam mit Zawahiri, der für den globalen Dschihad war, Pläne für künftige Aktionen schmiedete. Und dann die große Zeit unter den Taliban in Afghanistan, als die Blume des Terrors im Namen des Propheten langsam, aber sicher erblühte. Sie spielten auf dem Internet und mit den Medien wie auf einem großen Flügel und schickten jederzeit ihre Botschaften hinaus, sie verbreiteten Furcht unter den Amerikanern und Ungläubigen, und immer wenn die Feinde des Islam sich sicher wähnten, schlugen sie wieder zu. Oh ja, er macht die Rechnung auf der großen Tafel auf: Da war 1993 der Angriff auf das World Trade Center und auf die amerikanischen Truppen in Mogadischu im selben Jahr, 1995 die Autobombe in Riad, seine Fatwa im Namen der »Weltfront für den Dschihad gegen Juden und Kreuzfahrer«, in der er die Pflicht eines jeden Muslim betonte, die Amerikaner und ihre Alliierten zu töten. Da waren 1998 die Bombenattentate gegen die amerikanische Botschaft in Kenia und im selben Jahr auch gegen die amerikanische Botschaft in Tansania; die verstörten Amerikaner beschossen seine afghanischen Lager mit Raketen, aber wieder vergebens; im Jahr

2000 schlug er gegen die USS Cole im Hafen von Aden zu und zermalmte noch mehr Feinde. Überall war er gewesen und hatte ihre Schwäche und Furcht bloßgestellt. Hatte er nicht im Juni auf einer von Al Djazira verbreiteten Videobotschaft vor einer Weltkarte in nächster Zukunft spektakuläre Ereignisse angekündigt? Und dennoch hatte ihr gemeinsames Meisterwerk wie ein Blitz aus heiterem Himmel eingeschlagen.

Mit dem Meisterwerk von New York und Washington hatten sie ihre Stärke demonstriert. Sie schrien nach Moral, als sie die Leichen ihrer Leute sahen, aber der Krieg kennt keine Moral. In der heutigen Welt gedeiht das Böse, und die Amerikaner sind die schlimmsten Terroristen. Der einzig berechtigte Terrorismus ist der, der sich gegen Tyrannen und die Feinde Allahs richtet. Hat er nicht bewiesen, dass er den Tod nicht fürchtet sondern um Allahs wegen herbeisehnt? Doch die Gottlosen verstehen ihn nicht, sie glauben, ihn mit ihren Bomben und Raketen und Maschinengewehren wie ein Stück Wild aufscheuchen zu können, sie begreifen nicht, dass er keine Furcht kennt und sie schon besiegt hat, indem er ihre Furcht bloßstellt, ihren Hass und ihre Verwirrung. Sie fürchten sich vor seinem nächsten Zug, und der wird dieselben Ausmaße haben wie ihre Angst: Zehn Boeing- und Airbusflugzeuge sollen über dem Atlantik in Flammen aufgehen, und der darauf folgende Zug wird noch mächtiger werden. Was seinen Kriegern zur Olympiade in Sydney nicht gelungen ist: ein Atomkraftwerk zu zerstören, das wird noch gelingen, es ist nur eine Frage der Zeit. Und ihn werden sie nie finden, nie, denn sein Geist schwebt über den Wassern und den Bergen, und diesen bekommen sie nie zu fassen.

Er dreht sich auf dem weichen Lager um und blickt in die Dunkelheit, doch die Dunkelheit ist undurchdringlich. War da nicht etwas draußen? Waren das nicht Geräusche von Schritten, oder ist es nur der Wind, der kalte Wind? Seine Knochen und Wunden schmerzen, er friert, ganz gleich, mit wie vielen Kamelhaardecken er sich zudeckt, hält die Kälte ihn gefangen und kann er nicht schlafen.

Er ruft nach einer Wache, doch die Schatten seiner Wächter sind in der Dunkelheit verschwunden. Die Steinhöhle ist hart und leer, genauso wie die Welt in seinem Herzen.

Jon erwacht im Sessel vor dem schwach leuchtenden, flimmernden Schirm und fasst sich ans Herz, es krampft sich zusammen, er hat vergessen, Fernseher und Lampen auszuschalten. Wo ist er? Fehlt ihm tatsächlich etwas? Er steht besorgt auf und atmet tief aus. Jetzt erinnert er sich: bin Laden, die Bilder von bin Laden im Fernsehen … Er hat von ihm geträumt, kann er ihm nicht entkommen?

Er bleibt einige Minuten stehen und kommt langsam zu sich. Jetzt schlägt sein Herz ruhiger, aber der bohrende Schmerz ist nicht völlig verschwunden. Er schaltet den Fernseher aus, geht in der Wohnung umher und steht schließlich an einem Fenster vor dem nachtdunklen Himmel über der Stadt und der erleuchteten Second Avenue.

Er wird bin Laden erst entkommen, wenn er Hassan Mohammed und Benzir Zawawi aufgespürt hat. Ist es nicht so?

Nein, er entkommt ihm erst, wenn er sich hundert Prozent auf Eve konzentriert und versucht, ein normales Leben zu führen. Aber kann er das?

Hat er jemals ein normales Leben gelebt?

Was ist ein normales Leben?

Zumindest keins im Schatten bin Ladens.

Ich spüre, dass ich im Schlaf in einen euphorischen Zustand gerate, wie ich es im wachen Zustand nicht kenne, weil ersterer verlangt, dass man sich völlig vergisst, schreibt Simone de Beauvoir, doch wenn das Sich-Vergessen nun hieße, sich in die Angst hineinzubegeben, wie ein Schiff, das in die aufgewühlte See sticht, ohne dass der Platz des Steuermanns besetzt wäre?

Es ist Dezember, die Kälte ist in den Gesichtern der Tausenden, die mit eng zugeknöpften Mänteln und Jacken mit hochgeschlagenem

Kragen jeden Morgen die Fifth Avenue entlanglaufen, um in die unzähligen leuchtenden Geschäfte, Büros, Coffeeshops und Kaufhäuser zu gelangen; es ist Dezember mit dunklen Morgen und frühen Abenden, mit Regen und kaltem Wind, der durch das East Village weht und die letzten Blätter von den Platanen und Eschen reißt. An einem solchen Abend trifft er sich mit Cartwright im Büro am St. Mark's Place – eine Begegnung, die er immer wieder verschoben hat. In der vergangenen Woche ist Eve wieder in die Wohnung in der Second Avenue zurückgekehrt, und er führt allmählich wieder ein normales Leben, als gäbe es eine Zukunft für sie. Obgleich sie schnell ermüdet und Arme und Beine immer noch an den Wundstellen schmerzen, stellt sie die Möbel um und holt schon am ersten Tag einen achtarmigen Hanukka-Leuchter aus dem Schrank, und er kauft Kartoffeln, Öl und Mehl in dem koscheren Laden an der Ecke 3rd Street und Second Avenue für die Latkes und Sufganijot, die sie in der Küche zaubert.

Er muss sie immerzu berühren und wie ein Frischverliebter umarmen, und wenn sie sich in der Küche oder auf dem Bett geliebt haben und glücklich und zugleich erschöpft und ineinander verschlungen in den Schlaf gleiten, schlafen sie zum ersten Mal seit drei Monaten ruhig und wie Amphibien, als wäre einer in den Armen des anderen in den Winterschlaf gefallen.

Der lange Aufenthalt im Memorial Hospital, wo sie sich mehrmals in einem betäubenden Schleier aus Fieber, Schmerzen und Morphium dem Abgrund des Todes nahe geglaubt hatte, hat Eve ernster und gleichzeitig schwankender in ihren Stimmungen werden lassen. Lacht sie gerade über Kleinigkeiten, so ist sie im nächsten Augenblick betrübt und besteht darauf, von New York weg und am liebsten nach Jerusalem zu gehen, und sie besteht darauf, die Drohung sehr ernst zu nehmen, mit der sie beide leben müssen, solange Zawawi und Hassan Mohammed auf freiem Fuß sind.

– Du musst uns eine Pistole besorgen, sagt sie bereits am Abend, als das erste Hanukka-Licht brennt und ihre dunklen Augen vom

Licht der flackernden blaugelben Flamme auf dem Esstisch in ihrem Zimmer glänzen.

– Das kann nicht dein Ernst sein, sagt er.

– Ich hatte genug Zeit, darüber nachzudenken, sagt sie. – Und ich kann mich nicht nur auf deine Hilfe verlassen.

– Ich mag keine Waffen, ich habe auch keine …

– Nein, aber ich kann mit Waffen umgehen, so etwas lernt man in der israelischen Armee, und mit einer Pistole würde ich mich hier sehr viel sicherer fühlen. Es geht auch um deine Sicherheit.

– Meine?

– Vielleicht kannst du dir nicht vorstellen, dass eine Frau dich mit einer Waffe beschützt?

– Doch, warum nicht, sagt er. – Aber eine Pistole bedeutet Unheil …

– Es hat schon genug Unheil gegeben, nicht? Um Haaresbreite wärst du selbst erschossen worden, und glaubst du wirklich, die beiden Gesuchten werden noch einmal vorbeischießen, wenn sie die Gelegenheit haben?

– Im Moment, glaube ich, sind sie vollauf damit beschäftigt, sich vor der Polizei zu verstecken.

– Aber du weißt nicht, auf welche Ideen sie noch kommen, nicht wahr? Du hast ihnen viel vermasselt.

– Ich wollte Cartwright bitten, uns zu beschützen.

– Vierundzwanzig Stunden am Tag, ausgeschlossen!

– Ich werde ihm vorschlagen, eine Zeitlang bei uns einzuziehen …

Sie schüttelt den Kopf.

– Ich will keine zwei Männer hier, du musst uns eine Pistole besorgen.

– Wo soll ich sie hernehmen?

– Frag Cartwright, er kann uns bestimmt helfen.

Und als er protestiert, sagt sie:

– Ich bin Realistin. Du machst dir noch keine richtige Vorstellung von dem Ganzen.

Und er muss ihr Recht geben: Er hatte die Gefahr verdrängt, in der sie leben, er hatte nicht die Kraft, daran zu denken. Und er verspricht ihr, mit Cartwright zu reden.
Obwohl sie ihn jeden Tag daran erinnert, gelingt es ihm, sie in seinen Dunstkreis scheinbarer Unbekümmertheit hineinzuziehen, bis zu dem Tag, als das vierte Hanukka-Licht angezündet wird und Jon und Eve auf dem Greenwood Friedhof in Brooklyn der verspäteten Beisetzung von Michelles Asche beiwohnen. Paul Beauxchamp, der wegen einer Lebensmittelvergiftung in Shanghai im Krankenhaus gelegen hatte, war endlich nach New York zurückgekehrt. Die Beisetzung findet an einem kühlen Tag statt, unter einem klaren, blauen Himmel auf dem großen hügeligen Gelände, von dem der Blick bis zum fernen See reicht, zu den weißen historischen Marmormonumenten, den Mausoleen und der asiatisch anmutenden Begräbniskapelle.
Sie sind nur eine kleine, dunkel gekleidete Gruppe, als die Urne in einem kleinen Sarg in die Erde versenkt und auf Paul Beauxchamps Wunsch von einem älteren katholischen Priester im schwarzen Ornat beerdigt wird. Nachdem er mit einer Schaufel und zu den traditionellen Worten Erde auf den Sarg geworfen hat, macht der grauhaarige Priester mit dem scharf geschnittenen Gesicht eine Pause und blickt fragend in die Runde, als hätte er irgendetwas vergessen. Cartwright ist im letzten Augenblick gekommen und steht frierend und dennoch wie erstarrt neben dem bleich wirkenden Beauxchamp, der mit feuchten Augen in das Grab hinabstarrt. Der Priester hat jetzt die Worte gefunden und spricht mit klarer Stimme in den schwachen Wind:
– Der Herr sei mein Hirte, / mir wird nichts mangeln. / Er weidet mich auf einer grünen Aue / und führet mich zum frischen Wasser. / Er erquicket meine Seele. / Er führet mich auf rechter Straße um seines Namens willen. / Und ob ich schon wanderte im finstern Tal, / fürchte ich kein Unglück; / denn du bist bei mir, / dein Stecken und Stab trösten mich.

Beauxchamp kann die Tränen nicht zurückhalten und wirft eine rote Rose auf den Sarg; Michelles Mutter, eine zierliche Frau in Schwarz, tritt allein an das Grab und bleibt einen Augenblick schweigend stehen, den Blick auf den Sarg gerichtet. Als sie sich umdreht, drohen ihre Beine zu versagen. Cartwright tritt schnell vor und stützt sie, bis Beauxchamp bei ihr ist. Auch Eve und Jon treten an die Grube und werfen beide eine weiße Lilie hinunter; einige Sekunden lang, als die Dunkelheit des Erdlochs seinen Blick gefangen nimmt und der braune Sarg in dem Loch auf absurde Weise zu winzig für seine Trauer und seinen Zorn erscheint, erlebt er die Augenblicke wieder, als Michelle erschossen wurde. Er hört ihre Stimme und blickt in den kühlen, schier endlosen blauen Himmel.

Beauxchamp hat sie auf ein Glas Wein in die West Park Avenue eingeladen, Cartwright lehnt dankend ab, und als Jon und Eve mit einem Taxi endlich in der Wohnung ankommen, sind die übrigen Gäste schon gegangen. Der schlanke, dunkelhaarige Beauxchamp bittet sie an einen Tisch im Wohnzimmer, wo er ihnen ein Glas Wein einschenkt und ihnen für ihr Kommen dankt; aber irgendetwas stimmt nicht, Jon spürt es an Beauxchamps Augen und an seiner Stimme. Da sagt Beauxchamp plötzlich:

– Wenn ich es recht sehe, wäre ihr Tod zu vermeiden gewesen.

– Wie meinen Sie das? fragt Jon.

– Die Polizei sagt, die hätten es auf Sie abgesehen und nicht auf Michelle. Es ging um eine Videokassette, warum haben Sie denen nicht einfach die Kassette gegeben, als sie auftauchten?

– Das habe ich getan und gleichzeitig versucht zu entkommen.

– Sind Sie sich darüber im Klaren, dass meine Frau Ihren Versuch mit dem Leben bezahlt hat? fragt Beauxchamp verbittert und starrt ihn an.

– Ich kann mir nicht vorstellen, dass Jon den Helden spielen wollte, sagt Eve.

– Das können Sie gar nicht wissen, Sie waren ja nicht dabei! sagt Beauxchamp und hält seinen Blick fest.

– Man weiß nie, wie man reagiert, wenn jemand eine Pistole auf einen richtet, sagt er. – Ich habe versucht, Michelle mit meinem Körper zu decken, sie stand genau hinter mir, aber ich habe immer wieder bereut, dass ich mich gewehrt habe.
Beauxchamp dreht das Weinglas zwischen seinen Fingern als wäre es ein Cognacglas und betrachtet ihn eine Weile. Das grelle Licht über dem Tisch fällt auf sein bleiches Gesicht und lässt eine Reihe feiner Falten auf der Stirn und um die Augen hervortreten; er ist älter, als es im ersten Moment scheint. Am anderen Ende des Zimmers wirken die grotesk grinsenden und fratzenhaften Masken, die er von seinen Asienreisen mitgebracht hat, im Halbdunkel plötzlich lebendig.
– Ich frage mich, was Sie überhaupt von meiner Frau wollten, Sie mussten doch wissen, dass die Mörder hinter Ihnen her waren, sagt Beauxchamp und beugt sich vor.
– Ich wusste nicht, dass sie hinter mir her waren, und Ihre Frau hatte mich eingeladen.
– Das erscheint mir sehr unwahrscheinlich. Aus welchem Grund? Sie haben privat doch nie miteinander zu tun gehabt.
– Es war eine ungewöhnliche Situation, sagt er. – Das ganze Büro war von dem Fall Ifrahim Mohammed berührt.
– Und dann sind Sie hier hergekommen, um sich trösten zu lassen?
– An diesem Abend hatte ich keinen klaren Kopf, sagt er. – Vielleicht brauchte ich einfach jemanden zum Reden, und wenn es Sie beruhigt, ja, ich fühle mich für Michelles Tod verantwortlich.
– Verantwortlich, sagt Beauxchamp und lässt sich das Wort auf der Zunge zergehen. – Zwischen Ihnen war irgendetwas, oder? Geben Sie es nur zu. Deshalb sind Sie hier gewesen, und deshalb waren Ihnen die Folgen egal.
– Zwischen uns war gar nichts, sagt er. – Was passiert ist, tut mir unendlich leid, aber das hier führt zu nichts …
Beauxchamp leert sein Glas und setzt es hart auf dem Tisch ab,

sein Blick wandert von dem leeren Glas zu ihm hoch. Er sieht ihn an, und ein Schatten gleitet über sein Gesicht; es ist vollkommen still, er hört Eve schneller atmen und spürt ihre Hand auf seinem Arm. Beauxchamp kämpft einige Sekunden lang gegen seinen Zorn an. Jon wird klar, dass dieser Mann, der gesehen hat, wie seine Mutter in Saigon erschossen wurde, ihm kaum den noch so winzigen Anteil an Michelles Tod vergeben wird, und dass dieser Tod seine alten Wunden aufgerissen hat. War er nicht in Shanghai im Krankenhaus, als er die Nachricht von Michelles Tod erhielt? Vielleicht war die Nachricht von Michelles Tod an seiner Krankheit schuld?

Aber Beauxchamp überrascht sie beide.

– Verzeihung, sagt er und lächelt kurz. – Es war alles zuviel für mich. Ich weiß ja, dass Michelle gern in Ihrer Kanzlei war und Sie sehr geschätzt hat …

– Vergessen Sie's, sagt Jon und steht auf. – Machen Sie sich keine Gedanken. In Ihren Zustand wäre ich sicher auch ausgerastet.

– Ausgerastet? fragt Beauxchamp und lächelt wieder. – Ich bin doch nicht ausgerastet.

– Nun ja, wütend, nennen Sie es, wie Sie wollen …

– Ich *bin* wütend, sagt Beauxchamp und steht vom Tisch auf. – Aber was soll ich mit der Wut anfangen?

– Vielleicht fasst die Polizei ja die beiden, sagt Eve. – Vielleicht hilft Ihnen das.

– Die sind sicher über alle Berge, und selbst wenn, so bringt es mir Michelle doch nicht zurück, oder?

Sie verabschieden sich im Flur, der frisch gestrichen ist und keine Spuren von dem Geschehen mehr zeigt. Beauxchamps Hand zittert, als er sie ihm zum Abschied reicht, und noch in dem gelben Licht der Subway nach Lower Manhattan bleibt Beauxchamps verletztes Gesicht zwischen den vielen fremden Gesichtern auf seiner Netzhaut haften. Als sie endlich in ihrer Wohnung sind, beginnt Eve, ihn nach seinem Verhältnis zu Michelle zu befragen.

– Da war nichts, wir waren nur gute Kollegen, sagt er. – Beauxchamp war derjenige, der andere Beziehungen hatte.
– Woher weißt du das?
– Das hat sie mir gerade an jenem Abend erzählt, sagt er.
– Arme Michelle, sagt Eve.
Sie gehen früh ins Bett und erwachen vom Wind, der durch die Fensterritzen pfeift. Im Laufe des Tages telefoniert er lange mit Johnson wegen Ifrahim Mohammed und erfährt, dass Mohammed bald auf Bewährung entlassen wird. Kaum hat er Eve die freudige Nachricht überbracht, als eine Sekretärin von Louise Black auf seinem Handy anruft und ihm mitteilt, dass diese ihn am nächsten Vormittag in ihrem Büro erwartet. Dann erkundigt er sich bei einigen Kollegen nach einer Vertretung für Michelle, aber als Eve darauf besteht, dies selbst zu übernehmen und als gleichberechtigte Partnerin in seine Firma eintreten zu wollen, bemüht er sich nicht weiter und verabredet sich mit Cartwright im Büro.
Das Büro wirkt wie eine leere Kulisse, als er die Tür zu den verdunkelten Räumen mit den verlassenen Schreibtischen und Stühlen und abgeschalteten Computerschirmen öffnet. In den Glasscheiben zu seinem eigenen Zimmer sieht er einem Gespenst ähnlich, die Luft ist stickig und hat diesen nur allzu vertrauten Rußgeruch. Er öffnet ein Fenster und lässt die Haustür offen stehen, der kühle Wind fegt in den Raum und weht einige verwelkte Blätter herein. Als er gerade das Licht anknipsen will und den Rücken zur Tür dreht, hört er hinter sich Schritte. In der Tür erscheint ein Mann, der einen dunklen Mantel trägt und den Hut in die Stirn gezogen hat.
– Wer sind Sie?
– Ganz ruhig, sagt Cartwright und nimmt den Hut ab.
– Ah, ich habe vergessen, dass du Hüte trägst, sagt er und macht das Licht an.
– Das ist doch nicht alles, oder? fragt Cartwright, dreht sich um, schließt die Tür, zieht den dunklen Mantel aus und blickt ihn aus seinen wachsamen, etwas müden Augen an.

– Nein, es steckt einem in den Knochen, sagt er. – Und es kommt immer wieder hoch, die Sache im Turm, Michelles und Hamsals Tod und jetzt diese Verrückten irgendwo da draußen.
– Ich weiß, was du meinst, sagt Cartwright. – Aber weißt du auch, dass die Polizei nicht die geringste Spur von ihnen hat, die sind mir nix dir nix verschwunden.
– Hast du mit ihnen geredet?
– Ja, mit Smith. Er tut so, als würde es ihm nichts ausmachen, aber ganz offensichtlich haben sie keine Ahnung, wie sie weitermachen sollen. Die gute Nachricht wäre, sie sind nicht mehr in New York, vielleicht in Florida, vielleicht …
– Die schlechte, sie konnten sie einfach nicht finden, sagt Jon und zündet sich eine Zigarette an.
Cartwright öffnet die Kühlschranktür, nimmt ein Bier heraus und setzt sich ihm gegenüber.
– Was liegt an? fragt er, wie schon in Hunderten von Besprechungen und Fällen der vergangenen Jahre. Jon weiß, dass er auf ihn zählen kann, ganz gleich, was passiert, er hat aber nie herausbekommen, wie Cartwright eigentlich lebt. Seine wechselnden Freundinnen, seine plötzlichen Urlaubsreisen nach Miami, seine Zweizimmerwohnung in New Jersey, seine Zeit in der Army, seine Vorliebe für Whisky, The Doors und alte Ford-Autos, seine Nebenverdienste, seine heisere Stimme, das alles ist ihm letzten Endes ein Rätsel, genauso wie das Gefühl, als würde er eine Mauer um seine Verletztheit und sein Alleinsein ziehen.
Er bittet Cartwright, Ifrahim Mohammed am nächsten Tag aus den »Gräbern« abzuholen.
– Bringe ihn nach Brooklyn zu Frau und Kindern, sagt er. – Ich habe keine Zeit, ich bin mit Louise Black verabredet.
– Damit hast du gewonnen, sagt Cartwright. – Das ist dasselbe, als würden sie ihn nicht mehr anklagen.
– Ja, sagt er. – Aber ich mache mir Sorgen um ihn. Wer weiß, was sein Bruder und Zawawi mit ihm vorhaben?

– Du kannst nicht überall sein.
– Nein, ich habe genug Probleme mit Eve.
– Eve?
– Eve will eine Pistole.
– Kein Problem, sagt Cartwright.
– Aber ich will keine Pistole in der Wohnung.
– Und wenn es um Sekunden geht, ehe man Eve und dich erschießt?
– Ich kann mir kaum vorstellen, dass diese Situation eintrifft …
– Jeder darf naiv sein, aber soll Eve sich nicht selbst schützen dürfen? sagt Cartwright mit seiner heiseren Stimme, steht auf, holt seinen Mantel, zieht aus der Innentasche ein Halfter mit Pistole.
– Das ist eine 9 mm Browning, eine hervorragende Waffe, ich borge sie euch. Sie wiegt ungefähr ein Kilo, liegt gut in der Hand, versuch's mal.
Zögernd nimmt er die Pistole, sie ist schwer und er reicht sie Cartwright sofort wieder zurück.
– Nein, halte sie einfach in der Hand, damit du ein Gefühl dafür bekommst, sie ist gesichert, es ist ungefährlich. Ziele auf die Tür da.
Er richtet die Pistole auf die Tür.
– Tu so, als würdest du abdrücken.
Widerwillig und mit einem unangenehmen Gefühl drückt er ab.
Cartwright nimmt die Pistole und zeigt ihm, wie man sie entsichert, auch das probiert er und reicht sie ihm schnell wieder.
Dann zeigt Cartwright ihm, wie man das Magazin herausnimmt und wieder einsetzt.
– Das Magazin hat dreizehn Schuss, das ist mehr, als ihr beide braucht. Wenn die Pistole entsichert ist, muss man den Abzug nur ganz leicht drücken, wenn man nochmal drückt, dann fällt automatisch ein Schuss nach dem anderen.
Cartwright erklärt weiter, dass der Rückstoß ganz schwach ist und dass man so nah wie möglich auf Arme oder Beine zielen muss, um zu treffen, ohne zu töten.

– Ganz eiskalt abdrücken, sagt Cartwright mit einem kurzen Lächeln.
– Ich werde sie hoffentlich nie gebrauchen, das wäre mir lieber.
Als Cartwright kurz darauf geht, lässt er die Pistole auf Michelles ehemaligem Schreibtisch liegen, Jon geht hinter die Glasscheibe, um seinen randvollen Anrufbeantworter abzuhören und die Mandantenliste durchzugehen. Es versetzt ihm einen Stich, als er Alice Carters Stimme auf dem Band hört, er hat sie völlig verdrängt, er schreibt sich noch einmal ihre Telefonnummer auf, um sie später Eve zu geben. Ein Theater- und Filmagent namens Goodman mit einem Büro auf der Fifth Avenue, dessen Frau ermordet wurde, hat ihm in der letzten Woche mehrere Mails und einen Brief geschrieben und bittet ihn eindringlich um einen Termin in seinem Büro. Eine Frau, die in der Bronx mehrere Male vergewaltigt worden ist und der Polizei vergeblich die Türen eingerannt hat, bittet ihn weinend, ihren Fall zu übernehmen. Ein Mann mit trauriger Stimme aus Uptown Manhattan, dessen Bankkonto völlig leergeräumt wurde und der jetzt wegen Versicherungsbetrugs dran ist, bittet eindringlich um seine Hilfe. Es nimmt kein Ende. Er beschließt, den Theateragenten am nächsten Tag aufzusuchen, dieses Mal braucht er Geld. Und danach vielleicht die Frau aus der Bronx pro bono …
Er blickt auf seine Uhr und stellt fest, dass es schon spät ist, in Wien ist jetzt früher Vormittag und Sine muss in ihrem Büro im UNO-Gebäude auf der Donau-Insel sein. Einer Eingebung folgend, wählt er ihre Nummer und wartet den langen Rufton im Hörer ab, ehe die Verbindung steht und es in dem Büro auf der anderen Seite des Atlantik, einige Tausend Kilometer entfernt, mehrmals klingelt.
Auf einmal ist sie am Apparat und er fragt sofort nach Tobias.
– Ihm geht es gut, sagt sie. – Aber du fehlst ihm.
– Woher weißt du das?
– Er hat ein Foto von dir über seinem Bett, jeden Abend vor dem Einschlafen betrachtet er es, sagt aber nichts.

– Weißt du genau, dass es um mich geht und nicht um das Foto? Wenn ich ihn besuche, dauert es immer mehrere Tage, bis ich das Gefühl habe, dass er weiß, wer ich bin.
– Er weiß, dass der Mann auf dem Foto sein Vater ist, aber ihm fällt es schwer, es mit dir zu verbinden, wenn er dich sieht, und das ist ja eher selten, nicht wahr?
– Ja, sagt er und verzichtet auf Erklärungen, die ja doch wie faule Ausreden klingen würden.
– Obwohl er Autist ist, verbindet ihn etwas mit seinem Vater, und von allen Männern, die ich kenne, weckst du als Einziger bei ihm dieses Gefühl. Das ist deine besondere Begabung, nicht allein, weil du sein Vater bist. Ich verstehe nur nicht, warum du ihn nicht öfter besuchst?
– Von New York nach Wien ist es weit, sagt er.
– Du hast es selbst so gewollt.
– Wenn ich mich recht erinnere, wollten wir beide es so, und ich habe meinen Job hier. Ich habe dir vorgeschlagen, dass ihr mit nach New York kommt, weißt du noch?
Es wird still in der Leitung.
– Ich habe auch meine Fehler, sagt sie.
– Und deine Männer …
– Darüber will ich mit dir nicht reden, sagt sie.
– Ich besuche Tobias so schnell es irgend geht. Und für länger. Es gibt nur ein paar Dinge, die ich hier noch erledigen muss.
– Musst du nicht immer erst noch ein paar Dinge erledigen?
– Vielleicht, aber im Moment ist es nicht zu ändern.
– Gewiss, sagt sie.
– Übrigens möchte Eve mit mir nach Jerusalem gehen.
– Jerusalem?
– Ja, vielleicht fliegen wir bald …
– Wollt ihr da bleiben? fragt Sine wachsam.
– Ja, wahrscheinlich.
– Wieder weit weg von Tobias, sagt sie und verabschiedet sich mit

Ironie in der Stimme. Er bleibt einen Augenblick mit dem Hörer in der Hand sitzen und starrt in das leere Vorzimmer, dann geht er zwei laufende Mord- und Appellsachen durch, mit denen er wegen des Ifrahim-Mohammed-Falles nicht weitergekommen ist. Sine hat in ihrem Büro im UNO-Gebäude den Hörer aufgelegt und ist ans Fenster getreten, von dem man auf die wintergraue Donau und das beeindruckende Wiener Panorama im Nebel sehen kann. Sie hat ihre Ironie schon bereut, hat sie ihn vor sieben Jahren nicht damit aus Wien verjagt? Warum hat sie ihn damals nicht so gelassen, wie er war, solange ihm Tobias etwas bedeutete? Warum ist sie damals nicht mit nach New York gegangen? Die Leere, die er hinterließ, war groß; hatte sie nicht zu viel Energie darauf verwendet, wütend auf ihn zu sein, obwohl er in all den Jahren Tobias in Wien besuchte? Ein kaum verhohlener Zorn hatte sie daran gehindert, ihn als den zu sehen, den sie immer noch liebte und den andere Beziehungen nicht ersetzen konnten. Sieben Jahre mit Männern, die Tobias nie »Vater« sein konnten und in ihm lediglich einen beschwerlichen schrulligen Sonderling sahen, der einer echten Beziehung im Wege stand. Das Gefühl, ihr Junge stehe immerzu allem im Weg, eine Art Outcast, den man nur akzeptiert, weil er nun mal ihr Kind ist, hatte ihr schwer zu schaffen gemacht und sie immer mehr isoliert. Gelegentlich hatte sie sich dabei ertappt, Tobias mit all seinen fast neurotischen Ritualen und seinem Mangel an Einfühlung weit weg zu wünschen. Und hatte sie nicht manchmal auch Jon in ihm gesehen, wenn die Einsamkeit sie in Tobias Gegenwart übermannte? Sie hatte einen Psychologen aufgesucht, der aber Entwarnung gegeben und gemeint hatte, sie läge mit ihren Gefühlen im »Normbereich«; eine chronische psychische Krankheit bedeute fast immer eine Belastung, es wäre »phantastisch«, wie sie sich um ihn kümmerte, so dass er ein »fast normales« Leben führte; ja, indem sie seine besondere musikalische Begabung unterstützte, würde sie auch sein Selbstgefühl stärken. Dennoch war sie sich in Wien ganz auf sich selbst gestellt und stand vor einer Aufgabe, die allmählich ihre

Kräfte überstieg. Nur einer kann diese Aufgabe mit ihr teilen, einer, der Tobias mit denselben Augen sieht wie sie. Wenn er nicht zu ihr kommt, muss sie zu ihm gehen.

Während Sine mit den Augen einer Möwe folgt, die im Nebel über der Donau im Aufwind schwebt, fasst sie einen Beschluss.

In seinem Büro am St. Mark's Place braucht Jon eine weitere halbe Stunde, um seine zwei Fälle durchzugehen, dann übermannt ihn die Müdigkeit, aber anstatt aufzustehen, bleibt er schwerfällig am Schreibtisch sitzen und starrt durch die Glasscheibe in das leere Vorzimmer. Der Klang von Sines Stimme hallt ihm noch immer in den Ohren, und hinter ihrer Ironie hört er die Sehnsucht heraus. Aber vielleicht irrt er sich? Vielleicht verwirrt ihn die eigene Sehnsucht nach ihr und lässt das Bild von ihr verschwimmen? Warum kann er den Gedanken an sie nicht ein für alle Mal begraben? Warum kann er selbst im turbulenten New York mit Eves Bild vor Augen nicht aufhören, an ein ganz andres Leben mit Sine und seinem Sohn zu denken? Jedes Mal, wenn er am Telefon ihre Stimme hört, werden seine Knie weich. So oft er in all den Jahren bei Tobias und Sine in Wien war, hat er nach Zeichen der Zuneigung bei ihr gesucht, aber keines war eindeutig gewesen. Oder doch? Hat sie sich zurückgehalten, weil sie wollte, dass er den Anfang machte? Hat nicht er beide verlassen, obwohl er versprochen hatte, zu ihr und Tobias nach Wien zurückzukehren? Und jetzt ist es zu spät! Oder doch nicht? Wie kann er sich einbilden, er könne zwei Frauen gleichzeitig lieben, wenn das heißt, halbherzig mal hier und gelegentlich auch da zu leben? Wann wird er jemals ganz er selbst sein können?

Er seufzt, löscht die Lampe über seinem Schreibtisch, geht ins Vorzimmer und zieht seinen Mantel an; erst als er das Licht im Vorzimmer ausschalten will, fällt sein Blick wieder auf die Pistole auf Michelles Schreibtisch. Er weiß, dass sie Cartwrigth gehört, nicht nur von der kleinen Vorführung vor ein paar Stunden; das letzte Mal hatte er sie gesehen, als Cartwrigth sie an der Tankstelle vor Long Island Sound benutzte.

Er hebt sie beim Hinausgehen wie zufällig auf und steckt sie in die Tasche.
Wer ist er jetzt? Ein Mann, der mit einer Pistole durch Nacht und Kälte geht?
Er spürt sie wie einen Stein an seinem Oberschenkel. Er kann sich an das Gefühl nicht gewöhnen

Ehe er am nächsten Morgen zum Polizeihauptquartier an der Park Row fährt und während Eve noch schläft, legt er die Pistole, Alice Carters Telefonnummer und eine kurze Nachricht auf ihren Nachttisch und verlässt leise die Wohnung. Sie hört im Traum eine Tür zuschlagen; sie ist in einem Raum, sein Fußboden, eine endlose Reihe von roten und weißen Häusern auf goldenem Grund, ähnelt einem Mosaik, das sie an Sommertagen in der Hebrew-University in Jerusalem gesehen hat, jetzt aber steht ihr Vater da, kehrt ihr den Rücken zu und umarmt ihren verstorbenen Bruder. Der Bruder, ganz in Weiß, starrt sie vorwurfsvoll und zugleich traurig an, und als sie mit ausgestreckter Hand auf die beiden zugeht, verschwinden sie wie eine Fata Morgana und sie schläft traumlos mit dem Gedanken weiter: »Warum hat mein Vater mir den Rücken zugekehrt?«
Als sie eine halbe Stunde später aufwacht und sich über die Pistole neben ihrem Bett wundert, fährt Jon mit dem metallisch glänzenden Aufzug im würfelförmigen roten Gebäude der Park Row zu Louise Blacks Büro. Er hat keine großen Erwartungen an die Unterredung, vielleicht will sie ihn nur noch einmal prüfen und sicher gehen, dass er sich von den beiden flüchtigen Männern fernhält, vielleicht sind noch Fragen offen.
Louise Black führt ihn selbst in das helle Büro über dem East River. Sie trägt eine kurze, eng anliegende dunkle Jacke über der weißen Bluse, und der schwache Duft eines herben Parfums kitzelt seine Nase, als sie ihm mit einem kaum sichtbaren Lächeln in dem verschlossenen, regelmäßigen Gesicht den ungefähr vierzigjährigen

Mark Denvers vorstellt, der einen grauen Anzug trägt und für die CIA arbeitet. Der mittelgroße sonnengebräunte Denvers reicht ihm resolut die Hand und mustert Jons Gesicht mit merkwürdig hellen Augen; die Farbe gibt seinem Blick etwas Verschwommenes, das schon gleich, nachdem er sich mit seinem Rang vorgestellt hat, im Widerspruch zu seiner abgehackten Sprechweise steht.
Sie setzen sich und er fragt sich, was Denvers von ihm will.
Denvers öffnet mit einer raschen und zielstrebigen Bewegung eine Aktentasche, die er mitgebracht hat, zieht zwei rote Ordner heraus, legt sie vor sich auf den Tisch, blättert darin und beginnt unvermittelt, ein Profil von Benzir Zawawi zu skizzieren. Er stellt eine Verbindung zwischen Benzir Zawawi, Al-Qaida, Scheich Omar Abdul Rahmane und dem Gründer der Hamas, Abdullah Azzam, her. Es gibt Grund zu der Annahme, dass Zawawi – falls er sich nicht doch noch in New York oder in den USA befindet – bei seinen Kampfgefährten in Gaza oder an der Westbank Unterschlupf gefunden hat. – Wahrscheinlicher ist jedoch, sagt Denvers und richtet seinen verschwommenen Blick auf ihn, – dass er sich noch immer in New York aufhält und ein neues Attentat auf eine Subwaystation plant.
– Der Mann ist äußerst gefährlich, genauso wie sein Komplize, Hassan Mohammed, dieser wechselt seine Identität wie andere Leute das Hemd, über ihn wissen wir fast gar nichts, lediglich dass er früher in London Imam war und möglicherweise während seines Aufenthalts in New York in Verbindung mit Scheich Omar Abdul Rahmane stand. Wir nehmen an, dass Sie uns und dem Antiterrorkorps bei der NY Police noch ein paar Informationen liefern können.
– Ich erzähle Ihnen und Mrs. Black gern, was ich weiß, das ist aber nicht viel mehr, als Sie schon wissen, sagt er. – Doch was ist eigentlich der Zweck dieser Unterredung?
– Wir möchten gern, dass Sie für uns arbeiten, sagt Louise Black mit ihrer bedächtigen Stimme, ohne sich auf dem Stuhl zu bewe-

gen. – Wir haben ein Profil von Ihnen erstellt, von Ihren Fällen im Criminal Court als Ankläger und Verteidiger, Ihren Bemühungen in Wien bei der Suche nach dem Kriegsverbrecher Menken und verschiedenes mehr. Wir sind der Meinung, Sie haben das nötige analytische und juristische Potenzial, um ein Teil unseres Teams zu werden.
– Welches Team? fragt er überrascht.
– Solange sie in New York sind, können Sie undercover für uns arbeiten, und auf bestimmten Reisen außerhalb der USA für die CIA. Was das angeht, haben Sie ja auch eine israelische Lebensgefährtin, deren Vater in Jerusalem leider krank ist …
– Woher wissen Sie das?
Statt zu antworten, wendet Louise Black ihr bleiches Gesicht Denvers zu. Denvers sagt:
– Wir fänden es gut, wenn Sie mit Ihrer israelischen Lebensgefährtin nach Israel fliegen und Sie als Tourist weiter zur Westbank fahren und uns helfen, das Rätsel um Zawawi zu lösen. Bei Ihrer Begabung, Leute aufzuspüren, zweifeln wir nicht daran, dass Sie ihn finden oder wertvolle Informationen über ihn beschaffen. Zuerst sollten Sie in Hebron nach ihm suchen.
– Hören Sie, sagte Jon. – Sie irren sich in meinem Profil, ich danke für das Angebot, aber das ist nichts für mich. Ich bin Anwalt mit einem kleinen Büro im East Village, das reicht mir. Im Moment wollen meine Freundin und ich nur eins, in Ruhe und Frieden leben. Und dann gefällt mir nicht, dass Sie all diese Informationen über mich gesammelt haben. Woher haben Sie die?
– Es gehört zu unserem Job, so etwas zu wissen, sagt Louise Black und presst ihre zarten Fingerknöchel gegeneinander.
– Noch vor kurzem waren zwei Ihrer Leute überzeugt, mein Mitarbeiter und ich würden mit dem Feind rumhuren. Ich verstehe nicht ganz …
– Das war ein Test, Sie haben ihn bestanden!
Er blickt beide einen Moment lang an: Louise Black in ihrem smar-

ten Aufzug, ihrem undurchdringlichen Gesicht und den intelligenten, aber kühlen Augen, und Denvers, der einen tadellosen grauen Anzug trägt und einen abwesenden Eindruck macht.

– Sie haben mich nicht nur auf etwas getestet, woran ich kein Interesse habe, Sie haben mich auch abgehört. Wer gibt Ihnen das Recht dazu?

– Wer hat etwas von Abhören gesagt? fragt Louise Black.

– Woher hätten Sie sonst so viele Informationen über mich?

– Das kann ich Ihnen nicht sagen, aber glauben Sie mir, das ist vom Gesetz voll gedeckt.

– Das nehme ich Ihnen nicht ab.

– Ich kann nicht ins Detail gehen, Sie nur ganz allgemein auf den Patriot Act verweisen, sagt Louise Black kühl. – Aber ich will Sie daran erinnern, dass Sie in unserer Schuld stehen.

– Inwiefern?

– Warum, meinen Sie, haben Sie Ifrahim Mohammed so reibungslos freibekommen?

– Wir hatten eine Abmachung: Sie haben Informationen von mir bekommen, dafür waren Sie bereit, meinen Mandanten zu entlasten, der sich nichts hat zuschulden kommen lassen.

– Die Adresse in New Jersey, die Sie uns gegeben haben, war eine Niete, und bedenken Sie auch, dass Ihr Mandant nur auf Bewährung freigekommen ist!

– Soll ich das als Drohung gegen die Freiheit meines Mandanten verstehen ...

– Denken Sie darüber nach, sagt Louise Black und hält seinen Blick fest.

– Und sehen Sie es als moralische Verpflichtung, etwas für die USA zu tun, die Sie vor vierzehn Jahren aufgenommen haben, sagt Denvers, der eine Weile geschwiegen und Louise Black wiederholt mit einem kurzen Nicken beigepflichtet hat.

– Moralisch verpflichtet? fragt er und ahnt schon, worauf es hinausläuft.

– Wir müssen jetzt zusammenstehen, fährt Denvers gestikulierend fort. – Wie hat Präsident Bush noch gesagt: »Entweder ist man im Krieg gegen den Terror für uns oder gegen uns.« Im Augenblick unterstützen uns dabei neun von zehn Amerikanern, es herrscht ein neuer Patriotismus im Land, das Gefühl einer neuen Größe. Rumsfeld wird unsere Verteidigung wieder aufbauen, und wir werden mit dieser Regierung die Achse des Bösen zerschlagen und zeigen, wer die Fahnenträger der Freiheit sind. Einzig und allein darum geht es hier und jetzt. Wie können Sie da sagen, Sie wollen nicht mitmachen?
– Meine langjährige Erfahrung als Anwalt hat mir gezeigt, dass man die Welt nicht in Schwarz und Weiß, in Gut und Böse aufteilen kann. Zurzeit führt Ihre Regierung Krieg in Afghanistan, wo man Tausende von Zivilisten tötet, alles um bin Laden zu ergreifen und den Terrorismus zu bekämpfen. Wo bleibt da das Gute?
Denvers blickt ihn einen Moment lang enttäuscht an, um seine Lippen in dem glatt rasierten Gesicht spielt ein kleines spöttisches Lächeln, als würde er denken: Warum vergeude ich hier meine Zeit mit einem Mann, der nichts kapiert hat?, aber er sagt:
– Sie kommen aus Europa, aber die Europäer sind zu zimperlich, ich dachte, Sie wüssten es besser, weil sie schon so lange bei uns leben, hier halten wir nicht die andere Wange hin, hier zahlen wir mit gleicher Münze heim und packen das Übel an der Wurzel.
– Ich bedaure, sagt er mit einem leicht ironischen Lächeln und erhebt sich vom Tisch. – Ich habe meine eigenen Pläne.
Auch Louise Black und Denvers erheben sich, sie gehen zur Tür und treten auf den grauen, grell erleuchteten Flur, wo Denvers' braune Haut plötzlich fahl wirkt. Er reicht Denvers zum Abschied schweigend die Hand, seine Hand ist feucht.
– Leute wie Sie sind mir ein Rätsel, Sie haben alle Möglichkeiten und greifen nicht zu, sagt Denvers mit sich leicht überschlagender Stimme, dreht ihm schnell den Rücken zu und läuft den Flur hinunter. Louise Black reicht ihm die Hand, und ihm ist nicht ganz klar, wie

sie seine Absage aufgenommen hat; sie presst die Lippen aufeinander, sekundenlang sieht er nur ihre müden Augen, und sie sagt:
– An Ihrer Stelle würde ich mir das Nein noch einmal überlegen.
– Und wenn ich dann immer noch Nein sage?
– Hier geht es nicht nur um Ihren Mandanten; wir können Sie jederzeit aus den USA rauswerfen lassen.
– Werfen Sie mich raus, bedienen Sie sich dieser abstrusen Gesetze, machen Sie, was Sie wollen, aber meinen Mandanten lassen Sie in Ruhe, haben Sie verstanden? Er geht den Flur hinunter, stellt sich vor den Aufzug und wartet, während mehrere Uniformierte an ihm vorbeigehen. Sie bleibt einen Augenblick stehen und starrt zu ihm herüber, und plötzlich ist sie verschwunden.
Minuten später passiert er problemlos die Absperrungen vor dem massigen roten Gebäude und beschließt, zu Fuß über die Park Lane und durch die Straßen zu Mr. Goodman und seinem Büro in der Fifth Avenue zu gehen. Unter dem verhangenen Himmel, aus dem ab und an die Sonne hervorlugt und einen hellen Schleier über die grauen und braunen Häuser wirft, holt er mitten im Lärm sein Handy heraus und kündigt Mr. Goodman sein Kommen an.
Als er eine halbe Stunde später im dichten Verkehr die Fifth Avenue vor dem himmelhohen Empire State Building überqueren will, erblickt er im schwachen Schatten des Gebäudes einen Mann, der ihm bekannt vorkommt. Im ersten Moment kommt es ihm wie eine Sinnestäuschung vor, aber das Gesicht des Mannes, das er nur von der Seite gesehen hat, und die Art, wie er sich in dem unauffälligen braunen Wintermantel und dunklen Hosen in dem Gedränge bewegt, erregen seine Aufmerksamkeit. Während er dem Mann in einiger Entfernung folgt und dabei fürchtet, ihn aus den Augen zu verlieren, überlegt er, wie sicher er sich seiner Sache sein kann: Ist es Hassan oder Ifrahim Mohammed? Aber Ifrahim Mohammed müsste bei seiner Familie in Brooklyn sein …
Die Gestalt tritt durch eine Tür in einem kleinen Portal und ist verschwunden, er geht schneller, drängelt sich durch die vielen Fuß-

gänger und steht gleich darauf vor einer Filiale der Chase Manhattan Bank. Er geht zu einem Fenster und blickt vorsichtig in einen großen, hohen Raum mit vielen Kunden, die vor den Schaltern auf ihre Abfertigung warten. An beiden Enden des Raums, der mit leuchtenden elektrischen Sternen und Tannenzweigen weihnachtlich geschmückt ist, gehen zwei bewaffnete Wachmänner umher, einer stellt gerade seine Armbanduhr, der andere hält einem Kunden die Tür auf. Seine Augen suchen die Menschenmenge ab, und er will schon enttäuscht aufgeben, als er den Mann im braunen Mantel, mit dem schwarzen Haar und den schwarzen Hosen entdeckt. Er dreht ihm den Rücken zu und hat aus der Innentasche seines Mantels einige Papiere herausgezogen; es dauert, bis er an der Reihe ist, und jetzt beginnt eine Art Verhandlung: Die Bankangestellte stutzt über irgendetwas in den Papieren, die er ihr gereicht hat, der Mann versucht, sich durch Gestikulieren verständlich zu machen, die jüngere Angestellte ruft einen Vorgesetzten hinzu, einen Mann im grauen Anzug und mit rotem Schlips, er wirft einen kurzen Blick auf die Papiere und nickt mit einer entschuldigenden Miene zu dem Mann hin. Danach zieht er mit einer gekonnten Bewegung unter dem Schalter eine Schublade heraus, holt ein größeres Bündel Geldscheine hervor, zählt es durch und reicht es dem Mann, der es schnell in der Innentasche seines Mantels verstaut, sich unverzüglich umdreht und auf den Ausgang zugeht.
Jon tritt schnell von dem Fenster auf den Bürgersteig zurück und ist sich jetzt sicher: Dieser stechende Blick, die geschmeidigen, schnellen Bewegungen und das zugleich nervöse und selbstbewusste Auftreten – es ist Hassan Mohammed.
Alles, was dieser Mann getan und verschuldet hat, geht ihm plötzlich wieder durch den Kopf; er dreht sich mit dem Rücken zur Wand und sucht sein Handy, um Louise Black anzurufen. Als er es endlich gefunden hat, ist die Leitung tot, und aus den Augenwinkeln sieht er Hassan Mohammed die Bank verlassen und langsam die Fifth Avenue entlanggehen, wo sein schwarzer Haarschopf

zwischen anderen Fußgängern, die große Plastiktüten mit Weihnachtseinkäufen tragen, verschwindet und wieder auftaucht.
Er läuft los und beschleunigt seine Schritte, da Mohammed es jetzt offenbar eilig hat, er hält die ganze Zeit einen gewissen Abstand. Sie lassen Straße um Straße und Gebäude um Gebäude hinter sich, manchmal muss er stehen bleiben und so tun, als würde er sich für die Auslage eines teuren Geschäftes interessieren, wenn Mohammed vor einer Fußgängerampel ungeduldig auf Grün wartet. Sein Puls steigt an, als er an der 47th Street zu dicht an Mohammed herangekommen ist und dieser plötzlich stehen bleibt, um irgendetwas aus der Manteltasche herauszuholen. Er muss an ihm vorbeigehen und in die 47th einbiegen. Er läuft ein kurzes Stück zu einem voll besetzten Café weiter und tut so, als würde er das Café betreten, dreht sich aber in der Tür um und hält nach Mohammed Ausschau. Er sieht ihn bei Rot an der Kreuzung 47th und Fifth Avenue mit einem Stadtplan in der Hand. Mohammed blickt von dem Plan auf und dreht den Kopf in seine Richtung, eine Sekunde lang treffen sich ihre Blicke, ehe Jon ihm den Rücken zukehren und die 47th Street weiter entlanglaufen kann. Hier macht er wieder kehrt, überquert schnell zwischen zwei Autos die Straße und rennt jetzt zur Kreuzung, wo Mohammed nicht mehr zu sehen ist; er biegt um die Ecke in die Fifth Avenue, beschleunigt seine Schritte und läuft auf dem Bürgersteig in Richtung des Rockefeller Center. Auf unerklärliche Weise ist Mohammed ihm schon ein ganzes Stück voraus, er erkennt ihn an dem leichten Gang und dem braunen Mantel, obwohl sich Hunderte von Fußgängern zwischen ihnen befinden, und beschleunigt seine Schritte noch mehr. Aber ehe er die Schaufenster von Banana Republic und Sephora mit ihren teuren Handtaschen und Parfums in einer Orgie von Weihnachtslichtern erreicht, verschwindet Mohammed nach links, und als er die Geschäfte hinter sich gelassen hat und ebenfalls links abbiegt, blickt er auf die Schlittschuhbahn im Rockefeller Center mit ihren vielen Läufern und der goldenen Figur des schwebenden Prometheus mit Weihnachts-

baum und roten Kerzen. Ein Gewirr vieler Stimmen dringt an seine Ohren, die Bewegungen der Schlittschuhläufer auf der blitzenden Eisfläche verwirren ihn, als er sich zu konzentrieren versucht; ist Mohammed dort, nein, da ist er; jetzt entdeckt er einen Mann mit Mohammeds Mantel und seinem leichtfüßigen Gang ziemlich weit weg auf die Fifth Avenue mit den spinnwebartigen Türmen der St. Patrick's Church zuhalten und dort abbiegen.

Er folgt ihm auf dem Gehsteig entlang der Fifth Avenue, als Mohammed in die 50th Street einbiegt. In der engen Straße sind nur wenige Fußgänger, dafür aber mehrere große Lkw, die nur langsam vorankommen und die Aussicht versperren. Mohammed überquert jetzt vom rechten Bürgersteig die Straße hinter einem Laster und verschwindet vor seinen Augen. Außer Atem läuft Jon noch schneller, um ihm zu folgen, aber ein Lastwagen setzt rückwärts und ist inzwischen so dicht an den ersten herangefahren, dass er nicht dazwischen durchschlüpfen kann und um den zweiten herumlaufen muss, im nächsten Augenblick steht er in einer fast menschenleeren Straße. Mohammed ist verschwunden.

Dreißig Meter weiter vorn führt eine Treppe in die Dunkelheit; auf der Eingangsumzäunung steht auf einem verblichenen Schild: Subwaystation 47–50 Sts Rockefeller Center.

Jon kramt seine Monatskarte heraus und läuft die Treppen hinunter, auf einer Stufe wird ihm schwindlig und er muss anhalten, aber er zwingt sich, weiter zu gehen in dem weiß gefliesten dreieckigen Eingangsbereich mit seiner grellen, blendenden Beleuchtung. Er steckt die Karte in den Automaten und kommt schnell durch die Sperre in einen Gang und zu einer weiteren Steintreppe, ehe ihn der dumpfe, sogartige Lärm und das künstliche Licht des flach gewölbten Bahnhofs trifft. Zwischen rotschwarzen Säulen warten auf beiden Seiten der Gleise Leute auf den nächsten Zug. Während er langsam vorwärts geht, suchen seine Augen den Bahnsteig ab, aber er findet keinerlei Spur von Mohammed. Sein Blick fällt auf einen großen Plan des Subway-Netzes, dann blickt er auf eine darüber angebrachte Tafel mit den Uptown- und Downtown-Bahnhöfen des B-Zuges. Hinter ihm fährt lärmend und rumpelnd ein Zug ein, er dreht sich um und beobachtet jeden, der ein- oder aussteigt, aber Mohammed ist nicht darunter. Als der Zug kurz darauf den Bahnhof verlässt, stehen nur noch wenige Fahrgäste auf der anderen Seite und warten auf den B-Zug.

Er hat Mohammed aus den Augen verloren, er muss sich eingestehen, dass alle Anstrengungen vergebens waren, und er hat eine Verabredung mit seinem neuen Mandanten Mr. Goodman verpasst. Erschöpft blickt er sich noch einmal suchend nach Mohammed um, aber außer zwei älteren Männern vor einem Pfeiler in der Nähe und einer jüngeren Frau weit hinten ist kein Mensch zu sehen. Enttäuscht und erleichtert zugleich beschließt er, mit dem B-Zug nach Downtown zu fahren und macht einen Schritt auf die Bahnsteigkante zu.

Er blickt auf seine Uhr, an sein Ohr dringt aus dem Subwaytunnel das vertraute Rumpeln eines Zuges, der gleich einfahren wird, unter ihm bebt leicht der Bahnsteig, und aus reinem Reflex dreht er sich plötzlich nach links und wehrt sich mit den Armen gegen eine Person, die wie ein Schatten hinter einem Pfeiler hervorgekommen ist und ihn auf das dunkle Gleisbett zu stoßen versucht. Es ist Mohammed, er erkennt seine schwarzen, stechenden Augen. In dem Handgemenge blitzt im Bruchteil einer Sekunde ein juwelenbesetzter Ring an Mohammeds kleinem Finger auf. Sekundenlang scheint Jon zu unterliegen, sein Fuß ist schon halb über der Bahnsteigkante und Mohammed will ihm den letzten Stoß versetzen. In diesem Moment gelingt es ihm, einen Schritt zur Seite zu machen, und Mohammed stürzt auf die Schienen; er versucht noch aufzustehen, aber zu spät, da überrollt ihn der B-Zug bereits mit laut quietschenden Bremsen.

Der plötzliche Tod eines Menschen ist tragisch, auch bei einem Fanatiker, der erregt und zugleich gefühllos in eine Dunkelheit eingetreten ist, wo andere Menschenleben keine Rolle spielen, ja, lediglich ein Hindernis auf dem Weg zu einem unwirklichen Ziel darstellen. Und obwohl Mohammeds Tod auf Jon und Eve und ihre engste Umgebung befreiend wirkt, lässt er sie nach tagelangen Polizeiverhören mit einer sichtlich zufriedenen Louise Black in einem seltsamen Vakuum zurück, in dem sie sich ernstlich Gedanken über ihr Bleiben in New York machen. Dieses Vakuum verstärkt sich noch durch die Tristesse, die auf der Oberfläche der wieder erstarkten Stadt liegt, und den Schwefelgeruch, der ihnen von Ground Zero in die Nase dringt, wenn sie in den Straßen von Manhattan umhergehen.

Monatelang war man dort gegen den Rauch machtlos, immer wieder entzündeten sich kleine Brandherde in den Tausenden von Tonnen Schutt, Trümmern und Stahlträgern, und das Feuer wollte nicht erlöschen. Es ist, als wollte die Wunde nach dem Angriff auf den Reichtum der Stadt, ihre Werte und ihr Selbstvertrauen nicht heilen, obwohl die Politiker des Landes mit ihrer schrillen Rhetorik und unter massivem Waffeneinsatz gegen die neuen äußeren Feinde des Landes in der zunehmend aufgepeitschten Stimmung eines permanenten Krieges gegen den Terror alles tun, um den Nullpunkt zu überschreiten und neue Horizonte zu eröffnen. Es gilt Auge um Auge, und am Horizont zieht ein neuer, noch umfassenderer Krieg herauf – jetzt gegen den Irak. Saddam Hussein und sein brutales, diktatorisches Regime in einem verarmten Land sind zum Symbol des Bösen und der dämonischen Bedrohung Amerikas und seiner Freiheit geworden. Bereits im Dezember 2001 deuten die Medien eine Verbindung zwischen diesem Symbol des Bösen, bin Laden und Al-Qaida an, es ist die Zeit der »rauchenden Colts«, wo große Interessen auf dem Spiel stehen. Und das erschreckt ihn.

Für Eve ist Hassan Mohammeds Tod noch unwirklicher als der von Hamsal oder Edelstein, sie ist keinem der drei direkt begegnet und hat im Memorial Hospital um das bloße Überleben gekämpft, aber der Gedanke, was die Ereignisse Jon angetan haben, und das vage Gefühl, in der Wohnung in der Second Avenue immer noch in Lebensgefahr zu schweben, lassen ihr keine Ruhe. Ist sie nicht gerade vor dieser angstvollen Atmosphäre ständiger Lebensgefahr geflüchtet, als sie von Jerusalem nach New York ging, und hat sie jetzt nicht das Gefühl, eine Pistole zu ihrer Sicherheit zu brauchen? Wiederholen sich die Konflikte ihres eigenen Landes, wenn die Politik auch ihre eigenen Rechnungen aufmacht, auf andere und schockierende Art jetzt auch in New York? Und da sie sich ohnehin nach ihrer Familie sehnt, warum dann nicht New York verlassen und nach Jerusalem zurückkehren? Ihre Telefonate vor Weihnachten mit Alice Carter und Mary Beterman bestätigten ihre Befürchtungen, dass die Trauer über alles, was sie und so viele andere im Südturm erlebt haben, lebendig bleiben könnte, ja vielleicht erst dann richtig aufbricht, wenn ihre Umgebung vollauf mit anderen Dingen beschäftigt ist. New York ist eine veränderte und orientierungslose Stadt, die sie in ihrem Zorn über tägliche Gerüchte von vergifteten Briefsendungen und neuen Terrorangriffen nicht wieder erkennt. Ein weiterer Grund, Jon zu überzeugen, mit ihr nach Jerusalem zu ziehen, wo er noch nie gewesen ist, höchstens im Traum.

Am 24. Dezember haben sie alle Kerzen des Hanukka-Leuchters und an ihrem kleinen Baum angezündet, den Jon auf einem nahe gelegenen Markt geholt hat. Sie beschenken sich, essen Suppe, mit ungarischem Gulasch gefüllte Latkes und Apfelkrapfen mit Konfitüre, trinken Rotwein, tanzen zu Klezmermusik und den frühen Liedern von Leonard Cohen und finden sich schließlich im Bett wieder. Das Fest umgibt sie wie ein Ring, wo nur für ihr Verlangen nach Verschmelzung und sinnliche Hingabe Raum ist, und obgleich Eve nachts mit dem Gefühl aufwacht, es würde irgendwo in der Nähe brennen, und sie in die Küche muss, um Wasser zu trinken, schläft sie doch wieder in seinen Armen ein, während er dabei ihren Namen murmelt, so wie nur er es kann. Sie fällt mit einer Leichtigkeit in einen tiefen Schlaf, als würde sie am weißen Strand von Tel

Aviv liegen. Doch als er morgens, noch ehe er angezogen ist, seinen Sohn in Wien anruft und ihm frohe Weihnachten wünscht und in seiner Freude, mit ihm und Sine gesprochen zu haben, ganz abwesend ist, und als sie ihn dann nach dem Gespräch fragt, traut sie ihren eigenen Ohren nicht: Sine hat vor zwei Tagen ihre Stelle bei der UNO in Wien gekündigt und zieht mit Tobias für ein halbes Jahr nach Jerusalem.

– Jerusalem, was will sie in Jerusalem? entfährt es ihr.

– Eigentlich geht sie nicht ihretwegen, sondern wegen Tobias, sie versteht es, eins mit dem anderen zu verbinden, sagt er, zündet sich eine Zigarette an, stellt sich mit nacktem Oberkörper ans Fenster und schaut auf die Second Avenue hinunter. Er hat diesen ihr allzu vertrauten abwesenden Blick, wenn ihn etwas beschäftigt und er es nicht ohne Weiteres mit ihr teilen möchte.

– Was heißt verbinden?

– Sie hat für Tobias ein Stipendium in Jerusalem aufgetrieben, für eine Musikschule, die auf besonders begabte autistische Kinder spezialisiert ist, sagt er, ohne sie anzusehen.

– Aber warum gerade Jerusalem, es gibt doch auch andere Orte …

– Weil sie in Jerusalem als Archäologin an einer Ausgrabung teilnehmen kann …

– Wo?

– Ich kenne Jerusalem doch nicht, sagt er und lächelt flüchtig, als er sieht, wie sehr sie das beschäftigt.

– Du nicht, aber ich.

Er geht zu ihr und setzt sich auf die Bettkante.

– Sie hat etwas von einer Ausgrabung in Hinnoms Tal gesagt, einige israelische Archäologen glauben, es könnte der Palast von König David sein.

– Und jetzt willst du natürlich auch nach Jerusalem?! sagt sie und kann ihre Erregung kaum verbergen.

– Ich will in erster Linie von New York und dem ganzen Elend hier weg und mit dir zusammen leben, sagt er und nimmt ihre Hand.

– Aber ich mag diese Stadt, hier habe ich meine Arbeit, es fällt mir also nicht ganz leicht.
– Nein, du möchtest wieder mit ihr zusammen sein, stimmt's? sagt sie und zieht ihre Hand zurück.
– Nein, nicht mit ihr, aber mir fehlt mein Sohn.
– Und darum möchtest du doch nach Jerusalem?! Sie richtet sich im Bett auf und wendet ihr Gesicht ab.
– Wenn wir nach Jerusalem gehen, dann, um all das hinter uns zu lassen und dort zusammenzuleben. In deiner Stadt. Und ich muss sehen, was ich dort als Rechtsanwalt anfangen kann. Vielleicht eine Firma finden, die mit den USA arbeitet, vielleicht kann ich etwas schreiben, wer weiß, mir fehlt das Schreiben, so wie in Wien.
– Meinst du es auch, willst du es wirklich? fragt sie.
– Ja, aber du musst verstehen, dass ich auch gern mit meinem Sohn zusammen sein möchte.
Ja, ja, sie versteht, sie kann sich in seine Bedürfnisse einfühlen, hat immer gedacht, dass da kein Platz mehr für ein weiteres Kind ist. Hat sie sich nicht etwas vorgemacht, wenn sie ihm gegenüber so tat, als wäre ihr ein Kind nicht so wichtig und als wäre auch sie voll von ihrer Arbeit in Anspruch genommen?
– Du möchtest mit deinem Sohn zusammen sein, aber ich möchte ein Kind von dir, sagt sie und sieht ihm in die Augen.
– Müssen sich die beiden Dinge widersprechen? fragt er, steht auf und zieht sich Hemd und Hosen an.
– Das hängt von dir ab.
– Wie meinst du das? fragt er, ohne sie anzusehen.
– Möchtest du ein Kind mit mir?
– Ja, sagt er. – Aber im Moment bin ich zu ausgelaugt, um daran zu denken.
– Wenn ich ein Kind haben will, muss es bald sein.
– Was heißt bald?
– Wenn wir nach Jerusalem ziehen und dort wohnen.
Er seufzt und knöpft sein Hemd zu.

– *Falls* wir nach Jerusalem ziehen, sagt er und zieht seinen Mantel an. Er will im Büro am St. Mark's Place noch einmal seine Fälle und seine Finanzlage überprüfen. In den nächsten Tagen lässt sie ihn mit dieser Frage in Ruhe.

Ihre Stimmungen und Launen schwingen wie ein Pendel hin und her, und sie spürt manchmal in der Küche beim Brotschneiden, wie ihre Beine versagen und sie ein Geländer zum Festhalten braucht. Manchmal kommt es in Wellen oder wie leichte Schläge auf den Hinterkopf über sie und versetzt sie wieder auf die rauchgefüllten Treppen im Südturm oder vor das Bürofenster mit dem Anblick der fallenden Schatten aus dem brennenden Nordturm. Auch die zeitig einsetzende Dunkelheit spricht etwas in ihrem Innern an und macht ihr zu schaffen, sie sehnt sich nach Sonne. Die Hanukka-Lichter, die Musik und mehrere Telefonate mit der Familie in Jerusalem helfen ihr nicht – nicht einmal die Stimme ihres Vaters. Sie spricht mit Jon über ihre Familie, er ist auf seine Art betroffen, hat sich jedoch in einen inneren Winterschlaf zurückgezogen. Manchmal sitzt er lange da, starrt in die Luft, und wenn er in die Stadt geht und wiederkommt, weiß sie nicht, wo er gewesen ist; manchmal gehen sie im Tompkins Square Park spazieren, er überlegt, sein Büro aufzulösen, aber als sie darauf eingeht, macht er nur einige vage Andeutungen, irgendwann Anfang nächsten Jahres, und als sie ihn umarmt, ist sein Blick im hellen Tageslicht kühl. Eines Nachts erwacht er schwitzend, er war im Traum an einen Stuhl gefesselt, während um ihn herum groteske Dinge geschahen.

Sie wissen, dass sie aufbrechen müssen, aber ihnen fehlt die Kraft. Jeden Tag fängt sie an zu packen, jeden Tag hört sie mittendrin auf, und jetzt erwarten sie zwei halbvolle Koffer und eine Tasche, wenn sie wieder aufwacht.

Silvester haben sie Cartwright, Johnson und seine Freundin aus Chicago zu einer kleinen Feier zu sich eingeladen und die Räume mit Luftballons, Flaggen und Girlanden geschmückt, um Mitternacht leeren sie die Champagnergläser, umarmen sich und gehen in heiterer Stimmung auf die Second Avenue, um Raketen abzubrennen. Die erleuchtete Straße ist voller Menschen, betrunken und nüchtern, man grüßt nach links und rechts und über die Straße hinweg, die vorbeifahrenden Autos hupen, es wird gerufen und gejohlt und der Nachthimmel leuchtet in allen Farben und hallt vom Knallen und Krachen wider. Dennoch ist es anders als an früheren Silvesterabenden in New York, selbst das Herz schlägt in dieser Nacht leiser, aber die kleine Gesellschaft will das alte Jahr hinter sich lassen, und beide, Jon und Cartwright, haben besonders viele Raketen gekauft.

Eve beginnt zu frieren und sie geht zur Haustür; eine kleine Gruppe johlender Menschen geht auf dem Gehsteig an ihr vorbei. Der letzte von ihnen, ein breiter, nicht besonders großer Mann im dunklen Mantel, dreht sich schweigend zu ihr um, von einem Foto erkennt sie Zawawi, ihre Blicke treffen sich, er fährt mit den Fingern quer über seine Kehle und geht sofort weiter. Im ersten Moment steht sie wie gelähmt da, dann entfährt ihr ein Schrei, ihre schrille Stimme hallt in der Straße wider. Jon und Cartwright sind sofort bei ihr, sie stammelt den Namen »Zawawi« und Cartwright läuft ihm sofort hinterher; Jon ruft über sein Handy Smith an und bringt Eve in die Wohnung, wo er vergeblich versucht, sie zu beruhigen.

Die Gesellschaft löst sich auf, und Johnson und seine Freundin verabschieden sich besorgt von den anderen. Cartwright kommt erfolglos zurück.

– Smith hat mindestens zwanzig Leute auf der Straße, sagt er.

– Aber von Zawawi keine Spur. Sie durchkämmen das ganze Viertel, Smith ist sauer und redet von falschem Alarm und dass sie seine kostbare Zeit verschwenden.

– Falscher Alarm!? sagt Eve. – Ich habe den Mann doch gesehen, er hat zwei Meter vor mir gestanden und gedroht, mich umzubringen.

– Bist du dir ganz sicher? fragt Cartwright und weiß nicht, was er glauben soll.

– Natürlich ist sie sich sicher, sagt Jon und drückt Eve an sich.
Cartwright verlässt sie mit einem leisen Seufzer, um sich weiter an der Suche zu beteiligen, und erst als er nach einer Stunde zurückruft und ihnen mitteilt, das die Fahndung erfolglos abgeblasen wurde, gehen sie zu Bett.
Aber weder Schlaf noch Ruhe wollen sich einstellen, selten ist die Stille in einer Silvesternacht um zwei Uhr im East Village so auffällig gewesen wie in dieser Nacht.
Frustriert kreist ihr Gespräch um Eves Zusammenstoß mit Zawawi, Jon bemüht sich, das Erlebte vorsichtig zu hinterfragen, aber mit je mehr Fragezeichen er versieht, was sie gesehen haben mag, desto beharrlicher besteht sie darauf, dass der echte Zawawi vor ihr auf der Straße stand. Sie entsichert die Pistole, die auf ihrem Nachttisch liegt und geht aufgeregt vor dem Bett auf und ab. Warum haben sie nicht schon längst New York verlassen? Waren Ifrahim Mohammed und der 11. September so faszinierend, dass er sich um sie und ihre Beziehung nicht kümmern konnte? An manchen Tagen hatte sie das Gefühl, ihn nicht mehr wieder zu erkennen und nicht mehr zu wissen, wer er war.
– Weißt du es denn? fragt sie und hält plötzlich inne.
– Wer weiß schon, wie er reagiert, wenn er dasselbe durchmacht wie wir?
– Teilweise hast du es dir selbst ausgesucht, und jetzt versuchst du, dich herauszureden, sagt sie.
– Ja, sagt er. – Ich weiß nicht immer, wer ich bin, und gerade in den letzten drei Monaten habe ich mich selbst aufs Glatteis geführt.
– Glaubst du, dass du irgendwann wieder vom Eis herunterkommst?
– Ja, sagt er und streckt in der Dunkelheit die Hand nach ihr aus.
– Zusammen mit dir, und zwar in Jerusalem.
– Bist du sicher? fragt sie zögernd und bleibt vor dem Bett stehen.
Er nickt und lächelt, und sie bewegt sich im Bett auf ihn zu. Sie ziehen sich gegenseitig aus und beginnen, sich zu lieben, sie spürt seinen Schweiß und seinen Geruch, und er versinkt in ihren Augen,

die den blauen Raum offenbaren, von dem er nichts mehr wusste, den er aber nie mehr verlassen will. Es ist, als könnten sie wieder sehen, als würde alles wieder möglich sein. Erschöpft, schweigend und lächelnd liegen sie sich schließlich in den Armen.

Als er schon längst eingeschlafen ist und sie seinen Herzschlag spürt und der Straßenlärm wieder zu ihr hineindringt, liegt sie noch wach und beginnt selbst daran zu zweifeln, wen sie kurz nach Mitternacht in der Second Avenue gesehen hat.

2002

In der Eliahu-Synagoge in der Altstadt von Jerusalem steht ein leerer Stuhl, auf dem einst der Prophet Elias saß, um mit neun anderen Männern zu beten und nach dem Abendgebet wieder zu verschwinden; des Nachts benetzen Tautropfen die Ysop- und Kapernsträucher in den behauenen Felsstücken der Klagemauer, es heißt, die Mauer würde über Israels Unheil und die Zerstörung des Tempels im Jahre 70 weinen; im Felsendom mit der vergoldeten Kuppel, den Marmorsäulen und dem kreisrunden roten Boden um den Fels, der das Zentrum der Welt darstellen soll, findet sich der Abdruck vom Fuße des Propheten Mohammed und der Hand des Engels Gabriel. Jerusalem ist die Stadt des Zwielichts und der Schatten, aber auch die Stadt der Sonne, des Wassers und der Hoffnung. Um den Schrein des Buches mit dem weißem Deckel und die Rollen vom Toten Meer ist eine schwarze Mauer errichtet, die den Kampf zwischen den Söhnen des Lichtes und der Finsternis veranschaulicht. In der Grotte unter dem Felsendom, im Brunnen der Seelen, versammeln sich die Seelen, ehe sie ins Paradies fahren, überall rumoren die Toten zwischen den Lebenden und die Lebenden zwischen den Toten, und so wie die Lebenden unter den Toten ächzen, ist Jerusalem zwischen den Hügeln begraben, wo die Gihonquelle ihren Ursprung hat. Und stehen nicht die weißen Blüten der Mandelbäume an dem klaren Wintertag im Februar noch immer im Flor, als Jon und Eve im Ben Gurion Airport von ihren Eltern begrüßt und als Allererstes im Auto zum Wald bei Jerusalem gefahren werden, um dort zwischen Zedern und Zypressen umherzugehen und die Aussicht von einer Felskuppe über die Stadt zu genießen?

Das alte und das neue Jerusalem breiten sich vor ihnen aus, gelbe Kalksteinbauten, Hochhäuser, Geschäftsstraßen, Moscheen, Kirchen, Mauern, Täler und Ansammlungen von Terrassenhäusern, die sich, so weit das Auge reicht, nach Bethlehem im Süden und um den größten Teil der hügeligen Stadt erstrecken. Jerusalem hat noch jeden überrascht, der sich der Stadt jemals auf Kamel- oder Pferderücken oder als Pilger zu Fuß genähert hat. War es ein Bild des Paradieses oder der Hölle, Gehenna, zwanzig Mal zerstört und zwanzig Mal auferstanden, eine Stadt in ständigem Wandel, eine Stadt mit einer gevierteilten Seele. Hier haben die jüdischen Propheten gewohnt, hier kam Jesus auf einem Eselsrücken geritten, begleitet von Tausenden Anhängern, und hier wurde später der Prophet Mohammed in den Himmel entrückt.

Im verwaisten Steinbogen der Hurva-Synagoge, in den tropfenförmigen Mosaiken unter der Kuppel des Felsendoms und in den Schottersteinen auf Golgatha scheint die Zeit in ihrer Unendlichkeit auf, doch im Suk hinter dem Damaskustor ist die Luft im Menschengewimmel der Buden und Geschäfte schwer vom Duft von Nelken, Kümmel, Albaholz, Muskat, Ambra und Öl. Die Kakophonie der Stimmen und Bewegungen setzt sich fort auf der Fußgängerstraße Ben Yahuda mit ihren hypermodernen Geschäften und Cafés und verliert sich in friedlicher Stille im malerischen Viertel Yemin Moshe mit seinen Steintreppen und engen Durchgängen oder in den gewundenen Gassen im orthodoxen Mea-Sherim-Viertel, wo chassidische Männer in gestreiften, mit runden Kragen versehenen seidenähnlichen oder braunen Kippas und Streimel, mit Zobel verbrämten Mützen, neben breithüftigen Frauen in braunen Jacken, bunten Tüchern und dunklen Strümpfen und schweren Einkaufsnetzen in den Händen herlaufen.

Das ist Vergangenheit und Gegenwart zugleich; der lärmende Verkehr, aber auch die unvermittelt errichteten Checkpoints und Militärfahrzeuge auf der Jaffa Street und in den Ausfallstraßen der Stadt gehören dazu; man sieht viele junge Leute, die in Uniformen um den Zion Square spazieren gehen; bewaffnete Wachen am Eingang der Restaurants in Westjerusalem, die verfallenen Häuser in Ostjerusalem, das kaum ein jüdischer Israeli betritt und wo nach neun Uhr abends die Dunkelheit ruht. Und obwohl Jon noch vor der Abreise nur von einem einzigen Gedanken beherrscht war, nimmt diese Stadt ihm den Atem und er vergisst eine Zeitlang, was ihn beschäftigt und nicht losgelassen hat.

In erster Linie ist es die Gastfreundschaft von Eves Eltern, die ihnen die Wohnung im Souterrain zur Verfügung gestellt haben, dann die Stadt selbst und der Besuch von Yad Vashem. Steinblöcke, als wären sie der Erde und dem Vergessen entrissen, mit fünftausend eingravierten Namen jüdischer Gemeinschaften in Europa, ausgelöscht, weil ihre Einwohner während des Zweiten Weltkriegs in Lagern der deutschen Nationalsozialisten umgebracht wurden oder verschwanden. In der Gedenkhalle der Kinder werden fünf große Kerzen zur Erinnerung an die 1,5 Millionen ermordeten Kinder während des Holocaust in einem schwarzen Spiegelsaal zu einer unendlichen Anzahl von Kerzen; im Kuppelinneren der Namenhalle erhalten viele Ermordete mit Hilfe von Fotos Namen und Gesichter, und als er mit Eve die Stätte verlässt, ist er stumm. Er blickt in das verhangene Tageslicht über Jerusalem, ohne fassen zu können, was er gesehen hat. Er denkt an seine jüdische Großmutter, der er nie begegnet ist, und an die Betonplatten in den bewaldeten Hügeln vor Weimar, wo er über den Leichen Tausender von Ermordeten im KZ-Buchenwald gestanden hat, und er denkt an seine Suche nach dem SS-Arzt Jürgen Menken in Wien. Es ist, als wäre er nach Hause gekommen, in eine unüberschaubare Stadt, wo ihn das Foto eines Jungen in der gestreiften Kleidung der Auschwitz-Häftlinge, mit kahlgeschorenem Kopf, einem leeren Gesicht und halb erloschenen, halb trotzigen Augen begleitet.

– Nach Hause? fragt Eve, als sie zwischen den hellen Gebäuden und immergrünen Bäumen zum Parkplatz gehen und zum Haus ihrer Eltern in der Zealot Street zurückfahren wollen.

– Ja, klingt das so merkwürdig? fragt er und zieht sie fest an sich.
– Vielleicht bist du etwas zu voreilig, glaubst du wirklich, Jerusalem könnte deine Stadt werden?
– Ist das denn nicht dein Wunsch?
– Nur wenn du es auch wirklich fühlst.
Er hält sie in seinen Armen und blickt ihr tief in die dunklen Augen. Hinter ihnen fahren Autos auf dem Parkplatz ein und aus, zwanzig Meter entfernt parkt ein Bus, aus dem blau uniformierte Schulkinder lärmend aussteigen. Hoch oben in der Luft schwebt ein Bussard.
– Du fürchtest vielleicht, dass es nie dazu kommt? fragt er mit einem angedeuteten Lächeln.
Ohne zu antworten, löst sie sich aus seinen Armen, geht zum Wagen, schließt auf und setzt sich hinter das Steuer, ohne den Motor anzulassen. Vor ihnen stehen kleine und große Bäume unter dem überwältigend hellen Himmel, alle gepflanzt zum Gedenken an Nicht-Juden, die ihr Leben aufs Spiel gesetzt haben, um Juden zu retten.
– Wenn du erst auf der Westbank nach Zawawi suchst, wirst du deine Meinung über Jerusalem und Israel wahrscheinlich ändern, sagt sie und verliert sich dabei in der Betrachtung einer weit entfernten Pyramidenzeder und ihrer schwebenden Kontur.
– Es klingt so, als sollte ich nicht hingehen?
– Du weißt genau, was ich meine.
– Nach allem, was in New York geschehen ist, dachte ich, du würdest verstehen, warum ich versuchen muss, ihn zu finden …
– Es ist zu gefährlich, sagt sie und blickt ihn an. – Ich habe Angst, dass dir etwas zustößt. Du kennst ihre Gesetze nicht, dort wirst du auf dich gestellt sein …
– Die Erfahrung habe ich schon gemacht, es kann sogar von Vorteil sein …
– Wien ist anders als die Westbank …
Er schweigt und wartet darauf, dass sie den Motor anlässt, aber sie sitzt nur da und schüttelt den Kopf.

– Ist es dir ganz egal, ob ich den Mann finde, der Michelle ermordet hat und auch dir gedroht hat, dich umzubringen?
Sie umklammert erregt das Lenkrad:
– Natürlich ist es mir nicht egal, aber niemand hat dich darum gebeten.
– Ich tu's für dich, für Michelle und auch für mich. Keiner bezahlt mich dafür, ich tu's ganz freiwillig. …
– Wie lange soll das gehen?
– Bis ich ihn finde.
– Vielleicht ist er überhaupt nicht auf der Westbank.
– Denvers meint, höchstwahrscheinlich wäre er in Hebron, er ist sich fast sicher, vor zwei Wochen ist er dort gesehen worden.
– Hast du Kontakt zu ihm? fragt sie überrascht.
– Ehe wir New York verlassen haben, habe ich ihn angerufen.
– Ich dachte, du wolltest nicht für die CIA arbeiten!
– Das will ich auch nicht, aber warum soll ich nicht seine Informationen nutzen?
– Du willst nicht für die CIA arbeiten, willst aber dennoch ihre Arbeit machen. Warum lässt du sie nicht einfach den Mann finden, das können sie viel besser als du!
– Da bin ich mir nicht so sicher, warum hätten sie mich sonst gefragt?
– Und jetzt willst du den Touristen auf der Westbank spielen, da gibt es im Augenblick gar keine Touristen!
– Aber Hotels und Pensionen, und einige sind trotz der Intifada in Betrieb.
– Woher weißt du das?
– Ich habe mich erkundigt.
Sie ist völlig überrascht.
– Warum hast du mir das nicht gesagt?
– Weil ich wusste, dass es dir nicht gefallen würde.
– Sie startet den Wagen, und sie fahren über gewundene Wege in das ruhige Villenviertel, wo ihre Eltern wohnen. Auf der Fahrt

durch die abwechselnd kahle und baumbestandene Landschaft schweigen sie und brüten darüber, wie sie das Eis zwischen sich brechen sollen. Im Haus in der Zealot Street erwartet sie eine unangenehme Überraschung. Eves Mutter empfängt sie mit besorgter Mine und führt sie sofort ins Wohnzimmer, wo Eves Vater vor dem Fernseher gebannt eine Sondersendung verfolgt. Sie sehen gerade noch rollende Panzer, Soldaten in Kampfkleidung an Wegsperren und geschlossene Mannschaftswagen, und schließlich den israelischen Ministerpräsidenten Sharon, der eine für Jon unverständliche Erklärung abgibt, aber Mosche dreht sich zu ihm um und sagt auf Englisch:

– Sie haben eine Offensive auf der Westbank und in Gaza begonnen, ich hoffe, dass sie wenigstens ein paar Mörder der Al-Aqsa-Brigaden und der Hamas fassen.

Die wässrigen Augen in seinem offenen, gealterten Gesicht halten Jon einen Moment lang fest. Er lehnt sich in seinem Sessel zurück und fasst sich ans Herz, eine Bewegung, die Jon in den letzten Tagen öfter bei ihm beobachtet hat. Eves Mutter Dalia legt ihm eine Hand auf die Schulter und sagt:

– Wünsch dir nicht noch mehr Krieg, Mosche. Das hält dein Herz nicht aus.

– Wer redet denn von Krieg? fragt er. – Wenn die Palästinenser in ihren eigenen Reihen nicht aufräumen können und ständig Leute herschicken, die Zivilisten umbringen, dann hat man keine andere Wahl, als zuzuschlagen.

– Wir haben ihr Land besetzt, Papa, wie lange soll das weitergehen? fragt Eve und setzt sich vor ihn auf einen Stuhl.

– Denkst du, ich wäre nicht für Frieden? erwidert Mosche. – Habe ich mein ganzes Leben nicht Frieden gewollt, aber wir sind keine Schafe mehr, die sich zur Schlachtbank führen lassen. Europa hat uns gereicht, in Lodz wurden deine Großmutter, dein Großvater, dein Onkel und ich früh um sechs von den Deutschen abgeholt, und was war das Ende? Sie sind nicht mehr am Leben, sie haben sich in

Auschwitz in Asche aufgelöst. Du hast sie nie kennen gelernt, jetzt haben wir unser eigenes Land, unsere eigene Armee, und wir schlagen zurück, wenn uns jemand mit dem Tod bedroht.
– Die Palästinenser sind keine Nazis, wir haben ihr Land besetzt und nicht umgekehrt …
Mosche winkt ab.
– Du begreifst immer noch nicht, sagt er. – Wir sind von allen Seiten von Arabern umgeben. Es ist noch nicht viele Jahre her, dass sie uns noch nicht mal als Staat anerkennen wollten. Nach dem Sechs-Tage-Krieg 1967 haben wir ihnen ein Angebot gemacht, die eroberten Gebiete gegen Anerkennung unseres Staates und Frieden. Aber sie haben uns die kalte Schulter gezeigt, wir müssen an unsere eigene Sicherheit denken. Die meisten Araber würden uns am liebsten ins Mittelmeer werfen.
– Du irrst dich, sagt Dalia. – Viele Palästinenser wollen Frieden mit uns. Die Zeiten haben sich geändert, und wir können nicht ewig eine Gesellschaft bleiben, die ihre Nachbarn bekriegt. Die Seele der Menschen leidet darunter.
Mosche fasst sich wieder ans Herz und blickt seine Frau vorwurfsvoll an.
– Ich halte das nicht mehr aus. Du bist Psychologin, und du verstehst was vom Seelenleben der Menschen, du hast selbst einen Sohn verloren, bist aber immer noch so naiv. Wenn die Palästinenser wirklich Frieden mit uns wollten, warum haben sie dann nicht zugegriffen, als Barak die Hand ausgestreckt hat und ihnen fast alles geben wollte, was sie immer gefordert haben?
– Weil Arafat seiner Aufgabe nicht gewachsen war und im letzten Moment Angst bekam, sagt Dalia. – Das heißt aber nicht, dass die Palästinenser keinen Frieden mit uns wollen.
– Der Friedensplan, den Clinton mit Baraks Zustimmung schließlich Arafat vorgelegt hat, ließ immer noch wichtige Fragen offen, sagt Jon jetzt und meldet sich zum ersten Mal von seinem Platz auf dem Sofa zu Wort, wohin er sich zurückgezogen hat.

Alle blicken auf ihn. Eve und ihre Eltern diskutieren nicht zum ersten Mal über den heiklen Konflikt, aber Jon hat sich immer zurückgehalten. Ist er nicht Gast in einem fremden Land, das er erst kennen lernen muss?

– Welche Fragen? fragt Mosche, und er spürt, dass der alte Mann ihn testen will.

– Das Flüchtlingsproblem und die Frage nach der Teilung Jerusalems, antwortet er mit einem kleinen Lächeln.

– Du hast natürlich die Presse verfolgt, in New York liest man wohl auch Zeitungen, aber wenn sich zwei streiten, kann einer nicht alles bekommen. Man muss auch einen Kompromiss akzeptieren, und das wollte Mr. Arafat nicht.

– Nur einen Kompromiss, der auch Ostjerusalem einschloss.

– Aber er wollte nicht, beharrt Mosche. – Er hielt den Olivenzweig in der einen Hand und in der anderen noch immer das Gewehr.

– Weißt du genau, ob Barak nicht genauso dachte?

Mosche sieht ihn an, als wollte er ihn mit seinem Blick festnageln und herausfinden, wer er sei und was er von ihm zu halten habe. Er seufzt und rückt auf dem Stuhl nach vorn.

– Du hast meine Tochter aus einem brennenden Wolkenkratzer gerettet, aus diesem Grund wirst du immer einen besonderen Platz bei Dalia und mir haben. Aber versuche nicht, mir etwas über die Situation in unserem Streit mit den Palästinensern zu erzählen. Ich weiß genau, mit wem wir es zu tun haben. Ich habe in diesem Streit meinen Sohn verloren, und das verzeihe ich ihnen nicht.

– Jon ist unser Gast, und er kann seine eigene Meinung über den Konflikt haben, sagt Eve und erhebt sich …

– Er hat ja keine Ahnung, wovon er redet. Vor vier Tagen ist er nach Jerusalem gekommen und weiß schon genau, wozu wir ein ganzes Leben gebraucht haben.

– Eines weiß ich jedenfalls, sagt Jon. – Ein Konflikt hat immer mindestens zwei Seiten.

– Das ist hier viel komplizierter als du denkst, sagt Mosche müde.

– Vielleicht, sagt Jon. – Bald werde ich selbst Gelegenheit haben, das herauszufinden.
– Wie meinst du das? fragt Dalia.
Er erzählt ihnen von Zawawi und seiner Absicht, ihn zu suchen. Dalia und Mosche werden ganz still, und Dalia greift nach Eves Hand. Sie hätten sich nie träumen lassen, dass Eve in New York in das Fadenkreuz eines Al-Qaida nahe stehenden Terroristen geraten ist, der sich auf der Westbank versteckt hält, und Jon bereut schon, es überhaupt erwähnt zu haben.
– Ich finde, Jon sollte nicht gehen, und besonders jetzt nicht, wo die israelische Armee angreift, sagt Eve zu ihrem Vater gewandt.
– Wenn er meint, er muss unbedingt gehen, dann bin ich der Letzte, der ihm davon abrät, sagt Mosche und presst die Kiefer aufeinander.
– Das ist nicht der beste Weg, hier ein neues Leben anzufangen, sagt Dalia und fasst sich an die Stirn. – Ich verstehe nicht, dass ihr davon kein Wort gesagt habt, wie konntet ihr mit diesen Drohungen nur in New York leben?
– Es ging auch nicht, sagt Jon. – Wir haben immer geschwankt, ob wir die Stadt verlassen oder die Sache zu Ende bringen sollen.
– Und dann geht es hier einfach weiter, sagt Dalia kopfschüttelnd und blickt ihn verständnislos an.
– Ich sehe keine andere Lösung für mich. Solange Zawawi frei herumläuft, ist es nur eine Frage der Zeit, bis er sich wieder dem Terror zuwendet. Mein Mandant Ifrahim Mohammed in New York und seine Familie leben in ständiger Angst, dass ihnen etwas zustoßen könnte, meine Mitarbeiterin ist vor meinen Augen umgebracht worden, Eve hätte die nächste sein können …
Er stockt, Dalia hat Eves Hand losgelassen, sie greift sich in ihr graues Haar und seufzt. Ihre klugen, dunklen Augen in dem dunkel getönten Gesicht mit dem leicht gebogenen Nasenprofil und den hohen Wangenknochen blicken besorgt, und sie sucht Mosches Blick. Mosche ballt schweigend seine Hand, dann streicht er sich

über die trockene Stirn. Eve signalisiert Jon mit den Augen, endlich aufzuhören, aber es ist zu spät. Das Licht in dem weißen Zimmer mit den vielen Linolschnitten polnischer Künstler kontrastiert mit dem stockdunklen Garten hinter dem Haus. Ihm kommt es auf einmal so vor, als wäre er auf einem anderen Planeten.

– Und was ist mit unserer Sicherheit? fragt Dalia.

– Darüber habe ich auch nachgedacht, sagt er.

– Ja und?

– Solange ich an der Sache dran bin, ist es besser, dass es zwischen uns keinen Kontakt gibt. Ich werde mir irgendwo in Jerusalem ein Zimmer nehmen, während ich mich darauf vorbereite, aufzubrechen.

– Das geht nicht, sagt Eve.

– Warum nicht?

– Wir sind nach Jerusalem gegangen, um zusammen zu sein, du kannst nicht einfach weggehen!

– Dalia hat Recht, sicherheitshalber muss ich von hier weg.

Sie will protestieren, aber Mosche fasst sich zum dritten Mal ans Herz und wird bleich. Sie helfen Dalia, ihn zu Bett zu bringen, und nachdem er im Schlafzimmer eingenickt ist, dauert es eine ganze Weile, Dalia zu beruhigen. Sie war zu lange mit der Sorge um sein schwaches Herz allein; die Ärzte haben ihm mehrmals eine Bypass-Operation vorgeschlagen, aber umsonst, Mosche will ohne irgendeinen Eingriff leben, und er hat schon sehr viel länger gelebt, als die Ärzte ihm vorhergesagt haben.

Dalia will sie nicht gehen lassen, sie hat in den letzten Jahren viel mit Mosche durchgemacht, worüber gesprochen werden muss. Sie hat gesehen, wie der Tod die Hand nach ihm ausstreckte, aber er ist immer wieder unverdrossen aufgestanden und hat sich erholt. Sie begreift nicht, woher er die Lebenskraft nimmt, eine Kraft, die seine Gesundheit übersteigt und die gegen jede Vernunft in den Lagern geboren wurde, wo er jeden Tag den Hauch des Todes im Nacken gespürt hat. Er war erst siebzehn, als er abgemagert aus Auschwitz kam, sein Talent für Mathematik und Zeichnen hatte ihn gerettet, er war eine Zeitlang »Hauslehrer« von zwei Kindern eines Lagerarztes gewesen. Derselbe Arzt hatte ihn zweimal gezwungen, bei medizinischen Experimenten zu assistieren, seitdem hat er zu Ärzten kein Vertrauen mehr. Er hat vieles gesehen, was man nicht beschreiben kann, ohne den Verstand zu verlieren, auch Dalia hat er diese Dinge verschwiegen. Bei Tageslicht waren sie unter Verschluss, nachts aber kamen sie in seinen Alpträumen wieder, und erst nachdem Dalia ihn vierzig Jahre lang bearbeitet hatte und er sich einem ihrer Kollegen in der gemeinsamen Praxis in Jerusalem öffnete, kann er nachts einigermaßen Ruhe finden. Tod und Lebenswillen haben Tür an Tür in seinem Körper gewohnt. – Ist das nicht auch ein Sinnbild für Israel und wie es mit sich selbst umgeht? fragt Dalia, und sie wissen nicht, was sie darauf antworten sollen. Aus der Küche blicken sie auf ein fernes und glitzernd leuchtendes Jerusalem wie auf eine Luftspiegelung in der massiven Dunkelheit, und Dalia und Eve versuchen weiter, ihn von seiner Reise zur Westbank abzubringen, er verspricht, darüber nachzudenken – wenigstens bis die israelische Armee dort ihre Aktion beendet hat. Aber als die nächtliche Stimmung verflogen ist und das Licht zu ihm hereindringt, als er neben Eve in dem Bett im Souterrain aufwacht, kehrt das Gefühl zurück, etwas tun zu müssen, um Frieden mit sich selbst zu machen.

An der Strauss Street nicht weit von Mea Shearim steht ein zweistöckiges, unscheinbares Gebäude aus gelbem Kalkstein zwischen zwei Bürokomplexen eingezwängt. Es regnet. Er nimmt ein Taxi von der Zealot Street, bittet den Fahrer, ihn ein paar Häuser vorher abzusetzen und geht das letzte Stück zu Fuß. Er spürt seine Nervosität, als er in der geräumigen Eingangshalle Sine mit ihren kurzen blonden Haaren erblickt.

Schon vor seiner Abreise aus New York hatten sie sich für diesen Tag verabredet, aber aus einem für ihn unerfindlichen Grund ist er von der Begegnung mit ihr überrascht. Vielleicht haben die vielen

Fragen, die Eve zu seiner Beziehung zu Sine hatte, Zweifel in ihm geweckt; sie hatte ihm Fragen über Fragen gestellt, und er hatte bestritten, dass sie Grund zur Sorge hätte. War es nicht ein absurder Gedanke, dass er mit ihr nach Jerusalem fliegen würde, nur um das Verhältnis zu seiner Exfreundin wieder aufleben zu lassen?

Doch in dem Augenblick, als Sine ihn mit einem Lächeln ansieht, das er nur allzu gut kennt, fesseln ihn ein Déjà-vu aus ihrem gemeinsamen Leben in der Billrothstraße in Wien und der veränderte Blick ihrer braunen Augen, als wollte sie fragen: Bist du gekommen, um mit mir zusammenzuleben? Ist es nicht an der Zeit?

Aber sie stellt ihm keine Fragen, als er bei ihr ist und sie flüchtig umarmt und dabei ihren schmiegsamen Rücken spürt und einen ganz neuen Duft, den er noch nie an ihr wahrgenommen hat. Hier an diesem fremden Ort erscheint ihre vergangene Liebe für einen kurzen Augenblick plötzlich wie eine rettende Insel und ein Haltepunkt, ohne dass sie in der Lage wären, es für sich oder für den anderen in Worte zu fassen.

Von außen gesehen sind sie zwei Reisende, die sich nach Jahren in dieser ruhelosen und schönen Stadt wieder begegnen, und sie reden mit leicht belegten Stimmen über ihren Sohn und seine Fortschritte, während sie ihn über die Treppe in einen kleinen Übungsraum im ersten Stock führt, wo Tobias an einem schwarz glänzenden Flügel einen Chopin-Walzer spielt. Er bleibt verblüfft in der Tür stehen, während Sine sich mit einem Nicken in eine Stuhlreihe neben einen Mann in mittleren Jahren setzt, in dem er den Lehrer seines Sohnes vermutet. Die Töne fließen in einem stillen Rauschen aus dem Flügel, während Tobias' Finger über die Tasten fliegen. Obwohl Tobias ihm zugewandt sitzt und die Augen direkt auf Jon richtet, hindert sein schlafwandlerischer Blick ihn daran, seinen Vater wieder zu erkennen, und selbst als Tobias das Stück mit einer leisen Coda beendet und Jon ihm applaudiert und auf ihn zugeht, um ihn in die Arme zu schließen, scheint es, als würde Tobias einem Fremden begegnen.

Aber er hat diese Erfahrung schon oft gemacht, er lobt sein Spiel und versucht, seine Aufmerksamkeit festzuhalten. Mit seinen blonden Haaren und der schlaksigen Gestalt hat der Vierzehnjährige eine auffallende Ähnlichkeit mit ihm im selben Alter, sogar im Blick findet er etwas von sich. Seine Sprache hat sich entwickelt, seit er ihn zuletzt vor einem dreiviertel Jahr in Wien gesehen hat, aber er antwortet immer noch kurz und sein Blick ist fern, verstärkt noch durch sein feines Lächeln, das sein Gesicht der Gegenwart entrückt und Jon daran zweifeln lässt, ob er zuhört. Dann setzt er sich wieder an den Flügel und beginnt zu spielen, und der Lehrer unterbricht Tobias mit einer höflichen Geste, um ihm mit ein paar Anschlägen auf dem Flügel zu zeigen, wie er sein Spiel verbessern kann.

Jon setzt sich neben Sine, um dem Unterricht zu folgen. Es überrascht ihn, wie sehr Tobias einen eigenen Stil gefunden hat, markant und eigenständig – bei den ersten zaghaften Versuchen in Wien hatte er noch geglaubt, der Autismus würde ihn davon abhalten. Aber vor allem berührt ihn es ihn, wieder in einem Raum mit seinem Sohn zu sein. Es kommt ihm vor, als würde sich der Nebel des letzten halben Jahres hier in diesem kleinen Übungszimmer mit seinem Sohn als Zentrum in Nichts auflösen, und er begreift nicht, wie er sich solange mit der Trennung hatte abfinden können. Was hatte er sich dabei gedacht?

Später, als sie Tobias in der Musikschule zurückgelassen haben und in einem kleinen Restaurant in Nahalat Shiva essen, fragt Sine ihn genau danach, und er rechtfertigt sein Versagen nicht, sondern sagt stattdessen:

– Ich weiß nicht, wie wir uns arrangieren können, aber ich lasse ihn nicht mehr weg.

– Vielleicht bleibt dir nichts anderes übrig. Wir sind nicht ewig in Jerusalem. Tobias wird bis zum Sommer die Schule besuchen, und solange kann ich auch an den Ausgrabungen teilnehmen.

– Und was machst du dann?

– Ich denke, dass wir nach Kopenhagen zurückgehen. Wenn ich mich bemühe, bekomme ich sicher eine Arbeit im Außenministerium.
– Mit Wien ist es vorbei?
– Ja, sagt sie und blickt ihn lange an. Ihr Blick hat etwas Verletzliches und zugleich Vorwurfsvolles, und ihm fallen die tausend Momente in Wien ein, in denen sie sich nahe waren. Ihm liegt die Frage auf der Zunge, ob es in ihrem Leben einen anderen Mann gibt, aber sie kommt ihm nicht über die Lippen und Sine sagt selbst kein Wort darüber. Stattdessen fragt sie ihn nach der Zeit in New York, und er erzählt ihr leise und mit dürren Worten von den Ereignissen nach dem Terrorangriff auf das World Trade Center und von der Angst, in der Eve und er gelebt haben. Sie verstummt ganz, als er ihr seinen Plan eröffnet, nach Hebron zu fahren, um Zawawi aufzuspüren, und als sie sich schließlich dazu äußert, sagt sie wie nebenbei:
– Ich kenne dich. Du hast sicher das Gefühl, es tun zu müssen, auch wenn alles dagegen spricht. Ich werde nicht versuchen, es dir auszureden, aber denke an Tobias …
– Wie meinst du das?
– Du weißt genau, was ich meine.
– Nein, nicht ganz.
– Alles, was du tust, hat seinen Preis. Ich weiß, dass du sehr wenig an dich selbst denkst, aber von außen betrachtet wirkst du manchmal egoistisch. Und Tobias sollte seinen Vater nicht ganz verlieren.
– Nicht ganz verlieren, sagst du. Du wirfst mir also vor, dass ich mich nicht um ihn gekümmert habe?
– Ja, sagt sie. – Wenn du schon selbst merkst, dass du ihn im Stich gelassen hast, weil du schon lange nicht mehr bei ihm warst, dann meine ich, solltest du etwas dagegen tun.
– Und wie soll das gehen, wenn ihr beide im Sommer schon wieder weg seid?
Sie hat zu essen aufgehört und stützt Messer und Gabel auf den Tisch. Seine Augen suchen ihr noch immer schönes, leicht gebräun-

tes Gesicht mit den hohen Wangenknochen und dem Schatten, der über eine Wange fällt. Sekundenlang versucht er sich vorzustellen, woran sie denkt, wenn sie im Boden nach vermoderten Dingen gräbt, die Jahrtausende lang kein Licht gesehen haben. Ist sie der Erde nicht immer verbundener gewesen als er?
– Komm zu uns zurück, sagt sie und sucht seinen Blick.
– Das ist nicht dein Ernst! sagt er überrascht.
– Doch. Komm mit uns nach Hause.
– Nach all den Jahren! Willst du das wirklich?
– Warum, glaubst du, bin ich gerade jetzt in Jerusalem?
– Wegen Tobias!
– Ich hätte auch nach Toronto gehen können, da gibt es auch eine entsprechende Musikschule.
– Aber keine Ausgrabungen!
– Die Grabungen im Hinnoms Tal sind interessant, aber deshalb bin ich nicht hier.
Er wird still und betrachtet ihr Gesicht, spürt ihren Mut und ihrer beider Nervosität; viele Gedanken jagen ihm durch den Kopf: Sein Verlangen, mit ihr zusammen zu sein und durch die Tür einzutreten, die sie ihm unerwartet geöffnet hat; seine Bindung an Eve; eine Unruhe, bei seiner Vorbereitung auf die Reise nach der Westbank gestört zu werden; Eves Warnung vor eben dieser Situation. Er lehnt sich auf seinem Stuhl vor dem weiß gedeckten Tisch mit den halb vollen Tellern und Gläsern zurück.
– Du weißt doch, dass ich mit Eve zusammen bin, sagt er. Ich bin nach Jerusalem gekommen, damit wir hier zusammenleben.
– Über dein Verhältnis zu Eve musst du dir selbst klarwerden, sagt sie und macht Anstalten, aufzubrechen. – Ich weiß nicht, wo du mit deinen Gefühlen bist, aber jetzt weißt du, wo ich stehe.
– Gehst du schon?
– Ja, sagt sie und steht vom Tisch auf. – Ich muss Tobias holen, heute Nacht schläft er bei mir, manchmal auch in der Schule. Es fällt ihm noch immer schwer, allein zu sein.

– Du musst mir etwas Zeit lassen …, sagt er.
– Du hattest sieben Jahre, und jetzt hast du das ganze Frühjahr …, sagt sie mit einem leichten, bitteren Lächeln, nimmt ihren Mantel vom Stuhl und zieht ihn an.
– Warum hast du das nicht schon früher gesagt?
– Ich war mir selbst nicht im Klaren darüber, und dann habe ich gewartet, dass du zu mir kommst. Außerdem hast du mich verlassen, nicht wahr?
Jetzt hat sie den Mantel angezogen und steht einen Moment lang fast wie verloren zwischen den wenigen anderen Gästen.
Er steht auf, zieht seinen Trenchcoat an, zahlt schnell die Rechnung und geht schweigend mit ihr hinaus. Sie gehen ein paar Meter auf der schmalen Straße mit den blanken Fenstern, in denen sich der Himmel widerspiegelt. Er legt ihr die Hand auf die Schulter.
– Ich weiß noch nicht, wann ich fahre, aber ich nehme mir sicher ein Zimmer in Ostjerusalem, sagt er. – Ich melde mich, wenn ich zurück bin.
Sie gibt ihm eine Karte mit ihrer Telefonnummer und Adresse.
– Überleg dir noch mal die Sache mit Tobias, sagt sie.
Er nickt und drückt sie einen Augenblick an sich. Wie zwei Fremde, die sich früher bis in die entlegensten Winkel ihrer Träume kannten, nehmen sie voneinander Abschied, und er fühlt sich leicht und zugleich gespalten, als er zu Fuß zur Ostseite der Stadt läuft.

In derselben Nacht hat er einen Traum, als er unruhig neben Eve liegt und sich in der Dunkelheit dreht und wendet: Er steigt in den Himmel, aber die Leiter, aus Stricken gemacht, endet jäh, und als ihm unter dem Eindruck des enormen bläulichen Himmelsgewölbes schwindlig wird und er wieder hinabsteigt, wird ihm klar, dass die Leiter nicht auf der Erde tief unter ihm befestigt ist und er schwebt.

Er verbringt noch einige Tage im Haus ihrer Eltern, und gemeinsam schmieden sie Pläne für die Zukunft, wenn er wieder nach Jerusalem zurückkehrt – doch er ist jetzt innerlich immer gespaltener und kann es kaum verhehlen. Dann zieht er gegen Eves Willen in das große, schäbige und heruntergekommene YMCA-Hotel in der Nablus Road in Ostjerusalem. Von hier will er nach Bethlehem und von dort nach Hebron. Es kostet ihn noch einige Tage, ein Zimmer in einem kleinen Hotel in Bethlehem und dann in Hebron zu reservieren, aber irgendetwas hält ihn zurück, und zwar nicht nur Eves und Sines Widerwillen gegen diese Reise, sondern auch die täglichen Meldungen über den eskalierten Konflikt in Gaza und auf der Westbank. Bilder von zerstörten und zerbombten Häusern, schussbereiten Panzern, wütenden und trauernden Palästinensern und israelischen Offizieren, die sich rechtfertigen, flimmern über den Fernsehschirm in der kühlen, geräumigen Hotellounge, wo er spät abends meist allein ist und gelegentlich zu Kabel-TV und CNN umschalten kann. Das Gefühl, den dramatischen Ereignissen so nahe und gleichzeitig so fern zu sein, verleiht den Bildern etwas Unwirkliches, und die schwach erleuchteten Flure und Räume des großen Hotels, die besonders abends fast verlassen daliegen, verstärken in ihm den Eindruck, in eine gespenstische Zone gekommen zu sein, die man um die Möglichkeiten des reicheren Teils der Stadt betrogen hat. Und in eben dieser Lounge sieht er am 2. März nach einem Besuch von Eve entsetzt Bilder aus dem orthodoxen Stadtviertel Beit Yisrael in Jerusalem, wo neben einer Gruppe Frauen, die mit Kinderwagen auf ihre Männer in der nahe gelegenen Synagoge gewartet hatten, eine von den Al-Aqsa-Brigaden deponierte Bombe explodiert ist. Die Bombe hat zwölf Menschen getötet und über fünfzig verletzt, und die Fernsehbilder zeigen das infernalische Chaos aus Trauer, Tränen, verstümmelten Körpern, geschockten Gesichtern und heulenden Rettungssirenen.

Nachts findet er in seinem abgelegenen Zimmer mit dem knarrenden Bett kaum Schlaf. In seinem Zorn fasst er endlich den Entschluss, am nächsten Tag zu fahren, doch als er morgens von dem jungen Portier in ein Büro im vierten Stock gebeten wird, weil es ein Problem mit der Rechnung gibt, wird er dort von einer älteren, gut gekleideten Frau zum Kaffee eingeladen. Sie stellt sich mit einer angenehmen, ruhigen Stimme und auf Englisch mit leichtem arabischem Akzent als die Hoteldirektorin vor und entfernt sich kurz, um den Kaffee aus einer kleinen Küche am Ende des Flures zu holen. Er setzt die fertig gepackte Tasche ab, zieht den Mantel aus und nimmt an einem kleinen Tisch in einer Ecke ihres großen, dunklen Büros Platz, in das kaum Licht hereindringt. Hinter einem dünnen Vorhang zeichnen sich in der Ferne der Felsendom und die Kirchen der Altstadt als verschwommene Silhouetten ab.

Die Direktorin bringt ein Tablett mit Kaffeetassen und einem Teller mit Gebäck, und noch ehe sie ihm den dampfenden Kaffee eingegossen und die Tasse vor ihn hingestellt hat, sagt sie:

– Ich habe gehört, dass Sie nach Bethlehem wollen …

– Woher wissen Sie das?

– Vom Portier, Sie haben ein Taxi nach Bethlehem bestellt, nicht wahr?

– Ja, sagt er verunsichert und blickt in ihre dunklen Augen.

– Es ist im Augenblick schwer, Post von hier zu schicken, vielleicht könnten Sie mir einen Gefallen tun und ein Paket für eine wichtige Person in Beit Jala bei Bethlehem mitnehmen. In dem Päckchen sind nur ein paar YMCA-Broschüren, ein Blutdruckmessgerät und Medizin, die in Bethlehem nicht zu haben ist. Sie können nein sagen, wenn es Ihnen nicht passt.

– Kein Problem. Ich wohne sowieso in einem kleinen Hotel in Beit Jala.

– Welch ein Zufall, sagt sie erfreut. – Dafür brauchen Sie für Ihre Übernachtungen bei uns nicht zu bezahlen, und ich werde Amer Salah informieren, dass er an einer Straßenkontrolle auf Sie wartet und Ihnen den Weg zum Hotel zeigt.

– Ich zahle aber gern, sagt er. – Wer ist Amer Salah?

– Der Mann, für den das Paket bestimmt ist. Er leitet das Rehabilitationszentrum in Beit Jala, dort werden palästinensische Kinder und

Jugendliche behandelt, die der Konflikt körperlich oder seelisch traumatisiert hat.
Sie unterhalten sich und trinken weiter Kaffee, und er äußert seinen Abscheu vor dem Bombenattentat am gestrigen Abend.
– Ja, es ist entsetzlich, sagt sie. – So etwas dürfte nicht geschehen, und wenn es doch geschieht, fühlt man sich machtlos. Als hätten sich die Fanatiker auf beiden Seiten ineinander verbissen und würden immer abgestumpfter. Früher lebten viele christliche Palästinenser auf der Westbank, jetzt sind es dort nur noch drei Prozent. Viele sind weggezogen. Es ist mutig von Ihnen, gerade jetzt dorthin zu fahren. Sie müssen dort etwas Wichtiges vorhaben.
– Ja, sagt er und schweigt, und als sie merkt, dass er nicht darüber reden will, erhebt sie sich, dreht ihm den Rücken zu, geht zu ihrem Schreibtisch und telefoniert. Er steht ebenfalls auf, zieht den Mantel über und hört mit einem Ohr zu, versteht jedoch kein Wort.
Sie beendet das Gespräch, schreibt etwas auf einen kleinen Zettel, holt ein Paket unter dem Schreibtisch hervor und reicht es ihm mit einem kurzen Lächeln.
– Das ist das Paket für Amer Salah, ich habe gerade mit ihm gesprochen, er wird Sie abholen. Geben Sie dem Fahrer einfach den Zettel, dann kommen Sie direkt ans Ziel.
Er bleibt einen Augenblick stehen und betrachtet ihr freundliches und jetzt etwas angespanntes Gesicht. Wer ist sie? Wo kommt sie her? Ihm scheint, als würde er sich nicht nur von ihr verabschieden, sondern auch von Jerusalem.
– Geben Sie gut auf sich acht, sagt sie. – Und lassen Sie sich um Gottes willen nicht provozieren, ganz gleich, was den israelischen Soldaten an den vielen Checkpoints auch einfällt.
Er geht durch den langen Flur hinunter in den Empfangsraum und tritt in die kühle Luft. Draußen wartet schon das Taxi, er setzt sich auf den Rücksitz; der Fahrer mit dem unrasierten Gesicht dreht sich um, mustert ihn mit einem kurzen »Hello, Sir« und nimmt den Zettel entgegen. Im nächsten Augenblick ist Jon unterwegs.

Der Fahrer biegt von der Nablus Road ab und fährt durch mehrere Nebenstraßen zu einer betonierten Durchfahrt, die auf eine mehrspurige Autobahn inmitten einer Wüstenlandschaft stößt. Eine große Kolonne Militärfahrzeuge bewegt sich in Richtung Süden, aber noch ehe sie auf die Autobahn einbiegen, werden sie von einem bewaffneten Soldaten angehalten, der auf die Straße getreten ist und sie zu einem provisorisch errichteten Checkpoint mit drei Soldaten und einem Militärjeep herauswinkt. Der Fahrer fährt noch ein Stück vor, kurbelt das Fenster herunter, gleichzeitig kommt ein Soldat von vorn auf sie zu, sein vorgehaltenes Gewehr schwingt von einer Seite zur anderen. Schweigend zeigt der Fahrer seine Papiere und seinen Führerschein vor, die der etwa zwanzigjährige Soldat genau und umständlich kontrolliert, worauf er an Jons Scheibe klopft, der das Fenster ebenfalls herunter dreht und ihm seinen Pass reicht. Er fragt ihn in gebrochenem Englisch, was er auf der Westbank wolle, und als er das Paket entdeckt, will er wissen, was darin ist. Anscheinend nicht ganz zufrieden mit der Antwort, nimmt die Papiere des Fahrers und seinen Pass mit zum Jeep und setzt sich hinein. Im Jeep diskutieren die Soldaten hin und her, einer lacht, ein anderer spricht in sein Handy, und es ist unklar, was hier eigentlich vorgeht. Sein Fahrer beobachtet ihn im Rückspiegel und sagt auf einmal:

– Die checken Sie und erkundigen sich nach Ihnen. Das kann zehn Minuten, das kann eine halbe Stunde dauern, vielleicht lassen sie sich irgendetwas einfallen, vielleicht auch nicht, bleiben Sie ganz ruhig.

Hinter ihnen stehen schon drei weitere Wagen. Jetzt kommt der Soldat mit langsamen Schritten zu ihrem Wagen und reicht dem Fahrer ohne weiteres sämtliche Papiere herein und bedeutet ihm mit einer lässigen Geste, weiterzufahren.

Sie haben kaum mehr als vier Kilometer auf der wenig befahrenen mehrspurigen Straße zurückgelegt, von der man auf Kolonien neuer, weißer Einfamilienhäuser mit roten Dächern in der nackten, wüstenähnlichen Landschaft blickt, als sie wieder langsamer fahren und am Ende einer Autoschlange halten müssen. Die Schlange besteht hauptsächlich aus Militärfahrzeugen; die gepanzerten Mannschaftswagen fahren langsam an dem Checkpoint-Häuschen mit den staubigen Fenstern vorbei. Aus den offenen Luken der Mannschaftswagen grüßen Soldaten in Kampfuniform, aber als das letzte Militärfahrzeug den Checkpoint passiert hat, geht ein großer, schwerer Schlagbaum vor einem zerbeulten weißen Auto vor ihnen in der Schlange herunter, und sie müssen fünf Meter davor stehenbleiben.

Zwei Soldaten, einer mit erhobenem Gewehr, bewegen sich sofort auf den Wagen zu und befehlen dem Fahrer und seinem Begleiter, auszusteigen. Sie zeigen ihre Papiere vor, während der Gewehrlauf des einen Soldaten auf sie gerichtet bleibt. Plötzlich packt der andere Soldat den Fahrer, einen etwa vierzigjährigen Palästinenser in einer zerknitterten dunklen Jacke, am Arm und zieht ihn mit zu der Baracke, so dass er beinahe durch die Tür hineinstolpert. Man hört Gebrüll, und als er wieder herauskommt, hält ein junger Soldat seinen rechten Arm fest im Griff, der Mann hat Blut an der Wange und wird zu einem geschlossenen Militärjeep geführt, während der zweite Palästinenser, ein jüngerer Mann in brauner Jacke, der auf der Straße geblieben ist, den Befehl erhält, sich hinter das Steuer des weißen Autos zu setzen. Der Mann widersetzt sich vor der offenen Fahrertür, ruft irgendetwas und deutet auf seinen Begleiter, der im selben Moment nach hinten in den Jeep verfrachtet wird.

– Was ist da los? fragt Jon den Fahrer und spürt den Schweiß in seinen Handflächen.

– Keine Ahnung, am besten man hält den Mund und tut so, als hätte man nichts gesehen, antwortet der leise und wirft Jon im Rückspiegel einen raschen Blick zu.

Zwei Soldaten drängen den Palästinenser in der braunen Jacke jetzt ins Auto, und er startet den Motor mit unbeholfenen, nervösen Bewegungen und fährt ein Stückchen vor, der Schlagbaum geht hoch, und das weiße Auto setzt seine Fahrt auf der anderen Seite des Schlagbaums fort.

Jetzt sind sie an der Reihe.

Ihr Wagen wird ein paar Meter nach vorn gewinkt; dieselben beiden Soldaten winken sie zur Seite; er und der Fahrer steigen gleichzeitig aus, der Fahrer zeigt seine Papiere vor, Jon seinen Pass. Der junge Soldat, der mit bleichem, leerem Gesicht und dunklen Locken eher einem zu groß geratenen Kind ähnelt, bedeutet ihm, auf der Straße zu warten und blickt suchend in den Wagen. Mit einem kleinen Ausruf, als hätte er einen gefährlichen Fund gemacht, holt er das Paket vom Rücksitz.

Jetzt versetzt er ihm von hinten einen kleinen Schubs, einer ruft ihm in gebrochenem Englisch zu, er solle zu dem Betonhäuschen gehen. Er tut, was der Soldat sagt, und geht sechs, sieben Meter zu dem Häuschen mit den verschmierten Scheiben und wartet einen Augenblick unentschlossen vor der Tür darauf, hereingerufen zu werden, aber man lässt ihn eine Weile warten, bis man das Paket geöffnet und durchsucht und seinen Pass kontrolliert hat. Als er mit einem blaffenden hebräischen Ruf von einem ungefähr fünfundzwanzigjährigen Soldaten hereingerufen wird, der hier anscheinend das Kommando hat, ist der Inhalt des Pakets über einen Tisch verstreut, und die YMCA-Broschüren liegen auf dem Boden des vollgequalmten, engen Raums.

Der junge Soldat mustert ihn schnell und stellt ihm dann auf Englisch wie aus der Pistole geschossen Fragen nach dem Paket; kaum hat er die erste Frage beantwortet, als der Soldat schon die nächste stellt, und schließlich gibt er es auf zu antworten.

– Du willst also nicht antworten, sagt der Soldat mit einer Stimme, die sich überschlägt und jetzt die Aufmerksamkeit der beiden anderen Soldaten erregt. Während er einige Sekunden lang den starren Blick des Soldaten festhält, versucht er zu ergründen, was dieser wirklich will. Will er ihn verhaften, will er ihn zurückschicken oder ihn und den Fahrer einfach demütigen?

– Ich habe geantwortet, so gut ich konnte, sagt er möglichst ruhig und unterdrückt seine Wut.
– Du willst mir einreden, dass du ein Tourist bist, und gleichzeitig transportierst du Pakete für eine verdächtige palästinensische Organisation!
– Es ist ein ganz normales Paket, und die YMCA ist international anerkannt!
– Weißt du, dass der Empfänger dieses Pakets mehrmals verhaftet wurde?
– Ich kenne Amer Saleh nicht persönlich, sagt er. – Aber soweit ich weiß, leitet er die Hilfsarbeit für Jugendliche und Kinder auf der Westbank.
– Er ist eine gefährliche und zwielichtige Person, halte dich ja von ihm fern!
Er nickt flüchtig, antwortet aber nicht.
Während die drei Soldaten ihn mit den Augen in Schach halten, einer mit leicht erhobenem Gewehr, muss er wieder erklären, wo und wie lange er sich auf der Westbank aufhalten will, und als er schon glaubt, sie würden ihn nicht mehr durchlassen, reicht der eine Soldat ihm seinen Pass zurück, warnt ihn vor den Palästinensern und bedeutet ihm, den Paketinhalt schleunigst einzupacken und zu machen, dass er rauskommt.
– Heißt das, wir können weiterfahren? fragt er.
Der Soldat lächelt steif, sein junges Gesicht verzieht sich, und obwohl keine unmittelbare Gefahr droht und seine beiden Kollegen offensichtlich einen gewissen Schutz darstellen, strahlen seine Augen eine seltsame Angst aus. Sekundenlang scheint er zu registrieren, dass er durchschaut ist, und er reißt sich zusammen:
– Wir befinden uns zurzeit im Krieg mit den Palästinensern, aber wenn du unbedingt rein willst, damit man dir den Hintern wegschießt, dann nur zu!
Er sammelt den Inhalt des Pakets ein, verlässt den Raum und steht im nächsten Augenblick draußen im Licht. In einer kurzen Schlan-

ge hinter dem Taxi stehen drei weitere Wagen; sein Fahrer wartet ein Stück vom Taxi entfernt in seiner dünnen Nylonjacke frierend immer noch darauf, sich wieder in den Wagen setzen zu dürfen.
Jetzt winkt ein Soldat den Taxifahrer in seinen Wagen, und im nächsten Augenblick ist Jon bei ihm und lässt sich mit dem Blutdruckmesser und der Medizinschachtel auf den Rücksitz fallen.
Der Schlagbaum geht hoch, sie fahren.
Erst nachdem sie einige Kilometer zurückgelegt haben und vor ihnen die Umrisse von Bethlehem mit der grauen Geburtskirche, der Moschee und den hellen Häusern in der hügeligen und abwechselnd moosgrünen und steinigen Landschaft auftauchen, legt er die Sachen auf den Rücksitz und atmet tief aus.
Wegen der vielen Straßensperren umfahren sie fast die halbe Stadt. Bald liegen vor ihnen Gruppen von verstreuten Häusern mit grauen Flachdächern auf trockenem, unfruchtbarem Boden, das breite Tal steigt in der Ferne zu deutlichen Hügeln an, auf denen aneinandergeschmiegt Kolonien weißer Siedlungshäuser über die Landschaft zu wachen scheinen. Sie fahren auf einem ständig ansteigenden schmalen Weg den Giloberg hoch, bis ihnen plötzlich ein massiver querliegender, mit Stacheldraht versehener Betonbalken den Weg versperrt. Der Fahrer hält den Wagen an und meldet sich über Handy bei Amer Saleh, dann dreht er sich zu ihm um:
– Hier fängt Beit Jala an, Ihr Hotel liegt weiter vorn, Amer Saleh kommt gleich an die andere Seite der Sperre und holt Sie ab.
Er bezahlt den Fahrer, verstaut die Sachen aus dem Paket in seine Tasche, dankt ihm und steigt aus. Mit einem kurzen Winken setzt der Fahrer zurück, wendet und fährt schnell den Weg hinunter.
Hinter dem Betonbalken führt der Weg weiter in ein Viertel mit verfallenen grauen und weißen Häusern mit flachen Dächern, überall liegen Stacheldrahtrollen, er hebt seine Tasche auf, geht ein Stück den Weg entlang, bleibt stehen und wartet. Ein magerer, herrenloser Hund läuft auf ein Grundstück, wo Bauholz für ein Haus herumliegt, das entweder nicht fertig geworden oder aus

irgendeinem Grund eingestürzt ist, und wühlt mit der Schnauze in einem großen Haufen Unrat. Ein Junge kommt auf seinem Fahrrad aus einer Hauseinfahrt, und als er Jon sieht, stoppt er und starrt ihn an. Er lächelt kurz zu ihm hinüber, aber der Junge macht kehrt und zieht sich ins Haus zurück.

Er ist allein auf einem Abhang in Beit Jala, einem Vorort, der um Jahre zurückgeworfen und aufgegeben zu sein scheint. Von einem Minarett im Ort ertönt der Ruf des Muezzin, die primitive Lautsprecheranlage gibt der Stimme einen nasalen und scheppernden Klang. Unten im Tal, auf einem Weg, der sich durch die nackte und jahrtausendealte Landschaft schlängelt, bewegt sich eine Militärkolonne unheilverkündend und langsam voran, wie ein unabwendbares Schicksal, das schon längst das Land ereilt hat. Mit welchem Ziel? Was wird dort geschehen?

Unter dem Himmel, der sich immer mehr zuzieht, kommt ihm ein Mann in Wildledermantel und von dunkler Gesichtsfarbe entgegen. Er scheint in den Vierzigern zu sein. Seine Schritte sind energisch, jetzt hebt er die Hand zum Gruß, das muss Amer Saleh sein. Jon läuft um die Stacheldrahtrollen herum und geht ihm entgegen, und als er ihn erreicht hat und ihm die Hand gibt und in seine warmen, aber müden braunen Augen blickt, heißt Amer Saleh ihn in perfektem Englisch in Beit Jala willkommen und bietet ihm an, die Tasche zu tragen. Er lehnt ab und sie gehen zu Amer Salehs Wagen, der ein Stück entfernt hinter einer kleineren Wegsperre parkt.

Im Wagen dreht sich Amer Saleh lächelnd um und sagt, als würden sie sich schon länger kennen:

– Sie sind durchgekommen, war alles okay?

Er berichtet ihm von den Erlebnissen an den beiden Checkpoints.

Ein Schatten legt sich über Amer Salehs Gesicht.

– Mit sowas müssen wir leben, und es scheint schlimmer zu werden. Sie kommen in einem ungünstigen Augenblick.

– Wie meinen Sie das?

– In Ramallah haben sie Arafats Hauptquartier bombardiert und hier ein größeres Gebäude, viele Palästinenser sind schon getötet worden, darunter Kinder und Frauen, und wir rechnen damit, dass die Israelis wegen des sinnlosen Terrorangriffs gestern in Jerusalem mit Verstärkung zurückkommen und erneut zuschlagen …
Jon berichtet ihm von der Kolonne israelischer Militärfahrzeuge, die er gesehen hat.
– Sehen Sie, sagt er. – Ich fürchte das Schlimmste.
Amer startet den Wagen und fährt schweigend über die leicht abfallenden schmalen Wege zur Hauptstraße nach Hebron, wo das Hotel liegt. Unterwegs kommen sie an mehreren Häusern mit Flachdächern vorbei, an einer Kirche mit verfallener Fassade, einzelnen Plattenbauten mit leer stehenden Wohnungen und ein paar Obst-und Gemüsegeschäften; hie und da taucht ein Trümmerhaufen oder ein unbebautes steiniges Grundstück auf, und er überlegt, warum Amer mitten in all dem den Mut nicht verliert.
Als sie zur Hauptstraße kommen, biegt Amer nach rechts ab; sie kommen an einer stillgelegten Tankstelle mit verrosteten Zapfsäulen vorbei und zu einem breiten, offenen und menschenleeren Platz voller Steine, Unkraut und einem Autowrack mit leeren Fenstern. Vereinzelt kommen ihnen Wagen entgegen, ein gelber, älterer Mercedes vollgepackt mit Leuten; Amer hält auf der einen Seite des leeren Platzes und deutet auf ein gut erhaltenes, helles mehrstöckiges Gebäude.
– Ihr Hotel, sagt er mit einem Lächeln, und sie steigen aus.
Ehe sie sich auf dem Gehweg trennen, will er Amer die mitgebrachten Sachen geben, aber im selben Augenblick wird Amer über sein Handy in einer dringenden Angelegenheit weggerufen, und er bittet Jon, noch am selben Abend in sein Haus zu kommen, das nur wenige Straßen weiter liegt, und die Sachen mitzubringen. Amer reicht ihm hastig seine Karte, setzt sich schnell ins Auto und fährt weg, und Jon geht auf einem Plattenweg zu dem kleinen Hotel.
Er öffnet die quietschende, schwere Tür mit einer Glasscheibe zu

einem kleinen Foyer, das früher sicher voller Gäste war, jetzt aber, abgesehen von einigen verstaubten, großen Kakteen und Grünpflanzen in weißen Blumentöpfen, menschenleer ist. Er geht über eine Treppe in das erste Stockwerk, wo er einen weiteren leeren Raum mit Fernseher, Stühlen und einem Tisch in der Mitte und seitlich eine Reihe von Türen vorfindet.

Die Treppe führt nach oben in eine Etage mit mehreren Türen und Zimmern, aber noch ehe er sich entschlossen hat, die Treppe weiter hochzugehen, öffnet sich eine Tür hinter ihm und eine etwa sechzigjährige, große, schlanke rothaarige und blasse Frau kommt mit schnellen Schritten und ausgestreckter Hand auf ihn zu und stellt sich auf Englisch mit unverkennbar deutschem Akzent als Trude Wachmann und Hotelmanagerin vor.

– Sie müssen Jon Bæksgaard sein, unser neuer Gast, sagt sie lächelnd. – Es ist immer wieder eine Überraschung für uns, dass sich jemand hier zu uns »auf die andere Seite« wagt.

Nachdem sie ihm sein kleines Zimmer gezeigt und er seine Tasche abgestellt und den Mantel ausgezogen hat, macht sie ihm einen Tee, dann setzen sie sich an den Tisch mitten im Raum, ihre Stimmen hallen unter der Decke wider. Sie fragt ihn, was ihn nach Beit Jala und zur Westbank führt, er vermeidet es aber, den wahren Grund zu nennen, ohne dass sie es zu bemerken scheint, und er spürt schnell, dass sie es in Wirklichkeit viel nötiger hat, sich jemandem anzuvertrauen.

– Ich bin sozusagen hier gestrandet, sagt sie. – Vor einem Jahr wollte ich nur nach Bethlehem, um in der Erlöserkirche zu beten, aber ehe ich mich versah, war ich in diesem kleinen Hotel der Bethlehem University gelandet. Am Anfang kamen noch viele Gäste, die meisten aus Europa, trotz der Intifada war die Stimmung hier gut und man brauchte gerade einen Manager. Jetzt kommt fast kein Mensch mehr, abgesehen von Professor Said, der die wenigen jungen Leute an der Bethlehem University unterrichtet, und ich bin noch immer Managerin. Managerin im Kreuzfeuer, wie ich es gewöhnlich nenne.

Sie lacht, aber in ihrem Lachen schwingen Bedrückung und Einsamkeit mit. Er fragt sich, was sie dazu gebracht hat, aus Deutschland in dieses Hotel zu flüchten, um Managerin von Schatten der Vergangenheit zu werden. Als hätte sie seine Gedanken gelesen, sagt sie:

– Für mich gab es in Deutschland nichts mehr zu tun. In Deutschland denkt man nur an Geld, die Palästinenser sind ein Volk in Not, ich wollte ihnen helfen.

– Und ist es Ihnen gelungen?

– O ja, Professor Said ist froh, dass er hier übernachten kann, wenn bei uns Ausgangsverbot herrscht, oder wenn man ihn auf dem Rückweg am Kontrollpunkt festhält und er umkehren muss. Wenn ich nicht hier wäre, müssten sie das Hotel schließen; es ist eine Frage des Stolzes, es offen zu halten, keiner will hier aufgeben, ob Christ oder Muslim. Immer wenn ein Hotel oder ein Geschäft oder eine Schule schließt, gibt man, wie Professor Said sagt, ein kleines Stück Hoffnung auf, das ein Teil einer größeren Hoffnung ist. Am Ende gibt es gar keine Hoffnung mehr. Aber das werden Sie sicher nicht verstehen.

– Ich glaube schon, sagt er, und sie unterhalten sich weiter. Er fühlt sich so wohl in ihrer Gesellschaft, dass er beinahe verrät, was er eigentlich auf der Westbank will; als er zum zweiten Mal seinen Plan erwähnt, Hebron zu besuchen, sieht sie ihn fragend an:

– Was wollen Sie da? Das ist die Hölle auf Erden, vielleicht irre ich mich in Ihnen, vielleicht sind Sie ein ganz anderer als ich glaube.

– Hölle auf Erden, ist das nicht etwas übertrieben?

– Sie können ja selbst hinfahren, es ist nicht weit, obwohl einem die Reise ewig vorkommt. Aber steigen Sie in keinen Bus, halten Sie sich an die gelben Taxis.

Die Dämmerung bricht an, das Licht in den Fenstern ist erloschen und sie ähneln Schatten, die sich bei längst erkaltetem Tee gegenübersitzen. Trude Wachmann steht auf, um die Lampe über dem Tisch anzuschalten, aber sie funktioniert nicht. Sie zündet stattdes-

sen mehrere Kerzen an, während es draußen schnell dunkel wird und er das Gefühl hat, sie würden auf einem einsamen Schiff durch die Nacht fahren. Er steht ebenfalls auf und dankt für das Gespräch und ihre guten Ratschläge, und als sie ihm auf einer kleinen Karte den Weg zu Amer Salehs Haus zeigt, erhält er noch einen Tipp:
– Lassen Sie Ihren Trenchcoat hier und ziehen Sie eine dunkle Jacke an, wenn Sie aus dem Haus gehen. Im Dunkeln sind zwar alle Katzen grau, hier ist es aber besser, wenn man überhaupt nicht zu sehen ist, man weiß nie, wer einen im Visier hat.
– Wie meinen Sie das?
– Ich meine, dass jemand vorbeikommen und sich dafür interessieren könnte, was sich hier tut.
– Reden Sie von israelischen Heckenschützen? fragt er besorgt.
– Nach Einbruch der Dunkelheit setze ich keinen Fuß vor die Tür, soviel kann ich Ihnen sagen.
– Ist hier schon jemand einfach so erschossen worden?
– Ja, antwortet sie, und der angespannte Ausdruck in ihrem bleichen Gesicht mit den lebendigen, etwas starren Augen sagt ihm, dass sie nicht darüber reden möchte.

Ein paar Lampen leuchten den weißen Bau der Bethlehem University rechts vom Hotel an, als er nach einer Viertelstunde das dunkle Hotelfoyer verlässt und die Haustür abschließt. Ein Stück weiter rechts liegt ein weiterer erleuchteter Betonbau, ein Wagen fährt heraus, das muss die hiesige Polizeiwache sein; der gegenüberliegende Platz aber ist leer und dunkel, nur links auf der Landstraße funktionieren einige wenige Straßenlaternen, in der Ferne schimmern schwach die Lichter von Bethlehem.
Es ist kühl, und am riesigen Himmelsgewölbe funkeln schon unzählige Sterne, selten hat er die Sternbilder und die Mondscheibe so deutlich gesehen. Mit seiner Tasche und in einer dunklen Jacke geht er die Landstraße ein Stück nach links und biegt in eine kleine Seitenstraße ein, wo ein älterer und ein jüngerer Mann leise

murmelnd an ihm vorbeikommen, der ältere mit einer karierten Kefije, der jüngere blickt neugierig in seine Richtung. Am Ende einer Sackgasse stehen sich zwei Häuser gegenüber, ein älteres, dunkles und ein größeres weißes, vor dem weißen Haus, das von einer Lampe über der Eingangstür erleuchtet wird, breitet ein alter Eukalyptusbaum seine krummen Äste aus, und auf der kiesbestreuten Einfahrt erkennt er Amers Auto.

Amer empfängt ihn mit einem warmen Händedruck, er ist noch sichtlich beeindruckt von seinem Besuch am selben Nachmittag; in dem Dorf Yabod hat der fünfjährige Sohn einer Familie nach Zusammenstößen und Schießereien zwischen Hamas-Leuten und der israelischen Armee tagelang nicht geschlafen; der Junge schreit und weint stundenlang, wenn die Schießereien zwischendurch aufhören, und er wacht nachts jeden Augenblick auf und meint, er habe israelische Soldaten zum Fenster hereinkriechen sehen, obwohl die Familie eine Wohnung im dritten Stock bewohnt.

– Bei solchen Problemen ruft man mich, sagt Amer. – Und ich oder meine Mitarbeiter, wir versuchen mit den traumatisierten Kindern zu reden und die Familie zu beruhigen. Manchmal können wir ihnen anbieten, ein Kind in unserer Einrichtung zu behandeln. Aber uns fehlt es an Mitteln und Psychologen, wir behandeln jetzt schon siebzig Kinder aus der Umgebung.

Jon begrüßt Amers Frau, seine Mutter und die beiden Töchter, und isst mit ihnen in einem lang gestreckten, hellen Zimmer mit einem gerahmten leuchtenden Foto von Marktständen im alten Jerusalem an der Wand. Er muss ihnen von New York und den USA erzählen, aber kaum haben sie die Mahlzeit mit einem kurzen Gebet beendet, als Amer ihm mit einer diskreten Geste bedeutet, ihm in das angrenzende Zimmer zu folgen, einer Mischung aus Schlaf- und Arbeitsraum. Amer schließt die Tür hinter sich und schaltet sofort den Fernsehapparat ein, wo gerade ein Regionalprogramm läuft. Man sieht Bilder von israelischen Panzern, schießenden israelischen Soldaten und F-16 Jagdbombern, die aus dem Nachthimmel heraus

Häuser in Gaza bombardieren; jetzt wird in einer kurzen Szene von CNN der israelische Ministerpräsident Ariel Sharon eingeblendet. Sharon macht einen verbissenen und finsteren Eindruck, während er der Presse von einer Krisensitzung des Sicherheitsrates der israelischen Regierung berichtet. Sharons Worte werden parallel dazu auf Arabisch wiedergegeben, aber da Jon das Hebräische nur bruchstückhaft versteht, wendet Amer sich an ihn:
– Sharon sagt direkt: »Die Palästinenser müssen getroffen werden, und es muss ihnen wehtun. Wir werden ihnen Verluste zufügen, Opfer, damit sie verstehen, welchen hohen Preis sie bezahlen müssen.« Sie wissen ja, was das heißt, nicht?
– Ich glaube ja, sagt er.
– Das heißt, die Israelis werden eine neue Angriffswelle starten, vielleicht schlagen sie noch heute Nacht zu.
– Auch hier?
– In erster Linie sicher in Gaza, vielleicht aber auch hier, wer weiß? sagt Amer und fällt in dem Sessel in sich zusammen, streicht sich mit der Hand über die Stirn und starrt lange mit leerem Blick in die Luft.
– Vielleicht wollen Sie mit Ihrer Familie jetzt lieber allein sein? fragt er, ohne genau zu wissen, wie er Amers langes Schweigen deuten soll.
– Nein, ich will nur meine Frau warnen, und wir müssen im Haus einige Vorsichtsmaßnahmen treffen. Später bringe ich Sie ins Hotel zurück.
– Das ist nicht nötig, sagt er. – Ich kenne den Weg.
Aber Amer überhört ihn und sagt wie gelähmt:
– Es ist schwer, das ständig ertragen zu müssen. Wir leben im permanenten Ausnahmezustand. Und meine Aufgabe ist es, dafür zu sorgen, dass meine Angestellten und unsere Kinder in der Einrichtung nicht den Mut verlieren. Wir haben über die ganze Westbank verteilt sechs Büros mit einigen zähen Mitarbeitern, die dasselbe versuchen. Aber es ist so, als wäre ein ganzes Volk traumatisiert,

die Kinder leben ständig unter dem Eindruck von Gewalt und Konflikten, und ihre Zeichnungen sind voller F-16 Jets und kämpfenden Soldaten. Mich hat man viermal ohne Grund festgenommen, und viermal hat man mich gefoltert. Das letzte Mal hat man versucht, mich seelisch zu zerbrechen. Ich wurde tagelang mit einer schwarzen Kapuze über dem Kopf aufgehängt, und manchmal hat ein Wächter eine Luke zu meiner dunklen Zelle aufgemacht und gesagt: »Allmählich verlierst du den Verstand«, »Du hast den Verstand verloren«, und dabei jedes einzelne Wort betont. Bei den Israelis steht die Welt Kopf: Nicht sie müssen beweisen, dass du schuldig bist, du musst deine Unschuld selbst beweisen.
– Aber der militärische Arm der Hamas, die Al-Aqsa-Brigaden und andere morden grundlos in Israel, sagt er, betroffen von Amer Salehs offenen Worten.
– Ja, sagt Amer und hält seinen Blick fest. – Aber welche von den beiden Parteien ist Ihrer Meinung nach stärker und welche schwächer, welche verzweifelter?
– Das ist kein Grund, Zivilisten umzubringen, ganz gleich, wer es tut, sagt Jon.
– Ja, ich will die Terrorangriffe auf Zivilisten auch ganz und gar nicht rechtfertigen, aber die Israelis müssen aufhören, mein Land besetzt zu halten.
– Ich stimme Ihnen zu, sagt Jon und will aufstehen und seine Tasche mit den Sachen für Amer holen, aber Amer fasst seinen Arm.
– Ich habe gehört, dass Sie nach Hebron wollen, was wollen Sie da?
– Ich muss in Hebron etwas klären, vielleicht ist es jetzt nicht mehr möglich …
– Was?
– Ich suche einen Mann, der zum militärischen Arm der Hamas gehört. Ich will versuchen, ihn zu finden. Er ist an mehreren Morden schuld und hat einen Terrorangriff auf eine Subwaystation in New York geplant.
– Für wen arbeiten Sie? fragt Amer irritiert.

– Für niemanden, sagt er, ergreift die Gelegenheit und erzählt Amer von Ben Zawawi und warum er ihn sucht.
Amer schüttelt den Kopf.
– Ich verstehe, was Sie meinen und was Sie durchgemacht haben, aber Sie sind zum falschen Zeitpunkt hier, und was Sie vorhaben, ist äußerst gefährlich.
– Ich will es dennoch versuchen, sagt er.
– Sind Sie ganz sicher?
– Ja, sagt er, fühlt aber gleichzeitig, dass er keine andere Wahl hat.
– Dann habe ich vielleicht einige Kontakte für Sie. Rufen Sie mich morgen an. Die können Ihnen in Hebron sicher helfen.
Kurz darauf gibt er Amer die lange erwartete lebenswichtige Medizin und das Blutdruckmessgerät, und Amer begleitet ihn vors Haus in das späte, kalte Abenddunkel. Hier verabschieden sie sich, und er geht unter dem sternenklaren Himmel zur Landstraße und über die verlassenen kleinen Wege zum Hotel.
Das Hotel liegt noch immer im Dunkeln, es gibt keinen Strom, aber Trude Wachmann hat im ersten Stock einige Kerzen brennen lassen. Er sucht sein Zimmer auf, zieht nur schnell die Hosen aus, legt sich so unter die Decke und schläft augenblicklich ein.
Er gleitet in einen zeitlosen Traum hinüber.
Ein junger Mann im Leinengewand mit strähnigem, langem Haar, Ohrenlocken und bleichem Gesicht wird zwischen zwei bewaffneten Wachen in einen hohen Raum geführt. Der Raum ist groß, kühl und nasskalt und macht mit den grauen Steinen an Wänden, Decke und Boden den Eindruck, als würde er zu einer Festung gehören, er wird von brennenden Fackeln erhellt, die in eisernen Leuchtern an den Wänden stecken, der Mann wird zu einem Podest geführt. Hier sitzt auf einem Stuhl ein älterer, etwas korpulenter Mann in einer weißen Toga; sein Gesicht ist rosig und fleischig mit kleinen, intelligenten Augen. Er fasst sich mit drei Fingern an die Schläfe, anscheinend hat er Kopfschmerzen. Es ist mitten in der Nacht. Der ältere Mann ruft den Jüngeren nach vorn und befiehlt

den Wachen, sich zurückzuziehen. Das müde Gesicht des jungen Mannes liegt halb im Schatten, als der Ältere ihn ausfragt, erst mit lässigen Handbewegungen und scharfer Stimme, danach immer zögernder und unschlüssiger. Eigentlich wollte er den jungen Mann einfach als Aufrührer verurteilen, der mit seinen Predigten vor ergebenen Zuhörern in der Stadt Unruhe und Zwietracht sät, und sich wieder in sein warmes Bett legen. Keiner hat für diesen Mann ein Wort eingelegt, jetzt aber stutzt er und kommt immer wieder auf einen bestimmten Satz zurück.
– Wiederhole es noch einmal.
– Was, Herr Prokurator? fragt der junge Mann mit sanfter Stimme, der die Erschöpfung anzuhören ist.
– Das, was du gerade gesagt hast.
– Ihr sollt eure Feinde lieben.

Er erwacht in der Dunkelheit durch einen lauten Knall, einen Augenblick lang schwankt das Bett unter ihm, ein kleines gerahmtes Bild fällt von der Wand, er ist verwirrt und hat zugleich Angst, steht auf und blickt aus dem Fenster: Weiter unten an der Straße steht ein Haus in Flammen, keine Menschenseele ist zu sehen. Er bleibt einen Augenblick lang stehen und versucht, sich zu fassen und zu begreifen, was geschehen ist; aber schon hört er eine Stimme auf dem Flur, und jetzt klopft es an seiner Tür. Er öffnet. Draußen steht Trude Wachmann mit verängstigtem Gesicht:
– Sie haben die Polizeiwache bombardiert, das müssen ihre F-16 sein, es ist schrecklich …
Er fährt in seine Kleidung und eilt mit ihr den Weg vor dem Hotel hinunter. Das Haus weiter unten brennt immer stärker, ein paar zufällig vorbeifahrende Wagen halten in einiger Entfernung von der Brandstelle, Leute steigen aus und betrachten das Feuer aus sicherer Entfernung, aber es dauert lange, bis ein Krankenwagen und danach ein Feuerwehrauto eintreffen. Schläuche werden ausgerollt, uniformierte Männer bewegen sich auf das kräftige Feuer zu, Wasser-

strahlen gehen auf das halb abgebrannte Gebäude nieder. Entgegen Trude Wachmanns Warnung läuft er in Richtung des brennenden Hauses, um seine Hilfe anzubieten, aber auch die Nachbarn sind jetzt auf den Beinen, und er findet sich bald in einer kleinen Gruppe schockierter und wütender Menschen wieder, ohne etwas ausrichten zu können.

Langsam gerät das Feuer unter Kontrolle, es bleibt ein qualmender Trümmerhaufen zurück, und die Wut und die Ohnmacht in der kleinen Gruppe werden noch größer, als die Rettungshelfer bei der Suche in den heißen Mauerbrocken zwei verkohlte Leichen zum Rettungswagen bringen. Die beiden Ehefrauen der Opfer, die inzwischen von Verwandten hergebracht worden sind, weinen laut, eine schreit den Namen ihres Mannes in den Himmel. Umstehende helfen den beiden in den Rettungswagen, darunter auch Amer, der anscheinend schon länger gar nicht weit entfernt auf der anderen Seite der Gruppe gestanden hat und jetzt mit beruhigenden Worten dazukommt und seine Hilfe anbietet. Jon geht zu ihm.

– Sie zerstören unsere Polizeiwachen und bringen unsere Polizisten um, was wird das nächste sein? fragt Amer und sucht in Jons Augen nach einer Antwort, aber wegen des Feuers ist er einen Schritt in die Dunkelheit zurückgetreten, und Jon legt ihm schweigend die Hand auf die Schulter.

Sie gehen gemeinsam über die schwach erleuchtete Landstraße zu seinem Hotel. Ehe sie sich trennen, sagt Amer:

– Die Trauer der Frauen dauert hundert Jahre, die Genugtuung der Bomberpiloten wenige Sekunden.

Und damit ist er weg.

In den restlichen Nachtstunden im Hotelzimmer schläft er kaum, er überlegt immer wieder, ob es Sinn hat, weiterzumachen, wenn dies der Anfang ist, wie geht es dann weiter? Und seit langem hat er zum ersten Mal wieder das Gefühl, es nicht mehr ändern zu können. Er ist in ein Land gereist, wo die Konflikte größer sind als Berge,

und was macht es aus, ob er in dem großen Spiel einen Mörder wie Zawawi aufspürt? Viele andere Totschläger in Uniform laufen frei herum und werden von niemandem und nichts belangt, weil sie nur ihre Befehle erfüllen. Und die Offiziere und Generäle, die diese Befehle geben? Und die Politiker, die sie gutheißen?
Doch als er nach einer knappen Stunde Schlaf im morgendlichen Licht aufwacht, spürt er wieder, dass er keine Wahl hat und unmöglich mit leeren Händen nach Jerusalem zurückkehren kann. Falls er zurückkehrt.
Er versucht, Eve über sein Handy anzurufen, aber die Verbindung nach Jerusalem ist gesperrt, dann ruft er Amer an, der ihm einen Namen und eine Handynummer in Hebron durchgibt.
– Der Mann war früher Polizeioffizier, sagt Amer. – Er hat immer noch gute Kontakte. Er hat versprochen, Ihnen behilflich zu sein, aber Sie müssen ihm selbst von Ihrer Aufgabe erzählen.
– Ja, selbstverständlich.
– Wir haben seinen Sohn in unserer Station in Hebron behandelt, Sie können ihm also trauen.
Er dankt Amer für seine Hilfsbereitschaft.
– Passen Sie gut auf, dort wimmelt es nur so vor Haien.
Er packt seine Tasche, verlässt das Zimmer, frühstückt schnell in der Küche im zweiten Stock und blickt dabei über den leeren Platz gegenüber dem Hotel, wo einige Jungs zum Zeitvertreib das Autowrack mit Steinen bewerfen. Dann begleicht er seine Rechnung bei Trude Wachmann, die ihn nach den nächtlichen Ereignissen nur ungern ziehen lässt, und läuft ein Stück die Landstraße hinunter. Hier wartet er in der Nähe des zerbombten Polizeigebäudes auf ein gelbes Taxi.
Er schaudert vor Kälte und blickt sehnsüchtig den wenigen Autos nach, die an ihm vorbeifahren. Der Qualm von der Brandstätte hängt immer noch in der Luft, aber das Licht kündigt einen vorzeitigen Frühling an, der Himmel ist überwältigend blau und von schwachen Sonnenstrahlen durchwoben, die um Laternen, Bäume

und Hausmauern fahle Schatten zeichnen. Von einem Minarett oben in der Stadt ertönt der Ruf des Muezzin und erinnert ihn daran, dass er sich auf fremdem Boden befindet.
Als ein betagter gelblicher Mercedes vor ihm anhält, ist er schon voll besetzt. Der Fahrer in einer dicken Jacke und mit einem blaukarierten Tuch um die Schultern deutet auf die selbst gebaute Rückbank, man rückt zusammen, so dass er sich noch dazwischenquetschen kann, und bei lauter arabischer Musik aus den Türlautsprechern fährt der Wagen los.
Wechselnde Landschaften ziehen an ihm vorüber, unfruchtbar, steinig, hügelig und flach, fruchtbar und kultiviert; Landstriche mit blaugrauen Olivenbäumen werden von Orten mit knospenden Obstbäumen und grünen Rebstöcken abgelöst. Ab und zu tauchen Gruppen weißer Siedlerhäuser mit Zisternen auf, alles ist von Zäunen umgeben, sogar die Wege, die auf die Hügel führen. Unweit einer Siedlung verlässt der Wagen die Hauptstraße und gelangt in eine unfruchtbare Hügellandschaft, die mit Bulldozern, Baggern und umgegrabener Erde einer Kiesgrube ähnelt, und quält sich zu einem provisorischen Checkpoint hoch, wo alle zahlen und aussteigen müssen.
Die kurze Strecke zu den drei bewaffneten Soldaten und ihrem überdachten Militärjeep gehen sie zu Fuß. Auf beiden Seiten des Checkpoints warten einheimische Männer, Frauen und Kinder. Zwei Frauen und ein Mann, die eine Kiste mit Gemüse tragen, beklagen sich auf der anderen Seite der willkürlichen Grenze darüber, dass sie nicht weitergehen dürfen, aber ein auf sie gerichteter Gewehrlauf zwingt sie noch weiter nach hinten in die Schlange. Offensichtlich begreift keiner das System, nach dem die Soldaten verfahren, und man wartet ungeduldig, dass diese es sich anders überlegen und sie weitergehen können; dazu kommt es jedoch nicht.
Es vergehen zwanzig Minuten, eine halbe Stunde; beide Schlangen werden immer länger, manche machen sich nach hinten und seitlich in die hügelige Landschaft und in einiger Entfernung vom Check-

point über die Hügelkämme aus dem Staub. Ein Mann in mittleren Jahren tippt ihm von hinten auf die Schulter und sagt etwas auf Arabisch, das er nicht versteht, aber als er kurz darauf die Schlange verlässt, folgt Jon ihm und überwindet nach zwanzig Minuten eine größere felsige Anhöhe. Als der Palästinenser fast oben ist, dreht er sich zu ihm um und warnt ihn, indem er sich mit zwei Fingern quer über die Kehle fährt. Jon duckt sich, während der Mann das kurze Stück bis nach oben kriecht und vorsichtig den Kopf hebt, um sich einen Überblick zu verschaffen.

Jetzt winkt der Mann ihn heran, er kriecht das letzte Stück mit der Tasche über der Schulter nach oben und befindet sich auf einmal auf einer Ebene mit wild wachsendem Thymian, Minze, schief gewachsenen kleinen Kiefern und Steinen. Ungefähr fünfzig Meter vor ihnen verläuft ein schmaler, asphaltierter Weg um eine weitere kleine Bergkuppe, dort warten zwei halb volle gelbe Taxis. Der Palästinenser sucht die Landschaft aufmerksam ab, dreht sich dann zu ihm um und sagt in gebrochenem Englisch:

– Keine Soldaten, sehen sie dich, vielleicht sie schießen, aber jetzt keine Soldaten.

Sie eilen zu den Wagen und setzen sich in den ersten. Hier muss er eine weitere halbe Stunde warten, bis noch andere auf demselben Weg zu den Wagen kommen und alle Plätze besetzt sind; währenddessen beobachten die Fahrer mit wachsamen Augen die Umgebung, bereit, jeden Augenblick loszufahren, sollten plötzlich israelische Soldaten oder Polizei auftauchen.

Den meisten steht die Anspannung ins Gesicht geschrieben, und als der Wagen sich endlich in Bewegung setzt und sie die große Anhöhe hinunterfahren, blickt sein bisher schweigsamer Nachbar ihn an und sagt auf Englisch:

– Wir sind tot.

– Tot? fragt er verblüfft und blickt in die dunklen Augen des anderen.

– Wir sind eingesperrt, haben keine Freiheit …

Der kleine Mann in der staubigen dicken Jacke und einem melancholischen Lächeln erweist sich als Rechtsanwalt, er hat in Hebron ein kleines Büro …
– Fragen Sie mich nicht, wovon ich lebe, sagt er. – Ich weiß es nicht.
– Ich bin auch Anwalt, in New York.
Der Mann sieht ihn erstaunt an.
– New York könnte für mich genau so gut ein Ort auf dem Mond sein.
Auf einer Straßenseite türmt sich in der Ferne eine wellige Hügellandschaft auf, auf der anderen Seite ziehen Olivenhaine an ihren Augen vorbei. Vor ihnen zeichnen sich die Konturen einer gelblichweißen Stadt mit Minaretten und hohen Mauern ab, die zwischen großen Hügeln eingebettet liegt.
Er nimmt die Gelegenheit wahr und fragt nach dem Namen Benzir Zawawi.
– Nie gehört, in der Stadt leben Hunderttausende Palästinenser, sagt der Anwalt. – Und was macht er?
– Er spielt eine wichtige Rolle bei der hiesigen Hamas, soviel ich weiß.
– Die Hamas hat viele Mitglieder, und viele nehmen sich selbst sehr wichtig, aber vielleicht hält er sich im Suk in der Altstadt auf, hinter dem jüdischen Viertel, Haret al-Yehud. Dort hat die Hamas ein Büro, aber Vorsicht, man weiß nie, was in der Umgebung der jüdischen Siedlungen passiert.
– Danke.
– Was wollen Sie von ihm?
– Ihn einfach besuchen, sagt Jon mit gedämpfter Stimme.
Sie kommen zu einer verfallenen, kulissenähnlichen Ladenfront, wo es von ortsansässigen Palästinensern wimmelt, die an einer Betonsperre in die Stadt hinein oder aus ihr heraus wollen. Verkäufer preisen billiges Brot, Früchte oder andere Dinge an. Vor der Absperrung halten zwei Mannschaftswagen voller bewaffneter israelischer Soldaten, vier davon haben links und rechts der schmalen

Öffnung des Betonblocks Stellung bezogen, um jeden zu kontrollieren, der herein- oder hinauswill, und vor und hinter den jungen Soldaten, die sich bei ihrer inquisitorischen Arbeit offensichtlich Zeit lassen, haben sich lange Schlangen gebildet. Hier hält ihr Wagen zwischen anderen gelben Taxis, sie zahlen, steigen aus und reihen sich in die lange Schlange ein.
Aus Hebron sind auf einmal Bombenexplosionen und trockene Schusssalven zu hören, aber von seinem Platz aus hat er nur den Blick auf den Kiesweg zu einem größeren Parkplatz, auf dem wenige Autos und zwei weitere israelische Mannschaftswagen stehen. Unruhe macht sich unter den Wartenden breit, Männer und Frauen, einige mit Kindern an der Hand, blicken sich ängstlich an. Das unheilverheißende Murren scheint an den Nerven der Soldaten zu zerren und macht sie unruhig, sie fangen an zu brüllen und fertigen die Leute kurz ab. Jetzt wird mehreren Menschen ziemlich handfest der Durchgang verwehrt, und ein kleiner Trupp Soldaten eilt aus den Mannschaftswagen, um die Abgewiesenen mit ihren Gewehren wieder zurück in die Stadt zu drängen oder vom Durchgang zum Kiesweg in die Stadt zu scheuchen. Eine Frau stürzt und liegt blutend auf der Erde, ein Soldat zielt wütend mit dem Gewehr auf sie, während zwei Männer hinzueilen, ihr aufhelfen und sie aus der Schlange wegführen.
Vor ihm dreht sich der Anwalt um und sagt:
– Das kenne ich schon. Es braucht nur einen kleinen Funken, bis sie einen von uns erschießen.
Er spürt die Angst in seinem Nacken, während sich die Schlange langsam vorwärts bewegt. Nach einer längeren Auseinandersetzung zwischen dem Anwalt und einem Soldaten, in der der Anwalt immer wieder auf ihn weist, wird dieser mit einer wegwerfenden Geste ein paar Meter hinter den Durchgang zurückbeordert. Jetzt ist Jon an der Reihe. Der Soldat, höchstens achtzehn oder neunzehn Jahre alt, mit einem hübschen, aber verschlossenen Gesicht, das genauso wie seine ganze Körperhaltung Anspannung und Unbehagen

ausdrückt, betrachtet ihn genau und befiehlt ihm in seinem Schulenglisch, die Tasche zu öffnen und den Pass vorzuzeigen.

– Sie haben mit dem da geschäftlich zu tun? fragt der Soldat und zeigt mit dem Gewehrlauf auf den Anwalt.

– Ja, sagt er zögernd und ahnt, was der Anwalt behauptet hat, um ihm durch die Kontrolle zu helfen.

– Er sagt, Sie kommen aus New York, aber Sie haben einen dänischen Pass.

– Ich habe viele Jahre in New York gearbeitet, sagt er.

Der junge Soldat tritt plötzlich dicht an ihn heran:

– Ich bin einmal in Dänemark gewesen, Kopenhagen, gute Stadt.

Er nickt und spürt seinen trockenen Hals.

– Einer meiner Freunde ist vor ein paar Wochen erschossen worden, von einem Typen wie dem da. Sie können denen nicht trauen, die Araber lächeln am Tage und sind nachts wie die Tiere.

– Ich habe Vertrauen zu ihm, sagt er.

– Weil Sie das zerschossene Gesicht meines Freundes nicht gesehen haben, beharrt der Soldat, während Jon den Druck der Warteschlange hinter sich spürt.

– Es tut mir für Ihren Freund leid, sagt er, während der Soldat ihn einen Augenblick lang mit einem abgrundtiefen Blick anstarrt, aus dem die Wut vieler Nächte und unterdrückte Verzweiflung sprechen. Der Ruf eines anderen Soldaten holt den Jungen zurück in die Realität, wo die Luft aggressionsgeladen ist und die Stimme des Muezzins von dem hoch aufragenden Minarett in der festungsartigen Höhle von Makpela schwach zu ihnen herüberdringt. Automatisch findet er in die gewohnte Routine zurück und winkt ihn durch. Auch andere, die lange vor ihnen durch Hebron gezogen waren, waren hier angehalten worden, und in der Moschee in der Höhle des Makpelas hallten während des Freitagsgebets die schmerzerfüllten Schreie der vierundzwanzig Betenden wider, die der Siedler Baruk Goldstein mit Schüssen aus seinem automatischen Gewehr niedermähte; an einem warmen Augustabend im Jahr 1929 fielen in den

Wohnungen und Straßen der Stadt siebenundsechzig Juden palästinensischen Kugeln zum Opfer, wird das je ein Ende nehmen?
Er folgt dem Anwalt bis ans Ende des gesperrten, unbefestigten Weges in die Stadt. Unterwegs taucht ein massiver Kontrollturm auf, und er fühlt sich sofort durch die Fenster, in denen sich der Himmel spiegelt, überwacht. Der Anwalt deutet auf eine geäderte Mauer zu ihrer Rechten.
– Sehen Sie die Einschusslöcher, sagt er. – Das sind Querschläger, einer, der getroffen wurde, war der Bruder eines Mandanten.
Sie überqueren einen Parkplatz mit parkenden Autos, Taxis und den beiden israelischen Mannschaftswagen, deren Anwesenheit die Aktivität auf dem Platz und der Straße, die von ihm abgeht, sichtlich gedämpft hat. Von einigen wartenden Taxifahrern und wenigen Fußgängern abgesehen, ist der große Platz menschenleer. Die Soldaten auf dem Fahrersitz der Mannschaftswagen schauen ihnen hinterher, als sie auf ein Taxi zugehen und einsteigen, nachdem er den Anwalt überredet hat, ein Stück mitzufahren.
– Wenn Sie zahlen, sagt der Anwalt mit einem flüchtigen, müden Lächeln.
– Selbstverständlich, ich zahle, sagt er. Er hat nur den einen Wunsch, möglichst schnell in sein Hotel zu gelangen.
Die pittoresken und zugleich verfallenen alten Häuser, die gelegentlich von neuen, halb fertigen weißen Betonhäusern abgelöst werden, drängen sich an die verhältnismäßig breite Straße. Je näher sie dem Herzen der Stadt kommen, desto enger werden die Straßen. Plötzlich geraten sie in einen kurzen Stau und müssen aussteigen, weil die Straße weiter vorn von zwei Militärjeeps mit Soldaten blockiert ist. Er bezahlt den wütenden Fahrer, sie steigen aus und gehen auf dem Bürgersteig weiter. Der Anwalt bietet sich an, ihn zum Hotel zu bringen und führt ihn durch eine Seitenstraße, die eher einer engen Gasse voller verfallener Neubauten mit vereinzelten Fußgängern ähnelt. An den Häuserwänden hängen Plakate mit den Märtyrerporträts junger Menschen, darunter auch

Kinder; sie biegen um die Ecke in eine andere Gasse ein, die schließlich in eine etwas größere, laute Straße mit vielen Läden und einer Bank einmündet. Hier erreichen sie unter einem farbenfrohen Neonschild mit dem Namen »Damaskus« den Eingang seines Hotels. In dem menschenleeren kleinen Foyer mit Steinfußboden, blau gekachelten Wänden, an denen gerahmte Fotografien von Damaskus hängen, und einer Tür, hinter der aus einem Kofferradio eine klagende, Arabisch singende Frauenstimme zu hören ist, winkt sie ein junger, dunkelhäutiger Mann in dunkler Jacke und Schlips heftig gestikulierend zu sich an den schmalen Empfangstresen. Als der Portier Jons Namen hört und seinen Pass sieht, erkennt er in ihm sofort einen offenbar lange erwarteten Gast aus Jerusalem.
– Wohnen Sie in Jerusalem? fragt er lächelnd und in hervorragendem Englisch.
– Ja, vorübergehend, sagt er.
– Aber Sie sind doch kein Israeli.
– Nein, ich habe viele Jahre in New York gelebt.
Der Portier sucht schnell einen Schlüssel heraus und will ihn nach oben führen, da zieht der Anwalt ihn zur Seite und reicht ihm seine Visitenkarte.
– Mein Name ist Faisal. Sollten Sie Schwierigkeiten haben, dann rufen Sie mich an, ich wohne nicht weit weg von hier.
Er reicht ihm die Hand, dankt ihm und verschwindet auf der Straße. Der Portier führt ihn nach oben in einen menschenleeren Flur im ersten Stock. Er öffnet die Tür zu einem spartanisch eingerichteten Zimmer mit Bett, Tisch, Lampe, Stuhl und Schrank und einer gerahmten, vergilbten Zeichnung über dem Bett von weißen Minaretten, Kirchtürmen und Häusern mit Spitz- oder Flachdächern inmitten einer Hügellandschaft des alten Hebron. Er schließt die Tür und betritt das Zimmer, und während er aus dem Fenster auf die belebte Straße vor dem Hotel blickt, auf Frauen in schwarzen Gewändern oder in adretter Straßenkleidung zwischen älteren Männern mit rot karierten Tüchern als Kopfbedeckung oder jungen

Männern in Jacketts und Mänteln, ruft er sofort Amers Bekannten an.
Die Nummer ist besetzt, er bleibt eine Zeitlang mit dem Handy in der Hand am Fenster stehen, und sein Blick fällt auf zwei schöne Teppiche, die in dem Geschäft gegenüber ausliegen und mit ihrem intensiven Rot die Straße erglühen. Auf einmal dringt eine Stimme zu ihm herein, deren Klang er nicht einordnen kann, die Fußgänger verlassen schnell die Straße; manche eilen dahin zurück, wo sie hergekommen sind, andere suchen Läden oder Hauseingänge auf, wieder andere hasten an den Häusermauern entlang, und gleich darauf fährt ein israelischer Militärjeep die schon halb leere Straße entlang. Eine näselnde Lautsprecherstimme spricht auf Arabisch Warnungen aus.
Als der Jeep vorübergefahren ist, ist die Straße so leer, als wäre ein heftiger Sturm darüber hinweggezogen und hätte alles Leben weggefegt.
Träumt er, oder ist er wach?
Ein offener Mannschaftswagen mit bewaffneten Soldaten fährt dröhnend durch die leere Straße, und in einiger Entfernung sind Schüsse zu hören.
Er wird nervös und weiß nicht, wohin mit sich, er eilt auf den Flur und die Treppe hinunter, um sich bei dem jungen Portier zu erkundigen, aber das kleine Foyer ist auch leer; er geht ins Zimmer zurück und ruft Amers Freund an. Diesmal kommt er durch, eine Stimme antwortet ihm auf Arabisch, er erkennt den Namen Hussein und stellt sich auf Englisch vor. Die Stimme wechselt ins Englische.
– Sie sind Amers Freund?
– Ja.
– Sind Sie jetzt in Hebron?
– Ja, im Hotel Damaskus.
– Wir können uns jetzt nicht treffen, die Israelis sind auf den Straßen, es herrscht Ausgehverbot.
– Ich weiß, sagt er.

Einen Augenblick ist es still im Telefon, er hört Hussein atmen.
– Ist es wichtig?
– Ja, sagt er.
– Dann komme ich heute Abend zu Ihnen.
– Begeben Sie sich meinetwegen nicht in Gefahr.
– Wir sind hier immer in Gefahr, und bei Dunkelheit ist es kein Problem, zu Ihnen kommen.
Hussein bricht das Gespräch ab, ehe er protestieren kann. Er blickt eine Weile auf die immer noch menschenleere Straße. Ein weiterer israelischer Mannschaftswagen fährt vorbei, dieses Mal langsam, als würde er die Straße erkunden. In der Wohnung gegenüber im ersten Stock zeigt sich ein Frauengesicht mit wallendem dunklem Haar durch zwei helle Vorhänge, ihre Blicke begegnen sich über der Straße, dann werden die Vorhänge zugezogen und er sieht dahinter die schattenartigen Konturen von drei Erwachsenen und drei Kindern.
Eingesperrt, genauso wie er selbst.

Er blickt auf seine Armbanduhr, aber Zeiger und Zahlen verschwimmen vor seinen Augen, als er sich aufs Bett legt. Erschöpft schläft er beim Licht, das von der Straße hereinfällt, sofort ein, und seine unkontrollierten Gedanken streben auf etwas Dunkles zu. Um ihn herum sind Olivenbäume, der Himmel über ihm ist sternenübersät, Blumendüfte steigen ihm in die Nase, Zikaden zirpen und hinter ihm leuchtet ein kleines Feuer, an dem Jochanan und Jakob beten. Alle zwölf haben das Zeltlager auf dem Ölberg verlassen, Rabbi Josua ben Jakob hat sie in den Garten von Gethsemane geführt, aber einer von ihnen ist verschwunden, und der Rabbi hat Jochanan, Jakob und ihn bestimmt, weiter in den Garten hineinzugehen, er sah, wie niedergeschlagen der Rabbi war, aber warum? Warum hat er zu ihnen über ihren Verrat gesprochen? Er könnte ihn niemals verraten. In den letzten Tagen vor Pessach hat der Rabbi auf dem Tempelplatz weit mehr Zuhörer um sich geschart als zuvor,

und er hat mit großer Kraft gesprochen und Menschen geheilt, sie haben zusammen das Pessachmahl eingenommen, auch da hat er von Verrat geredet, aber wer würde seinen ganzen Besitz aufgeben und ihm jahrelang folgen, um ihn dann zu verraten?
Ehe der Rabbi den Garten verließ, bat er sie, zu wachen und zu beten, sein Gesicht war grau, erstarrt, er sagte: »Meine Seele ist betrübt bis an den Tod«, aber wie kann er, der das Licht gebracht hat und für sie und viele andere Menschen der Messias ist, so voller Angst sein? Hat er selbst den Glauben verloren? Ist er doch nicht Gottes Sohn? Er dringt weiter zwischen den Olivenbäumen vor und achtet auf seine Schritte, jetzt erblickt er den Rabbi, er liegt zwischen den Bäumen in seinem Leinengewand, das Gesicht auf der Erde. Seine flehentliche Stimme dringt zu ihm hindurch, er sagt: »Mein Vater, ist's möglich, so gehe dieser Kelch an mir vorüber.« Mehr hört er nicht, mehr will er nicht hören, er eilt zu Jochanan und Jakob zurück, die beide eingeschlafen sind. Er setzt sich ans Feuer, auch er fällt in einen Halbschlaf und weiß nicht, wie viel Zeit verstrichen ist, er hört Josua nicht kommen. Plötzlich steht er vor ihm und sagt: – Könnt ihr denn nicht eine Stunde mit mir wachen? – Es ist mitten in der Nacht, Rabbi, antwortet er, – wir sind alle müde. – Erhebt euch, sagt Josua, – lasst uns gehen, die Stunde ist gekommen, sie sind auf dem Wege. – Wer ist auf dem Wege? fragt er überrascht, aber noch bevor er aufstehen kann, taucht Judas zwischen den Bäumen auf, gefolgt von römischen Soldaten, Männern der Tempelwache mit Schwertern und Knüppeln. Judas geht direkt auf Josua zu, er wirkt heiter und gleichzeitig nervös, nennt ihn »Rabbi«, ergreift seine Hand und küsst sie. – Du hast das Deine getan, sagt Josua und betrachtet ihn einen Augenblick, ohne die Hand zurückzuziehen, aber Judas weicht seinem Blick aus, lässt Josuas Hand los und wendet sich mit dem Gesicht eines Fremden ab.
Nun ergreifen die Wachen und die römischen Soldaten Josua, binden seine Hände und wollen ihn sogleich aus dem Garten führen, aber jemand, den er nicht sehen kann, zieht hinter Josua sein

Schwert und schlägt einem Mann der Wache ein Ohr ab. – Stecke dein Schwert in die Scheide, sagt Josua und befreit mit großer Kraft seine gefesselten Hände aus dem Griff der Römer. Im nächsten Augenblick berührt er die blutende Wunde und heilt sie.
Der Mann ist sprachlos.
– Viele Tage lang habe ich auf dem Tempelplatz gelehrt, sagt Josua.
– Warum habt ihr mich da nicht ergriffen? Jetzt kommt ihr mit euren Schwertern und Knüppeln und verhaftet mich wie einen Dieb. Wen fürchtet ihr, dass ihr die Hilfe der Finsternis braucht?
– Wir fürchten nur die Götter, keinen jüdischen Taugenichts und Aufrührer, sagt ein römischer Hauptmann und knebelt seinen Mund, ein anderer fesselt seine Arme und bindet ihn mit einem Lederriemen an sich selbst fest. Die meisten Umstehenden weichen zurück, der Hauptmann treibt Josua vor sich her zwischen die Bäume in Richtung Ausgang.
Er weiß nicht, wo die anderen geblieben sind, vielleicht sind sie geflohen, er aber folgt der Schar römischer Soldaten, Wachen und Ratsältester um den Rabbi durch die Nacht, am Ölberg entlang, quer durch das Kedrontal, durch die Stadttore Jerusalems, auf den gepflasterten Straßen. Sie sind nur eine kleine Schar um den schweigenden Josua, als sie einen Hof vor dem Haus des Oberpriesters Kaiphas erreichen. Hier öffnet man eine pfortenähnliche Tür und zerrt ihn wie einen Hund hinter sich herein.
Er sieht es von weitem; er sitzt bei Wachsoldaten und Dienstleuten jetzt in einem Umhang am wärmenden Lagerfeuer. Der Feuerschein lässt die Gesichter erglühen, doch er nimmt sie nicht wahr, ist in Gedanken in dem Haus, wo man Josua verhört, dem er von Galiläa bis hierher gefolgt ist. Erst jetzt bemerkt er, dass eine Magd ihn anstarrt, und er rückt ein Stück vom Feuer zurück, tiefer ins Dunkel, aber es ist zu spät. Indem sie auf ihn deutet, sagt sie: – Der da war auch bei ihm. Er spürt aller Augen auf sich gerichtet und den Schweiß in den Handflächen. – Sie irrt sich, sagt er, – ich kenne diesen überhaupt nicht. Wegen der nächtlichen Kälte bleibt er beim

Lagerfeuer sitzen, aber kurz darauf setzt sich ein älterer Mann, den er noch nie gesehen hat, zu ihm und flüstert: – Du gehörst doch auch zu denen. – Ich kenne den Menschen nicht, antwortet er mit leiser Stimme, erhebt sich und zieht sich in eine dunkle Ecke nahe am Haus zurück. Von drinnen vernimmt er erregte Stimmen, seine Hand zittert leicht, er will schon gehen, aber wohin soll er sich in dieser fremden Stadt wenden? Er friert und ist müde. Warum hat Josua ihn in diese Lage gebracht? Er hatte geglaubt, Josua wäre stärker, aber als sie ihn holen kamen, sagte er nur: – Dies ist eure Stunde und die Finsternis hat die Macht. Jetzt demütigen sie Josua, und auch er ist gedemütigt worden. Er tritt näher an ein Fenster, um besser sehen zu können; in diesem Moment kommen ihm drei Männer der Tempelwache in Umhänge gehüllt entgegen. Einer sagt: – Der da war auch bei ihm, er ist auch aus Galiläa. Er erstarrt und sagt zornig: – Ich weiß überhaupt nicht, wovon er redet, und verlässt eilends den Hofplatz und die Feuerstellen. Er läuft durch die menschenleeren Gassen. Wohin soll er sich wenden? Es ist ein Labyrinth, in dem noch die Gerüche von Zimt, Amber und Nelken und der Nachhall von Tausenden von Stimmen in der Luft hängen, und plötzlich wird es hell. Aus dem Innern der Kasbah ruft ihn jemand. Was hat er getan?

Er erwacht im Dunkeln, eine Stimme dringt von draußen in sein Zimmer, jetzt klopft es an die Tür. Er steht benommen auf und streicht das zerknitterte Hemd und die Hose glatt, ehe er die Tür zum hell erleuchteten Flur öffnet, wo ein großer, muskulöser dunkelhaariger Mann im dünnen, dunklen Mantel steht. Die Schläfen des Mannes sind ergraut, er blickt Jon aufmerksam an, reicht ihm die Hand und stellt sich als Hussein vor.

– Ich wusste nicht genau, ob Sie im Zimmer sind, sagt Hussein etwas verwundert.

– Doch, doch, ich habe geschlafen, schön, dass Sie gekommen sind, sagt er, lässt ihn herein und schaltet die Lampe auf dem Tisch an.

Hussein hinkt leicht und tritt sofort ans Fenster, blickt auf die Straße, die immer noch menschenleer ist und wo fast nur die Wohnungen über den Läden erleuchtet sind. Vor einem einzelnen Laden flimmert ein Neonschild mit der Aufschrift »Falafel«.
Ohne den Blick von der in das Dunkel gehüllten Straße abzuwenden, sagt Hussein:
– Wissen Sie, wie Hebron auf Arabisch heißt?
– Nein.
– Al-Khalil. Wissen Sie, was das bedeutet?
– Nein.
– Freund, das heißt der Freund des Herrn, Al-Khalil al Rahman, aber hier gibt es nicht viel Freundschaft und Gastfreundschaft, nicht wahr? Die Leute werden grundlos umgebracht.
– Es scheint so, sagt Jon, zieht den Vorhang zu und schiebt Hussein einen Stuhl hin, er selbst setzt sich aufs Bett.
Hussein zieht den Mantel aus, zündet sich eine Zigarette an und betrachtet ihn aufmerksam, seine linke Wange liegt im Schatten, im Halbdunkel haben seine Augen einen besonderen Glanz.
– Wenn ich Ihnen behilflich sein soll, müssen Sie wissen, wer ich bin. Ich bin Polizist, aber ich bin in Bethlehem auf die Universität gegangen und wollte Architekt werden, hier möchte sich jeder weiterbilden. Wir hatten nur nicht genug Geld, um das Studium abzuschließen, und wissen Sie, warum?
Er schüttelt den Kopf.
– Sie haben uns alles weggenommen, mein Vater und meine Mutter haben 1948 um Haaresbreite das Massaker in Deir Jassin westlich von Jerusalem überlebt, zweihundertundfünfzig arabische Dorfbewohner wurden getötet, und die Leute ließen zu Tausenden alles stehen und liegen und sind geflohen. Als sie hierher kamen, waren sie arm, aber ich träumte immer noch davon, Architekt zu werden; naiv, wie ich war, habe ich studiert und gezeichnet.
Hussein zieht an der Zigarette.
– Vor einigen Jahren haben sie mir eine Kugel ins Bein geschos-

sen, ich war als Polizeioffizier zum Checkpoint vor dem jüdischen Viertel gegangen, ein Siedler hatte einen Jungen halb totgeschlagen und ich habe darauf bestanden, mit dem Verantwortlichen für die Siedlungen zu sprechen. Ich weiß nicht, woher die Kugel kam, mein Sohn war zu Tode erschreckt. Und doch glaube ich noch immer an Frieden, wissen Sie, was ich meine? Nicht von einem Frieden mit den verrückten Siedlern hier, sondern mit den Israelis.
– Ich glaube, ich verstehe Sie, sagt Jon.
Hussein erhebt sich plötzlich, geht zu dem kleinen Handwaschbecken und drückt seine Zigarette aus, dann dreht er sich zu ihm um.
– Amer verbürgt sich für Sie, wie kann ich Ihnen helfen?
– Ich suche einen Mann, sagt er und erzählt ihm ausführlich von Zawawi. Hussein seufzt und zündet sich eine neue Zigarette an.
– Solche Leute können wir hier nicht gebrauchen, sagt er, – sie sind genauso schädlich wie die Siedler mitten in der Stadt, aber ich kenne ihn nicht, obgleich ich einen leisen Verdacht habe. Vielleicht ist sein Name gar nicht Zawawi, haben Sie sich das schon überlegt?
– Ja, sagt er. – Das ist einer der Gründe, weshalb ich in Hebron bin.
– Er muss Ihnen übel mitgespielt haben, sagt Hussein und zieht wieder an der Zigarette.
– Schlimmer kann es gar nicht sein, sagt er, steht auf und holt die Kopie einer Zeichnung aus seiner Tasche, wo er sie in einem Handtuch versteckt hatte, und reicht sie Hussein, der sie lange betrachtet.
– Und das soll tatsächlich der Mann sein?
– Es sieht ihm recht ähnlich. Nur dass er damals keinen Bart hatte, als er meiner Freundin drohte, sie umzubringen.
– Wer hat die Zeichnung gemacht?
– Die Polizei in New York, nach einigen Standfotos von einem Videofilm, in dem er ohne sein Wissen mitwirkte.
– Arbeiten Sie für die Polizei?
– Nein, sagt er.

– In diesem Fall hätte ich nichts dagegen, wenn es so wäre.
– Sind Sie sicher?
Hussein lacht auf.
– Das überrascht Sie sehr, ja? Aber weder unsere Regierung noch Arafat noch die Fatah wollen etwas mit den Al-Qaida-Terroristen zu tun haben, und Mord an Zivilisten, ob Amerikaner oder Europäer, billigen wir auch nicht. Sollten wir Zawawi oder wie auch immer er heißen mag finden, dann haben wir ein ganz anderes Problem.
– Und das wäre?
– Hier können wir ihn nur für Verbrechen verurteilen, die er auf unserem Gebiet begangen hat, und was haben Sie zu bieten?
– Nichts Konkretes, das muss ich zugeben, sagt er.
– Ja, das habe ich mir gedacht.
Jon hat das Gefühl, alles würde ihm aus den Händen gleiten, und einige Sekunden lang bereut er, dass er sich überhaupt auf den Weg gemacht hat.
– Ich hätte nicht herkommen sollen, sagt er. – Es war dumm von mir, Amer und Sie da mit hineinzuziehen. Ich hatte gedacht, hier wäre man bereit, Zawawi irgendwie auszuliefern.
– Ein wichtiges, vielleicht geheimes Mitglied des militärischen Arms der Hamas? Nein, das geht nicht, im Augenblick ist durch den Einmarsch der Israelis alles ein einziges Chaos, so dass eine Hand nicht weiß, was die andere tut. Vieles liegt in Schutt und Asche, und die Leute bekriegen sich gegenseitig. Aber vielleicht kann ich Ihnen doch noch helfen.
– Wie?
– Lassen Sie mir ein paar Tage zum Nachdenken und um meine Verbindungen zu erreichen, sagt Hussein und erhebt sich vom Stuhl.
– Erst müssen wir den Mann identifizieren und ausfindig machen, falls er sich überhaupt in der Stadt aufhält.
Jon steht auch auf. Sie blicken sich einen Moment an, und obwohl Hussein der ältere ist, wirkt er weniger erschöpft. Noch ehe er ihn

auf den Flur begleitet, der von einer nackten Birne an der Decke erleuchtet wird, fragt er sich, woher er die Kraft nimmt, aber vielleicht ist es die Energie des Überlebenden, der so manches Mal dem Tod ins Auge gesehen hat.

Unter dem Oberlicht, das ihre Gesichter grau erscheinen lässt, sagt Hussein:

– Sollte das Ausgehverbot morgen aufgehoben werden, dann sehen Sie sich im jüdischen Viertel um, vielleicht finden Sie da etwas.

– Sie meinen den Suk?

– Ja, sagt Hussein überrascht. – Ich dachte, Sie kennen die Stadt nicht?

– Den Rat hat mir schon jemand gegeben.

– Wer war das?

– Ein Anwalt von hier.

– Jemand, den Sie gut kennen?

– Jemand, den ich auf dem Weg hierher getroffen habe.

– An Ihrer Stelle würde ich ihn bitten, dass er Ihnen den Weg zeigt. Im Moment gibt es in der Stadt nichts, was sicher wäre.

Hebron ist die Stadt des Windes, des warmen und des kalten, es ist der Zugwind aus den unterirdischen Höhlen tief unter der Ibrahim-Moschee, wo die Gebeine der Patriarchen liegen. Der Mönch Arnoul hörte ihn und fand unter einem quadratischen Stein den Weg zu den Gebeinen Abrahams und Isaaks, Jakobs, Saras, Rebeccas und Leas. Einst sind sie aufrecht gegangen, oder gibt es sie nur im Zugwind der Gedanken oder in der warmen Brise, mit deren Hilfe die Trauben, die Zitrusfrüchte, die Feigen im Sommer ihren Duft durch die Straßen senden? Süße, ja, große Träume, jetzt von Stacheldraht ausgesperrt und im farbigen, kalten Stein der Kenotaphe eingekapselt. Hebron ist die Stadt des Lärms, der Stimmen, der Gerber und des mundgeblasenen blauen Glases, doch im Märzwind von den judäischen Höhenzügen, bei dem er erwacht, ist die Angst zu hören.

In den nächsten drei Tagen, an denen ein Ausgehverbot das nächste ablöst, erkundet er entweder allein oder mit Faisal die farbenfrohen, aber verfallenen Stadtteile Harat al-Quittun, das Gerberviertel oder den Suk. Manchmal sind ganze Straßen unzugänglich und die Buden und Läden in den alten Steinhäusern mit grünen oder blauen Türen und Scharnieren verriegelt. An manchen Orten kommen sie an übelriechenden Gassen mit Dreck und Müll vorbei, woanders gelangen sie durch prächtige Portale in die jüdische Siedlung mitten in der Stadt. Hier liegen große Rollen Stacheldraht aufgetürmt, hinter Gittern sind Überwachungskameras angebracht, und aus schmalen, mit Metalldetektoren versehenen Öffnungen starren bewaffnete Soldaten auf sie herab.
In den Gesichtern, denen er kreuz und quer durch die Viertel begegnet, findet sich keine Spur von Zawawi; Hussein lässt nicht von sich hören und Jon überlegt sich schon, nach Jerusalem zurückzukehren.
Frustriert begibt er sich dennoch am vierten Tag zu den Plattensiedlungen am Rande Hebrons, um seiner Suche eine letzte Chance zu geben. Er biegt auf gut Glück in eine der vielen Straßen ein. Die Atmosphäre unter dem hellen Himmel ist auf unwirkliche Art gespannt, alte, heruntergekommene Autos fahren vorüber, Decken und Kleidungsstücke hängen von den kleinen Balkonen herab, Frauen mit Kopftüchern blicken aus den Fenstern, Kinder laufen auf dem holprigen Gelände zwischen den grauen, bis zur vierten Etage reichenden Wohnblöcken umher. Vor einem Zigarettenkiosk haben sich zwei alte Männer mit zerfurchten Gesichtern auf einer Bank niedergelassen, den Stock zwischen den Beinen, blicken sie angespannt die Straße hinunter.
Er geht die Straße entlang und sieht die gepanzerten Mannschaftswagen erst, als aus einer Wohnung oberhalb ein Schuss fällt. Von einem Augenblick zum anderen schlägt das trockene Geräusch von automatischen Waffen gegen die Fenster und zersplittert sie. Aus dem dritten Stock stürzt ein Mann und landet mit einem dumpfen

Laut vor dem Haus, blutend bleibt er liegen. Schreie und Rufe gellen durch die Straße, Autos bremsen, Türen werden aufgestoßen, Männer hasten in höchster Eile in die Seitenstraßen. Die beiden Alten auf der Bank eilen in dieselbe Richtung, einer verliert seinen Stock und fällt auf der Straße hin, kriecht das letzte Stück um die Ecke eines Hauses. Kinder suchen verstört Schutz, auch Jon sucht Deckung in einem Aufgang, während eine Gruppe aus den Mannschaftswagen den Eingang nebenan stürmt. Einer von ihnen stürzt, das Feuer von Maschinengewehren nimmt zu, und die Kugeln schlagen durch die Fenster und Türen im ganzen Haus ein. Neue Schreie vermischen sich herzzerreißend mit dem Krach von Hunderten ratternder Schüsse, schneller als das Ohr sie auffangen kann, von zerbrechendem Glas und Kugeln, die von harten Oberflächen abprallen. Ein fünf- bis sechsjähriger Junge ist in dem aufgewühlten Gelände wie gelähmt zwischen den Mannschaftswagen und Jons Hauseingang stehen geblieben. Der Junge versteckt sein Gesicht in den Händen, und ohne sich dessen bewusst zu sein, reflexartig, öffnet Jon die Tür und läuft geduckt zu dem Jungen hin, umfasst ihn mit beiden Armen und hastet zurück zum Eingang, aber irgendetwas trifft ihn von hinten am Oberschenkel. Er sträubt sich dagegen und macht noch ein paar Schritte, bis ihn auf einmal die Kräfte verlassen, die Beine ihm den Dienst versagen, er sich überschlägt und den Jungen aus den Armen verliert. Der Junge landet auf dem Boden, bleibt einen Moment verwirrt stehen, sieht ihn an und läuft dann weinend an den Hausmauern entlang weiter. Jon versucht aufzustehen, fällt aber seitlich zu Boden und bleibt liegen, seine Hand fasst hinten an seinen Oberschenkel, er betrachtet die Hand, sie ist voll Blut, eine Kugel hat ihn getroffen. Vom Bein aufwärts durchzuckt ihn ein Schmerz, seine Kehle ist trocken; sein Kopf scheint in der Erde zu versinken, mit einem Auge hat er aber immer noch die Straße und die Mannschaftswagen im Blick, er hört jedoch nichts mehr. Flimmernd wie in einem alten Filmstreifen sieht er, wie die Soldaten aus dem danebenliegenden Eingang zwei

Männer abführen. Einer erhält einen Schlag auf den Hinterkopf und taumelt nach vorn auf die Öffnung eines Mannschaftswagens zu, der andere wird ebenfalls in den Wagen gestoßen, einem verwundeten Soldaten wird in das Führerhaus geholfen, ein Soldat blickt in seine Richtung, macht aber kehrt und springt schnell zu den anderen hinein. Die Wagen starten und fahren los.
Einen Augenblick lang ist es in der Straße ganz still.
Dann stehen plötzlich zwei Männer in Arbeitskleidung neben ihm, einer beugt sich über ihn und spricht auf Arabisch auf ihn ein. Andere kommen hinzu, Kinder und Frauen, eine hat zwei große Handtücher dabei und einen Verband, den sie um seinen Schenkel legt, ihre Bewegungen verraten, dass sie es nicht zum ersten Mal macht. Die Männer heben ihn hoch, tragen ihn zu einem großen Lieferwagen und heben ihn auf den Beifahrersitz. Einer setzt sich neben ihn und hält ihn fest, der andere setzt sich hinter das Lenkrad und lässt den Motor an.
– Hospital, Hospital, sagt der Mann rechts neben ihm und bewegt seine rechte Hand vor Jons Augen, um zu sehen, ob er bei Bewusstsein ist. Er murmelt irgendetwas mit gebrochener Stimme und versucht, sich trotz des Schmerzes im Bein aufrecht zu halten, aber vergeblich, er klappt zusammen.
Der Wagen fährt eine Ewigkeit, das Licht verschwindet und kommt zurück; das Rattern unter ihm scheint nicht enden zu wollen. Er hat das Gefühl, der Wagen würde halten und jemand an seinen Armen zerren und ihn tragen, er blickt senkrecht nach oben in einen Schwindel erregenden blauen Himmel, der zu einer gelben Decke wird, die sich in eine weiße Decke verwandelt und dann in ein starkes, blendendes Licht. Jemand sticht ihn in den Arm, während arabisch klingende Stimmen um ihn herum zu hören sind und schattenartige Gesichter auf ihn herabblicken. Man legt ihm etwas über den Mund, er atmet in eine Art Trichter. Dann verliert sich das Licht ganz, als wäre jemandem plötzlich eingefallen, den Schalter umzulegen.

Es ist so dunkel wie in der Mitte der rätselhaften schwarzen Materie des Universums, und seine Grenze zur Welt verschwindet; er schwebt, er muss lachen. Endlich ist der Schmerz weg.
– Eve, flüstert er, und dann: – Sine.
Aber so leise, fast lautlos, dass keiner von den Ärzten und Krankenschwestern im Operationssaal des Ali Mohtaseb Hospitals, dem Halbmondkrankenhaus in Hebron, es vernimmt.

Es vergeht knapp eine Woche, er erholt sich erstaunlich schnell und kann mit dem festen Verband um die Schusswunde im Oberschenkel schon nach vier Tagen vorsichtig mit Hilfe einer Krücke aus dem Bett aufstehen und auf dem Flur auf und ab gehen. Faisal und Hussein besuchen ihn, Faisal gelingt es, Eve in Jerusalem anzurufen, die Nachricht über seinen Zustand schockiert sie, aber Faisal kann sie beruhigen und verspricht ihr, dass Jon bald wieder in Jerusalem zurück sein wird.
– Trotz Ihrer Verletzung sehen Sie sehr erleichtert aus, sagt Hussein lächelnd, als er ihn zum zweiten Mal besucht. – Kommt das daher, dass Zawawi nicht in Hebron ist oder es ihn vielleicht gar nicht gibt?
– Oh doch, es gibt ihn, sagt Jon und erwidert sein Lächeln.
– Es sind noch zahlreiche Israelis in der Stadt, alle fürchten ihre Kommandounternehmen, vielleicht auch Zawawi, oder wie er auch heißen mag.
– Ja, vielleicht sogar er, sagt Jon.
Auch die Familie des Jungen, den er vor dem Wohnblock gerettet hat, besucht ihn, um ihm zu danken. Er nimmt ihr süßes Gebäck entgegen und hält, verlegen auf der Bettkante sitzend, den Jungen wieder im Arm und lässt sich mit ihm fotografieren.
Sein Zustand wechselt zwischen ungeheurer Müdigkeit und Hochstimmung. Eines Abends, als er erschöpft auf seinem Bett liegt und die Dunkelheit sich über die Stadt gebreitet hat, öffnet sich die Tür zum Krankenzimmer auf der anderen Flurseite. Ein gedrungener Mann in schwarzer Jacke und mit Vollbart tritt heraus und dreht

sich dabei schnell zu einem Patienten in dem Zimmer um, von dem er sich gerade lautstark auf Arabisch verabschiedet. Im ersten Moment nimmt er ihn nur ganz kurz wahr, aber als der bärtige Mann die Tür hinter sich schließt und ihm das Gesicht zuwendet, meint er, ein Gespenst zu sehen.
Der Blick des Mannes ist eiskalt und wachsam, seine Augen sind wie erloschen. Es ist Zawawi, ganz zweifellos. Der Mann geht den Flur entlang, nichts deutet darauf hin, dass er ihn wiedererkannt hat, aber Jon ist sich nicht sicher.
Er erhebt sich mühsam vom Bett, greift sich seine Krücke und tritt auf den Flur, wo er gerade noch sieht, wie der andere das Gebäude verlässt.
Er begibt sich wieder ins Krankenzimmer, holt sein Handy heraus, geht auf den Flur und ruft Hussein an.
– Sind Sie ganz sicher? fragt Hussein mehrmals, als er begreift, worum es geht.
– Ja, ja, antwortet er immer wieder und gibt eine genaue Beschreibung von Zawawi.
– Dann können wir nur hoffen, dass er wiederkommt. Ich schicke Ihnen einen Mann, Sie müssen so tun, als würden Sie ihn nicht kennen. Er soll lediglich aufpassen, ob Zawawi wieder auftaucht. Kommt er, dann schnappen wir ihn in einer der kleinen Gassen, wenn er das Krankenhaus verlässt. Haben Sie verstanden?
– Ja, sagt er, schon in Sorge, wie viele Tage er noch im Krankenhaus verbringen muss, bis es möglicherweise soweit ist.
In der folgenden Nacht liegt er von kaltem Schweiß bedeckt im Bett und kann kaum schlafen. Immer, wenn die Zimmertür aufgeht, weiß er nicht, wohin mit sich selbst, und als gegen Morgen das Licht durch die Vorhänge dringt und die beiden anderen Patienten im Zimmer sich zu unterhalten beginnen, schläft er endlich ein. Kurze Zeit später wird er von zwei israelischen Soldaten geweckt, die unangemeldet hereinspaziert sind, um ihn über seine Rolle bei dem Schusswechsel vor den Wohnblöcken zu befragen. Sie scheuchen

seine beiden palästinensischen Zimmernachbarn aus dem Zimmer, um mit ihm allein zu sein.

Sein benommener Zustand, der dänische Pass und der amerikanische Anwaltsausweis machen sie nur noch misstrauischer. Der Ältere von beiden, ein Offizier, der sich als juristischer Berater vorgestellt und auf einen Stuhl neben seinem Bett gesetzt hat, gibt sich mit seinen Erklärungen nicht zufrieden und stellt ihm immer wieder dieselben Fragen.

– Was haben Sie in der Ibrahim Street gemacht, was hatten Sie überhaupt da zu suchen?

– Das habe ich Ihnen schon gesagt.

– Dann sagen Sie es nochmal.

– Ich bin hier zu Besuch, ich bin Tourist …

– Im Moment gibt es keine Touristen in Hebron.

– Doch, mich.

– Touristen besuchen die Sehenswürdigkeiten, laufen aber nicht in der Ibrahim Street umher.

– Hat das israelische Heer vielleicht ein Handbuch für Touristen herausgegeben? fragt er und merkt im selben Augenblick, dass er zu weit gegangen ist.

– Lassen Sie das, ich pfeife auf Ihren Pass und den Anwaltsausweis, wer hier bestimmt und die Fragen stellt, das sind wir. Verstanden?

Er antwortet nicht, alles verschwimmt vor seinen Augen.

– Wir haben schon lange die Nase voll von ausländischen so genannten Friedensfreunden, die in der Stadt herumlaufen und Leute aufhetzen.

– Ich habe eine israelische Freundin und wohne in Jerusalem, sagt er.

– Das kann jeder sagen, Sie haben keine israelischen Papiere, wenn Ihnen wirklich was an Israel und Jerusalem liegt, dann machen Sie, dass Sie dahin zurückkommen!

– Nichts lieber als das, sagt er. – Sobald mein Bein von seiner Verwundung durch eine israelische Kugel wieder geheilt ist.

Der Offizier, der Englisch mit amerikanischem Akzent spricht, bricht plötzlich in schallendes Gelächter aus.
– Burschen wie Sie tun mir leid. Ihr habt keine Ahnung, ihr wisst gar nicht, was los ist. Es wäre fast komisch, wenn es nicht so traurig wäre und ihr uns bei der Drecksarbeit nicht immer in die Quere kommen würdet.
– Drecksarbeit ist sicher das richtige Wort, sagt Jon.
– Fängt er schon wieder an? fragt der Offizier und dreht sich zu seinem Begleiter um, einem jüngeren Soldaten, der sich Minute für Minute immer weniger dafür zu interessieren scheint, was hier vor sich geht. – Was meinst du, was sollen wir mit ihm machen?
– Mitnehmen, sagt der dunkelhäutige junge Soldat in schlechtem Englisch und blickt teilnahmslos zu ihnen herüber.
Jetzt reden sie Hebräisch miteinander, und er hat den Eindruck, sie überlegen, ob die Militärgefängnisse in Hebron nicht ohnehin schon zu überfüllt seien. Der Offizier führt ein kurzes Telefongespräch und hält dabei Jons Blick fest. Jetzt schaltet er sein Handy aus, steht auf, die Hände vorn in den Gürtel gesteckt, und sagt mit einem Schnalzen:
– Sie haben Glück. Im Moment haben wir keinen Platz für Sie.
– Mit Ihren Gefängnissen können Sie mir keine Angst einjagen.
Der Offizier lacht laut auf, aber dann verändert sich jäh sein Gesichtsausdruck. Mit dem Zeigefinger gibt er dem jungen Soldaten ein vereinbartes Zeichen und verlässt das Zimmer. Der junge Soldat tritt einen Schritt auf sein Bett zu, reißt das Gewehr von der Schulter und stößt ihm den Kolben in den Bauch.

Es vergehen einige Tage, die Sonne hat immer mehr Kraft, und wenn man durch Hebron geht, kann man schon den Duft von Zitronen, Nelken und Thymian spüren. Das Hundegebell, Verkehrslärm und Rufe steigen in den blauen, ungeschützten Himmel. In den Nächten hört man noch sporadisch einsetzende Salven trockener Schüsse. Die israelischen Kampfwagen haben sich

aus der Stadt zurückgezogen und sind unterwegs zu anderen Orten.
Er hat das Krankenhaus mit einer Krücke und seiner Tasche verlassen. Nachdem er eine Nacht in Faisals bescheidener Zweizimmerwohnung übernachtet hat, fährt er mit ihm im Taxi zum Parkplatz an der Stadtgrenze mit dem beeindruckenden Kontrollturm und der geäderten Mauer, in der der Abdruck von Kugeln und Projektilen sich als brutale Erinnerung verewigt hat.
Im Taxi erreicht ihn ein Anruf von Hussein, der nüchtern berichtet, man habe am vorherigen Abend Zawawi nach einem erneuten Krankenhausbesuch festgenommen. Die palästinensische Polizei hat ihn die ganze Nacht in ihren Räumen verhört und mit den Anklagen wegen seiner Taten in New York konfrontiert hat, die per Fax von der New York State Police bestätigt wurden; er hat alles rundweg abgestritten, auch seine Identität unter dem Namen Zawawi. Bei der Durchsuchung seiner jetzigen Bleibe noch früh am selben Morgen hat man sieben Pässe mit seinem Foto gefunden, einen syrischen, ägyptischen und irakischen, einen iranischen und pakistanischen, sudanesischen und palästinensischen, alle unter verschiedenen Namen. Vorläufig wird man ihn wegen Passfälschung anklagen, aber da sein PC, der ebenfalls beschlagnahmt wurde, schlüssige Beweise enthält, dass er zum Al-Qaida-Netzwerk gehört und direkt an der Planung von Terrorangriffen in New York und in Kenia beteiligt ist, hat man anscheinend eine hieb- und stichfeste Anklage. Das Problem bleibt aber, was man auf Dauer mit ihm anfangen soll, da er sich, von Passfälschung abgesehen, auf palästinensischem Boden nichts hat zuschulden kommen lassen.
– Sie könnten die Beweise an Interpol weitergeben, schlägt Jon vor. – Und dann wird er verhaftet, sobald er palästinensischen Boden verlässt.
– Vielleicht fällt uns noch etwas anderes ein, sagt Hussein durch die knisternde Leitung.
– Wie meinen Sie das?

– Bei uns kann die Strafe für Urkundenfälschung ungewöhnlich streng sein.
Die Verbindung wird unterbrochen, er ruft Hussein nochmal an, um sich zu verabschieden, aber vergeblich. Dann wird ihm klar, dass die Batterie seines Handys leer ist.
Das Taxi erreicht den großen Parkplatz, der mit allerlei notdürftig reparierten und alten Autos voll gestellt ist und wo es von Menschen nur so wimmelt.
Er rechnet mit dem Fahrer vom Rücksitz aus ab und reicht gleichzeitig Faisal einige große Scheine, die dieser jedoch nicht annehmen will.
– Betrachten Sie es als kollegialen Beitrag für Ihre Arbeit in Hebron, sagt er und stopft sie Faisal in die Jackentasche.
– Soll das heißen, Sie brauchen es nicht mehr? lächelt Faisal und zieht die Scheine aus der Tasche.
– Nicht so sehr wie Sie. Ich habe mein Büro in New York verkauft, das hat einiges eingebracht.
– Sie werden es bestimmt in Jerusalem brauchen, wenn Sie sich da niederlassen.
– Wer sagt denn, dass ich das will? fragt er erstaunt.
– Ihre Freundin Eve hat es gesagt, als ich sie angerufen habe.
– Warten wir erstmal ab.
Faisal lächelt wieder und steckt das Geld ein.
Sie steigen aus dem Wagen und gehen über den sandigen Weg an der Mauer und dem Kontrollturm vorbei auf den Checkpoint und die fassadenartigen Gebäude auf der anderen Seite der Grenze zu, wo die gelben Taxis und der Bus warten. Auf halbem Wege müssen sie Halt machen, weil er sich mit der Krücke nur unsicher vorwärts bewegt. Faisal, der seine Tasche trägt, blickt ängstlich zu den blanken Fenstern des Kontrollturms und hält ihn zur Eile an.
– Was ist los? fragt er und setzt sich humpelnd in Bewegung.
– Die Wachsoldaten werden immer unruhig, wenn jemand auf dem Weg stehen bleibt.

– Und das macht Sie dann auch nervös?
– Ja, solange wir uns im Rachen des Ungeheuers befinden.
Sie kommen unbehelligt durch den Kontrollpunkt, die Soldaten winken sie einfach durch. Als der Fahrer in dem fast voll besetzten grünen, heruntergekommenen Bus mit einem Hupen das Zeichen zur Abfahrt gibt, verabschieden sie sich mit einer langen Umarmung mitten im Gewimmel von Händlern, Taxifahrern und ihren Fahrgästen. Als er vorn in den Bus einsteigt, sagt Faisal:
– Denken Sie daran, dass Frieden bei uns ein Luxus ist.
Der Bus verlässt den Vorort Hebrons und fährt in die unfruchtbare, hügelige Landschaft. Von seinem harten Sitz am Fenster aus sucht er weit und breit nach einem versöhnlichen Zeichen und findet es in den Olivenhainen, die in langen Reihen in der trockenen Erde auftauchen. Wie eine Fata Morgana mitten in der Wüste ziehen sie die Blicke auf sich und erinnern ihn an die Beständigkeit des Unbeständigen aller Dinge.
Er fährt nach Hause, aber wo ist sein Zuhause?
Jerusalem oder Kopenhagen?
Warum kann er nicht an beiden Orten zugleich sein, wenn in seiner Brust mindestens zwei Herzen schlagen?
Müde Herzen, aber immerhin Herzen.
Was hatte sein Vater immer gesagt, wenn er beim Kartenspiel verlor und noch eine Hand voll Herzen hatte?
– In der Stadt der Diebe ist Herz Trumpf.

Beim nächsten Kontrollpunkt werden sämtliche Männer, auch er, aus dem Bus geschickt und gezwungen, sich in der glutheißen Sonne aufzustellen. Die eine Hälfte wird von den israelischen Soldaten zu Fuß nach Hebron zurückgeschickt, die andere Hälfte darf sich wieder in den Bus setzen, der startet und fährt weiter.
Er sitzt wieder am Fenster. Wohin die Fahrt geht, bleibt auch ihm noch verborgen.
Die Sonne brennt.